W0330805

Samantha und Katrin ermitteln

Teil II

Totgeglaubte Vergangenheit

Hochschwarzwald-Thriller

Robert Zirlewagen

neobooks

Impressum

Texte: © Copyright by Robert Zirlewagen
Umschlag: © Copyright by Robert Zirlewagen

Verlag: Robert Zirlewagen
Im Oberen Grund 37
78166 Donaueschingen
buch-rz@web.de
Druck: epubli, ein Service der
neopubli GmbH, Berlin

Printed in Germany

Vorab ein paar Informationen

Die Figuren in diesem Roman sind frei erfunden. Ich kann nicht ausschließen, dass es ähnliche Charakterzüge gibt, was jedoch keinesfalls beabsichtigt ist. Namen, die tatsächlich existieren, wurden mir von den entsprechenden Personen freigegeben.

Wenn es Euch gefallen hat oder jemand Verbesserungsvorschläge hat, könnt Ihr mir gerne ein Feedback senden:
Buch-rz@web.de

Ich bin bei Instagram:
robziinsta

hier werde ich auch Bilder veröffentlichen, die mir Leser zusenden.

Prolog

Alexander Blank verließ am Freitag, den 8. Oktober, sein Büro in der Bank ziemlich spät. Es wurde langsam dunkel, als er das Gebäude durch die Seitentür verließ.
Der Blick auf das Handgelenk zeigte ihm, dass die 20-Uhr-Nachrichten gerade laufen mussten.
Alexander Blank lebte mit seiner Frau und den beiden Kindern, die er in München zurücklassen musste, in Fernbeziehung. Er fuhr nur über die Wochenenden, manchmal schon am Donnerstagabend, nach Hause. Seit zwei Jahren blieb er aber auch ganze Wochen im Schwarzwald, um näher an die Kunden und die Geschäftspartner zu kommen. So hatte er es zumindest seiner Familie erklärt.

In Donaueschingen hatte es der Bankvorstand nicht weit bis zu seiner Wohnung. Ein Stück an der Brigach entlang, vorbei am chinesischen Schnellrestaurant, schon war er an seinem Apartment angekommen. Blank hatte diese Wohnung in der Hermann-Fischer-Allee gemietet, nachdem ihm seine Gattin charmant erklärte, niemals in diese Provinz ziehen zu wollen.
Das zweigeschossige Haus in „Donau", wie die Stadt von ihren Bürgern abgekürzt wurde, bot den sechs gehobenen Wohnungen zusätzlich einen kleinen Balkon. Dazu noch mit schönem Blick auf die vorbeifließende Brigach.
Das Apartment lag direkt neben dem seines jüngeren Vorstandskollegen. Das alleine reichte allerdings nicht aus, um sich privat näher zu kommen.

Er blickte gerade auf den Fluss und musste daran denken, dass dieses Gewässer in nur wenigen Kilometern „die Donau zu Weg“ brachte. Das Wahrzeichen der Stadt.
Bei einem Gläschen Rotwein konnte man hier Kanufahrer und Spaziergänger beobachten, dazu die Ruhe und aktuell die gute Herbstluft.
Dieses Wochenende wollte Alexander hierbleiben, da es ein paar Dinge auf der Bank zu klären gab und er sich mal wieder richtig besaufen musste. Beruflich stand ihm das Wasser gerade bis zum Hals, die Sorgen wollte er nicht mit nach München nehmen. Seine Frau interessierte sich sowieso nicht für seinen Beruf, legte aber Wert darauf, dass die Haushaltskasse pünktlich gefüllt wurde. Bei diesem Gedanken schüttelte Blank abermals mit dem Kopf.
Als er gerade den Chinesen passierte, hielt ein unbekannter Wagen an und ließ das Fenster herunter. Den Fahrer konnte er aus seiner Perspektive nicht erkennen.
„Steig ein. Wir müssen reden!“ Blank, von der heiseren Stimme befremdet, wollte auf keinen Fall einsteigen.
„Sorry, ich habe überhaupt keine Zeit. Was wollen Sie überhaupt von mir? Kennen wir uns?“
„Steig ein, Alexander. Ich denke, du willst mir was erzählen?“ Die Stimme wurde klarer und Alexander erkannte endlich das Gesicht. Mit der Erinnerung kam das Gefühl auf, seinen neuen Chauffeur mit Sie ansprechen zu müssen. Der Respekt machte es gerade schwierig, dies zu umgehen.

„Das ist eine nette Überraschung“ grinste er und stieg ein.
„Es hieß, du möchtest mit mir über Tina und das Verschwinden auf dem Boot sprechen?“

Jetzt war Blank irritiert. „Wer behauptet das? Ich kann mich nicht mehr an die damaligen Abläufe erinnern.“ Er überlegte kurz und redete weiter, da sein Fahrer nur stumm über das Lenkrad schaute.
„Wo fahren wir überhaupt hin?“
Ohne Regung kam die Antwort: „Ich muss noch ein Paket holen, das uns helfen soll, unser Rätsel von damals zu lösen.“
Kurz darauf hielt der Wagen gegenüber dem Bahnhof auf einem größeren Parkplatz an. Die Fahrertür wurde geöffnet und Alexander überlegte, ob er jetzt aus dem Wagen springen und flüchten sollte. Angst bräuchte er keine zu haben, da sein Gegenüber eher schwach wirkte.
Die Neugier, was es mit dem Paket auf sich haben könnte, hielt ihn ebenfalls von der Flucht ab.
Etwas raschelte auf dem Rücksitz. Jetzt wurde ihm doch mulmig. Vorsichtig griff er zur Tür, spürte im selben Moment aber schon eine Berührung am Hals.
„Halloooo……., wer ist da noch im Wagen?“ Er konnte den Gedanken nicht mehr aussprechen, seine Stimme brach ab.

1.

Samantha hatte gerade ihren ersten Urlaub seit Jahren beendet. Zuerst ein Besuch bei der Familie, bevor es für ein paar Tage an die Nordsee weiterging. Ein gutes Buch, Fisch, Wein und dazu die Seele baumeln lassen.
Sie hatte, zusammen mit ihrer Kollegin, ihren größten Fall abgeschlossen und auch langsam verdaut. Deutschland von einem Serienmörder zu befreien, war sicherlich keine Aufgabe, die sich täglich bot.

Allerdings begannen die Damen nun, gegen die Langeweile anzukämpfen. Täglich den normalen Polizeidienst zu schieben und ein paar Ruhestörungen zu schlichten, brachte nicht die nötige Befriedigung.
Samanthas Vergangenheit sollte der dienstlichen Beförderung nicht mehr im Wege stehen, wobei sie unbedingt im Hochschwarzwald bleiben wollte.
Vor dem Urlaub hatte sie sich schon mit Katrin über dieses Thema unterhalten, wobei klar wurde, dass sie nur als Team für die großen Fälle taugten. Jedenfalls wurde dies, schadenfroh lächelnd und von einer Flasche Bier begleitet, so besiegelt.
Sam ging an diesem Morgen immer noch nicht ganz die Geschichte ihrer Kollegin aus dem Kopf. Sie hatte sich erstmals etwas deutlicher über die Affäre mit ihrem Arbeitskollegen Andreas geäußert. Wenig Details, aber schon die winzigen Fakten reichten aus, um sich das untreue Duo auszumalen.
„….. heute in Gedanken?“ Erst jetzt bemerkte sie den Elektriker, der am Anstieg zum Revier in ihren gedanklichen

Wirrwarr eingriff. Ihre spontane Antwort überraschte sie selbst: „Habe gerade einen kleinen Kurzschluss in meinen Gehirnströmen. Vielleicht können Sie mir helfen?“ Er zog den Schraubenzieher aus der Hosentasche, ging einen Schritt auf sie zu und meinte: „Ist sicher nur der FI! Das Gehäuse wirkt zumindest unbeschädigt.“
Darauf grinsten sie sich an und gingen weiter des Weges. Kurz darauf hatte sie das Büro erreicht. „Morgen, Chef!“ Ausgerechnet Andreas war die erste Begrüßung. *´Ob sie es hier auch schon ……?´*
Da es momentan nicht viel zu ermitteln gab, sollte sie sich mal hinter diese kleinen Geheimnisse klemmen. Ihm gegenüber wollte sich Sam jedoch nichts anmerken lassen. Obwohl ihm Katrin sicher schon berichtet hatte, dass der Chef über die Affäre Bescheid wüsste, wollte sie die Unwissende spielen.
Am Schreibtisch überflog sie zuerst die Zeitung. Es war heute nicht mehr wie früher, als man aus dem Urlaub kam und schnell in Erfahrung bringen musste, was alles in der Heimat passiert war. Im Zeitalter des Handys stand man überall auf der Welt täglich mit zu Hause in Verbindung. Keine spektakulären Überraschungen.

Sie blieb an einem Bericht über das Verschwinden eines Bankvorstands aus Donaueschingen hängen. Das war kaum dreißig Kilometer von Neustadt entfernt und weckte deshalb schnell ihr Interesse. Riskante Kredite wurden vergeben, das hatte schon vor ihrem Urlaub für Schlagzeilen gesorgt. Das Schlimmste daran, dass sie teilweise mit einem extra aufgelegten Fonds von Kunden abgesichert wurden. Dies gab dem Ganzen einen üblen Beigeschmack.

Wenn sich die Berichterstattung so lange aufrecht hielt, dann würden sicher bald Köpfe rollen. Blank, der Vorstandsvorsitzende, hatte anfänglich immer seinen jüngeren Vorstandskollegen, Peter Frei, vorgeschoben. Dieser war vielleicht fünf Jahre älter als Sam und ihr zudem bekannt. Vor vier Wochen erst lief er ihr in Donaueschingen über den Weg. Sie hatte sich wieder mal auf das Disconiveau heruntergelassen und im Okay versucht, neue Menschen kennenzulernen.

Sie verglich diese Location in der Aufmachung gerne mit der Seebachklause, die nach den ganzen Vorfällen über den Sommer vorübergehend schließen musste.

Lui, ihr alter Freund und letzter Seebach-Pächter, hatte zwischenzeitlich ein kleines Pub gemietet, das zufällig ganz in der Nähe von Samanthas Wohnung lag.

Jedenfalls kam vor vier Wochen im Okay ein sympathischer Mann auf sie zu und lud Samantha an der unteren Bar auf ein Gläschen Sekt ein. Er war schon sehr angetrunken, hatte aber eine saubere Wortwahl. Sam beschloss, dass sich diese Unterhaltung rentieren könnte und hörte ihm interessiert zu. Ihn kotze sein Job gerade an, wobei er nicht darüber reden dürfe.

Da war ihr Interesse endgültig geweckt, und sie brachte ihre Verhörkünste ins Spiel.

Banker in höherer Position, nicht verheiratet und ein sehr gespanntes Verhältnis zu einem Vorstandskollegen, waren die Eckpunkte, die sie ans Tageslicht brachte. Sie quatschten über eine Stunde, bis Sam analysierte, dass er anfing, in Selbstmitleid zu verfallen und für die Kiste zu voll war. Ohne die Nummern auszutauschen, ließ sie ihn einfach an der Theke zurück. Aus der Zeitung erfuhr sie dann wenig später, wer dieser Peter Frei war und was für eine Bombe hinter seinem ankotzenden Arbeitsplatzgeheimnis steckte. Während sie nun gerade vom Verschwinden seines Chefs erfuhr, kam ihr der Gedanke, dass sie sich vielleicht doch wieder mal bei ihm melden könnte. Mal schauen, was er nüchtern auf der Pfanne hatte. Sie schaute im Telefonbuch nach, fand ihn dort aber nicht. Sicher ein Junggeselle ohne Festnetzanschluss, kombinierte sie.

Katrin kam ins Büro und zupfte ihre Bluse zurecht. *´Kam sie eventuell gerade aus der Besenkammer?´*

Sam musste schon ein bisschen über diesen Gedanken schmunzeln. Sie fand es spannend, was die Kollegin da abzog, auch wenn sie es nicht gutheißen konnte. Immerhin hatte Andreas eine Frau und zwei kleine Kinder. Aber es kitzelte Sam in den Fingern, die beiden Mal in flagranti zu erwischen. Andreas war ein Waschlappen und für Sam nicht interessant. Ihre Gedanken galten eher Katrin. Was hatte sie für Vorlieben und wie lockte sie den reifen Kollegen ins Verderben? War sie eher……?

„Was gibt´s Neues? Findest du irgendwo eine Leiche für uns?“ Katrin spielte auf die intensive Zeitungslektüre der Chefin an, deren Gedanken sie zum Glück nicht lesen konnte.

„Kannst du Dich noch an den Sektspender aus dem Okay erinnern?“ Die jüngere Kollegin nickte.

„Sein Chef ist spurlos verschwunden. Sie gehen nun, achtundvierzig Stunden nachdem er zuletzt gesehen wurde,

von einem Verbrechen aus. Beziehungsweise will es die Kripo aktuell nicht ausschließen."
Katrin ließ die Info kurz sacken: „Na dann lass uns mal nach Donau versetzen. Dann sparen die sich die Kripo." Beide mussten lachen und Sam meinte: „Wir könnten aber tatsächlich heute nach Dienstschluss mal in Donaueschingen einen Kaffee trinken? Vielleicht hört man was von der Geschichte?" Katrin hob den Daumen: „Das machen wir!"

2.

Alexander Blank öffnete die Augen und versuchte sich zu orientieren.
Er lag in einem dunklen Raum auf einem Feldbett. Durch eine zerkratzte Scheibe, die knapp zwei Meter über dem Boden war, kam gedämpftes Licht herein. Es musste sich um eine Kellerscheibe handeln, die den Lichtschacht schützte. Zumindest vermutete er das. Es roch modrig, was die Kellertheorie untermauerte. Die Matratze wirkte hingegen neu. Er schritt den Raum ab, um Maß zu nehmen. *'Wer weiß, ob das später mal wichtig wird?'*
War das schon die Entführung, vor der er gewarnt wurde? Warum dann aber er zuerst und was genau hatten sie vor?
„Erinnerst du dich an deine schöne Schulzeit?“ So ähnlich hörte es sich an, als er bei der Person ins Auto stieg, die nicht zu seiner Warnung passte. Blank war allerdings nicht klar, ob der Entführer auch hinter den Erpresserbriefen stand, die er seit Wochen ignorierte. Seine Banksorgen waren zu groß, weshalb er das Ganze nicht ernst nahm.

Die Investition in diese neue, revolutionierende Internetstruktur, die im Südwesten das erste Standbein zu platzieren versuchte, trieb ihn nun fast in den Wahnsinn.
Der große Knall stand vor der Tür, vor dem ihn nur noch ein Buhmann retten konnte. Daran arbeitete zum Glück sein Freund, der Landrat, der ihm diese Scheiße aber auch tatsächlich erst eingebrockt hatte.
Vielleicht war es gar nicht mal so schlecht, ein paar Tage unterzutauchen. Wenn auch unfreiwillig. Ja, und einen Mord wollte er seinem unsicher wirkenden Entführer nicht

unbedingt zutrauen, weshalb die tatsächliche Gefahr kontrollierbar wurde. Es ging hier um die alte Geschichte und man wollte ihm nur Angst machen.

Wenn alles gut ginge, dann würde Blank bald ein komplett neues Leben führen. Dafür musste er über eine Schwelle treten, an deren Anfang wohl diese Entführung stand.

Warum wurde er aber nicht noch mal gewarnt und darauf vorbereitet?

Er hatte außerdem einen zweiten Verdacht und dabei eine Person im Kopf, die ihm beruflich nahestand. Doch wollte er Frei das nicht zutrauen. Darüber hinaus würde der Mann im Auto nicht zu seinem Vorstandskollegen passen. Die beiden konnten unmöglich etwas miteinander zu tun haben. Selbst wenn Frei schon bemerkt hätte, dass er das Bauernopfer sein würde, traute Blank ihm eine Entführung nicht zu. Es war eine echte Sauerei, dem jüngeren Kollegen alles in die Schuhe zu schieben, gleichzeitig aber auch die einzige Chance.

Blank ärgerte sich darüber, dass er einen wichtigen Kontakt vor Wochen abbrechen musste, da es zu gefährlich wurde. Auch sein Herz kämpfte mit dieser Trennung. Zudem hatte er nun keinen Plan, was alles passieren würde. Sollte tatsächlich jemand ums Leben kommen?

„Na klar. Du Dummkopf." Er klopft sich mit der Faust auf die Stirn und begann dabei, eins und eins zusammenzuzählen.

Die Aufmerksamkeit wieder dem Gefängnis gewidmet, ermittelte er gut zwanzig Quadratmeter. Außer seinem Schlafplatz standen noch zwei Betten im Raum und ein Tisch mit

drei Stühlen. In dem Fall wusste er jetzt auch, wer noch kommen würde.
Die Tür gegenüber der Matratze ließ sich nicht öffnen. Dafür die daneben, die an die linke Wand angrenzte. Er ging hinein, fand einen Lichtschalter und erblickte ein WC, Waschbecken sowie ein kleines Vorratsregal. *´Super Kombination´*, dachte er und nahm gleich mal eine von nur drei Wurstdosen mit. Sogar der Öffner dafür lag da.
Henkersmahlzeit, grinste er und öffnete die Büchse. Dazu ein Brot, das nicht mehr ganz frisch war, und zum Trinken eine Flasche Wasser.
Er wunderte sich selbst über seine Gelassenheit, während seine Gedanken weiter kreisten.
Wann würde sein Besuch kommen? Er musste sich überraschen lassen. Auf jeden Fall würde Blank dieses Spiel professionell mitspielen, wie es ihm empfohlen wurde. Wenn das ganze Szenario hier länger gehen würde, dann müsste er vielleicht mal Schreibutensilien anfordern, um seine Memoiren niederzuschreiben. Er lächelte bei diesem nicht ganz abwegigen Gedanken.

3.

Sam und Katrin brachen kurz nach 17 Uhr Richtung Donaueschingen auf. Beste Anlaufstation, beschlossen sie gemeinsam, wäre das Twist Hoch Zwei. Hier traf sich alles, was gerne Rang und Namen hätte. So betitelte Katrin jedenfalls, frech grinsend, das Pub, wobei sie auch wusste, dass an dieser Szene nichts vorbei ging.

Die Bar lag an der Karlstraße, nicht weit vom Schloss und der Kirche entfernt. Hier startete die lange Geschäftsstraße von Donaueschingen, wo man so ziemlich alles kaufen konnte. Bekleidungsgeschäfte, Buchläden, Apotheken, Cafés, Eisdielen und ein kleiner Supermarkt reihten sich aneinander.

Da in der gemütlichen Bar noch nicht viel los war, schlenderten sie die Karlstraße hoch.

Am zentral gelegenen Hengstler-Platz, der mit kleinen Tischen vom ansässigen Café und der danebenliegenden Eisdiele teilweise belegt war, machten sie kurz halt.

Für Oktober war es recht warm, man konnte an diesem Abend noch im Freien sitzen. Natürlich waren nicht mehr alle Tische belegt. Wenn man das Treiben vom Sommer her kannte, durfte man die Belegung gerade als entspannt bezeichnen.

Die Damen setzten sich und bestellten zwei Latte. Hier konnte man hervorragend den Verkehr und das Geschehen beobachten. Die Gespräche an den anderen Tischen waren allerdings uninteressant. Niemand redete über den verschwundenen Bankdirektor. Vielleicht wurde den Menschen einfach nicht bewusst, dass sie womöglich bei ihrer Hausbank ihre Altersvorsorge verlieren könnten?

Zumindest war dies eine Vermutung von Sam, nach der Zusammenstellung der aktuellen Faktenlage.

„Wie gefällt Andreas dein sonnengebräunter Körper?“ Sam versuchte ein bisschen in ihrem Hobbyfall rumzustochern und spielte auf Katrins Lago-Maggiore-Urlaub an.
„Er hat sich gewundert, weshalb ich nicht oben ohne gemacht hätte. Aber er fände meine weißen Brüste trotzdem ganz lustig. Ja, stell Dir vor, so hat er das gesagt und auch noch gelacht. Ich wäre ihm am liebsten ins Gesicht gesprungen.“
Sam wunderte sich, wie locker Katrin auf ihre Frage einging. Wollte sie ihr doch mehr erzählen oder war es eine Gegenprovokation?
„Hättest ihm halt erklären müssen, dass dann der Verkehr am Lago zum Erliegen gekommen wäre.“
Katrin fing laut an zu lachen, bevor sie ihre Erzählung fortsetzte.
„Er meinte nur, dass Sam im Urlaub sicher an den FKK-Strand ginge. Die wäre nicht so prüde.“
Katrin trug den letzten Satz mit witzigem Unterton vor, was den leichten Ärger beim Boss aber nicht komplett verwarf und sie daran denken ließ: *Dieser geile Bock hat eine Frau, zwei Kinder, eine heiße Geliebte und interessierte sich noch, wie die Chefin nackt aussehen würde.* Vielleicht müsste sie ihn mal …….?
„Keine Sorge. Ich habe ihm erklärt, dass du nicht auf ihn stehst. Er weiß allerdings nicht, dass ich mit dir über die Affäre rede. Ihm ist wichtig, dass gar niemand von uns erfährt. Das Risiko sei viel zu groß.“
Sam lächelte erleichtert: „Mir ist es auch lieber, wenn er nicht weiß, was ich weiß! Würde mir da irgendwie blöd

vorkommen. Vielleicht etwas naiv von ihm, da ich ja theoretisch mitbekommen habe, wie ihr mal geknutscht habt. Schön jedoch, wenn er glaubt, dass ich davon ausgehe, dies könnte ein Einzelfall gewesen sein." Sie machte eine kurze Pause und meinte dann: „Ich habe genug von tollen Körpern und Verehrern gehört, lass uns in die Bar gehen. Wenn wir dort nichts erfahren, dann nehme ich mir wenigstens einen Bubi mit nach Hause." Ihr überhebliches Lachen ging über das ganze Gesicht, während Katrin locker applaudierte.

Kurz vor 19 Uhr war in der Bar etwas mehr los. An der Theke tummelten sich die üblichen Gestalten und an den Tischen saßen auch fast immer die gleichen Personen.
„Zwei Bier, bitte!" Sam hob dabei die Finger, um dem Barmann auch die Bestellung deutlich zu machen. Auf dreißig geschätzt, leicht untersetzt, beschrieb sie den Typ später als witzig aussehend.
Sein Blick durchbohrte die beiden, als er die Gläser hinstellte. „Gute Wahl, Mädels." Er zwinkerte und unterstrich dadurch, dass seine Flirterfahrung gut zehn Jahre zurück liegen musste. Oder war er einfach nur schüchtern?
Die kleine Bar hatte mehrere Tische, wobei die meisten Leute um die knapp zehn Meter lange Theke herumstanden. Die Jungs direkt neben den Beamtinnen versuchten laut über die Pferdestärken ihrer Autos zu diskutieren. Sam bekam bei der Angeberei fast Gänsehaut. Da erblickte sie ihn am anderen Ende des Raums, Peter Frei. Er hatte sie ebenfalls entdeckt und ließ sie nicht mehr aus den Augen. Sie blendete ihn jedoch wieder aus und gab ihm somit die

Chance, selbst an ihren Tisch zu kommen. Es dauerte eine knappe halbe Stunde, bis er ihrer Nichtbeachtung erlag.
„Hi!“ Frei stellte sich einfach neben Sam und grinste.
„Hi!“ Sie grinste zurück und hob das Glas zum Anstoßen.
Er fand dann zum Glück ein paar Worte: „Was verschlägt dich schon wieder in unsere Gegend? Wolltest mich sehen?“
Okay! Er hatte erwähnt, dass man ihn hier treffen könnte. Ja und genau deshalb war sie ja auch gekommen.
„Ach, das ist die Bar, die du erwähnt hast? Cooler Zufall. Meine Kollegin wollte hier her. Ist ja lustig.“
Sein Grinsen, das von hochgezogenen Augenbrauen begleitet wurde, drückte unmissverständlich aus, dass er ihr nicht glaubte. Nüchtern wirkte er noch attraktiver.
„Okay, du glaubst mir nicht! Es ist aber leider so. Vielleicht hilft es deinem Ego, wenn ich dir sage, dass es mich freut, dich heute zu treffen? Musste an dich denken, als ich den Bericht um das Verschwinden des Bankiers in der Zeitung gelesen habe.“ Seine Miene wurde ernster.
„Ich denke, dass ich darüber nicht reden möchte. Erzähl mir lieber, was du arbeitest. Dazu sind wir letztes Mal gar nicht gekommen!“
Hoppla. Hatte sie sich gar nicht geoutet? Na gut. Dann mal bisschen Butter aufs Brot: „Wir beide arbeiten als Stripperinnen. Ab und zu mit kleinem Zusatzverdienst, wenn wir uns von Anwälten, Bankern und anderem Ungeziefer gegen eine Aufwandsentschädigung abschleppen lassen.“
Sie verzog keine Miene, während er Sam mit einem Blick, der fast schon etwas Beängstigendes hatte, abscannte. Dazu brauchte er noch ganze zwei Minuten, um abzuwägen, ob vielleicht ein Funke Wahrheit in der Aussage stecken könnte.

„Willst du es noch mal probieren, oder lassen wir es für heute so stehen?“ Er verzog bei der Frage immer noch keine Miene. Deshalb stand Sam schon wieder an der Wand, was sie sonst in Diskussionen nicht gewohnt war. Ihr Schweigen dauerte zu lange, weshalb er einen Haken hinter das Thema setzte: „Wir lassen es so stehen und gehen davon aus, ich glaube dir und spiele dein Spiel mit!“
Peter zog einen Hunderter raus und steckte ihn, oben in die Bluse greifend, in ihren BH. Sie war von seinem Tempo und dem schnellen Umschalten so beeindruckt, dass es ihr schwerfiel, die Contenance zu waren. Zumal seine kalten Finger fast ihre Brustwarze berührt hätten.
„Ich gehe mal davon aus, der ist dafür, dass ich mir nun deine Probleme anhöre. Ansonsten wäre es zu wenig. Besser gesagt müsste ich davon ausgehen, dass du nicht zu schätzen weißt, wer gerade an deiner Seite steht?“ Katrin hatte das Geschehen vom Rand aus beobachtet und sich dann schnell ihrem rechten Nachbarn zugewandt. Es fiel ihr nicht schwer, eine Konversation zu starten, wobei sie hauptsächlich der Chefin das Spiel nicht verpfuschen wollte.

„Machst uns noch mal zwei Bier?“ Peter ließ den letzten Angriff im Raum verhallen und orderte einfach Nachschub. „Mal wieder auf den Boden der Tatsachen zurück. Ich weiß überhaupt gar nichts von dir. Außer natürlich, seit heute, wie du dein Geld verdienst. Aber wo wohnst du und was verschlägt dich in den Schwarzwald. Dein Dialekt und deine Art stammen nicht aus dieser Gegend.“
Sam sagte ihm das über sich, was man über sie wissen durfte. Damit waren allerdings nur die Eckpunkte der Herkunft, sowie ein paar unwichtige Details und Hobbys gemeint.

Peter schien zufrieden und fing langsam an, seinen Wunderfitz runter zu fahren. Er spendierte weitere drei Bier, schmetterte aber jeden Informationsversuch über Bank, Chef, Entführung ab. Der Smalltalk rutschte auf das Stripper-Spiel-Niveau runter, was Sam selbst verschuldet hatte. Doch ihre Stärke schien heute die Geduld zu sein. Sein Blick verließ nun öfter den direkten Augenkontakt und wanderte Richtung seines Hundert-Euro-Scheins. Dies signalisierte Sam, dass auch seine gute Erziehung nur bis zu einem bestimmten Punkt ausreichte.
Katrin hatte schon vor dem letzten Bier angedeutet, ab sofort für die Abfahrt bereit zu stehen. Es bedeutete offensichtlich jedoch keine Dringlichkeit, wobei die Chefin nun aber auch zum Ende kommen wollte: „Starrst du mir wirklich die ganze Zeit auf meine Möpse, oder suchst du dein Geld? Tut mir leid, aber der Schein ist futsch. Falls du ein bisschen Ahnung vom Angeln hast, dann sieh es mal so. Der Köder ist weg, da der Fisch zugebissen hat. Leider hängt er nicht an der Angel, weshalb du heute ohne Beute nach Hause gehen wirst. Es sei denn, dir gelingt in diesem Haifischbecken noch einen kleineren Fisch an die Angel zu bekommen. In der Realität sieht es dagegen so aus, dass ich mich freue, wenn der Zufall uns erneut irgendwo kreuzen lässt."
Sie erhob sich vom Hocker und drückte ihm einen oberflächlichen Kuss auf die Wange. So konnte Sam auch kurz Maß nehmen. Peter war kaum größer als sie und zeigte Körperspannung.
Danach zogen die Diven ab. Ein kleiner Windhauch flog beim Öffnen der Türe in den Raum. Es wirkte auf Sam, als

würden die versammelten Augen hinter den Ladies her ins Freie huschen.
Sie liefen auf die große Stadtkirche zu und stiegen wenige Meter davor in ihren Wagen.
Das Update der beiden auf dem Heimweg brachte leider nicht viel Licht ins Dunkel. Es war einfach nur amüsant, wobei Katrin an ihrem jungen Gesprächspartner nicht viel Interesse bekunden wollte.
Sie teilte dafür Samanthas Alters-Schätzung, dass sich der Bankier zwischen 35 und 40 Jahren bewegen dürfte.
Beide spekulierten auf der Heimfahrt weiter und überlegten dabei, wie sie im Fall der Entführung weiter an Informationen kommen wollten.

So folgte in den nächsten Tagen viel Papierkram und wenig Außendienst. Recherche, die leider nichts Bedeutendes lieferte. Sam fiel lediglich auf, dass Katrin öfter mit Abwesenheit glänzte, wenn auch Andreas nicht aufzufinden war. Sie überlegte sich, ob es die beiden langsam nicht doch übertrieben. Sicher hatten es auch schon andere auf der Wache bemerkt, dass hier etwas nicht rund lief. Sam ließ den Gedanken sacken und versuchte, ihn nicht weiter zu gewichten. Katrin musste selbst wissen, wie weit sie gehen wollte.

Die Presse lieferte ebenfalls keine neuen Fakten zur Entführung. Lediglich problematisch gestaltete sich das Fehlen des Vorstandsvorsitzenden in der Bank. Peter Frei leitete die Geschäfte gerade kommissarisch, was aber nur auf eine gewisse Zeit begrenzt zu rechtfertigen wäre. Auch traute die Presse dem jungen aufstrebenden Vorstand nicht zu, das Boot durch die gerade raue See zu steuern. Die Bank bräuchte bei ihrer Größe eher drei Vorstände, wobei man keinen passenden Partner für ein Dreigestirn fand. Sams neuer Freund und seine Bank kamen in allen Berichten nicht gut davon!

Erst am Donnerstagmorgen kam langsam wieder Leben ins Revier. Die Dienststelle hatte am Abend einen Anruf entgegengenommen, dass der hiesige Bauunternehmer, Florian Bergmann, gestern den ganzen Tag nicht im Geschäft erschienen sei. Nachdem er sich weder zu Hause, noch bei der Arbeit abgemeldet hatte, wurde seine Frau langsam unruhig. Zwei Kollegen von der Streife seien gestern noch vorstellig geworden und hätten die wichtigsten Fakten notiert.
Katrin beschloss, an diesem Morgen noch mal mit Andreas hin zu fahren. Sam nickte. Es war ihr ausnahmsweise sogar recht, da sie selbst nicht hinwollte.
Sie würde sowieso demnächst auf Karin Bergmann treffen, da sie zu einem Neustädter Förderkonzept gehörte, in das Samantha gerade von der Bürgermeisterin eingebunden wurde.

Zudem musste die Revierleiterin heute Morgen ihrem Bruder und dessen Freund Daniel auf die Finger schauen. Die beiden stellten das Präventivkonzept an der Realschule vor, das sie selbst als Alternative für die aufgebrummten Sozialstunden angeboten hatten. Das Projekt fand schnell Zuspruch, und Sam hoffte, dass die Jungs so wieder etwas in die Spur kommen würden.
Ihre Leidenschaft war der Kampfsport, wobei sie mit ihrem Geschäftsmodel, Stalker zu verprügeln, zu weit gingen. Sie hatten es dem Einsatz von Samantha zu verdanken, dass

ihnen nun diese neue Perspektive geboten wurde. Auf dem Gymnasium wurde bereits der Erfolg des Projekts gefeiert, und andere Städte zeigten ebenfalls Interesse an dem Präventionsprogramm der beiden Kampfsportler.
Daniel und Samuel waren einfach zwei super Typen, die mit Jugendlichen gut umgehen konnten. Allerdings glaubte Sam den beiden nicht, dass sie ihre Plattform zur Unterstützung von gestalkten Opfern komplett aufgegeben hatten.

Katrin verabschiedete sich gerade und riss Sam damit aus den Gedanken. Die Chefin interessierte, ob Bergmann schon zurück sei, oder ob es noch weitere Informationen gebe, die die Kollegen am Vorabend in der Recherche vielleicht übersehen hätten. „Du musst unseren kompletten Fragekatalog abarbeiten. Wir brauchen alle Informationen, die auch die Kripo rauskitzeln würde. Verstanden?" Katrin grinste: „Aye-Aye, Chef. Danke für das Vertrauen."
Sie stießen die Fäuste zusammen und Katrin verschwand.

Das Haus von Familie Bergmann lag Richtung Titisee. Kurz nach der Abfahrt zu den Supermärkten führte eine Straße ins Industriegebiet. Über die Bahngleise hinweg kamen ein paar Wohnhäuser. Im Anschluss folgten verschiedene Firmen und das Caritasgebäude, was die Polizei heute nicht interessierte. Auch als Laie konnte man erkennen, dass Bergmanns Wohnhaus nicht mit kleinem Geldbeutel finanziert wurde.

Eine schick gekleidete Frau öffnete die Türe und stellte sich als Frau Bergmann vor. Sie nahm die beiden Beamten mit in die große Küche und servierte einen Kaffee.

Während Katrin mit den Fragen begann, notierte Andreas die wichtigsten Fakten. Mal ein umgekehrtes Spiel. Bei Samantha musste immer die jüngere Kollegin schreiben. Wenn Andreas etwas unstimmig vorkam, sollte er einfach unterbrechen.
Nach einer harmlosen Einleitung kam Katrin auf den Punkt: „Gab es in letzter Zeit Bedrohungen gegen Sie oder Ihren Mann?“
Kopfschütteln: „Nicht, dass ich wüsste.“
„Ich muss Sie das jetzt leider fragen! Gibt es bei Ihnen oder in der Firma finanzielle Probleme? Kann es sein, dass Ihr Mann aus Gründen einer Schieflage verschwunden ist?“
Frau Bergmann verneinte mit Nachdruck und wirkte dabei etwas genervt. Katrin versuchte darauf, den Stress für Frau Bergmann aus der Situation zu nehmen.
Es folgten Fragen: Wie haben Sie sich kennengelernt? Welchen Abschluss hat Ihr Mann? In der wievielten Generation steht das Unternehmen? Wie viele Mitarbeiter sind beschäftigt? Gab es schon mal einen Prozess mit einem Kunden? Wie hoch schätzen Sie Ihre Reklamationsquote? Können Sie uns eine Aufstellung der aktuellen Aufträge zukommen lassen?
Irgendwann war der Gesprächsverlauf wieder ganz ruhig und sachlich, worauf Frau Bergmann fragte: „Sie glauben, dass sein Verschwinden mit der Firma zusammenhängt?“
Katrin wollte die Dame jetzt nicht vom Haken lassen.
„Wenn ich davon ausgehe, dass Ihr Mann keine Affäre hat, ein ausgeglichenes Familienleben führt und es privat keine nennenswerten Feinde gibt, dann schauen wir uns natürlich zuerst im beruflichen Umfeld um. Die Handyortung hat zu keinem Erfolg geführt. Sie hatten meinen Kollegen ja

gestern mitgeteilt, dass Ihr Mann das Handy nachts lädt und es somit mindestens den Tag über aktiv sein müsste. Er war jedoch nicht für Sie, noch für die Kollegen im Geschäft erreichbar, obwohl es mehrfach versucht wurde. Wenn ich ehrlich bin, dann liegt für mich eine Entführung im Bereich des Möglichen. Mein Verdacht war noch, dass er verunglückt sein könnte. Da er aber direkt ins Büro wollte, das sich keinen Kilometer von hier entfernt befindet und die Strecke mehrfach abgefahren wurde, schließen wir einen Unfall aus."

Es entstand eine kurze Pause, in der Katrin noch mal den Zettel von Andreas überflog. Im Anschluss fragte sie: „Kennen Sie den Bankier, Alexander Blank aus Donaueschingen?"

Frau Bergmann wurde leicht nervös. „Mein Mann erwähnte, als wir den Skandal in der Zeitung verfolgten, dass dieser Alexander Blank mit ihm auf dem Gymnasium in eine Klasse ging. Sie seien einmal eng befreundet gewesen."

Andreas schaute gespannt zu Katrin, worauf die weiter bohrte. „Hatten Sie das Gefühl, dass Ihr Mann durch dessen Entführung nervöser wirkte als sonst?"

Es entstand eine weitere Pause. „Wenn Sie mich so direkt fragen, dann hatte er ein recht großes Interesse an dem Fall. Er hat sich seitdem auch zu Hause immer wieder zurückgezogen, um zu telefonieren. Das hat er früher nie gemacht. Allerdings dachte ich, dass es ihn einfach bedrückt, weil sich die beiden von früher kannten. Zuviel Aufmerksamkeit habe ich diesem ungewohnten Verhalten nicht gewidmet. Denken Sie tatsächlich, dass sein Verschwinden mit dieser Entführung zu tun haben könnte?"

Blöde Frage, dachte Katrin. *Es ist unser einziges Indiz bis jetzt.* „Momentan können wir nur spekulieren und hoffen, dass er sich von selbst wieder meldet. So lange keine Lösegeldforderung vorliegt, haben wir auch keine bestätigte Entführung. Wir lassen aber selbstverständlich nach ihm suchen und haben an die umliegenden Dienststellen die Daten weitergegeben.

4.

Es war für Alexander Blank ganz komisch: Als er gestern gegessen hatte, wurde ihm leicht übel. Hatte ihn sein Peiniger vergiftet? Irgendwann kippte er auf dem Bett weg, nachdem er den fünften Übernachtungs-Strich in die Wand geritzt hatte.

Aus dem Tiefschlaf rissen ihn nun ein paar kleine Ohrfeigen. Seine Augen kamen nur langsam in dem diffusen Licht zurecht. Verschwommen glaubte er jedoch, seinen alten Freund Florian Bergmann zu erkennen. Die Schlaftrunkenheit löste sich nur sehr langsam auf. Es wurde Blank klar, dass ihn jemand betäubt hatte. Wahrscheinlich, um ihm in der Schlafpause den alten Kollegen unterzujubeln.

„Bist du endlich wach? Was ist hier los?“ Bergmann quatschte ihn schon länger voll. Doch kamen die Worte erst jetzt bei Blank an.
„Ich weiß nur, dass ich entführt wurde. Von der Fahrt habe ich nichts mitbekommen!“ Sie setzten sich nebeneinander aufs Bett.
„Du weißt aber, wer uns entführt hat?“ Blank schüttelte den Kopf und versuchte erst mal auf unwissend zu machen. „Ich glaube nicht und habe auch keine Ahnung, was sich jemand von der Entführung von uns beiden versprechen könnte. Oder was meinst du?“
Bergmann, der schon klarer bei Verstand war, fuhr sich durch die Haare. „Was hat dieser Typ vor? Mein Gefühl sagt mir, dass es mit eurem aufgelegten Anlagebetrug und dieser Internetfirma zu tun hat. Ansonsten müsste es mit einer

alten Geschichte zusammenhängen, da wir aktuell keine weiteren Berührungspunkte haben."
Blank nickte und zeigte auf das dritte Bett. „Dann wissen wir, wer da wohl noch kommen wird?" Bergmann nickte. „Ich hoffe nur, dass wenigstens er die Gefahr erkennt, wenn ich jetzt auch noch verschwunden bin. Bei dir wird ja der Bankskandal als Grund des Verschwindens aufgeführt. Deshalb habe ich nicht gleich reagiert. Aber Simon sollte doch so schlau sein, nun nach dem wahren Grund zu fragen. Oder?"
Blank nickte. „Nur wegen euch habe ich die Probleme in der Bank. Ihr habt mich in dieses dubiose Projekt reingezogen, wo die Bombe jederzeit platzen könnte. Ich dachte, dass Simon mich hat entführen lassen, um seine politische Karriere nicht zu gefährden."
„Wo liegt denn das Hauptproblem? Er sagt, dass ich stillhalten müsste. Ich werde aus ihm gerade nicht schlau!"
„Simon hatte es juristisch geprüft und mir deutlich zu erkennen gegeben, dass Baden-Württemberg, wenn wir nicht mitmachen und euch mit einem großen Betrag finanzieren, beim Internetausbau vorerst komplett aus dem Rennen wäre. Wir sollten darüber hinaus versuchen, den Bürger mit ins Boot zu holen. Also haben wir einen regionalen Fond aufgelegt. Er war wie besessen von der Idee, bald weltweit in unserem Bundesland als Vorreiter zu gelten."
Es entstand eine kurze Pause, bevor Bergmann auf den Punkt kam. „Um welchen Betrag geht es denn?"
Blank musste husten. „Das willst du gar nicht wissen. Die Summe, die du erhalten hast, ist jedenfalls Pillepalle. Allerdings sollte das Geld schon seit einem Monat zurück sein. Den Betrag hätte ich gar nicht bewilligen dürfen. Meinen

Partner, Peter Frei, haben wir dann zur Unterschrift fast genötigt. Ja, und wie du Simon kennst, arbeitet er gerade daran, dem jungen Wilden das Ganze in die Schuhe zu schieben. Genau betrachtet steht er kurz davor, es auch tatsächlich durchzubringen. Frei tut mir fast schon leid. Ich denke, dass er für unseren Mist sogar in den Bau wandern wird. Es gibt ein Überprüfungsdokument, das nur Frei unterzeichnet hat. Dieses ist hauptverantwortlich dafür, dass wir auf den Deal eingegangen sind. Es gibt auch die Basis für die Risikoeinschätzung des Fonds, der demnächst die ersten Ausschüttungen tätigen sollte."

Er räusperte sich und machte dann weiter: „Es gab schon zwei Gespräche, in denen wir Frei eindringlich darum gebeten hatten, das Ganze einfach auf sich zu nehmen. Wir würden ihn dann raushauen und dafür sorgen, dass er bis an sein Lebensende nicht mehr arbeiten müsse. Fast so wie damals! Es wiederholt sich alles im Leben und irgendein Dummer steht auf."

Beide starrten auf den Boden, bis Blank fragte: „Hast du auch einen Plan, wie wir aus der Hölle von diesem Dummen hier wieder rauskommen?"

Bergmann zwinkerte ihm zu: „Meine Uhr hat einen Tracker, den meine Frau zu Hause abrufen kann. So eine Vorsichtsmaßnahme, falls mir mal was passiert oder ich beim Joggen umfalle. Ich hoffe nur, sie denkt nicht, dass ich eine Affäre habe. Wir sitzen nämlich hier im Keller von meiner Hütte."

„Nicht dein Ernst? Hier war ich noch nie. Oder?" Bergmann schüttelte den Kopf. „Hier fanden früher unsere geheimen Saufgelage und Orgien statt. Natürlich oben in der Hütte. Hier unten passierten nur die schlimmen Sachen." Er zwinkerte und sie lachten überheblich, als wären sie der Lage Herr.

Vor dem Bildschirm war dagegen jemand mit der Aufzeichnung des aktuellen Gesprächs zufrieden. Wenn erst der Dritte im Bunde da wäre, dann würde er noch weitere, viel interessantere Gespräche aufzeichnen. Es würde ihm schon noch gelingen, die ganz große Bombe platzen zu lassen und die Verantwortlichen für eine üble Tat an den Pranger zu stellen. Die Herren hatten keine Ahnung, welchem Geheimnis er auf die Spur gekommen war. Wie lange er es dann selbst hüten musste, um seine Rachepläne zu schmieden. Vor allem hatte er viel geleistet und sein Leben verändert, um dahin zu kommen, wo er jetzt stand.
Nun galt es aber, Simon Greitmann in die Gewalt zu bringen und nachzuschauen, wie die Polizei mit ihren Ermittlungen vorankommt. Hatten sie schon einen Verdacht? Konnte schon ein Zusammenhang gereimt werden? Wie clever würden seine Gegenspieler sein? Ab wann könnte er seine ersten Videos ins Netz stellen? Es gab schon noch ein paar Unbekannte.
Zuviel wollte er nicht planen, da er sich sonst womöglich noch gescheut hätte, sein Vorhaben überhaupt zu starten. Eher zufällig hatte er mitbekommen, wie die Herren erneut jemanden für ein Vorhaben über die Klinge springen lassen wollten. Ja, ganz so wie damals. Da konnte er einfach nicht anders, als seinen ewig hässlichen Traum mal langsam real werden zu lassen. Fast ein Jahr früher als die Deadline, die sie sich gemeinsam gesetzt hatten. Auch wenn er sich auf eine Zukunft zu zweit freute, würde er die Zügel nicht aus der Hand geben. Sie war eingeweiht, sollte aber auch

möglichst wenig erfahren. Auch zu ihrem eigenen Schutz. Nur über das Finale hatte er sich ausgiebig mit ihr abgestimmt und sich auf einen kleinen Deal einlassen müssen.

Allerdings machte er sich aktuell Gedanken über seinen Knecht. Den hatte er sich über lange Zeit gezogen und vorbereitet, so dass der jetzt selbständig seine Schweinereien durchziehen konnte. Doch hatte dieser in letzter Zeit immer wieder Aussetzer, was auf die veränderte Medikamentierung zurückzuführen war.
Horrorfilme hatte er ihm genug in die Hütte gebracht. Wenn er also nicht mit den Herren beschäftigt war, könnte er seine Fantasie damit etwas anregen. Mindestens einen Finger sollte er seinem Gönner und Gebieter liefern. Das war der Deal.

5.

Sam und Katrin hatten sich bereits am Computer auf Recherche begeben. Abschlussklassen des Fürstenberg-Gymnasiums in Donaueschingen standen auf der Tagesordnung. Die beiden Entführten wurden auch schnell gefunden.
Katrin telefonierte mit der Schule und forderte Informationen wie Zeugnisse, Lehrer und Vorkommnisse aus dieser Zeit an.
An wen sie sich denn wenden dürfte? Nach dieser letzten Frage verabredete sie sich auf den nächsten Tag um 13 Uhr in Donaueschingen auf dem Sekretariat.
Nun galt es die Kollegen in Donau zu informieren, die natürlich sofort an Rottweil verwiesen. Der Leiter, Eberhard Scholl, den Sam schon mal kennenlernen durfte, bat ebenfalls um eine Zusammenkunft. Er lauschte gespannt den neusten Informationen und war von den beiden mutmaßlichen Entführungen und der Verbindung der Opfer gleich angetan.
Scholl dürfte kurz vor dem Ruhestand stehen und war, so hatte ihn Samantha jedenfalls kennengelernt, ein ganz sachlicher Ermittler. Sie wusste, dass er sogar die Karrieresprosse runter gestiegen war, um im Schwarzwald die Kripoleitung zu übernehmen. Vor allem aber, er war nicht überheblich gegenüber jüngeren Kollegen. Er setzte von Anfang an auf die Mitarbeit jedes einzelnen Ermittlers, wenn es galt, einen Fall zu lösen. Da er ebenfalls morgen in Donaueschingen sein würde, wollte er sich mit den Damen auf dem Revier treffen. Natürlich erst, wenn sie mit der Recherche in der Schule fertig werden.

Sam legte auf und platzte mit einem Spontanvorschlag raus: „Bock auf eine Runde Badeparadies?"
Da der nächste Tag geplant war und beide noch nicht in der Denkpause versanken, brach Sam einfach mit dem Vorschlag die anstehende Stille. Sie spürte jedoch, dass Katrin schon einen anderen Plan hatte. Um was es da ging, konnte sie sich schon denken. „Lust ja. Hatte aber eigentlich schon etwas anderes auf dem Schirm."
Da grinste die Chefin. „Cool. Da es das Wort „eigentlich" ja theoretisch gar nicht gibt, solltest du Zeit haben."
Erneute Pause. „Okay! Dann können wir doch noch für unseren Triathlon trainieren, den du mir ja immer noch schuldig bist."
Sam dachte zwar eher daran, ein paar Drinks an der Poolbar zu nehmen, freute sich aber über den plötzlichen Wandel.

6.

Kurz vor 19 Uhr brachen sie dann auf. Beide packten zu Hause schnell die wichtigsten Sachen und Sam erklärte sich bereit zu fahren.
Ein paar Züge, was in dem Becken nur bedingt möglich war, mussten reichen, um die Kondition zu stärken.
Schon nach wenigen Minuten sicherten sie sich einen Platz an der Poolbar. Es war wie in der Karibik. Im Wasser sitzend einen Trink einnehmen und einfach bisschen quatschen. „Was denkst du über unseren vermeintlichen neuen Fall?"
Sam wusste, dass die Frage kommen würde.
„Mein Instinkt sagt, dass da was Großes auf uns zurollt. Irgendwie scheinen wir Fälle anzuziehen, die nach einem Spezialteam rufen." Sam zwinkerte, fuhr dann aber mit ernster Miene fort.
„Es würde mich nicht wundern, wenn wir hier erneut ein Geheimnis lüften, das schon Jahre zurückliegt. Vielleicht will sich irgendjemand rächen für eine Schweinerei, die ihren Ursprung in der Schulzeit hat. Eventuell geht es sogar wieder um Stalking oder Mobbing? Ich bin jedenfalls gespannt, was wir morgen im Gymnasium erfahren."
Katrin rubbelte ihre kurzen schwarzen Haare durch.
„Da bin ich auch mal gespannt. Wer weiß? Vielleicht gibt es ja tatsächlich den nächsten großen Fall für das Dreamteam." Sie zwinkerte nun ebenfalls zurück und wechselte das Thema. „Wenn der Barkeeper noch lange so sabbert, dann schwappt das Bad bald über. Sollen wir ihn mal ein bisschen kitzeln?"

„Blöde Ideen sind doch normalerweise mein Spezialgebiet. An was hat die freche Katrin gedacht? Willst du versehentlich den Bikini verlieren oder machen wir heute mal auf Lesben?“
Sie verstrubelte noch immer ihre Haare und hätte sich beim letzten Wort fast verschluckt, blickte dann aber ernst zu Sam rüber und meinte: „Wenn wir hier nicht so nahe an unserem Wirkungskreis wären, dann würde ich diese Herausforderung sogar annehmen. Hast du schon mal ……?“
Jetzt geriet sie ins Stocken und erschrak wegen ihren eigenen Worten, während die Sitznachbarin bereits provokant den Finger über den Bauch nach oben kurven ließ.
„Nicht so nervös, Baby. Das ist ganz einfach.“ Ihre Zunge umkreiste nun langsam die Lippen.
In dem Moment fiel dem Barmann eine Flasche hinunter. Das dazugehörige Glas gleich hinterher. Die Mädels konnten ihr Lachen nur schwer verkneifen und drehten sich deshalb schnell weg.
Katrin: „Also jetzt hast mich echt fast erwischt. Du bist ja vielleicht drauf? Wobei meine Frage noch auf eine Antwort wartet.“
Es interessierte sie, ob ihre Chefin schon mal die Frauennummer durchgezogen hatte. Doch Sam wich erneut aus. „Stell dir mal vor, dass der genau weiß, wer wir sind. Dann wird schon bald rum erzählt, wie du nicht nur einen verheirateten Kollegen verführst, sondern auch noch was mit der Chefin hast. Wenn ich mir das so vorstelle, dann bekomme ich Gänsehaut. Ich glaube, dann würde es selbst mir mulmig, mich hier wieder blicken zu lassen. Es ist schon was dran, wenn man behauptet, solche Dinge kann man auf dem

Land nicht machen. In der Großstadt würde das keinen interessieren."
Katrin geriet nach Sams Anspielung in eine leichte Schockstarre. Alleine die Vorstellung, dass man ihr unterstellen könnte, ihren Arbeitskollegen verführt zu haben?
Sam rutschte derweil vom Hocker und schwamm an den Beckenrand. Ohne etwas zu sagen stolzierte sie Richtung Sauna.
Katrin musste schmunzeln über den lasziven Gang vom Boss. Als hätte diese gerade einen Hebel umgelegt. Kaum einer im Schwimmbad blickte ihr nicht hinterher.
Sollte sie Sam nun etwa in die Sauna folgen. Andreas würde sie anbrüllen, dass sie diese Gelegenheit ausgelassen hätte und ihm nicht beschreiben könnte.......?
Doch die Verwirrung war zu groß, um ihr hinterherzugehen. Mittlerweile war schon eine ganze Schar von Männern Sams Lockruf gefolgt. Wieso plötzlich alle in die Sauna wollten, war schon komisch.
Katrin schüttelte den Kopf, als die Horde Rüden der läufigen Hündin folgten. Sie bestellte sich einen Caipirinha, um die Gedanken langsam wieder zu erden.
Es dauerte keine Minute, als ein junger Typ neben ihr den Platz einnahm.
„Darf ich Dich einladen?" Katrin lächelte ihn verführerisch an. Sie hatte Lunte gerochen und wollte selbst testen, wie viel läufige Hündin sie versprühen konnte. Vor allem aber, man hatte ihnen den Versuch der Lesbennummer wohl nicht abgenommen.
„Klar! Wenn du einen mittrinkst." Er nickte und stellte sich als Jan vor.

Sie nutzte ihren Decknamen, Kathleen, wie sie in der Schule genannt wurde, und fing an zu flirten.
Es ging nicht lange, bis sich zwei Kollegen an die Theke hinzugesellten. Sie genoss es, wie die drei um ihre Gunst zu werben versuchten. Welch genialer Schachzug, dachte sie und spürte dabei, wie Sam sie von oben aus der verglasten Sauna beobachten konnte. Dazu machte das Ganze richtig Spaß.
Nach zwei weiteren Cocktails spürte sie jedoch, wie es in ihrem Kopf schummrig wurde. Wenn sie nicht bald die Kurve bekäme, dann würde sie von den Raubtieren erlegt. Und darauf hatte sie keinen Bock. Jan, der Netteste von ihnen, musste sich dann verabschieden.
Den anderen beiden schienen die Drinks ebenfalls zuzusetzen. Auf einen Schlag verloren sie ihre Schüchternheit. „Ich weiß, dass sich das etwas blöd anhört. Aber hast du es schon mal mit zwei Jungs gleichzeitig gemacht? Wo wohnst du denn?"
Wäre sie gerade am Trinken gewesen, dann wäre der Schluck quer im Hals stecken geblieben. Ihre Zunge wurde plötzlich schwer und das Hirn schaltete nicht mehr richtig durch. Während ihr die K.-o.-Tropfennummer durch den Kopf ging, beantwortet sie ungewollt die Frage: „Ich wohne gerade um die Ecke. Warum? Wollt ihr euch von der ersten Frage direkt überzeugen?"
Die beiden lachten und obwohl Katrin erkannte, dass hier gerade etwas schieflief, konnte sie ihnen nicht mehr entkommen. Panik stieg in ihr auf. Die Gedanken an früher, als Franko sie in diesen Zustand manövrierte, kamen schlagartig wieder hoch. Niemals wollte sie diese Situation noch mal

erfahren. Da waren Bilder, die er von ihr gemacht hatte, ohne dass sie sich erinnern konnte.

Sie ließ sich vom Hocker gleiten und versuchte an den Beckenrand zu schwimmen, schaffte es aber kaum aus dem Wasser. Da halfen die Jungs etwas von hinten nach.
`*Wo hat der gerade hin gefasst? Wo ist mein Oberteil? Sollte ich um Hilfe rufen?*´ Vielleicht half ihr das Adrenalin, den Kopf einigermaßen klar zu halten.
Die Jungs folgten ihr Richtung Umkleidekabine. Ihr Bewegungsapparat funktionierte, aber der Verstand war wehrlos. Sie ging schnell in eine Kabine, doch der kleinere der beiden drängte sich hinterher. Sofort auf Tuchfühlung gehend. Während die Tür geschlossen wurde, war ihr Bikini schon weg. Der Kollege stand vor der Tür Schmiere, als plötzlich ein schmerzhafter Aufschrei erklang.
Die Tür wurde eingetreten und Katrin sah, wie Sam ihren Begleiter an den Haaren aus der Kabine zog. Dann rutschte sie auf den Boden und versuchte sich mit dem Handtuch irgendwie zu bedecken.
Sam hatte bereits zugeschlagen, dem kleineren das Nasenbein gebrochen und Jan von hinten gegen die Kabine gedrückt. Wo kam dieser Jan jetzt plötzlich wieder her? Alles war wirr in Katrins Kopf.
Schon stand der Bademeister da und erkannte glücklicherweise die hiesige Kommissarin. Während sie in ihren Bademantel schlüpfte und die Personalien der beiden Jungs aufzunehmen versuchte, kümmerte sich ein zweiter Angestellter um Katrin.

Sam: „Wo ist euer Kollege? Ihr wart doch vorhin zu dritt? Oder sogar zu viert?“ Sie glaubte, die Typen am Anfang schon mal an der Bar entdeckt zu haben.
Die beiden anderen waren aber nicht mehr auffindbar, und die Festgenommenen konnten sich nicht an Freunde erinnern, die heute dabei gewesen wären.
Drei Kollegen von der Wache trafen ein und nahmen das K.-o.-Tropfen-Team mit. Die Taschen der Herren wurden ebenfalls beschlagnahmt.
Samantha packte derweil Katrin in trockene Kleidung und fuhr mit ihr ins Neustädter Krankenhaus, das auf dem Rückweg lag.
Sie ordnete eine Blutprobe an und ließ die komplett neben sich stehende Kollegin zur Überwachung dort.

Jetzt musste es schnell gehen, wenn sie die Herren noch auf dem Revier erwischen wollte.
Die beiden Peiniger saßen tatsächlich noch, uneinsichtig und genervt, bei Andreas im Verhör. Der konnte sich kaum bremsen und hatte einen der beiden schon am Kragen gepackt, was die Sachlage für die Beamten unangenehm verschlechterte.
Man hatte nichts bei den Jungs gefunden und sie stritten zudem die Beschuldigung ab. Es gab also keinen Anlass, der ein weiteres Festhalten rechtfertigen würde. Sam setzte sich dazu und übernahm das Kommando.
„Es tut mir leid, wenn das hier etwas aus dem Ruder gelaufen ist. Aber ……“
Der Dickere, den Sam aus der Kabine gezogen hatte, fiel ihr ins Wort und fauchte sie an: „Ihr werdet von seinem Vater

hören. Der ist nämlich Anwalt. Bin mal gespannt, ob hier dann noch jemand so ruhig sitzen bleibt."

Sein Kollege unterbrach ihn, sprach dabei aber ruhig und sachlich: „Ihr haltet uns schon länger fest als zulässig, ohne etwas in der Hand zu haben. Und der Kollege …….!" Er deutete auf Andreas, worauf Sam ihn unterbrach.

„Es gibt zwei Zeugen, die gesehen haben, wie ihr meine Kollegin gegen ihren Willen in die Kabine gedrückt habt. Das müsste für sexuelle Nötigung ausreichen. Was die Kameras aufgezeichnet haben, weiß ich noch nicht. Auf die Blutprobe bin ich ebenfalls gespannt. Wenn der sein Benehmen also nicht gleich in den Griff bekommt, dann werde ich es auf mich nehmen, dass ihr heute Nacht wegen sexueller Nötigung, Randalierens im Revier und Beleidigung mehrerer Beamten bei uns übernachtet."

Sie wandte sich an Andreas: „Ist die Ausnüchterungszelle frei?" Als er nickte, wandte sie sich den beiden Jungs zu. „Wie sieht es aus?"

Der Anwaltssohn zeigte sich clever, darum wollte sie ihm eine Chance geben, seinen Hals aus der Schlinge zu ziehen.

„Ich denke, dass du bluffst! Wir werden jetzt gehen und die Geschichte auf dem Revier vergessen. Es tut mir leid, dass das mit der Kollegin etwas falsch rübergekommen ist. Aber ich denke, dass sich auch Personen finden, die aussagen werden, wie sie uns an der Bar heiß gemacht hat. Vielleicht hat er sie beim Begleiten in die Kabine etwas unglücklich angefasst. Aber sexuelle Nötigung sieht sicher anders aus. Wir haben bemerkt, dass ihr schlecht wurde, darum war unsere Absicht in erster Linie, ihr zu helfen." Er war noch nicht fertig, doch hatte Sam genug gehört.

„Werft das Protokoll in den Müll und lasst sie laufen!"

Als die letzten Worte verhallten, war sie schon fast aus dem Zimmer draußen. Klar war ihr im Moment nicht, dass sie auf diese Jungs noch mal treffen würde.
´Mein Papi ist Anwalt´ hatte es offensichtlich verstanden, doch der andere schien ziemlich angefressen. Zuerst von einer Frau Prügel zu beziehen und dann klein beigeben zu müssen? Sam hatte ihnen jedoch die Chance gelassen, nicht als Verlierer aus dem Ring zu gehen. Es wurmte sie allerdings, dass Andreas dieser handgreifliche Fehler unterlaufen war und sie die Arschgesichter deshalb laufen lassen musste. Katrin wird sicher nicht begeistert sein. Wie würde sie den Vorfall überhaupt wegstecken?
Sam hatte sich bisher gescheut, mit ihrer Freundin die alte Geschichte und ihre K.-o.-Tropfen-Erfahrung aufzuarbeiten. Sie hatte ihr nie gesagt, dass sie mehr wusste, als Katrin ihr zu erzählen bereit war.
Mit diesen Gedanken machte sie sich auf den Weg nach Hause. Sam wollte morgen zeitig im Krankenhaus auftauchen und die Kollegin abholen.
Es hätte heute ein lustiger Abend werden sollen, an dem die beiden über den Fall quatschen und Spaß haben wollten, ohne den Druck aus dem Revier mitzunehmen. Dann die blöde Anmache von ihr, mit der sie Katrin provozierte, nur um nachher alles als Spaß aufzuklären. Sie wollte ihr zeigen, wie schnell sich ein Mensch verstellen konnte und damit das komplette Umfeld beeinflusste. Nicht nur das ganze Bad und die Jungs, die ihr in die Sauna gefolgt waren, hatte sie manipuliert. Auch Katrin biss an und ließ sich von einer Frau ungewollt verführen.
Sam konnte andere schon immer manipulieren, wollte es aber nie an Freunden ausprobieren. Sie genoss allerdings

den Moment in der Sauna, als sie sich zurücklehnte und die Augen schloss. Es gelang ihr so die Blicke auf dem ganzen Körper zu spüren, was schon für eine gewisse Befriedigung sorgte. Dass der Schuss dann nach hinten losging, war allerdings nicht geplant.
Auf jeden Fall würde sie das Geschehen an diesem Abend nicht ganz aus den Augen verlieren. Diese Jungs hatten Dreck am Stecken, und das würde sie ihnen auch noch beweisen.

Sam schlief sehr unruhig. Sie stand deshalb schon kurz vor sechs Uhr auf und ging eine Runde joggen. Um sieben war sie bereits im Krankenhaus, wo die Kollegin gerade dabei war, sich selbst zu entlassen.
Dankbar über die Wasserflasche der Chefin, löschte sie gleich mal den Brand.
Erst im Auto ließ sich Sam die Geschichte noch mal erzählen. Natürlich nur die halbe und dass Sam rechtzeitig eingeschritten sei. Vielleicht konnte das Trauma abgeschwächt werden? Vorausgesetzt, Katrin würde nicht mit aller Gewalt in den Erinnerungen kramen.
Katrin wusste glücklicherweise auch nur bis zu dem Punkt Bescheid, als Sam Richtung Sauna gegangen war. Erstaunlich war, dass sie Jan und die anderen beiden Jungs nicht mehr beschreiben konnte. Hatte sie eventuell vorher schon die Substanz zu sich genommen oder was war das für ein Teufelszeug? Die Auswertung der Blut- und Urinprobe lag natürlich noch nicht vor. Da würden sie sich gedulden müssen.

Sie fuhren zuerst bei Katrin vorbei, damit die sich frisch machen konnte. Danach ging es aufs Revier. Andreas war nicht mehr da. Sam bat ihn in einer Mail, die K.-o.-Tropfengeschichte nicht weiter bei Kathleen zu erläutern. Sie habe keinen genauen Durchblick und könnte, wenn sie die Fakten erfuhr, auch falsch reagieren.
Samantha hoffte, dass er es verstehen würde und weitere Dummheiten unterließ.

Den Morgen über waren die Damen dann wieder mit Recherchen über den entführten Blank und seinen Kollegen Bergmann beschäftigt.
Die beiden Herren gingen in die gleiche Abi-Abschlussklasse auf dem Fürstenberg-Gymnasium. Beide kamen aus vermögenden Verhältnissen, was zwar eine weitere Parallele darstellte, jedoch nicht ungewöhnlich war. Es gab 24 Mitschüler in der Klasse. Das genaue Verhältnis und die Daten der Klassenkameraden würden sie heute noch bekommen.

Samantha bekam das Gefühl nicht los, dass zur Schulzeit der beiden, eine riesige Sauerei passiert sein muss. Irgendjemand wollte das jetzt geraderücken. Aber warum erst heute? Nach so vielen Jahren? Gab es einen Anlass, dass etwas auffliegen könnte?
Der Bankskandal vielleicht?
Sie musste abwarten, was die nächsten Tage an Informationen bringen. Doch ihr Gespür war sehr deutlich.

7.

Kurz vor 12 Uhr brachen die beiden auf. Hunger hatten sie nicht, doch stand der Hengstler-Platz, wie fast immer, auf dem Programm: Leute beobachten und ein bisschen runterfahren.
„Wir gehen nüchtern und sachlich in die heutige Befragung. Ich will möglichst viel erfahren und wenn es irgendwie geht, weiter an dem Fall arbeiten. Nicht dass uns die Rottweiler alles wegnehmen," sagte Sam, als sie aufbrachen.

Die Fahrt dauerte knapp eine halbe Stunde, so dass es für den Cappuccino gerade noch reichte.
Sam hätte gerne Peter Frei getroffen, was der Zufall heute aber nicht wollte. Der Junge interessierte sie. Er war optisch nicht makellos, hatte aber was auf dem Kasten und punktete zudem mit seiner Ausstrahlung. Auch hatte er ihr schon zwei Mal die Gesprächsführung entzogen, was andere in ihrem ganzen Leben kein einziges Mal schafften. Es gelang ihm, ihre ganze Aufmerksamkeit bei Gesprächen auf sich zu ziehen.

Die Damen wollten pünktlich um 13 Uhr bei der Sekretärin sein und sie nicht verärgern. Sie würden in den nächsten Tagen sicher noch mehr Informationen vom Sekretariat benötigen.
Die Schule in der Humboldtstraße war nur drei Querstraßen vom Café entfernt. Endlich die richtige Straße erreicht, war das Gymnasium natürlich das hinterste Gebäude. Die zähe Dreißigerzone nervte, brachte aber noch mal Zeit, sich auf die Fragen vorzubereiten.

Auf der linken Straßenseite lauter kleine Siedlungshäuser mit schön gepflegten Gärten, wurde von Katrin beim Einparken kommentiert: „Das blüht uns irgendwann auch noch.“

Am Ziel angekommen, wurden die beiden von der Schulsekretärin freundlich im Vorzimmer des Rektors empfangen. Es war ein kleiner Raum mit zwei Schreibtischen und Blick ins Grüne. Die Dame hatte graues Haar, dürfte die Vierziger aber noch nicht erreicht haben. Dafür hatte sie aber einiges an Material zusammengestellt, obwohl ihr die entführten Personen nicht persönlich bekannt waren. Jedenfalls nicht mehr aus deren Schulzeit, da sie selbst erst seit drei Jahren hier im Dienst war.
Sie habe aber noch zwei pensionierte Lehrer ausfindig gemacht, die in Donaueschingen lebten, und die Adresse inklusive Telefonnummer des einen an die Unterlagen geheftet. Der zweite lebe im Altenheim und sei dement. Mit ihm könne man sicher nicht mehr reden.
Klassenfotos und Adressen von Schülern sowie die Abi-Abschluss-Zeitung wurden ebenfalls mit eingepackt. Klassenbücher gab es leider keine mehr, aber das war den Beamtinnen schon im Vorfeld klar.

Nach dem Gespräch besichtigten die beiden das Schulgebäude. Sie wollten ein genaues Bild haben, wenn sie später mit den Lehrern reden würden.

Die große Aula wurde von einer Brüstung eingerahmt, über die man in die einzelnen Klassenzimmer kam.

Sie gingen nach oben und warfen einen Blick in die abzweigenden Korridore. Es liefen nur wenig Schüler herum. Sam schloss daraus, dass nur vereinzelte Klassen Nachmittagsunterricht hatten. Sie stellte sich, vorne wieder angekommen, an das Brüstungsgeländer und blickte nach unten. Es war fast wie in ihrer ehemaligen Stammdisko - nur ohne Tanzbetrieb. Ihre Überlegung war, wie es hier wohl wimmeln würde, wenn die Pausenglocke ging.
Einige Halbstarke würden sich mittig in der Aula treffen, um auf dicke Hose zu machen. Ein paar Jungs und Mädels würden sich, wie Samantha gerade auch, an den Balkon lehnen und diesem Balzen zuschauen.
Die Lehrer versuchten dagegen schnell in ihr Lehrerzimmer zu verschwinden, um Konflikten oder unangenehmen Fragen aus dem Weg zu gehen.
„Aber was ist hier vor ungefähr 40 Jahren passiert?" Sie redete leise vor sich hin und dachte dann weiter: Liegt hier der Schlüssel zur Entführung begraben? Hat an diesem Ort etwas angefangen, was erst nach so vielen Jahren zur Bestrafung kommen sollte? Sam war gespannt, auf was sie in den kommenden Wochen noch stoßen würde.

Sie verließen das Schulgebäude und warfen einen Blick in die angrenzende Sporthalle: schön und groß, mit einer etwa drei Meter hohen Tribüne auf der Eingangsseite. Zwei Mannschaften duellierten sich beim Fußball. Ein paar Ausdrücke, bei denen sich die Beamtinnen angrinsen mussten, fielen und Katrin fragte: „Welt- oder Europameisterschaft?"
Sam zuckte mit der Schulter: „Auf jeden Fall muss es ein wichtiges Spiel sein, das solche Kraftausdrücke rechtfertigt."

Sie hatten genug gesehen und brachen schließlich auf Richtung Revier-Donaueschingen.
Am Ende der Verkaufsmeile und am Übergang des verkehrsberuhigten Bereichs, lag das Gebäude gegenüber von einem netten Café. ´Centrale´ lasen sie ab und Katrin meinte: „Vielleicht können wir dort später noch reinschauen?" Sam nickte und betrat kurz darauf das Revier
Es ähnelte dem aus Neustadt. Ein kleiner Vorraum und hinter einer schusssicheren Glaswand blickte man auf den Empfang.
Ein lächelnder Beamter erkannte die Kolleginnen und öffnete die Tür. Er führte sie in einen kleinen, einer Kantine ähnelnden Raum im Erdgeschoss.
Scholl besprach sich gerade mit einem jungen Kollegen, den Samantha nicht zuordnen konnte.
„Auch Kaffee?"
„Netter Empfang" antwortete Katrin und bejahte die Frage mit einem Kopfnicken. Es folgte ein kurzer Smalltalk, wobei Sam nicht wusste, ob der zweite Kollege, der nach Sams Einschätzung noch keine 25 Jahre war, eine Funktion im Fall hatte. Also blieb die Katze vorerst im Sack. Scholl beschrieb diesem Kollegen, was für einen aufsehenerregenden Fall die Beamtinnen aus Neustadt gerade lösen konnten. Christoph, so stellte er sich vor, hörte interessiert zu und erklärte dann, dass wohl jeder hier den Fall um die Lebensgeschichte von Samantha kannte. Er zog zur Geste den nicht vorhandenen Hut und bekundete mit ernster Miene seinen Respekt. So einen Fall würde man in Deutschland nicht alle Tage bekommen.

Christoph verabschiedete sich kurz darauf mit der Bemerkung, dass er für das folgende Gespräch eine Nummer zu klein sei.
Jetzt endlich packte Sam aus, was sie wusste, während Katrin wie gewohnt ihre Notizen machte. Die vermissten Personen gingen in die gleiche Klasse am FG. Beide kamen aus vermögenden Verhältnissen und waren, so vermuteten sie dem Klassenfoto zu entnehmen, gut befreundet. Mehr versprach man sich von dem ansprechbaren Lehrer.

Scholl nickte die Idee ab und meinte, dass man bei Bankvorstand Alexander Blank bisher auch dessen Flucht in Erwägung zog. Leider konnten die Gerüchte um die dubiosen Bankgeschäfte noch nicht ganz durchleuchtet werden. Sein Partner Peter Frei sei zwar kooperativ, stecke aber selbst tief in der Angelegenheit mit drin. Auch der Landrat interessiere sich sehr für den Fall und wünsche, dass im fortlaufend berichtet werde.
Scholl gab den beiden Damen grünes Licht, weiter zu ermitteln und den Altlehrer zu befragen. Katrin versuchte, während die Chefin noch etwas mit dem Kriminaldirektor diskutierte, einen Termin bei dem pensionierten Lehrer zu bekommen.
Glücklicherweise bekam sie Konrad Altmeier direkt an die Strippe und verabredete sich auf die nächste Stunde. Er wohnte auf der anderen Seite der Stadt, im Arnold-Schönberg-Ring.

Der Oberstudienrat empfing die Damen dann winkend in der Hofeinfahrt und signalisierte, wo sie den Wagen abstellen sollten.

Sam schätzte den freundlichen Herrn, knapp über 160 cm groß, auf weit über Siebzig. Er hatte eine klassische Schlägermütze auf dem Kopf. Seine Hose und das Hemd rundeten das Outfit ab, und es erweckte den Eindruck, dass er sich für dieses Interview speziell in Schale geworfen hatte. Zum Fragen kamen die Beamtinnen anfänglich nicht, da er von sich aus zu erzählen begann. Seine Frau war gerade unterwegs. Ansonsten kümmere sie sich aber gut um ihn. Der Sohn und die Tochter lebten mit ihren Familien in Bayern und Norddeutschland. Lediglich ein Enkel wohne inzwischen in Donaueschingen. Seine Vergesslichkeit bereite ihm allerdings große Sorgen und er befürchte eine aufkommende Demenz.

„Ja und dann noch die ganze Gartenarbeit…...!“ Die Damen tranken den bereits vorbereiteten Tee und hörten ihm zu. Es war offensichtlich, dass Altmeier ein paar Dinge loswerden wollte, bevor er zur Sache kam.

Seine detaillierte Einleitung ließ darauf schließen, dass dieser Mann in der Lage war, sein Wissen bildlich darzustellen.

Zwischendurch ließ Sam den Blick aus dem kleinen Wohnzimmer raus über die Natur schweifen.

Ein kleiner öffentlicher Bolzplatz war zu sehen und dahinter einfach nur Grün. Plötzlich kam beim Oberstudienrat die Zeit, sich dem eigentlichen Thema zu widmen.

„Aber ihr seid ja wegen Blank und Bergmann hier. Ja, das war schon eine besondere Klasse. Von Anfang an hatten viele Kollegen Probleme, diese Chaostruppe überhaupt zu unterrichten. Blank, Bergmann und zwei weitere Mitschüler waren dort für das Hauptproblem verantwortlich.“

Er nahm ein Fotoalbum vom Tisch und reichte es den beiden. Diese Stunde Vorbereitung hatte ihm offensichtlich gereicht, um das Wesentliche zusammenzutragen. Sie blätterten es durch, und er erklärte immer kurz, wer die Personen waren und was man zu ihnen wissen musste. Die vier Jungs, es gehörte noch Simon Greitmann und ein gewisser Klaus Tischler dazu, hatten schon einige Dinger gedreht. Sie hatten sich zum Verkauf von Billigzigaretten einen guten Kundenstamm aufgebaut, bis sie erwischt wurden. Selbst Lehrer zählten zu ihrer Kundschaft.

Erpressung, sexuelle Nötigung und Mobbing standen als Verdachtsmoment in der Kartei. „Mobbing wurde früher noch etwas anders betitelt, aber heute würde man es so nennen."

Durch den Einfluss der Eltern, die ihre Schützlinge immer wieder rausboxten, passierte den Vieren allerdings nicht viel. Lediglich Tischler, der wohl den Anführer der Gang markieren wollte, kam aus einfacheren Verhältnissen. Sein Risiko, sich verantworten zu müssen, hielt sich ebenfalls in Grenzen, da er unter dem Schutzschirm der Bande stand.

„Wie schon gesagt, solche Gruppen gab es alle zehn bis zwanzig Jahre immer wieder mal auf unserer Schule. Doch die vier, das war mir damals schon klar, hatten eine Verbrüderung für ihr Leben geschlossen und würden es sicher mal zu etwas bringen. Greitmann ist übrigens unser aktueller Landrat, falls ich das noch nicht erwähnt habe. Bergmann hat das Bauunternehmen seiner Eltern übernommen und Blank hat als Vorstandsvorsitzender unserer hiesigen Hausbankgruppe sicher auch seine Stellung in der Gesellschaft gefestigt. Lediglich Tischler ist bei mir nicht mehr präsent!"

Er schmunzelte, da ihm gerade etwas einfiel. „Er hat Karriere in der Vollzugsanstalt gemacht. Das ist das Letzte, was ich von ihm weiß. Es war die Zeit um ihr Abitur, als diese

blöde Geschichte passierte. Ich bin auch nie richtig dahintergekommen, was die Jungs tatsächlich gedreht hatten. Es gab kaum Presse um den Fall, weshalb ich hier und heute auch nur die gesammelten Gerüchte weitergeben kann!"
Sam und Katrin setzten sich nun etwas aufrechter hin. Man konnte ihnen die Anspannung anmerken. Sie saßen wie Enkel vor dem Großvater, der gerade eine seiner gruseligsten Geschichten auszupacken versuchte.
„Die Jungs waren mit dem Boot auf dem Bodensee unterwegs. Ich weiß nicht mehr genau, wessen Eltern die kleine Yacht gehörte. Jedenfalls kam bei dem Unfall ein junges Mädchen ums Leben."
Er schüttelte den Kopf und wirkte traurig: „Sie war gerade mal sechzehn oder siebzehn Jahre alt. Es wurde viel gerätselt, aber nichts ausgesprochen. Soviel ich weiß, fiel Tina über Bord und wurde nie mehr gefunden. Ob man da von „ums Leben kommen" reden kann oder nicht, diese Interpretation überlasse ich Ihnen. Ich hörte mal was von viel Blut auf dem Boot, aber auch das ist ein Gerücht."
Er dachte nach, bevor er weitersprach: „Alle vier standen unter erhöhtem Alkoholeinfluss, weshalb keiner den Sachverhalt wiedergeben konnte. Mir kam danach zu Ohren, hier wechsle ich nun aber auf noch dünneres Eis der Gerüchteküche, dass die jungen Männer ihren Freund Tischler zu einer Aussage überredet und ihm eine größere Geldsumme zugeschoben hätten. Darüber hinaus habe man dem Kollegen damals versichert, man würde dafür sorgen, dass er nicht einsitzen müsse. Maximal einen Eintrag im Vorstrafenregister habe er zu erwarten."
Altmeier schüttelte ungläubig den Kopf: „Der Schuss ging dann jedoch nach hinten los, da eine junge Staatsanwältin

nicht lockerließ und es am Schluss zur Verurteilung kam. Ich meine, dass Tischler, der natürlich schon Einträge im Vorstrafenregister hatte, mehrere Jahre einsitzen musste. Aber auch diese Geschichte wurde nie bestätigt. Es gab noch die Variante, dass er nach Ibiza verschwunden und dort im tiefen Drogensumpf versunken sei."

Er hustete: „Ich verlor ihn halt aus den Augen. Lediglich die drei Karrieristen behielt ich im Blick."

Katrin schrieb eifrig mit: „Können Sie uns vielleicht noch sagen, wann genau der Unfall passierte. Dann wird es für uns einfacher zu recherchieren." Der Oberstudienrat erhob den Zeigefinger.

„Ganz sicher bin ich mir nicht. Aber es müsste 1980 gewesen sein. Und es war das Jahr, in dem sie das Abitur geschrieben hatten. Oder war es in dem Jahr vor ihrem Abitur? Das kann ich so genau nicht mehr sagen."

Er wollte nun aber nicht mehr von Dingen berichten, über die er nicht richtig Bescheid wusste. Er betonte noch mal, dass in seiner Aussage, er schien tatsächlich ein bisschen Gefallen an dem Verhör zu finden, vieles auf Gerüchten basiere. Es gab einfach keine richtige Berichterstattung in dem Fall. Die Eltern hatten zu sehr die Hände über ihre Schützlinge gelegt.

Die Damen tranken höflich den Tee aus und verabschiedeten sich dann. Sie wurden noch ein bisschen über ihren Werdegang und die schulischen Leistungen abgefragt, worauf vom Lehrer ein respektables Lob folgte. Er wirkte beeindruckt von Samanthas Werdegang und glaubte früher sogar von ihr gehört zu haben, da sie zu ihrer Zeit die jüngste Abiturientin war.

„So etwas macht in der Lehrerpresse natürlich die Runde." Seinem Wissen nach gab es bis heute auch niemanden, der Ähnliches geschafft hatte. Als er nachfragte, wieso sie nun bei der Polizei gelandet sei und mit ihren Fähigkeiten nicht in der obersten Wirtschaftsetage praktiziere, kam ihr Katrin zur Hilfe.
„Ja, Herr Altmeier. Es tut mir außerordentlich leid, aber wir müssen!" Sie blickte auf die Uhr und ergänzte: „Wir sollten in 20 Minuten in Neustadt auf dem Revier sein. Ein Termin jagt den nächsten."
Sie zwinkerte ihm zu und verabschiedete sich. Für Sam wurde es etwas komplizierter. Altmeier wollte ihre Hand einfach nicht mehr loslassen. Ohne ein Wort zu sagen, drückte er einfach zu und blickte ihr beharrlich in die Augen.
„Wir müssen diese Konversation irgendwann mal fortsetzen." Sie setzte ein schüchternes Lächeln auf und er fuhr fort. „Ich bestehe darauf. Sie werden mich nicht so einfach los. Ihre Geschichte interessiert mich. Auch schon ihr letzter Fall, wo sie die Wirren in ihrer Familie aufdecken konnten."
Sie schaffte es schließlich, ihre Hand aus seiner zu ziehen.
„Würde mich freuen", gab sie zurück, wich seinem stechenden Blick dabei aber geschickt aus.

8.

Kurz darauf saßen die Mädels im Auto und verließen Donaueschingen Richtung Bräunlingen, um über Eisenbach zurückzufahren.
„Hast du diesen Blick am Schluss gesehen? Der wusste von Anfang an, wer ich bin. Er hat sich über mich informiert, als wäre ich eine Beschuldigte. So nett, ja sogar Mitleid erregend, wie er am Anfang wirkte, drehte sich sein Verhalten ins Unheimliche. Ich habe noch richtig Gänsehaut."
Katrin versuchte, sich um eine Stellungnahme zu drücken: „Ich war leider schon vor dir draußen, weshalb ich den Blick nicht mehr sehen konnte. Dass er unseren alten Fall kennt, wundert mich nicht. Jeder konnte in der Presse das Spektakel mitverfolgen. Auch wenn sie versucht haben, uns beide geschickt rauszuhalten, kann schon ein halbintelligenter Mensch eins und eins zusammenzählen."
Sam verzog das Gesicht: „Was ist ein halbintelligenter Mensch? Nee, aber Spaß beiseite. Danke, dass du vorhin die Initiative ergriffen hast, als die Diskussion ins Unangenehme abzudriften drohte. Hast wieder was gut bei mir."

Nun entglitt Katrin spontan, worüber sie sich selbst noch länger wunderte: „Vielleicht komme ich noch mal auf dein Angebot vom Badeparadies zurück. Kann ja sein, dass wir tatsächlich mal nur zu zweit in der Sauna landen und ……!"
War es von ihr nur spaßig als kleiner Konter angedacht, so knisterte es bei den Worten schon wieder. Sam ließ es jedoch unkommentiert stehen. Sie spielte gern und bestimmte dabei auch die Regeln. Aus diesem Grund blieb die Gesprächskontrolle auch meistens bei ihr. Doch dass mal

jemand nach so langer Zeit auf ihre kleinen Spielchen reagierte, verwirrte selbst sie.
„Vielleicht……," das klingelnde Telefon unterbrach die Unterhaltung:
„Samantha Bauer! Hallo?"
„Landrat Simon Greitmann." Eine unangenehm tiefe Stimme. Sam und Katrin schauten sich irritiert an.
„Wie kann ich Ihnen helfen, Herr Greitmann." Sie ließ den „Landrat" bewusst weg, um durch zu viel Respekt nicht in die Defensive zu geraten.
„Frau Bauer. Mir liegt eine Beschwerde von einem Waldshuter Anwaltskollegen vor. Sie haben gestern seinen Mandanten tätlich angegriffen und beleidigt. Dieser verlangt nun nach einer persönlichen Entschuldigung."
Sam hätte am liebsten laut losgelacht, musste aber sensibel bleiben, da Katrin ja noch nicht alles wusste.
„Danke für die Information, Herr Greitmann. Ich werde mir Gedanken machen."
„Gedanken machen? Sie werden sich bis morgen entschuldigt haben, sonst muss ich weitere Maßnahmen einleiten. Ihnen macht der Beruf doch Spaß! Oder?"
Sollte sie sich noch weiter beherrschen? „Herr Greitmann, Ihr Einsatz und die Sorge in Ehren. Es besteht aber der Verdacht, dass die angesprochene Mandantschaft mit K.-o.-Tropfen gearbeitet hat. Das Videomaterial aus dem Badeparadies ist auch noch nicht ausgewertet. Da werde ich mich mit Sicherheit nicht bei einem Verdächtigen entschuldigen."
Greitmann unterbrach sie durch ein lautes Räuspern. „Selbst wenn Sie betäubende Tropfen nachweisen, können Sie dies den Klienten meines Kollegen nicht anlasten. Das Videomaterial im Bad hat jedenfalls nichts ergeben.

Vielmehr meinten die Angestellten dort, dass Sie mit ihrem freizügigen Auftreten mehrere Gäste provoziert hätten. Ich denke, dass Sie gerade ein richtiges Problem an der Backe haben. An der Backe, die gestern noch lasziv durch ein Bad gewackelt ist. Wie wollen wir es machen? Entschuldigung bis morgen oder soll ich mit der übergeordneten Behörde Kontakt aufnehmen. Wir können das gerne abkürzen."
Sam kochte innerlich. „Ich nehme die Variante mit der übergeordneten Behörde und möchte Sie bitten, mir das kurz schriftlich zuzuschicken. Dann kann ich auch rechtlich prüfen, wieviel Einfluss Sie gerade auf die laufenden Ermittlungen nehmen. Meine Kollegin hört übrigens gerade mit und wird den Einschüchterungsversuch bestätigen. Auf Strafvereitlung durch Vetternwirtschaft, so nennt man das bei euch doch, wenn ich es richtig im Kopf habe, stehe ich überhaupt nicht."
Jetzt konnte man hören, wie der Landrat tief durchatmen musste. „Gut. Sie sind jung und müssen noch einiges lernen. Leider nicht mehr hier in unserem Landkreis. Viel Erfolg für die weitere Zukunft." Klick.
Katrin fand als Erste wieder die Sprache: „Was für ein Arschloch. Aber was war denn gestern los? Du hast mir noch nicht die ganze Wahrheit erzählt!"
Sam schüttelte den Kopf und brachte den Abend auf den Punkt. Auch dass Andreas die Kontrolle verlor. Es blieb kurz still und Sam rechnete schon mit einem Donnerwetter. Doch Katrin blieb gefasst.
„Wir sollten heute noch im Badeparadies vorbeischauen. Woher hatte der diese Informationen und wer bezeichnet uns da als provozierende Flittchen? Vielleicht sollten wir mal eine andere Gangart einschlagen."

Katrin zog ihr Handy aus der Tasche, las etwas und fing an zu lächeln. Sie tippte eine Nachricht und Sam traute sich nicht zu fragen, mit wem sie es so lustig hatte. Sie war jedoch ob der Ablenkung froh, da sie keinen Bock mehr auf eine Diskussion über den Landrat hatte.

Sam: „Wir müssen morgen alles zusammentragen, was es über den Fall von damals noch in den Akten gibt. Kümmerst du dich bitte darum?“ Die Kollegin legte das Handy zur Seite: „Meinst du, dass es nach der langen Zeit noch Akten gibt?“

„Ich denke schon. Es gab ein Urteil und der Fall liegt nach meiner Berechnung um die vierzig Jahre zurück. Somit dürften wir, mit viel Glück, noch was finden. Dann könnten wir morgen auch gleich noch einen Termin mit unserem Landrat vereinbaren.“

Erst jetzt wurde Sam bewusst, dass ihr Gesprächspartner von eben der besagte Kollege der Entführten war.

„Na klar. Er ist unser letzter Lebendzeuge. Darüber hinaus könnte er sich ebenfalls in Gefahr befinden. Oder wie siehst du das?“

Katrin schnippte mit dem Finger. „Aber hallo! Der Mann befindet sich in akuter Gefahr. Vor allem, wenn du morgen auf ihn triffst.“

Sie mussten laut lachen und Sam drückte die Rückruftaste. Da keine Verbindung hergestellt werden konnte, fragten sie auf dem Revier seine Daten ab.

Katrin meinte, als sie ihr Handy aufgelegt hatte: „Der lebt auch in Donaueschingen. Du wirst es nicht glauben, aber Greitmann wohnt in der gleichen Straße wie sein ehemaliger Lehrer Altmeier. Warum der uns das nicht erzählt hat?“

Sam überlegte. „Hast du seine Privatnummer? Versuch, ihn dort an die Strippe zu bekommen.“

Sie fuhren gerade in Bräunlingen durch das historische Stadttor, worauf Sam einen Parkplatz rechts ansteuerte. Katrin wurde dagegen gerade weitergeleitet und wurschtelte sich regelrecht durch eine Unterhaltung mit einer Sekretärin, die wohl nicht wollte, dass ihr Chef von der Polizistin belästigt wurde. Er habe gemeint, dass mit den Beamten aus Neustadt alles besprochen sei. Sie wüssten, was es zu tun gäbe, wenn sie ihren Kopf aus der Schlinge ziehen möchten.
Sam merkte, wie der Kollegin langsam der Kragen platzte, alleine schon daran, da sie bewusst den Namen der Gesprächsgegnerin falsch aussprach. „Liebe Frau Müller ……“ kurzes Gemurmel auf der anderen Seite. „Entschuldigung. Ich meine natürlich Frau Münzer. Tragen Sie uns bitte morgen um 14 Uhr als Termin bei ihrem Chef zu Hause ein. Sagen Sie ihm, dass er sich wahrscheinlich in Gefahr befindet. Für nähere Erläuterungen kann er gerne die ihm bekannte Nummer meiner Chefin anrufen. Besser, wenn er bis morgen nicht alleine irgendwo hingeht. Wir können ihm auch Polizeischutz für die Nacht organisieren. Er soll sich einfach noch mal kurz bei uns melden.“ Frau Münzers Stimme wurde nervös: „Ich gebe es weiter!“
„Schönen Tag noch!“ Dann legte Katrin genervt auf.
„Du bist ja ein richtiges Biest!“ Beide lachten, hofften dabei aber auch, dass der Landrat die Warnung ernst nahm und nicht nur als Retourkutsche ansah.
Sie informierten zur Sicherheit die Kollegen in Donau, die eine Streife vor Greitmanns Haus platzieren wollten. Während Katrin ihre Notizen vervollständigte, holte Sam zwei

Buttercroissants in der Bäckerei, vor der sie gerade geparkt hatten. Danach ging die Fahrt weiter.

Katrin setzte sich dann, über die Dienstzeit hinaus, an die Recherche zum Fall der vermissten Schülerin. Es war erstaunlich, wie wenig sich im Netz über die Geschichte finden ließ. Hier musste jemand wirklich starken Einfluss haben, um so etwas unter den Tisch zu kehren. Allerdings war damals das Internet noch nicht mit heute zu vergleichen.
Sie schrieb abschließend eine Mail an eine Freundin beim Landgericht, mit der Bitte, sich der Sache anzunehmen. Michaela war eine Kollegin aus der Schulzeit, mit der sie sich einmal jährlich zum Essen verabredete. Die beiden interessierten sich für den Job des Anderen, wobei immer tief in Kriminalfälle eingetaucht wurde. Wenn dann eine mal die Hilfe der Kollegin benötigte, reichte eine kurze formlose Mail mit den wichtigsten Details, und die Arbeit begann. Der Fall müsste, so ergaben es die ersten Recherchen, vor dem Landgericht Konstanz verhandelt worden sein. Ja, und Michaela arbeitete auf der Konstanzer Außenstelle in Villingen.
Während Katrin sich noch um die Mail kümmerte, war Samantha bereits zu einer Laufrunde Richtung Titisee aufgebrochen. Hierbei konnte sie den Kopf am besten frei bekommen. Vor allem musste sie sich Gedanken machen, welche Fragen morgen an Greitmann zu stellen wären. War er tatsächlich in Gefahr, oder handelte es sich hier nur um einen dummen Zufall?
Den Zufallsgedanken ließ sie schon beim Laufen wieder verpuffen. Nach der Erzählung von Oberstudienrat Altmeier war hier jemand dabei, in einer alten Geschichte

rumzustochern. Drei Jungs hatten Scheiße gebaut und zwei von ihnen waren plötzlich zur gleichen Zeit verschwunden.

Sam schlief in dieser Nacht dann auch sehr unruhig. Ein Boot, eine Frau die um Hilfe schrie ……..!?! Immer wieder tauchte das gleiche Bild auf. Als wäre sie live dabei. Die betrunkenen Jungs lachten und wollten dem Mädel nicht helfen.

Am Morgen auf dem Revier wurde alles vom Vortag noch mal zusammengetragen. Neu dazugekommen war die Mail von Katrins Kollegin.
Sie versuchte die Daten zusammenzufassen: „Klaus Tischler wurde für einen Mord verurteilt, bei dem immer noch die Leiche fehlt. Die anderen drei wurden freigesprochen. Tischler sei geständig gewesen, und aus den Akten gehe hervor, dass ein Deal vereinbart wurde, wenn durch seine Kooperation der Fall abgeschlossen werden könnte. Warum der Deal nicht zum Tragen kam, kann meine Kollegin leider nicht nachvollziehen."
Sam: „Füg das bitte unseren Unterlagen hinzu. Vielleicht wird es noch wichtig. Gut gemacht, Babe!" Sie zwinkerte, und Katrin grinste.

Es deutete sich heute ein Tag mit wenig Sonne an, dafür sollte es niederschlagsfrei bleiben. Zumindest nach Aussage des Radiosprechers.
Die Mädels setzten sich um kurz nach 11 Uhr vom Revier ab und schlichen mit dem Wagen über die B31. Es war einer der vielen Tage, an denen es nur so von Autos und Lastwagen wimmelte.

„Diese Straße kotzt mich langsam an. Seit hier die dreispurigen Abschnitte geschaffen wurden, kommt man gar nicht mehr vorwärts.“
Katrin stimmte leicht abwesend dieser Bemerkung zu. Sie hörte aber aus dem Ton raus, dass eine gewisse Anspannung beim Boss herrschte. Sam wollte sicher keinen Fehler beim Besuch des Landrats machen. Das würde sich sofort rächen. Es war beiden, auch ohne groß darüber zu reden, klar, dass es heute nicht einfach werden würde.
Der Wagen bog wenig später in die letzte mögliche Abfahrt nach Hüfingen ein. Am Stadttor vorbei, führte die Hauptstraße durch die historische Innenstadt.
Eine Parklücke kurz vor der Kirche wurde für einen Zwischenstopp genutzt. Gegenüber gab es gleich zwei Cafés in einem verkehrsberuhigten Bereich, der die Hauptstraße knapp einen halben Kilometer begleitete.
Beide Bäckereien wirkten einladend, worauf sie sich für die rechte entschieden und sich an einen der thekenhohen Tische auf die Hocker setzten. Von hier konnte man gut die stark frequentierte Hauptstraße beobachten.
Bei Kaffee und Croissant wurde der Marschplan festgelegt. Sam würde die Befragung durchführen und Katrin sollte so viel wie möglich notieren. Auch alles, was ihr im Haus und der Umgebung auffiel. Sie mussten jede mögliche Information zu Greitmann bekommen.

Sam bezahlte kurz darauf an der Kasse, und die beiden stiegen wieder in ihren Dienstwagen. Nach mehreren kleinen Geschäften folgte ein großes Einkaufszentrum und kurz darauf das Ortsschild von Donaueschingen.

Der Arnold-Schönberg-Ring war von dieser Seite gut über die Talstraße zu erreichen. Man musste erst gar nicht in das Zentrum.
Beim Oberstudienrat vorbei, entdeckten sie das Objekt auf der rechten Seite. Es war eines der letzten Häuser, wenn man nicht schon von Villa sprechen wollte, in der Straße.
Ein Gärtner war gerade mit der Grünpflege beschäftigt und genoss dabei die unverbaute Fernsicht.
„Das fehlt uns beiden noch. Jemand, der sich um unsere Anwesen kümmert!“ Katrin grinste und versuchte die Anspannung vor dem bevorstehenden Gespräch etwas zu nehmen.
„Ich habe zwar nur fünf Pflanzen, aber diese müsste er wohl mit viel professionellem Geschick wiederbeleben. Auch kein einfacher Job!“
Sam lächelte bei der Aussage, wusste aber, dass Katrins Spaß über ihren grünen Daumen nahe an der Realität lag.

„Hallo“, der Gärtner grüßte die Mädels, während er sich um ein paar eigenartige Hecken kümmerte. Vor dem Haus gab es einen kleinen Zaun mit Tor und Klingel, während rechts und links verschiedene Gestrüppe des Nachbars Blicke blockierten.
Als sich beim dritten Klingeln immer noch nichts tat, gingen sie ein paar Schritte rechts am Zaun entlang und riefen nach dem Gartenpfleger.
„Hallo? Können Sie uns sagen, ob Herr Greitmann zu Hause ist?“ Sam schätzte den Mann, der so ziemlich ihre Größe hatte, auf gut fünfzig. Er hatte graues Haar und die Haut schien ihr tägliches Sonnenbad mit südländischem Teint zu danken.

„Vor einer halben Stunde habe ich ihn noch im Haus gesehen. Seither war ich allerdings überwiegend auf der Hausrückseite." Er ging ein paar Schritte auf die Garage zu und blinzelte durch ein Fenster.
„Sein Wagen ist jedenfalls da. Also kann er auch nicht weit sein. Ich schau mal hinten nach. Kleinen Moment bitte!" Er verschwand um die Hausecke, während sich die Ladies etwas irritiert anschauten.
„Wo ist überhaupt der Polizeischutz?" Katrin zuckte mit den Schultern.
Keine zwei Minuten später kam der Gärtner an den Zaun zurück.
„Irgendwie komisch. Die Balkontüre ist offen, aber niemand reagiert auf mein Rufen. Ich hätte gesagt, er ist vielleicht ein paar Schritte hinten rausgelaufen. Aber wie gesagt, ich war die ganze Zeit auf der Hausrückseite tätig und dort war niemand zu sehen.
Sam wurde es zu bunt. Sie zog ihren Ausweis aus der Tasche, stieg über die Mauer und hielt ihn dem Gärtner unter die Nase.
„Führen Sie mich zu der offenen Türe. Ich gehe davon aus, dass ihm etwas zugestoßen ist."
Schon rannte er hektisch vor ihr her und drückte die offene Balkontüre auf. Sam trat ein.
„Herr Greitmann? Hallooo? Ist jemand zu Hause?" Sie schritt durch das Wohnzimmer und landete in der offenen Küche. Dann sprang sie die Treppe rauf, bereits die Hoffnung verloren, jemanden zu finden, und rief erneut nach dem Landrat.

Zwei Schlafzimmer, ein Büro, zwei Bäder und ein großer Fitnessraum, aber nirgendwo eine Person. Sie rief noch ein paar Mal und ging dann zurück ins Wohnzimmer.
Katrin war bereits damit beschäftigt, Greitmanns Büro anzurufen. Hier bekam sie jedoch nur die Bestätigung, dass er den Termin mit den Beamtinnen wahrnehmen wollte und am Mittag von zu Hause arbeiten würde.

„Ich habe noch einen Termin! Muss ich den absagen oder kann ich gehen?" Den Gärtner hatten sie ganz vergessen. Sam forderte seine Visitenkarte und fragte ihn noch mal genau, was er gesehen hat. Die Karte bekam sie, aber gesehen hatte er nur vor einer halben, vielleicht sogar einer ganzen Stunde, dass sich der Herr Landrat im Esszimmer bewegt hatte. Er wollte nicht beschwören, dass es Greitmann war, aber wer sonst sollte da drin herumlaufen?

Nach der ergebnislosen Befragung wurde er entlassen, um seine dringenden Rosentermine wahrzunehmen. Katrin hatte zwischenzeitlich die Spurensicherung angefordert. Für die Beamtinnen war klar, dass Nummer drei wohl mit den Kollegen zusammengeführt wurde.
Die Kripo aus Rottweil rückte samt Spurensicherung an und übernahm die Leitung vor Ort. Hier erfuhren sie, dass Greitmann den Personenschutz vehement abgelehnt und sich nicht in Gefahr gesehen habe. Die Beamtinnen aus Neustadt würden da etwas zusammenspinnen, da er sie kurz zuvor gemaßregelt habe. So jedenfalls hatte es sich der Kollege aus Donaueschingen notiert.
Scholl war heute leider nicht dabei, weshalb auf eine weitere Anwesenheit des Neustadtduos, nachdem sie einem jungen

Kollegen ausführlich Bericht erstattet hatten, verzichtet wurde.

Auf dem Heimweg überlegten sie in Ruhe weiter. Vor allem, ob der Gärtner verdächtig sein könnte oder nicht. Er war zumindest der Letzte, der Greitmann gesehen hatte. Sie glaubten, den Blumenflüsterer vernachlässigen zu dürfen, und machten sich, im Büro angekommen, an den Bericht für Scholl. Sam fasste das Ganze formlos in eine Mail und schickte das Memo kurz vor Feierabend raus. Sicher würde er sich am nächsten Morgen melden. Den formgerechten Bericht würde er ja von seinem Team bekommen.

Was könnten die drei nur angestellt haben, dass sie nach so vielen Jahren verschwinden mussten. Waren sie noch am Leben? Samantha ging vieles durch den Kopf.

9.

Landrat Simon Greitmann saß am Tisch im Esszimmer und tippte auf seinem Laptop. Gerade hatte er noch dem neuen Gärtner zugeschaut, den er diese Woche zugeteilt bekam. Ein freundlicher Herr, etwas jünger als er und mit guten Referenzen.

Er dachte nicht mehr an seinen Grünpfleger, denn er musste sich auf das Gespräch mit den beiden Beamtinnen vorbereiten. Sein Studienfreund aus Waldshut hatte ihn angerufen und ihm ein paar Fakten mitgeteilt, wie und weshalb die beiden zu degradieren wären. Sie hatten einen Kollegen seines unbescholtenen Sohns, Greitmann konnte diesen Ausdruck nicht mehr hören, diskreditiert und unsachgemäß behandelt.
Dieser unbescholtene Sohn, explizit dessen Clique, waren dem Landrat gut bekannt, da er die Typen des Öfteren aus misslichen Situationen rausboxen musste. Die Jungs hatten Dreck am Stecken, und Papi wollte es nicht wahrhaben.
Da es für Greitmann aber unkomplizierter war, jemanden ein Fehlverhalten zu unterstellen als seinem Kollegen zu widersprechen, würde er diese Samantha als Leiterin der Dienststelle absetzen lassen.
Es gestaltete sich allerdings etwas komplizierter als gedacht, da sich irgendjemand in der oberen Etage für sie stark machte. Dazu musste er heute mit ihr über die beiden entführten Idioten sprechen, was ihn zusätzlich in Bedrängnis brachte.

In diesem Zusammenhang ging ihm einiges durch den Kopf. Blank, zum Beispiel. Er tauchte sicher nur etwas früher ab, als sie es besprochen hatten, da ihm der Druck zu groß wurde.
Abtauchen war geplant, aber es gab noch kein wie, wo und wann. Es wurde nur mal angedacht, da Greitmann Zeit benötigte, um dem Kollegen Frei ein paar Schweinereien unterzujubeln.
Aber was war mit Bergmann? Der, ein reiner Gewinner aus diesem dreckigen Geschäft, hatte im Gegenzug doch nichts zu verlieren. Was könnte der Grund für sein Verschwinden sein?
Die drei Herren hatten einen Pakt geschlossen und teilten ein dunkles Geheimnis, das sie auf Lebzeiten zusammenschweißen sollte. Davon abgesehen kannte Blank gar nicht die ganze Geschichte von damals. Der wäre zu labil gewesen, um einen Kollegen ans Messer zu liefern. Diesen unschuldig für mehrere Jahre in den Knast zu schicken.

Er recherchierte gerade nach Samantha Bauer, die laut Papieren aber Annabelle hieß. Er betrachtet ein paar Fotos und kam zu dem Entschluss, dass der Spitzname Samantha, wer auch immer ihr diesen verpasst hatte, sehr gut zu ihr passte.
Greitmann stieß noch mal auf ihren letzten Fall, der ihm natürlich detailliert bekannt war. Sie hatte einem Serienmörder das Handwerk gelegt und dafür viel Lob eingestrichen. Die Soko war nicht dazu in der Lage, aber ein kleiner……?

Im Hintergrund quietschte die Türe, was ihm nur beiläufig auffiel, da ihn der Bericht zu sehr in den Bann zog. Warum reagierte er aber nicht darauf, als sich ihm ein Schatten näherte, der nun den Bildschirm bedeckte. Stand die Beamtin bereits hinter ihm? Ungefragt eingetreten? *Bitte, lass sie diesen Fehler gemacht haben. Ich werde ihr nicht nur den Arsch aufreißen........!*

Das Räuspern in seinem Nacken tönte jedoch sehr männlich. Er konnte es nicht leiden, wenn sich jemand anschlich. Dazu noch hinter ihm husten, ging schon zweimal nicht.

„Ich gehe davon aus, dass der Gärtner hinter mir steht, der in diesem Haus nichts verloren hat? In wenigen Minuten erwarte ich die Polizei, weshalb Dummheiten sich gerade nicht lohnen. Da dies Ihr letzter Arbeitstag sein wird, zumindest was meinen Garten betrifft, sollten Sie jetzt vorsichtig wieder verschwinden und mich hier drin nicht meiner kostbaren Zeit und der herrlichen Luft berauben."
Der Landrat hasste es, sich mit einfachen Leuten zu unterhalten.

„Ich werde dich nicht berauben. Ich werde dir sogar etwas zurückgeben, was dir lange genommen wurde." Die Stimme klang sehr tief und erzeugte beim Hausherrn ein mulmiges Gefühl.
Was könnte ihm der Typ zurückgeben wollen? Kannte er die Stimme oder war es ein vertrauter Geruch, der ihn an jemanden erinnerte?
Sollte Greitmann sich umdrehen und seine Rückgabe persönlich entgegennehmen oder durfte er dem Fremden keine Plattform zur Selbstdarstellung anbieten?

„Leg es irgendwo ab oder behalte es. Mir fehlt nichts!“
Kaum hatte er das gesagt, hielt ihm jemand ein Tuch vor das Gesicht.
Er hörte noch: „Doch, dir fehlt was. Deine Erinnerung! Ich bringe sie heute zurück.“ dann gingen seine Lichter aus.

10.

Greitmann war schon etwas verwundert, als er in den dunklen Raum gestoßen wurde. Bereits auf der Fahrt kam der Landrat wieder zu sich. Er hatte einen Sack über dem Kopf, und die Hände waren auf dem Rücken gefesselt. Eine holperige Straße am Schluss war das Letzte, woran er sich erinnern konnte. Dann wurde er aus dem Wagen gezerrt, und jemand schob ihn unsanft vor sich her. Sechs Stufen hoch und dann ein paar Tritte wieder runter. Eine Türe quietschte, der Sack wurde ihm vom Kopf gezogen, und seine Fesseln sprangen auseinander. Bevor er sich jedoch umdrehen konnte, wurde er in einen Raum gestoßen. Ein kurzes Krachen signalisierte ihm, dass die einzige Fluchtmöglichkeit gerade ins Schloss fiel.

Nach Orientierung suchend stand er da und schaute auf seine beiden alten Kollegen, die friedlich auf ihren Feldbetten schliefen. Oder waren die tot? Als sie seinem Weckruf nicht folgten, fühlte er vorsichtig ihren Puls. Okay, beide Pumpen liefen noch.
Es dauerte dann eine knappe Stunde, bevor zuerst Bergmann und kurz darauf Blank aufwachte. Sie waren nicht wirklich überrascht, den alten Freund zu sehen.

„Das ging aber flott! Da hinten ist dein Bett." Bergmann deutete auf das dritte Gestell und fing, begleitet vom Bankvorstand, laut an zu lachen.
„Ihr habt mit mir gerechnet?" Blank nickte.
„Na klar. Für wen sollte das dritte Bett sonst sein?" Der Landrat kratzte sich am Kopf.

„Ich hatte mich schon gewundert, als ihr beide verschwunden seid. Mein Nachbar Konrad, unser früherer Lehrer, nahm mir aber die Sorge. Er vermutet euch wegen Geldnot auf der Flucht. Er habe schon immer gewusst, dass ich der Einzige sei, der es tatsächlich zu etwas bringe. Auf euch beide hätte er keinen Cent gesetzt. Irgendwie musste ich ihm da recht geben, was mich aber in trügerischer Sicherheit wog.
Er lachte jetzt und die anderen verstummten. „Es klang für mich plausibel, und ich wäre nie auf eine Entführung von euch Idioten gekommen."
Bergmann ließ ihn nicht weiterreden: „Du glaubst, hier drin den Landrat spielen zu können? Vielleicht sollte ich unserem Entführer mitteilen, dass wir Informationen über dich haben, die ihn reich machen könnten. Wenn er uns laufen lässt, dann……"
Greitmann bekam einen roten Kopf: „Halt die Klappe, du Idiot. Lasst uns jetzt nicht streiten. Wir sollten überlegen, welches Interesse dieser Typ an uns drei haben könnte. Aus meiner Sicht kam niemand durch uns zu Schaden. Mit dem Rest gilt ´Quid pro quo!´ Oder? Tischler lassen wir mal außen vor. Der kam einfach mit seiner Rolle nicht klar."
Alle drei nickten zustimmend und massierten dabei den verkaterten Kopf. Was ihnen verabreicht wurde, wussten sie nicht, aber es wirkte schnell und intensiv.

Nach einer kurzen Pause ergriff der Landrat das Wort: „Wenn wir hier raus sind, was nicht lange dauern kann, machen wir den Typ fertig. Egal, wer es ist. Er sollte immer daran denken, dass man nicht in die Hand beißt, die einen füttert. Das hatten damals doch alle verstanden. Nicht wahr?“

Zweimal Daumen hoch, bedeutete, dass die Mithäftlinge seine Gedanken teilten. Bankvorstand Blank zweifelte jedoch die Aussage an. Er hatte einen Verdacht im Hinblick auf den Entführer, der jedoch nicht mit den Kollegen geteilt werden konnte. Sie würden es gemeinsam absitzen müssen, wobei seine Chance davonzukommen wohl am realistischsten war. Trotzdem konnte sein Wissen seine Angst nicht schmälern. Zu viele Unbekannte gab es in diesem Spiel.

11.

Samantha beschloss, heute wieder mal im Okay vorbeizuschauen. Donnerstags war immer was geboten. Natürlich hatte sie auch die Absicht, zufällig auf den neuen Bankiersfreund zu treffen.
Um kurz vor 23 Uhr herrschte reger Betrieb, wobei sie in der hintersten Reihe vor dem Haupteingang noch eine Parklücke fand.
Sam hatte eine legere Jeans und ein Trägerhemd an. Obwohl hier die meisten auf schick machten, wollte sie sich mit diesem Outfit provokativ absetzen. Der blonde Rausschmeißer versuchte, den Neuankömmling mit seinen Augen dann auch komplett auszuziehen, und zwinkerte: „Geh einfach durch, Schnecke!" Er stotterte leicht, und es schien ihm peinlich, dass sie seinen unsicheren Blick auf ihre Brüste mit verzogenem Gesicht quittierte.

Endlich drin, wurde erst mal eine Runde durch den oberen Stock gedreht. Ein Blick runter auf die Tanzfläche genügte als Animation, den eigenen Körper ebenfalls ins Schwitzen zu bringen. Eine halbe Stunde rockte Samantha ab, bis ihr das Wasser aus allen Poren triefte.
Das weiße Trägertop wurde langsam durchsichtig, und mit abnehmender Trance bemerkte sie die Jungs, denen ihr schwarzer BH einen sehnsüchtigen Einblick verwehrte. Eine Gruppe von sechs Heranwachsenden tanzte um sie rum und versuchte ihre Aufmerksamkeit zu erhaschen. Bis zu ihren Augen schafften es ihre Blicke allerdings nicht.
Sam kannte dieses Szenario noch aus der Münchner Vergangenheit, hatte auf solche Buben aber keinen Bock mehr.

Sie ließ ihren Blick schweifen und entdeckte ihn dann. Natürlich war das der Plan, dass er sie von einem Punkt aus nicht mehr aus den Augen lassen würde. Schnell wich Frei ihrem Blick aus. So, als hätte er sie noch nicht bemerkt.
Sam ging Richtung Bar direkt auf ihn zu. Ihr Körper fühlte sich nicht nur an, als wäre er gerade einen kompletten Marathon gelaufen, er sah auch so verschwitzt aus.
„Hi Sam! Ein Bierchen für die Pause?" Nun hatte sie ihn absichtlich beim Vorbeigehen übersehen. Eine schnelle Drehung, gefolgt von einem Lächeln und einer kurzen Umarmung, schafften es, ihn zu überraschen.
„Hi Peter. Oh sorry. Jetzt habe ich dich nass gemacht." Sie deutete auf ein paar Schweißflecken an seinem Hemd, die die Umarmung hinterlassen hatte.
„Ich denke es gibt Schlimmeres….." Sie zwinkerte und fiel ihm ins Wort: „Als meinen nassen Körper?"
Sam hob sein Bier Richtung Barkeeper.
„Was gibt es Neues?" Sie musste über seine Frage grinsen. Warum fingen immer alle das Gespräch mit diesem blöden Satz an. „Nichts Neues! Hab mit dem Alten noch genug um die Ohren. Und bei dir?" Er zuckte mit den Achseln und stellte danach ein paar geschickte Fragen, um nicht über sich reden zu müssen.
„Warum bist du immer alleine unterwegs? Haste keinen Freund ……?" Gut! Peter benötigte für den abgearbeiteten Fragekatalog, bis er endlich zu diesem Punkt kam, gefühlt eine Viertelstunde. Alle überflüssigen Umwege, die dabei eingeschlagen wurden, machten ihn jedoch irgendwie sympathisch.
„Was will ich mit einem festen Freund oder Mann? Ich habe die Spezies noch nicht genug ausgetestet, weshalb ein

Festlegen ja als Dummheit zu werten wäre! Wenn ich mich zudem in Begleitung befände, würdest du mich nicht anbaggern und mir vor allem kein Bier ausgeben."

Er wirkte etwas überfahren, hatte aber einen guten Spruch parat. „Ähnlich wie bei mir. Sicherstellen und weitersuchen!"

Jetzt mussten beide lachen und Sam spielte mit dem Gedanken, diesem Mann doch eine Chance zu geben. Da ihrem Interesse an ihm aber eine andere Prämisse zu Grunde lag, sah sie den Moment gekommen, ein paar Informationen abzugreifen.

„Okay, dann fasse ich deine nichtssagenden Bemerkungen und was ich von dir weiß mal zusammen. Single, aber nicht auf der Suche nach was Festem. Oder aber du steckst in einer sehr offenen Beziehung." Beim fragenden Blick in seine Augen erkannte sie nur, dass ihm das jetzige Bier nicht mehr unbedingt guttat. Also wurde dort nachgefasst, wo ihr Interesse am größten war.

„Bankdirektor mit momentan mächtigen Problemen. So jedenfalls fasst es die Zeitung zusammen." Seine Miene zeigte Regung. Allerdings nahm sein Gesicht keine gemütlichen Züge an, und Sam ruderte schnell zurück. „Das interessiert mich allerdings nicht. Ich wollte nur klarstellen, dass ich auch Zeitung lese. Wenn du jemanden zum Quatschen brauchst, bin ich zudem eine geniale Zuhörerin, die schon größere Problem an der Backe hatte als nur paar verschwundene Kröten."

Jetzt zeigte seine Mimik, dass er zögernd abwägte, ob er darüber reden könnte. Der Bankier zog es jedoch vor, das Thema zu wechseln.

„Bist du jetzt Stripperin, Psychologin oder……?“ Die Frage nach ihrem wirklichen Job ließ den Verhöransatz deutlich abschmettern. „Was wäre dir am liebsten?“
Sein Kratzen am Kopf simulierte, dass er ernsthaft nachdachte. Er brauchte für die Antwort dann auch eine gefühlte Ewigkeit. „Am liebsten wärst du für mich eine Fee, die mit einem Wisch alle Probleme beiseiteschieben könnte.“
Ihre aufkeimende Hoffnung machte er sofort wieder zunichte: „Optisch wäre ich mit der Fee einverstanden, weshalb du danach auch für mich strippen dürftest, bevor ich deinem verschwitzt ausgelaugten Körper den Verstand raus …..!“ An dieser Stelle schien ihn der Mut zu verlassen.
„Hat eine Fee überhaupt einen Verstand?“ *Okay, abhaken, er hat eindeutig wieder zu viel intus.* Es war ähnlich wie beim letzten Zusammentreffen in der Bar. Allerdings hatte Sam dieses Mal alle fünf Bier mitgezogen und war nun ebenfalls fahruntauglich.
„Wohnst du in Donau?“
„Yeeep!“ Seine Zunge wurde schlagartig immer schwerer.
„Kann ich bei dir pennen? Kann leider nicht mehr fahren. Du hast mich abgefüllt.“ Sie grinste, weil sie davon ausging, dass eh nichts mehr passieren würde. Er nickte und stand auf: „Auf geht´s!“
Weil es schon nach zwei war, folgte Sam, ohne zu intervenieren. An der Kasse bezahlte er freundlicherweise für beide, und schon ging es ins Freie. Peter stieg einfach in das erste Taxi und zog sie hinter sich her.
„Heeerrrrmannnn Fiiischerrralllle“. Der Fahrer grinste Sam an und setzte den Wagen in Bewegung. Da ihr klar war, dass er nicht mehr lange auf den Beinen sein würde, spielte sie mal wieder ein kleines Spiel mit ihm. Ihre linke Hand packte

Peter im Nacken und schon steckte ihre Zunge tief in seinem Mund. Nach zwei kurzen Umdrehungen zog sie sich wieder zurück. Statt hastig der Zunge hinterherzuspringen, knabberte er zärtlich an ihrer Lippe. Seine Hände griffen nicht ein, weshalb Sam nicht weiter zurückweichen musste. Ja, auch nicht zurückweichen wollte. Denn dieser betrunkene Bankdirektor machte gerade einen guten Job. Da er dabei die Augen offenließ und mit ihrem Blick spielte, regte sich bei Samantha ein erstes Kribbeln.
Der Taxifahrer dagegen machte sich etwas lauter bemerkbar. „Momentan sind es 5 Euro 20. Ich kann euch den Wagen aber für hundertfünfzig die Nacht hier stehen lassen!"
Sam grinste ihn an, zog einen Zehner aus der Tasche und schob Peter aus dem Wagen.
Ein paar Schritte um die Hausecke getorkelt - und die Haustüre in der Seitenstraße war erreicht. Nach dem dritten Versuch nahm sie ihm den Schlüssel ab, öffnete die Tür und half dem Hausherrn die Treppe hoch. Im ersten Stock dann das gleiche Szenario am Wohnungseingang.
Endlich drin, ging er direkt auf eine Türe zu und verschwand. Sam fand hingegen das Bad und versuchte beim sich Frischmachen etwas Zeit zu gewinnen. Danach warf sie einen kurzen Blick in das erste Zimmer rechts, wo Peter vor ein paar Minuten verschwunden war und vernahm entspannt sein Schnarchen. Er lag, nur noch in Boxershorts, auf dem Bauch und träumte wahrscheinlich von der Heilung durch eine gute Fee. Alle Sorgen mit einem Wisch weg, und wenn er Glück im Traum hatte, dann sah er sie vielleicht noch strippen. Sie grinste bei dem Gedanken und stellte den Handywecker auf 6 Uhr.

Nach einem genüsslichen Blick aus dem Fenster auf den vorbeifließenden Fluss ging es auf Peters Sofa.
Ein Bauchgefühl, dass ihr gerade ein komplizierter Fall vor der Nase tanzte, ließ sie nicht einschlafen. Ihr Gastgeber hatte mächtig Probleme und könnte ein Motiv haben, seinen Chef verschwinden zu lassen. Unter Alkohol zeigte er Sorgen, die ihn zu unliebsamen Dingen animieren könnten.
„Bitte nicht schon wieder mitten rein", flüsterte sie vor sich hin, spürte aber schon die Nutzlosigkeit des Flehens.

Endlich vom Schlaf aus der Realität gerissen, vibrierte das blöde Handy. „Verdammt! Schon sechs?" Sie fühlte sich total verkatert und wäre am liebsten liegengeblieben. Es half jedoch nichts, sie musste zu ihrem Auto zurück.
Vor der Haustür orientierte sie sich und lief dann los. Richtung Stadtkirche, von dort weiter zum Gymnasium, wo ihre Orientierung endgültig zurückkehrte.
An einer größeren Firma mit der Aufschrift IMS vorbei, konnte sie bereits das Okay erkennen. Es waren genau 15 Minuten flotte Gehzeit bis zum Auto.
In der Hoffnung, dass die Kollegen zu dieser Zeit keine Fahrer auf Alkohol kontrollierten, fuhr sie los. Direkt nach Hause, wo eine kalte Dusche sie wieder munter machte. Danach, um 7:30 Uhr, ging es zu Fuß weiter ins Büro.
Katrin kam heute etwas später, bemerkte dafür aber gleich die Blässe im Gesicht des Gegenübers.
„Donau?" Sam nickte.
„Und?"
„Ich habe bei ihm übernachtet." Katrin hing die Kinnlade runter. „Hammer! Erzähl!"

„Wir sind nach dem Okay mit dem Taxi zu ihm gefahren. Echt schöne Wohnung, direkt an der Brigach."
Die jüngere Kollegin wurde ungeduldig. „Komm zur Sache!" Sam grinste. „Na, ja. Wir sind in die Wohnung und …, wie soll ich es am besten sagen? Ich ging ins Bad und als ich rauskam, war er bereits eingeschlafen. Und vorhin, während er noch von mir träumte, habe ich mich davongeschlichen. Er hat keine Nummer von mir, weshalb ich weiter am Drücker bleibe."
Katrin durchbohrte ihre Chefin mit fragendem Blick und gähnte dann übertrieben auffällig. „Du langweilst mich!"
So gingen beide ans Tagesgeschäft und hämmerten im Duett auf den Tastaturen herum.
„Was machen denn die Unterlagen zum Bootsunfall? Gibt es weitere Details? Hast du überhaupt schon Informationen zu der damals verschwundenen jungen Frau, die angeblich ums Leben kam? Hier sehe ich aktuell den wichtigsten Ansatz."
Katrin ließ die Augen am PC heften, während sie etwas als Antwort nuschelte. „Ich habe noch einen digitalen Ordner bekommen, in dem der Großteil des Falls festgehalten wurde. Die Staatsanwältin hat, warum auch immer, nachträglich das Geschehen digitalisieren lassen. Leider lebt sie nicht mehr, weshalb eine persönliche Befragung ausscheidet. Bin gerade dabei, mich reinzulesen. Wenn du also keine interessanten Details zum gestrigen Abend beisteuern kannst, dann solltest du mich nicht weiter von der Arbeit abhalten."
Sam glaubte im ersten Moment, nicht richtig zu hören. Doch dann hob Katrin den Kopf, streckte ihr die Zunge

raus und grinste. Ein zerknäultes Papier traf als Antwort ihr Gesicht.
Jetzt gingen beide entspannter ans Werk, wobei Sam gleich an einer Mail von Scholl hängen blieb. Der Leiter der aktuellen Ermittlung wollte sie über eine interessante Neuigkeit informieren. Eine Information, die es in sich hatte!
Katrin schüttelte parallel dazu mit dem Kopf: „Es steht hier nicht mehr drin, als Michaela mir schon geschrieben hat. Nur mehr Details, die auf die Schnelle aber keine neue Erkenntnis rechtfertigen. Da muss ich mich in Ruhe noch mal einlesen.

12.

<Klicken Sie auf: www.drei-die-ganze-Wahrheit.de
Gruß Scholl>

Sam rief die geforderte Seite gleich auf. Links im Fenster konnte man zwei kurze Trailer erkennen, die mit einem Datum versehen waren. Die Aufzeichnung begann vor zwei Tagen. Sie klickte den ersten Trailer an.
Es erschien ein Film aus einem dunklen Keller. Drei ihr bekannte Gesichter, die sich den vermissten Personen zuordnen ließen, waren gerade in eine Unterhaltung vertieft.
Bankvorstand Blank hatte das Wort: „Wir müssen Frei jetzt erst mal die ganze Sauerei in die Schuhe schieben. Ich will hier mit einer reinen Weste raus. Hast du verstanden?“ Der Landrat, der am kleinen Holztisch gegenübersaß, nickte.
„Keine Sorge, Alexander. Ich habe die Weichen schon so gut wie gestellt. Allerdings müssen wir hier zuerst mal raus, um die letzten Marionetten zu aktivieren. Frei ist so gut wie am Arsch. Allerdings bringt uns das auch nur was, wenn du bei seiner Ablösung wieder an deinem Platz sitzt.“

Bergmann schaltete sich ein. „Ihr zwei seid wirklich skrupellos. Mir hängt die alte Geschichte immer noch nach. Es war nicht richtig, was wir getan haben. Und ohne mit der Wimper zu zucken, haut ihr gerade wieder einen Unbeteiligten in die Pfanne. Die Existenz deines Partners ist somit komplett im Eimer. Hat er denn Familie?“
Jetzt lauschte Sam etwas genauer. Es ging hier gerade um ihren frischen Knutschfreund, bei dem sie letzte Nacht sogar genächtigt hatte.

Blank zuckte mit den Schultern. „Frau und Kinder gibt es nicht. Ich denke, er schlägt sich mit Affären durchs Leben, was mich bisher aber nicht interessiert hat. Ich habe Familie. Deshalb muss ich doch nach mir schauen!“
Greitmann lachte laut los. „Meinst du deine Frau und die Kinder in München oder die Nutten in Villingen?“ Blank musste nun ebenfalls lachen und wandte sich dabei an Bergmann.
„Da hörst du es, Klaus. Ich muss mich sogar um drei Familien kümmern. Meine beiden Mädels würden ohne ihren großzügigen Gönner auch noch verhungern. Die armen Dinger. Das wollen wir doch nicht.“
Blank ging nicht mehr in den Puff. Er hatte jetzt eine Geliebte, die er hier aber unmöglich erwähnen konnte. Also spielte er großkotzig mit. Informationen, die man am Bildschirm zwar nicht bekam, doch glaubte Samantha, dass der Bankier hier gerade spielte. Seine Gestik, als er über drei Familien und die Nutten sprach, wirkte nicht authentisch. Das müsste sie nachher mit Katrin besprechen.
Nach einem Räuspern kam er wieder auf das Thema zurück: „Frei ist durch mich schnell an die Spitze gekommen. Er war gar nicht an der Reihe für das Vorstandsamt. Hätte ich mich nicht stark gemacht und zwei erfahrenere Kollegen wegbefördert, dann wäre er noch gar nicht oben angekommen. Der Junge ist clever, aber auch hungrig. Er hat an ein paar Deals gut mitverdient und bekommt nun die Quittung. Finanziell sind seine Schäfchen im Trockenen und er wird irgendwann wieder Fuß fassen.“
Bergmann schüttelte den Kopf. „Irgendwann? Du meinst, wenn Frei aus dem Knast raus ist?“ Blank und Greitmann zuckten mit den Schultern.

„Aber kommen wir doch zu unserem Problem. Unser Entführer……" An dieser Stelle endete der Clip. Sam blickte die Seite noch mal genau an. Es war noch ein zweiter Clip drauf. Ansonsten stand in der Mitte ein goldener Text auf schwarzem Hintergrund:

<Hier erfahren Sie die Wahrheit über drei Kriminelle, die sich in der Gesellschaft als angesehene Gönner und Edelmänner präsentieren. Schauen Sie zu, wie die besseren Herrschaften aus ihrem Leben berichten. Viel Spaß bei der Wahrheit.>

Sam holte Katrin rüber und ließ den Clip noch einmal laufen. Sie blickten sich immer wieder an und schüttelten den Kopf. Die Mädels versuchten es noch ein weiteres Mal und achteten dieses Mal explizit auf die Umgebung. Es war ein nichtssagender Raum, in dem ein kleiner Holztisch mit drei Stühlen stand. Im hinteren Bereich waren drei Betten zu sehen. Der Raum selbst war nicht sonderlich groß und bot auch keinen Hinweis, wo sich die Herren tatsächlich befinden könnten.
„Klick mal das andere Bild an", deutete Katrin auf den Bildschirm.
Sam öffnete den zweiten Clip, wo jedoch nur ein Text erschien.

Erfahren Sie schon in Kürze mehr über die Schweinereien dieser drei Männer. Es wird noch interessanter, und einige dürften überrascht werden.

Es wird auch spannend, was die drei in den nächsten Tagen essen werden. Ob sie im Dunkeln erkennen, was es gibt.

Frust wartet auf uns, aber auch Spaß werden die Protagonisten dem Zuschauer bieten.

Sam sah ihre Kollegin an: „Was hat er vor? Wer steckt hinter dieser Entführung. Sind es mehrere Personen, männlich oder weiblich und wo liegt das stärkste Motiv?"
Katrin zog die Schultern hoch: „Dein neuer Freund kommt leider in die Gruppe der Verdächtigen. Du hast wieder mal ein Händchen bewiesen!"
Sam schüttelte den Kopf: „Das glaube ich weniger, kann es leider aber auch nicht ausschließen. Aktuell ist er ein Nutznießer, der mit der Aktion seinen Hintern retten könnte. Vielleicht will man uns aber auch nur ablenken, und es geht um etwas ganz anderes. Sein Kollege kommt mir zudem im Film nicht authentisch vor. Was, wenn die beiden unter einer Decke stecken? Könnte er der Komplize von Frei sein und sie wollen den Baulöwen und den Landrat in die Pfanne hauen?"
Katrin überlegte länger, bevor sie mit den Gedanken rauskam: „Interessante Theorie. Ich denke aber eher, dass diese drei Herren für eine wahnsinnige Sauerei verantwortlich sind, die weit zurück liegt. Dein Freund ist zwar ein Nutznießer, das Video könnte uns aber tatsächlich nur ablenken sollen. Ich vermute, dass Frei nicht der Entführer ist und er auch nicht mit Blank unter einer Decke steckt. Die Frage ist, ob wir auf das Spiel eingehen sollen und den Entführern damit etwas Sicherheit geben."

Es blieb kurz still, bevor Katrin ein leichtes Grinsen auflegte: „Wir machen unser Ding? Wie beim letzten Mal? Keinem trauen?"
Sam zeigte bestätigend mit dem Finger auf sie: „Du hast es gecheckt, mein Fräulein. Wegen der Entführung des Landrats müssen wir davon ausgehen, dass Vorsicht geboten ist, wem wir vertrauen können."

Das Handy summte. „Bauer." Katrin blickte die Chefin an, die ein paar Mal ja sagte und dann meinte: „Ich bin da ganz bei Ihnen, Herr Scholl. Frei ist aktuell der Einzige, der von der Entführung profitiert. Deswegen wäre es allerdings blöd von ihm, diesen Film als ersten ins Netz zu stellen. Wenn ich den zweiten Clip betrachte, dann möchte der Entführer ja noch…….", Scholl hatte sie unterbrochen.
„Alles klar. Wir bleiben am Ball. Wenn Sie die Kollegen in Donaueschingen aber bitte informieren würden, dann könnten wir einem Kompetenzgerangel vorbeugen. Danke und schönen Mittag!"

Sie legte auf und brachte Katrin kurz aufs Laufende. „Scholl hält an der Theorie fest, dass unser Bankier Frei der Hauptverdächtige ist. Er wird ihn von Donau aus beschatten lassen. Scholl meint, dass wir das Versteck bald hätten und die weiteren Veröffentlichungen gestoppt bekämen. Er möchte um alles in der Welt verhindern, dass diese Seite öffentlich wird."
Katrin fing an zu lachen: „Womöglich hat er selbst Dreck am Stecken, wie man bei uns so schön sagt. Warum sonst sollte er an der Verbreitung weiterer Videos so ein großes

Desinteresse bekunden. Das kannst du aber vergessen. Diese Seite ist schon sehr bald in allen Kanälen zu finden."
Sam nickte. „Sehe ich ähnlich. Allerdings muss ich zukünftig auch vorsichtig sein, wenn ich Peter Frei date. Die Kollegen haben ihn im Visier. Da kommt das schlecht."
Katrin legte den Kopf schräg: „Dann musst du dir wohl ein neues Spielzeug suchen."
Sie hatte sich bei den letzten beiden Worten bereits gebückt, den anfliegenden Kugelschreiber glücklicherweise antizipiert.

13.

Bergmann, Blank und Greitmann sahen sich etwas verwirrt an. Ein Zettel wurde vor wenigen Minuten unter der Tür durchgeschoben. Der Landrat las noch mal laut vor:

„Ihr werde heute ein spezielles Dinner bekommen. Sollt ja nicht wie Schweine leben. Ich möchte euch nicht so behandeln, wie es eure Mitmenschen von euch erfahren mussten. Der Raum wird verdunkelt, die Teller an der Tür abgestellt und schon geht es los.
Danach dürft ihr mir auf einem Zettel notieren, was ihr glaubt verspeist zu haben. Natürlich unterzeichnet, damit ich weiß, ob jemand für die richtige Antwort belohnt werden darf.
Guten Appetit und viel Spaß."

Während sich die drei irritiert ansahen, legte der Koch zwei Ratten und ein Steak auf den Grill. Er wollte dabei nicht gesehen werden und hoffte, dass heute keine Wanderer diese Route zum Herzogenhorn wählen würden.
Zwischendurch schaute er auf den Monitor und amüsierte sich über die Diskussion. Natürlich zeichnete sein Herr diesen Raum fortlaufend auf, damit ihm nichts entging. Die Applikation bekam er auf sein Tablet, da er nicht ständig nach diesen drei Idioten schauen konnte. Verwundert zeigte sich der Mann am Grill heute allerdings darüber, dass einer der Herren ein normales Dinner bekommen würde. Was wollte sein Herr damit provozieren?

Greitmann: „Will der Typ uns etwa vergiften? Und was meint er damit, dass wir unser Umfeld wie Schweine behandelt hätten?"
Bankier Blank ahnte, was der Entführer gerne hören wollte, ging aber vorsichtig mit seinem Wissen um: „Niemand will uns vergiften. Es dreht sich alles um unsere Vergangenheit, und was wir dort verbrochen haben. Zumindest aus seiner Sicht. Was war denn das Schlimmste……?"
„Hör auf" unterbrach ihn Bergmann. „Ich will nicht über die alten Zeiten reden." Nach einer kurzen Pause ergänzte er: „Wenn dieser Kranke uns vergiften wollte, dann wäre dies auch ohne Essen möglich. Er hat uns bei der Entführung ja schon etwas verabreicht. Also?"
Die anderen beiden ignorierten seine Worte. Greitmann fing aber an, in sich zu gehen: „Das Schlimmste, was wir früher getan haben? Ich muss schon sagen, dass dies eine interessante Frage ist. Wir brauchen hier jetzt nicht auf Unschuldslämmer machen. Es war eine geile Zeit und wenn wir uns damals nicht schon so entwickelt hätten, dann wären wir heute nicht da, wo wir sind. Dann müssten wir jämmerlich zur Arbeit gehen und es unseren Kollegen gleichtun. Sich von einem Chef herumkommandieren lassen und dafür ein paar Kröten bekommen. Hören wir also auf zu jammern und lassen uns auf sein Spiel ein. Ich werde meinem Lebensmotto auch zukünftig treu bleiben, niemals als Verlierer vom Feld zu gehen."
Er stand auf, schaute sich im Raum um und brüllte dann: „Hast du das verstanden?"

Der Mann vor dem Bildschirm grinste. „Habe ich verstanden." Gleichzeitig nahm er eine Ratte etwas früher vom

Feuer. „Für diese Ansage bekommst du sogar die Augen auf deinen Burger. Das Fleisch medium, Herr Landrat?“

Kurz darauf schob der Grillmeister einen weiteren Zettel unter der Tür durch. Er hätte auch Ansagen über das Mikro machen können, dann wäre den Gefangenen aber klar geworden, dass er mitschneiden und sie digital überwachen würde. Es wunderte ihn eh schon, dass sie diese Vermutung noch nicht in den Raum geworfen hatten.

Blank las den Zettel vor:
„Ihr müsst ertasten, zu wem welcher Burger passt und ihn dann verzehren. Geht jetzt hinten an die Wand, damit ich das Abendmahl servieren kann.“

Sie zuckten mit der Schulter, gingen an die Wand und warteten. Das Licht ging aus, die Türe quietschte, Teller klapperten und der Riegel fiel wieder ins Schloss.

„Und jetzt? Stolpern wir nach vorne?“ Die Frage kam von Blank, der sich bereits an der Wand entlang tastete. Vorne ging er auf die Knie und griff nach den Tellern.

„Ich glaube, das ist meiner. Es fühlt sich so an, als würde ein Geldschein drinstecken.“
Er nahm den Teller und tastete sich zum Tisch, während Bergmann im Hintergrund meinte: „Hier liegt etwas neben einem Burger, was sich wie ein Zollstock anfühlt. Müsste dann meiner sein.“
Während er den Teller aufhob und sich zum Tisch zurücktasten wollte, meinte Greitmann. „Sehr gut gemacht. Dann

bring meinen auch gleich mit. Das dürfe der noch übrige sein."

Kurz darauf saßen sie am Tisch und bissen in die Burger. Blank: „Wenn er uns vergiften möchte, dann zumindest mit Niveau!"

„Was?" Greitmann wirkte irritiert und fuhr gleich fort. „Sollen wir tauschen? Das schmeckt grausam und ist zudem nicht durch. Ich bekomme schon ein pelziges Gefühl auf der Zunge."

Bergmann, dem der Burger zwar nicht schmeckte, ihn aber als durchgebraten empfand, schaltete sich ein: „Wir sind halt nicht so verwöhnt wie du. Scheint so, als gäbe es in den Ministeriumskantinen Besseres?"

Alle putzen den Burger weg und der Bankier erklärte: „Der Hunger treibt es wohl rein?"

Mit dem letzten Bissen rief der Landrat laut: „Fertig. Schick die Belohnung!" Dabei fing er an, laut zu lachen, während das Licht wieder aufleuchtete.

Drei Zettel und ein Kugelschreiber lagen am Eingang. Blank stand auf und holte sie an den Tisch. Er schrieb „Hamburger" auf und faltete das Blatt, damit die anderen es nicht lesen konnten. Er wusste nicht, dass die Kollegen etwas anderes bekamen. Bergmanns Ratte war durch und ausgenommen, die vom Landrat dagegen am Stück. Sie wurde vom Koch lediglich in vier Teile geschnitten, damit er es nicht ertasten konnte. Auch den Schwanz hatte er ihm mit draufgelegt. Die Mühe beim Beißen und der pelzige Geschmack lag wohl am Fell, was Greitmann ja schön analysierte.

Bergmann sah ihn schräg an: „Was jetzt? Spielen wir plötzlich gegeneinander?" Doch Greitmann schrieb bereits ebenfalls etwas auf den Zettel und faltete ihn.

Der Baulöwe war noch irritierter: „Und was schreibe ich jetzt drauf?"
„Rattenfleisch", rutschte es Blank raus und er korrigierte: „Oder was denkst du, was es war?"
Greitmann musste bei dem Gedanken husten und es würgte ihn. Konnte das tatsächlich Rattenfleisch gewesen sein? Er wusste, dass Blank einen blöden Spaß machte, bekam den Gedanken aber nicht mehr aus dem Kopf.

Bergmann sah die beiden an und schrieb „Ratte" auf den Zettel. Er machte sich auch nicht die Mühe, das Papier zu falten, sondern schnappte alle drei und schob sie unter der Türe durch. Die Teller stellte er neben den Eingang.

Während sie sich ein paar Minuten anschwiegen, ging das Licht noch mal aus, die Türe quietschte und fiel gleich wieder ins Schloss.
Es blinkte wieder auf und an der Türe konnten sie zwei Flaschen Bier und einen Zettel erkennen, auf dem stand:

Herzlichen Glückwunsch Herr Bergmann und Herr Blank. Genießt es, bevor wir bald zur nächsten Runde kommen.

Greitmann würgte es immer noch, während Blank sich an ihn wandte: „Ich bin hier wohl der einzige, der ein Bier zu öffnen im Stande ist!" Er nahm den Mini-Zollstock, der vorhin auf dem Teller lag, und öffnete damit die beiden Flaschen. Danach leerten sie, mit einem breiten Grinsen im Gesicht, jeweils einen Schluck in Greitmanns Becher.
Dieser stand auf und brüllte an die Decke: „Wehe dir! Das traust du dich nicht."

Blank schüttelte den Kopf und kam erneut auf das Thema zurück: „Ich denke, er will wissen, was damals auf dem Bodensee passiert ist."
Die beiden anderen sahen ihn an und er erklärt: „Unsere größte Schweinerei?"
Bergmann senkte den Kopf und Greitmann gelang nur ein fieses Grinsen. „Na schön. Dann erzähl mal deine Erinnerung."

14.

Um 14 Uhr klingelte bei Samantha der Dienstanschluss. Sie hatte ihren Namen kaum ausgesprochen, legte der Anrufer los: „Wir warten noch auf eine Entschuldigung. Haben Sie nicht mit dem Landrat gesprochen? Ich würde eine Verhandlung gerne vermeiden und Sie nur ungern in den Streifendienst versetzen lassen. Sie möchten das doch auch nicht, meine liebe Samantha."

Sam hatte geistesgegenwärtig schnell auf laut geschaltet, damit Katrin mithören konnte. Ihr schwollen die Adern am Hals an, und die jüngere Kollegin flüsterte: „Du bist ein Wunderkind. Du bist cleverer als die. Mach bloß keinen Fehler."
Die Chefin atmete tief durch: „Entschuldigung, jetzt habe ich Ihren Namen nicht verstanden. Um was geht es denn, Herr ……?" Natürlich wusste sie, dass dies nur der Herr Anwalt sein konnte, der den Landrat auf sie angesetzt hatte. Der Gegenüber zeigte jedoch wenig Regung und hatte sich gut auf das Gespräch vorbereitet.
„Mein Name ist Hans-Jürgen Bollermann. Ich vertrete meinen Sohn Jan Bollermann, im Fall des Fehlverhaltens Ihrer Polizeibehörde."
Sam wartete einen kurzen Moment: „Da ich nicht genau weiß, um welche Beschuldigung es hier geht, würde ich ab jetzt das Band mitlaufen lassen. Das ist für Sie okay?"
„Nein!" Sein Ton wurde etwas energischer.
„Dann wünsche ich ihnen einen schönen Tag Herr Bollerhut!"

„Pass mal auf, Püppchen. Es liegt eine Tätlichkeit gegen meinen Sohn und dessen Freund vor, die auf Ihrem Revier ...!“
„Stopp!“ Sam unterbrach und meinte: „Meines Wissens hat einer der beiden einen Beamten angegriffen, der nur ihre Personalien vor der Vernehmung aufnehmen wollte. Dafür gibt es mehrere Zeugen. Wenn der Landrat mich freundlich gebeten hätte, dies war doch sicher der Grund seines Anrufs, um das Fehlverhalten Ihres Sohns unter den Tisch zu kehren, dann ...“, Bollermann hörte gar nicht zu und quasselte ebenfalls in den Hörer, als Sam eine Idee kam.
„Herr Bollermann, stopp. Lassen Sie mich bitte kurz ausreden, da dies sehr wichtig für Sie werden könnte. Vielleicht sind wir beide etwas unglücklich in das Gespräch gestartet. Mir ist an dieser Stelle aber etwas sehr Wichtiges aufgefallen.“
Der Anwalt wollte immer noch nicht zuhören und versuchte weiter zu provozieren. „Blondchen ist was eingefallen? Oder sollte ich sagen, ist zur Besinnung gekommen? Ich weiß allerdings nicht, ob mein Angebot noch steht, dass uns eine einfache Entschuldigung reicht.“
Sie erkannte an seinem Atem, dass er aufgebracht war. Nun war die Zeit reif, ihren Bluff zu platzieren.
„Herr Bollermann. Ich weiß nicht, ob Sie es schon mitbekommen haben. Kurz nachdem der Landrat bei mir angerufen hat und sich in Ihren Fall einzuschalten versuchte, wurde er entführt. Wir haben aktuell keine Spur und auch keine Forderung des Entführers vorliegen. Könnte es sein, dass es mit den Machenschaften Ihres Sohnes zusammenhängt. Mit der Einmischung in diesen Fall?“

„Bist du jetzt komplett durchgeknallt? Willst mich wohl verarschen?“
„Herr Bollermann. Ich entnehme Ihrer Wortwahl und dem Tonfall, dass Sie mit der Situation überfordert sind. Da ich aber von einer Verstrickung ausgehen muss, werde ich die Kripo über den Vorfall in Kenntnis setzen. Zumal Sie eventuell auch in Gefahr sind! Ich habe keine Ahnung, in was Ihr Sohn da verwickelt ist, würde Ihnen aber empfehlen, dringend den Dialog mit ihm zu suchen …!“
Tut, tut, tut, … „Aufgelegt“, Sam verzog das Gesicht und Katrin machte große Augen.
„Was für einen Scheiß erzählst du da aber auch? Sam zuckte mit den Schultern und die Kollegin ergänzte kopfschüttelnd: „Ich glaube, du hast ihm Angst gemacht. Bin mal gespannt, wie er reagiert. Aber was machen wir jetzt?“
Die Chefin kratzte sich nachdenklich an der Nase: „Wir werden Scholl informieren, dass der Landrat gestern noch Druck auf uns ausüben wollte, was nun der Anwalt fortzusetzen versucht. Auch wenn wir beide wissen, dass es sich um etwas ganz anderes handelt, bekommen wir das Arschloch so vielleicht von der Backe.“
„Andreas könnte dadurch aber mächtigen Ärger bekommen. Können wir es nicht einfach unter den Tisch fallen lassen?“
Sam wusste, dass Katrin recht hatte. Sie könnte sich jetzt selbst Luft verschaffen und versuchen den eigenen Arsch aus der Schussbahn zu bekommen, müsste im Gegenzug aber Andreas ans Messer liefern. Zumindest, wenn die Geschichte in die Tiefe ginge.
„Du hast recht. Wir machen vorerst mal gar nichts. Wobei mir diese Arschlöcher auf den Sender gehen und ich mir

sicher bin, dass der Anwaltssohn noch interessant werden könnte. Die Jungs drehen, so sehe ich das langsam, ein ganz schön großes Ding."
Sie spürte bei dieser Aussage, dass viel Wahrheit darin stecken sollte. Abschätzten, wie schmerzhaft die Herren noch für sie werden könnten, war aktuell aber leider nicht möglich.

Beide blickten wieder in die Bildschirme und beließen es fürs Erste. Sam forderte lediglich von Andreas den Bericht an. Sie schlug ihm vor, dass er sich angegriffen fühlte, was sie auch bezeugen könne. Der junge Mann sei aufgesprungen und Andreas sei erschrocken. Den Bericht wollte sie auch gleich weitergeben, um einem Verfahren entgegenzuwirken, sollte die Beschwerde offiziell eingehen.

„Katrin?" Die Kollegin sah vom Bildschirm hoch. „Hast du Verbindungen zur Cyberkriminalität?"
Die Kollegin hob den Finger. „Ich habe mal ein Seminar besucht, wo der Leiter sehr von mir angetan war."
Während sie noch gedanklich schwärmte, sprach Sam: „Versuche, ob er was über die Bollermann-Clique rausbekommen kann. War schon mal einer von denen auf einer Fahndungsliste oder fiel verdächtig auf? Würde mich nicht wundern, wenn die solche Aktionen, also den Übergriff auf dich ins Netz stellen.
Katrin sah sie fragend an: „Erfahre ich noch, was genau mit mir sich für das Internet Lohnendes passiert ist?"
Das letzte Detail hatte sie ihr bislang ja noch verschwiegen. Sam nickte, zeigte sich aber schon wieder abgelenkt am Tippen. Sie kannte den Geschäftsführer vom Badeparadies.

Also schrieb sie ihm eine kurze Mail, mit dem Vermerk „vertraulich“ und bat um Prüfung von Aufnahmen, die mit Bollermann Junior zu tun haben könnten. Sie schickte dessen Bild mit.
Dann nahm sie den Hörer in die Hand und versuchte den Geschäftsführer an die Strippe zu bekommen. Ein kurzer Smalltalk, etwas Flirt und dann: „Sorry, dass ich dich mit dieser E-Mail belästige. Das Ganze basiert auf dünnem Eis, und ich darf das offiziell gar nicht bei dir erfragen. Es geht jedoch darum, hier jemandem das Handwerk zu legen, der bei euch eventuell schon ähnliche Schweinereien abgezogen hat. Dies könnte auch auf dein Paradies einen dunklen Schatten werfen.“
„Geht klar, Sam! Du meinst aber tatsächlich, dass jemand von uns mit ihnen unter einer Decke stecken könnte?“
Sam versuchte, seine Frage zu beantworten: „Ich will niemanden beschuldigen. Könnte auch einer aus dem Service sein, der ja von euch abgekoppelt besetzt wird. Meine Sorge ist nur, dass, wenn wir ein Fass aufmachen, Informationen an die Jungs und den Anwalt gehen könnten. Dann hätte ich ein echtes Problem, und die Arschgesichter womöglich freie Bahn.“
„Habe ich verstanden. Ich versuche im Hintergrund zu ermitteln, Chef! Was verdient man als Assistent von dir denn so?“
Sam musste grinsen. Sie mochte den Kerl, da sie ihn als loyalen, witzigen Menschen kennenlernen durfte. „Wärst du nicht verheiratet, würde ich dir die Welt zu Füßen legen. In dem Fall werde ich dich wohl nur zum Dinner ins Jägerhaus einladen können. Bald gibt es wieder Wildspezialitäten. Vorausgesetzt natürlich, deine Informationen wiegen das teure

Dinner auf!“ Beide lachten und verabredeten sich auf den nächsten Unternehmertag zu einem Gläschen Sekt.

15.

Lichtstrahlen strömten durch den Schacht an der oberen Wand, und Bergmann überlegte erneut, wer sie in seinem eigenen Keller eingesperrt haben könnte.

Viele Dinge gingen ihm durch den Kopf: Mit was der Angreifer den Lichtschacht abzudunkeln versuchte? Hatte seine Frau etwas mit der Entführung zu tun? Seinen Fitnesstracker müsste sie orten können und einen Schlüssel zur Hütte besaß sie auch. Selbst wenn seine Uhr keinen Empfang hätte, funktioniert das GPS fast immer. Wenn nicht, dann könnte sie die letzte Aktivität orten. Also, bevor er in den Keller gesteckt wurde. War sie jetzt auch dazu noch zu blöd, oder kam sie nicht auf die Idee, da sie in ihrer Panik und Angst nicht klar denken konnte? Er griff nochmal den Gedanken auf, ob sie was mit dieser Entführung zu tun haben könnte? Diesen Verdacht behielt er erst mal für sich, wollte ihm aber auch kein Gewicht verleihen.

Während er bei dieser Überlegung mit dem Kopf schüttelte, machten die beiden Kollegen langsam die Augen auf.

„Morgen, Männer. Unser letzter Tag in Gefangenschaft?"

Greitmann antwortete als Erster auf die Frage: „Mich kann man nicht gefangen nehmen. Ich bin für niemanden zu kontrollieren. Ich bin hier lediglich zu Besuch und wie immer bemüht, mich den Gepflogenheiten des Gastgebers anzupassen."

Blank rieb sich die Augen: „Und du meinst, jetzt bekommt er Angst vor dir?"

Greitmann nickte: „Ich gehe davon aus, dass die Person, die uns entführt hat, wohl ein Mann, mächtig Angst hat. Zum Verhängnis wird ihm, wie schon vielen vor ihm auch, dass er sich nicht traut, uns zu töten oder uns was anzutun. Wir hingegen haben diese Hemmschwelle schon längst überschritten. Mit Sicherheit zittert er vor dieser Tür und bereut schon seinen Fehler."

Die Person vor dem Bildschirm, ein Stockwerk über ihnen, schüttelte nur grinsend den Kopf. Der Kaffee lief durch den Filter, wobei sich der Entführer plötzlich genötigt sah, eine Zusatzvariante zu kreieren. Einmal vor die Hütte gegangen, rührte der Kaffeelöffel bereits in Kuhscheiße, bevor er wenig später gehäuft in der Tasse landete, die den Schriftzug „Landratte" trug.

Die Behältnisse „Bankseckel" und „Depp vom Bau" bekamen hingegen nur den Kaffee hinein. Sie begannen offensichtlich den Ernst der Lage zu verstehen. Bei diesen beiden Frühstücksportionen wurde sogar der Schimmel vom Brot gekratzt.

Er ging die Treppe runter, öffnete die Türe und schob das Tablett hinein. Schon machte es wieder klick und der Riegel wurde vorgeschoben. Es ging so schnell, dass die drei nicht reagieren konnten.

„Was war das?" Blank fand als erster die Worte und Greitmann erklärte: „Das Frühstück für den Landrat. Seid ihr es etwa nicht gewohnt, dass man euch das Frühstück serviert?" Sein Lachen amüsierte den Zuschauer am Bildschirm. Vor allem der Kommentar von Bergmann, als er das Tablett auf dem Tisch abstellte, erzeugte ein Schmunzeln: „Sieht tatsächlich so aus, dass der Landrat als Einziger das Brötchen belegt bekommt."

Er spielte auf den Schimmel an und brach mit Blank zusammen in Gelächter aus. Greitmann ließ sich nicht beeindrucken, warf sein Brot auf den Boden und nahm das von Blank. Der genoss dagegen einen Schluck von seinem Kaffee und bekam von Bergmann das halbe Brot ab.
Greitmann nahm seine Tasse in die Hand und las die Beschriftung: „Einfallsreich, unser Gastgeber. Aber nicht unser Niveau, wenn er nicht mal Landrat schreiben kann."
Blank zuckte mit der Schulter: „Meinen Namen hat er richtig geschrieben." Wieder lachten die beiden, während Greitmann einen großen Schluck nahm. Den Zweiten spuckte er dann im hohen Bogen aus. „Aaarschloooch!" Er roch an seiner Tasse und nahm im Anschluss die von Bergmann, um ebenfalls einen Lungenzug zu nehmen. Dann wurde er sauer. „Ihr steckt mit dem Typen unter einer Decke! Was soll das?"
Bergmann und Blank sahen sich verwundert an und füllten ihren Riechkolben an Greitmanns Kaffee. Auch sie rümpften die Nasen und der Bankier meinte: „Dich mag er wohl besonders?"
Während der Landrat kurz davor stand, ihm an die Gurgel zu gehen, sah sich Bergmann an der Reihe: „Das versucht er doch. Dass drei arrogante Schulfreunde sich in die Haare bekommen. Wahrscheinlich will er uns erniedrigen und vom hohen Ross runterholen. Du machst das mit deiner Überheblichkeit aber gerade zunichte. Krieg dich endlich ein und akzeptiere unsere aktuell aussichtslose Lage, dann wirst auch du einen normalen Kaffee bekommen."

„Ha! Du hast doch Angst vor mir. Ich werde dich mit meinen eigenen Händen erwürgen, wenn ich hier raus bin. Hast ja nicht mal den Arsch in der Hose, uns Auge um Auge gegenüber zu treten." Greitmann brüllte so laut, dass seine Kollegen sich die Ohren zuhalten mussten.

Der Entführer verfolgte es immer noch mit einem Schmunzeln im Gesicht. Er hatte mit dieser Reaktion gerechnet, wunderte sich allerdings darüber, dass der Baulöwe und der Bankier so früh zur Vernunft kamen. Bluff? Er musste den zweiten Teil des Plans etwas modifizieren, da sein Hass auf eine Person nun wuchs, während die anderen zwei Mitleid ernteten. Aber auch für sie würde es eine Herausforderung werden.
Kurz darauf schob er die neue, überarbeitete Aufgabe unter der Tür durch.

Blank nahm den Zettel und las laut vor:

„Dies war vorerst eure letzte Mahlzeit. Die nächste müsst ihr euch verdienen. Werkzeug dafür bekommt ihr, sobald alle für die OP bereit sind. Ich möchte im Tausch für ein gutes Grillsteak gerne den kleinen Finger von Simon haben. Denke, dass dies ein fairer Tausch ist.
Bolzenschneider, Material zum Abbinden und Schnaps zur Desinfektion und Betäubung bekommt ihr natürlich gestellt. Sorry, aber mein Hund liebt Menschenfinger und ich bekomme das nirgendwo her."

Greitmann grinste: „Träum weiter. Da werden wir wohl in den Hungerstreit treten müssen, Freunde."

Blank und Bergmann nahmen ihre Kaffeetassen fest an sich. Ihnen wurde klar, dass das Trinken ein größeres Problem darstellen würde.
Blank ging damit durch die Türe ins Klo, wo er am Anfang noch den kleinen Vorrat entdeckt hatte. Es war alles abgeräumt. Auch der Test am Wasserhahn und der Dusche blieb ohne Erfolg. Ihn überkam die leichte Panik, verdursten zu müssen. Er fing an nachzudenken. Okay, die Toilettenspülung ging, was im Notfall eine letzte Alternative wäre. Er wusste, dass man aus dem Siphon auch noch was rausbekommen könnte, wenn es knapp würde.
Als er zurückkehrte, schauten ihn die beiden anderen schräg an und er antwortete in die fragenden Gesichter: „Wir haben nichts zu trinken. Das könnte schnell zum Problem werden."
Bergmann erkannte die Panik bei Blank und antwortete: „Keine Sorge. Wenn es eng wird, dann schneiden wir der Landratte den Finger ab."
Greitmann sprang vom Stuhl auf und riss Bergmann zu Boden. Außer sich vor Wut, versuchte er ihn zu würgen. Bergmann trat ihm jedoch zwischen die Beine und riss ihn neben sich runter. Dann kniete er von hinten auf ihn drauf und brachte seinen Arm in den Polizeigriff.
„Okay! Bring den Bolzenschneider. Wir sind soweit."
Blank kehrte aus der Schockstarre zurück: „Spinnst du? Lass ihn los. Ich bitte dich, Florian. Mach keinen Mist. Da mache ich nicht mit."
Bergmann ließ von ihm ab und stand wieder auf. Kurz darauf stand der Landrat mit hochrotem Kopf neben ihm. Einzig das Wissen, dass er nicht gegen den Baulöwen ankommen konnte, hielt ihn vom erneuten Angriff ab. Doch

die Stimmung wurde nicht besser, als Bergmann meinte: „Pass auf, Simon. Wenn ich Durst und Hunger bekomme, dann hacke ich dir den Finger ab. Nur deine dumme Fresse hat uns in diese Situation gebracht. Deshalb gibt er dir jetzt die Chance, es wieder gutzumachen. Ich empfehle dir, ab sofort einfach ein bisschen vom hohen Ross runter zu kommen."

Blank zitterte leicht, als sie sich wieder setzten. Er war nicht der Typ, der mit körperlicher Gewalt umgehen konnte. Der Bankier war beiden nicht gewachsen, weshalb es wohl am einfachsten wäre, ihm den Finger abzuhacken. Es schockte ihn aber auch, wie die beiden gerade aufeinander losgegangen waren. Sie hatten beide sicher 50 Kilo mehr Kampfgewicht vorzuweisen als er.

„Der Typ will unsere Geschichte von früher hören!" Blank winselte das vor sich hin, und Greitmann fragte: „Was will er?" Bergmann nickte zustimmend. „Du hast recht. Er will unsere Geschichte von früher hören. Vielleicht tatsächlich die mit dem Boot auf dem Bodensee?"

Es war wie beim letzten Mal. Kaum wurde das Thema angestoßen, wollte keiner darüber reden. Vielleicht auch, weil jeder eine andere Erinnerung an die Nacht hatte.

Stattdessen startete eine Diskussion über aktuelle Themen, und das Band lief mit. Der nächste Clip entstand gerade und gefiel dem Peiniger außerordentlich gut.

16.

Am Freitagmorgen saß Katrin wieder mal vor der Chefin im Büro. Sie interessierte sich sehr für den Fall und fand Spaß an der Recherche.

„Gibt´s schon was Neues?“ Sam kam kurz vor 8 Uhr rein. Katrin schüttelte den Kopf. „Ich habe hauptsächlich nach Bergmann gesucht, da er ja in unseren Bezirk fällt. Sehr erfolgreich und mächtig, würde ich ihn aktuell beschreiben. Es sieht so aus, als pflege der hier ein kleines Bau-Monopol. Der neue Häuserblock, den die Richtung Eisenbach auf die grüne Wiese gestellt haben, ist etwas umstritten. Es gibt eine kleine Initiative, die dagegen vorgehen wollte, aber nirgendwo Gehör bekam. Wenn man es etwas tiefer durchleuchtet, dann kommt man schnell zu dem Ergebnis, dass dort gar nicht hätte gebaut werden dürfen. Dafür haben die Appartements jetzt eine schöne Aussicht und sind schon doppelt so viel wert als noch vor zwei Jahren.
Seine Frau hingegen scheint mir sehr sympathisch zu sein. Sie engagiert sich stark für die Wohltätigkeit und ist in der Region beliebt.“
Sam schnalzte mit dem Finger: „Karin! Die treffe ich heute Abend beim Cego! Gut, dass du mich erinnerst.“
„Waaaas, bitteschön, hast du mit Cego am Hut? Das ist ein Schwarzwälder Kartenspiel und doch nix für kölsche Blondchen.“ Sam zwinkert und hob den Mittelfinger.
„Das ist eine Initiative von Karin Bergmann. Sie hat unsere Bürgermeisterin, die Oberärztin der Heliosklinik und mich eingeladen, um heute Werbung für diesen Brauch zu

machen. Bürgernahe, erfolgreiche Frauen, die das Brauchtum pflegen."

Katrin kniff ein Auge zusammen: „Und warum bist dann du dabei?"

Der Konter kam postwendend: „Weil ich deine Chefin bin?"

Sie brachen in ein längeres Gelächter aus, als bei Sam plötzlich eine Nachricht von Scholl auftauchte.

Es geht weiter. Der nächste Clip ist online und ich wurde von der Presse angerufen. Ob ich davon wüsste, dass ein Video über die Entführung von Blank, Greitmann und Bergmann online wäre?

17.

Die drei Herren saßen wieder auf ihren Stühlen am kleinen Tisch. Die Szene glich fast einem Theaterstück, wie sie da miteinander lachten und redeten.
Bergmann begann gerade von einem Bauprojekt zu erzählen, auf das er besonders stolz war.
„Unser letzter Bauamtsleiter musste danach zwar seinen Wirkungskreis verlegen, fährt dafür jetzt aber einen Audi TT und ist um eine Eigentumswohnung reicher."
Blank sah ihn schräg an: „Wie startest du überhaupt deine Bestechungsversuche? Das ist doch ziemlich riskant."
Bergmann lächelte: „Das ist wie ein normales Verkaufsgespräch. Du musst nur immer einen zweiten Trumpf im Ärmel haben. Der letzte Bauamtsleiter hatte zum Beispiel eine sehr hübsche Frau, die auch gerne luxuriöser leben wollte. Wir waren einmal zu viert Essen, wobei ich ein paar Bedürfnisse rauszuhören vermochte. Eine Woche später war ich in Österreich zu einer Objektbesprechung, wegen dem Bau der neuen Liftanlage am Feldberg. Claudia, also seine Frau, war zur gleichen Zeit mit einer alten Freundin im Wellnessurlaub. Ich habe ihr sogar die Alibifreundin für diesen Entspannungsaufenthalt geliefert."
Blank wirkte irritiert und Bergmann klärte den letzten Satz auf: „Ich geh doch regelmäßig zu dieser Nutte nach Villingen. Also die, die ich aus dem Milieu rausgekauft habe. Ich bin ja auch manchmal ein Guter. Die hat dann als ehemalige Schulfreundin die Terminvereinbarung mit der Frau des Bauamtsleiters vorgenommen, während ihr Mann am Telefon mithören konnte."

Blank schüttelte über die Dreistheit den Kopf, was ihm auf dem Video Bonuspunkte bei Samantha einbrachte, während der Baulöwe grinsend weitererzählte: „Im Montafon haben wir dann Champagner getrunken, gut gegessen und uns von meinen Freunden aushalten lassen. Alles auf hohem Niveau. Dazu ein bisschen Schmuck und vögeln, so wie sie es gerne wollte. Zu zweit, zu dritt, Whirlpool und so weiter."
Blank sah ihn groß an: „Du bist immer noch das gleiche Arschloch wie früher. Aber was hat der ganze Spaß dann mit der Bewilligung für das Bauobjekt zu tun?"
Greitmann schüttelte verständnislos den Kopf: „Du kapierst gar nichts. Oder? Mich wundert es, dass du in die Position des Vorstands gekommen bist."
Bergmann übernahm wieder: „Sie hat ihrem Mann dann das Projekt verkauft. Dabei auch erklärt, dass ihr der neue TT gefiel, der beim Autohaus Wittmer auf dem Hof stünde. Ich habe ihn gekauft, ihr ein paar Tage geliehen und nach der Bewilligung dann geschenkt. Ab dem Zeitpunkt, als sie den Wagen hatte, war es zu spät. Er war somit ein Stück weit bestochen, was ich ihm nicht zweimal zu erklären brauchte."

Bergmann zwinkerte dem Landrat zu, Sam konnte das deutlich erkennen, worauf der ergänzte. „Mir gehören glücklicherweise auch zwei Wohnungen in dem Block. Natürlich habe ich für die Beförderung des Bauamtsleiters gesorgt, damit nicht noch jemand einen falschen Verdacht hegen konnte. Er musste aus der Region weg. Läuft also auch bei uns alles Hand in Hand!"

Blank verdrehte die Augen „Lass mich raten. Du warst auch im Wellnessurlaub!“ Es brach großes Gelächter aus und der Landrat drückte seine Zunge von innen gegen die Backe. „Du solltest den Hüpfer mal sehen. Die hat den Herrn Landrat förmlich angefleht.“ Im Nachhall des überheblichen Gelächters endete der Clip.

„Okay!“ Sam kratzte sich nachdenklich am Kopf: „Da verliert wohl bald jemand seinen Job und seine Ehefrau.“
Katrin nickte: „Und der wird auch so schnell nichts mehr finden. Kanntest du den Bauamtsleiter oder seine Frau?“
Sam schüttelte den Kopf, weshalb die beiden im Internet zu recherchieren begannen. Es stellte sich schnell heraus, dass er nur zwei Jahre dieses Amt geleitet hatte. Sicher wäre dieser Schmu nie rausgekommen, da der Typ seinen privaten Wirkungskreis nie nach Neustadt verlegt hatte.
Nach Unstimmigkeiten mit der Bürgermeisterin musste er dann den Hut nehmen.
Sie fanden auch ein Bild seiner Frau, und Katrin meinte: „Die haben sie nicht nur wegen des Bauprojekts zum Wellnessen mitgenommen.“
Sam nickte zustimmend: „Es sieht ganz so aus, als würden die sich nehmen, was sie wollen.“

Katrin schnippte mit den Fingern: „Aber hallo? Heute Abend? Cego? Da hast du zwei interessante Gesprächspartnerinnen. Was für ein genialer Zufall.“
Sam nickte: „Da hast du recht. Kann das überhaupt Zufall sein? Das erscheint mir schon fast verdächtig.“ Sie sahen sich ernst an, und Katrin wollte wissen, wann die Einladung eintraf.

„Vor zwei Wochen wurden wir angeschrieben, mussten einmal verschieben und landeten dann auf dem heutigen Freitagabend. Ich kenne die Damen noch gar nicht. Bin echt gespannt."
Sie recherchierten weiter und versuchten den ehemaligen Lehrer Altmeier noch mal an die Strippe zu bekommen. „Wir werden noch weitere Gespräche mit ihm benötigen. Er weiß aktuell als Einziger von der alten Zeit. Wir müssen auch versuchen, Mitschüler ausfindig zu machen. Als Erstes die aus der Region.

Die letzten beiden Stunden suchte Sam dann nach den Regeln für Cego und ließ sich von Katrin darüber hinaus noch in die Taktik einweihen. Laut dem letzten Wissensstand hatte die Oberärztin auch noch nie gespielt, und es würde heute eine offene Lehrstunde werden. Doch ganz blöd wollte Sam nicht im Jägerhaus erscheinen.
Sie freute sich zudem auf das angekündigte Dinner, das wohl die erste Pause überbrücken sollte. Auch die Presse war eingeladen und würde nach der ersten Stunde einen Bericht wagen.

18.

Sam musste nur über die Straße laufen und war kurz vor 19 Uhr als zweite Teilnehmerin am Start. Sie wurde von Frau Bergmann am Eingang begrüßt.
Kaum hatten sie mit dem Smalltalk begonnen, folgte schon Frau Bürgermeister zusammen mit der vierten Mitspielerin. Sam schätzte die zierliche, rothaarige Ärztin auf knapp über vierzig, während das Stadtoberhaupt, das wusste sie, erst seinen 36. Geburtstag feiern durfte. Frau Bergmann, auf Mitte fünfzig geschätzt, war die Älteste.
Karlheinz, der Inhaber des Jägerhaus, begrüßte die Damen und geleitete sie an die Bar, wo es ein Gläschen Sekt zur Begrüßung gab. Fotos wurden von einem Pressetypen geknipst, und der Vorstand der Neustädter Sparkasse war als Mitsponsor ebenfalls präsent.
Die Damen hatten vereinbart, einmal monatlich zu spielen und den Gewinn einer Stiftung zu spenden, die von der Bürgermeisterin verwaltet wurde. Zusätzlich wollten sie jeweils 50 € Startgebühr einzahlen, was die Sparkasse doppeln würde.
„Claudia“, stellte sich die Ärztin der Runde vor. Frau Bergmann reichte den Damen die Hand, „Karin“.
Frau Bürgermeister stellte sich als Meike vor und Sam erschrak über sich selbst, als sie den Namen „Annabelle“ aussprach.
Die anderen drei, inklusive dem Sparkassenchef und Karlheinz, sahen sie irritiert an.
Sam versuchte sich zu erklären, wie sie sich in jungen Jahren selbst den Spitznamen verpasste und es später verkaufte,

dass dies ihr Zweitname sei und man sie lieber mit Samantha ansprechen solle.
„Nie hat jemand bezweifelt, dass dieses Blondchen Samantha heißen könnte. In diese Runde passt der Name aber irgendwie nicht, und ich sollte zudem an meinem Image arbeiten."
Sie machte den Eindruck, als sei sie selber von ihrer Erzählung irritiert, ermöglichte aber allen einen lockeren Einstieg. Karin Bergmann nickte: „Finde ich gut. Annabelle gefällt mir weitaus besser als Samantha." Die anderen beiden Mitspielerinnen lächelten und hoben den Daumen zur Bestätigung. Die Herren grinsten sich dagegen an, woraus die Damen schlossen, dass diese mit Samantha auch gut hätten leben können.
„Ihr dürft aber auch gerne Anna sagen. Nicht dass sich der Abend wegen des kompliziert langen Namens rauszögert."
Jetzt mussten alle vier lachen und der Pressemann mischte sich ein: „Was soll ich dann morgen als Namen verwenden?"
Meike entgegnet sofort: „Annabelle natürlich. Wir brauchen Publicity und die bekommen wir mit dieser Verwirrung am schnellsten. Oder?" Sie sah Sam an, die sofort zustimmte.

Es gab noch einen freundlichen Wortwechsel mit dem Banker und Annabelle bat um seine Karte. Irgendwie glaubte sie, dass er ihr im aktuellen Fall noch nützlich werden könnte. Wenn Bergmann so viel Chaos angerichtet hat, dann benötigte er dazu auch ein Kreditinstitut.
Wenn Karin die Sparkasse als Sponsor gewinnen konnte, dann würde es sich wohl um die Hausbank handeln, kombinierte die Kommissarin!

Sie setzten sich im hinteren Gastraum an einen Tisch und bestellten die erste Flasche Rotwein und etwas Wasser.
Karin erklärte das Spiel und die Regeln, Meike unterstützte sie mit ihrem Wissen, und die beiden Neulinge zeigten sich schnell von Begriff. Auch Claudia hatte sich im Internet vorbereitet.
Es wurden zwei Runden mit offengelegten Karten gespielt und dann ging es zur Sache. Anna wunderte sich dabei, dass niemand ein Wort über den entführten Ehemann von Karin verlor. Es war ihr natürlich recht, da sie heute noch nicht erzählen wollte, dass es sich nun um eine bestätigte Entführung handelte und sie belastendes Videomaterial zugespielt bekämen. Annabelle hatte es aber auch versäumt, bei der Kripo nachzufragen, wie weit die Familien bereits über den Stand der Entführung informiert wurden. Gut, dass sie selbst nur eine Nebenrolle in der Ermittlung besetzte.

Nach den ersten zehn Spielrunden wurde das Essen bestellt. Annabelle blickte davor nochmal auf den Spielstand und meinte, an Claudia gerichtet: „Wir müssen uns was einfallen lassen." Die zwinkerte nur zurück: „Abgerechnet wird zum Schluss", worauf alle lachten. Es war eine nette Runde und Anna fand richtig Spaß mit den Damen. Sie kämpfte sich wenig später mit einem Ultimo, den sie glücklich gewann, vom schlechten Spielstand runter, und schon wurde das Essen aufgetragen.
Mit dem Dinner und der zweiten Flasche Rotwein wurde dann plötzlich das Gesprächsthema gewechselt.
Meike wandte sich direkt an Karin: „Gibt es schon was Neues von Florian?" Vor der Antwort warf Karin einen

Blick zu Annabelle, die ihr zunickte. Aus welchem Grund auch immer.
„Es ist bestätigt, dass er zusammen mit dem Landrat und Bankvorstand Blank entführt wurde. Ich darf allerdings aus ermittlungstaktischen Gründen nicht darüber reden. Oder, Anna?“ Die Blicke der drei fielen jetzt auf sie.
„Korrekt. Es ist aktuell bestätigt, dass die drei gemeinsam gefangen gehalten werden und es ihnen gut geht. Ich bin leider auch nur teilweise informiert, da die Kripo den Fall übernommen hat. Es wurde eine Sonderkommission gebildet, die von Kriminaldirektor Scholl persönlich geleitet wird. Er hält mich auf dem Laufenden, zumindest über das, was für uns in Neustadt von Relevanz ist, und bittet um unsere Mithilfe. Was aber hauptsächlich bedeutet, dass wir die Augen und Ohren offenhalten sollen.“
Die Bürgermeisterin schüttelte den Kopf: „Verrückt, dass so etwas bei uns passiert. Das könnte ein größerer Skandal werden, als wir es gerade erahnen. Oder?“
Die Frage ging wieder an Annabelle. „Sehe ich auch so. Meines Wissens liegt aber immer noch keine Geldforderung vor?“
Nun war Karin wieder an der Reihe. „Nein. Dieser Scholl meinte nur, dass die Entführung etwas mit der Schulzeit zu tun haben könnte. Irgendjemand möchte ein Geheimnis aus der alten Zeit lüften. Sobald dies geschehen sei, würden die drei wieder freigelassen. Es gebe keinen Anlass zur Sorge, dass der oder die Täter den Herren etwas antun würden.“
Die Oberärztin, die von dem Ganzen noch gar nichts mitbekommen hatte, schaltete sich ebenfalls ein: „Du bist aber ganz schön cool. Dein Mann wurde entführt, und du spielst mit uns Karten?“

Meike half jetzt der Organisatorin. „Wir waren heute kurz davor, es abzusagen. Der Leiter der Soko hatte jedoch darum gebeten, dass Karin versuchen sollte, unauffällig weiter zu machen. Als er von Samanthas Anwesenheit erfuhr, bestand er fast darauf, dass wir die Veranstaltung durchziehen sollten. Er weiß noch nichts von der verwandelten Annabelle?"
Mit der letzten Frage lenkte sie vom Thema ab, worauf Anna den Kopf schüttelte. „Das weiß keiner. Ist mir vorhin spontan gekommen, als ich mir Samantha nicht in der Runde vorstellen konnte."
Alle drei nickten und Claudia sprach einen Gedanken laut aus: „Ganz ehrlich? Ich hatte dich ganz anders auf dem Schirm. Bin gerade froh, dass mich mein Instinkt getäuscht hat und du so nett und witzig bist."
Die Bürgermeisterin bestätigte das, kannte Annabelle jedoch schon seit ein paar Monaten. Die Teilnahme verdankte die Kommissarin Meikes positiver Einschätzung, als die Anfrage von Karin Bergmann für die Cego-Runde kam.
Annabelle wunderte sich dagegen immer noch, dass Scholl von dieser Veranstaltung wusste und sich nicht gemeldet hatte.
Sie versuchte, jetzt aber noch mal zu bohren: „Ich weiß, dass es hier nicht hergehört. Aber du hast keine Ahnung, wer hinter der Entführung stecken könnte? Du kennst auch keine Schulgeheimnisse von deinem Mann?"
Karin verzog das Gesicht, als müsste sie überlegen. „Kann schon sein, dass ich ein paar Dinge weiß. Wollen wir uns morgen mal treffen und reden?"

Auch ihr war klar, dass das Thema hier nichts verloren hatte. Zudem kam gerade der Fotograf vorbei, um vom Dinner und vom Spiel noch ein paar Bilder zu schießen.

Der Abend war ein Erfolg, deshalb wollten sie sich bereits in zwei Wochen noch mal hier zur nächsten Runde treffen. Danach könne man in den geplanten monatlichen Rhythmus wechseln.
Annabelle hatte es am Schluss noch ins Plus geschafft, und die Bürgermeisterin verbuchte den Gesamtsieg. Die anderen drei beschlossen, dass dies fünfzig Euro als Extrazahlung erfordern würde, da sie das Stadtoberhaupt ja gewinnen ließen.

Nachdem sie die Mobil-Nummern ausgetauscht hatten, um zukünftige Wege zu verkürzen, machten sich die Damen auf den Heimweg.
Sam stellte sich dagegen an die Theke und bestellte noch einen alten Williams, um nachher besser schlafen zu können. Karlheinz servierte diesen mit einem breiten Grinsen: „Bitteschön, meine liebe Annabelle. Schöner Name!“
Sie erschrak leicht. „Was habe ich da nur wieder angestellt. Jetzt kann die nette Annabelle sich in den nächsten Tagen wieder überall erklären. Dies ist sicher der Grund, warum ich das nie korrigiert habe. Der Spitzname nervt mich allerdings schon länger.“
Karlheinz nickte: „Ich finde es jedenfalls gut. Wirst sehen, das pendelt sich schneller ein als du denkst. Noch einen auf den Heimweg?“
Er zeigte auf das Schnapsglas, und sie nickte ihm zu.

19. Im Verlies

Blank schlief sehr unruhig und mit knurrendem Magen. Ein Gefühl, das er überhaupt nicht gebrauchen konnte. Sein Körper geriet bei Hunger in eine Art Panik.

Die Sonnenstrahlen waren heute schon länger im Raum, als endlich alle drei am Tisch saßen. Sie hatten vom Entführer nichts mehr gehört.
„Ich habe Hunger und Durst!“ Blanks Stimme war heiser, und Greitmann hob die Hand, als wollte er ihm das Schweigen befehlen: „Halt´s Maul. Das will er doch. Wir sitzen das aus.“
Bergmann zuckte mit der Schulter: „Ich denke auch, dass wir es zwei bis drei Tage ohne Essen schaffen müssten.“
Dann drückte er wieder auf seiner Uhr rum. „Verdammt, warum finden die uns nicht? Meine Uhr ist immer noch aktiv und das GPS sendet. Das geht auch ohne mein Handy. Ich verstehe das nicht. Ansonsten könnte sie auch mal auf die Idee kommen, hier in unserem Ferienhäuschen nachzuschauen. Oder?“
Man konnte ihm die schlechte Laune anmerken. Er wusste, dass diese nicht besser werden würde, wenn sie nicht bald Essen und Trinken bekämen.

Blank warf, die aufkeimende gereizte Stimmung ausnutzend, eine Frage in den Raum: „Was geschah mit Tina in der besagten Nacht auf dem Boot?“

Greitmann und Bergmann sahen sich an: „Das weißt du doch. Tischler hat sie vergewaltigt und dann umgebracht. Er hat es zugegeben und abgesessen."
Super, dachte Blank. Diese Variante kenne ich, weiß aber, dass sie nicht stimmt.
„Und das ganze Blut im Bett? Tina erklärte mir ein paar Tage zuvor, dass sie Selbstmordgedanken habe."
Mist. Warum war er so direkt? Er erkannte an den Blicken der anderen, dass etwas nicht stimmen würde. „Selbstmordgedanken? Wie kommst du auch darauf?"
„Sie hat es mir gesagt!"
Greitmann verzog das Gesicht: „Und warum kommst du erst heute damit? Du hättest Tischler den Arsch retten können. Oder?"
Blank wurde nervös: „Ihr habt ihm eingeredet, dass er unter Drogen den Mord verübt und sie nach der Vergewaltigung über Bord geworfen habe. Warum sollte ich dann noch mit der Selbstmordtheorie kommen. Es gab ja keinen Abschiedsbrief. Sonst…?"
Er versuchte, in den Gesichtern der beiden eine Reaktion abzulesen. Ihre Blicke kreuzten sich und es wirkte auf ihn, als bestünde zwischen den zweien ein besonderer Pakt.
„Vermutlich", meinte Greitmann und inspizierte dabei seine Finger.
Bergmann überlegte: „Meinst du etwa, dass Tischler etwas mit der Entführung zu tun hat?"
Was für Arschlöcher, ging es Blank durch den Kopf. Sie wussten nicht einmal, dass sich ihr damaliger Mitstreiter das Leben genommen hat. In der Psychiatrie ein Auto geklaut und…?!?

Blank hatte ihn noch ein paar Mal besucht und dabei herausgefunden, dass er sich überhaupt nicht an die besagte Nacht erinnern konnte. Auch wenn Tischler damals der härteste Hund der Gang war, so kam er über diesen Mord, den er nicht begangen hatte, nie weg.
Gewissensbisse trieben Blank an, ihn zu besuchen. Er wusste, dass Tischler ihre gemeinsame Freundin nicht ermordet haben konnte. Leider durfte er es nie sagen. Deshalb fühlte er sich auf eine gewisse Art auch mitverantwortlich für den Selbstmord.
Blank hatte ein paar Mal angedeutet, dass Tina womöglich noch lebt.
Er hoffte bei den Besuchen, dass ihm der Kollege Informationen aus der Nase ziehen könnte, um anschließend selbst seine Schlüsse zu ziehen. Blank wollte sein Gewissen reinigen und Genaueres über die Ereignisse erfahren, die er selbst nur in Bruchstücken kannte. Dem alten Freund helfen, obwohl ihm das nötige Wissen fehlte.

Bis zu der besagten Nacht auf dem Boot war diese Clique unschlagbar. Tina, als einziges Mädel im Team und wahrscheinlich auch die Intelligenteste von allen, dazu noch Klaus Tischler, der für die körperliche Durchsetzungskraft sorgte, plus die drei hier Gefangenen.
Tischler war der Geldeintreiber und eine Maschine, wenn es um Prügeleien ging. Die meisten jedoch, die sich der Clique in den Weg stellten, wurden psychisch vernichtet.
Tischler konnte allerdings nicht mit Mädels umgehen, und die Freunde glaubten, dass er mit 18 noch nie mit einer Frau in der Kiste war.

Blank wusste, dass in der besagten Nacht etwas passieren sollte, wunderte sich im Gegenzug aber darüber, warum nur die Clique an Bord war. Normalerweise hatte Greitmann nämlich immer ein paar Miezen mit auf das Boot eingeladen. Ein bisschen Drogen und schon ging es die ganze Nacht wild durcheinander.
Blank selbst hatte sich nie was eingeworfen und war mehr Zuschauer als Mitspieler. Ab und zu fiel mal ein Mädel für ihn ab, wobei sich diese am nächsten Tag meist nicht mehr an Blank erinnern konnte. Oder wollte?
Heimlich war er in Tina verliebt, die ihn vor dem entscheidenden Ereignis sogar noch gewarnt hatte.
Irgendwie gelang es ihm aber nie, sich an die Geschehnisse auf dem Boot zu erinnern. War der Plan tatsächlich, dass Tina und Tischler…? Er wollte gar nicht daran denken. Leider konnte er es mit seiner alten Freundin auch nie aufarbeiten. Dafür war…?
„Träumst du?" Greitmann unterbrach jetzt seine Gedanken.
„Nein. Ich versuche nur den Abend zu rekonstruieren. Wir wollten Klaus zum Mann machen, hatten aber keine Mädels dabei. Ich bin nachts wach geworden und habe ein Blut bedecktes Bett gesehen. Oder habe ich das geträumt? Was ist passiert?"
Bergmann grinste: „Du warst ziemlich weggetreten. Ich vermute, dass du mit einem der Hauptdarsteller versehentlich das Glas vertauscht hast!"
Greitmann fing an zu lachen. „Das kommt davon, wenn man im richtigen Moment nicht auf seine Sachen aufpasst."
Blank musste jetzt zuschlagen: „Hatten die beiden einvernehmlichen Sex? Was ist geschehen. Warum habt ihr den Mord nicht zu vertuschen versucht? Ihr hättet alles

verschwinden und das Boot säubern lassen können. Tina wäre einfach nicht an Bord gewesen."
Greitmann winkte ab: „Lass gut sein. Wir waren alle voll, Tischler ist übers Ziel hinausgeschossen und hat dafür bezahlt. Ich hoffe, es geht ihm gut, bin mir aber sicher, dass wir ihn eh aus den Augen verloren hätten. Es war unser Abschlussjahr, und er hatte das Abi nicht geschafft. Es war alleine uns zu verdanken, dass er in die Dreizehnte rutschen durfte. Was willst du noch?"
Jetzt versuchte Blank zu bluffen. „Ja, wenn er jetzt aber der Entführer ist?"
Bergmann zuckte mit der Schulter: „Er ist es nicht!"
Blank: „Wieso bist du dir so sicher?"
Greitmann kam zur Hilfe und wollte nicht, dass Bergmann mehr erzählte: „Die Wortwahl auf den Zetteln, die er uns durch die Türe schiebt. Der Typ ist gebildet."
Ihr überhebliches Lachen schallte und Blank wusste, dass sie es auch wussten. Tischler war tot!

20.

Sie bekam gerade das aktuelle Filmchen zugespielt und betrachtete die Herren im Verließ. Sie interessierte sich nicht zwingend für die Bestrafung der drei. Ihr Hass war nicht mehr groß genug und sie hatte Informationen bekommen, die die Fehlinterpretationen aus der Vergangenheit zurechtrücken konnten.
Dazu kam, dass es ihr in den letzten Jahren immer besser ging. Sie hatte sich mit ihrem Leben arrangiert. Jetzt freute sie sich aber auf den Schlussstrich und den geplanten Neuanfang. Frankreich wartete auf sie. Letztmalig eine neue Identität annehmen zu müssen, gab ihr das Gefühl, endlich anzukommen.

Was ihr aber beim Film auffiel, den sie wieder vorab sehen durfte? Es wirkte auf sie, als hätten zwei aus dem Trio überhaupt nichts gelernt. Sie hatten sich noch schlimmer entwickelt, als sie zur Schulzeit schon waren. Gut, Blank wurde vor einer Entführung gewarnt und konnte sich vorbereiten. Aber auch er musste jetzt zuerst diese Pein überstehen.
Sie durfte nicht darauf hinweisen, dass man mit ihm gnädig sein sollte. Leider, denn damit hätte sie unnötigen Verdacht erzeugt und ihren eigenen Plan womöglich zerstört.
Er war sicher, solange ihr Bruder ihn für das Finale eingeplant hatte. Der war ihrem Rat gefolgt und hatte die Idee für gut befunden. Blanks Schicksal lag alleine in ihrer Hand.

Es ging ihr immer noch nicht in den Kopf, dass sie keiner der drei wiedererkannt hatte. Sie haben sie einfach in ihr Leben gelassen, ohne zu hinterfragen, wer hinter dem

Mädchen stecken könnte? Selbstverliebte Arschlöcher, die nicht über den Tellerrand hinausschauen konnten. Außer einem, der nach Jahren direkt nachfragte und plötzlich ein Mitwisser wurde. Wie bei allem, wusste er aber nur einen Bruchteil der Wahrheit.

Wenn sie heute sah, wie das Trio über früher sprach und wie die Menschheit weiter betrogen und manipuliert wurde, dann war diese Entführung die richtige Entscheidung. Ihr war egal, was mit den Herren passieren würde, darüber sollten die anderen entscheiden. Sie hatte keine Verstümmelung verlangt, die primär einer speziellen Person schaden sollte. Diese Idee kam von ihm und seinem Knecht. Sie musste nur aufpassen, dass die beiden es mit ihrer Überheblichkeit nicht versauten.

Ihrem Gefühl nach konnte die Kripo vielleicht an der Nase herumgeführt werden. Aber diese beiden Ermittlerinnen aus Neustadt wirkten clever. Viele würden sich wahrscheinlich blenden lassen, da die Beamtinnen unscheinbar daherkamen. Aber nicht mit ihr. Sie hatte die beiden im Visier.

Sie musste grinsen, wie der Zufall ihr in die Karten gespielt hatte. Ein dummer Moment und ihr Plan, den sie aus Bequemlichkeit bereits beiseite gelegt hatte, keimte wieder auf. Ihr Leben bekam vor knapp zwei Jahren erneut einen Sinn, was nicht nur mit der geplanten Entführung zusammenhing. Eher damit, dass sie bald ein neues Leben haben würde. Eines, von dem sie schon so lange träumte.

Aber zuerst würde noch eine zweite Rechnung geschlossen. Er hatte ihr was genommen, dass sie ihm unmöglich verzeihen konnte. Es brannte ihr in der Seele, wenn sie an die grausame Nacht zurückdachte.
Auch, dass er sie jahrelang belogen hatte, brannte sich in ihrer Seele immer tiefer ein.

„J´irai en France“, sagte sie zu ihrem Spiegelbild.

Dann sah sie noch mal den Film an und war enttäuscht.
Er hatte zu wenig Spektakuläres, also schickte sie eine Nachricht ab:

Neue Nachricht ins Verlies:

Warum wurde nicht gegen Bergmann ermittelt, als er vor zwei Jahren einen Zimmermann auf Wanderschaft angefahren hatte. Der Mann sitzt heute im Rollstuhl und der Fahrer des Fahrzeugs konnte nicht ermittelt werden. Besser gesagt, das Fahrzeug wurde nach dem Unfall als gestohlen gemeldet und erst Wochen später in einem See gefunden.

Sie drückte auf Senden und musste grinsen. Woher konnte jemand diese Information haben?
Der Landrat hatte wiedermal sein Amt missbraucht, um seine eigene Vorstellung von Gerechtigkeit durchzusetzen. Würde jemand bei der Polizei den Hut nehmen müssen?

„Ihr werdet eure Rechnung begleichen, meine Herren. Das verspreche ich euch!“ Ihre Stimme zitterte und es kamen wieder Rachegelüste in ihr hoch. Aber sie musste unbedingt einen kühlen Kopf bewahren. Sonst würde es nichts mit der großen Heimreise.

21.

Katrin hatte zwei Mitschüler ermittelt, von denen einer in Bräunlingen und der zweite in einem Teilort von Donaueschingen lebte.
„Sam, wir haben einen Termin. Heute um 15 Uhr treffen wir uns mit einem gewissen Herrn Wolf in Pfohren und danach mit Herrn Jehle in Bräunlingen."

Sam sah sie an, räusperte sich und meinte: „Wir haben eine personelle Veränderung."
Katrin sah sie fragend an: „Das bedeutet auf Deutsch?"
Ich habe mich gestern als Annabelle vorgestellt, was so auch in der Zeitung stehen wird, und dabei beschlossen, diesen Namen wieder zu benutzen."
Katrin stand auf, streckte die Faust über den Schreibtisch und schlug ein.
„Cool, Annabelle passt besser zur dir, finde ich. Kinder sind aber keine geplant, bei deiner Wesensveränderung?"
Annabelle sah die Kollegin an: „Gute Idee. Solange sich mein Sex-Leben jedoch ohne männliche Unterstützung gestaltet, könnte dies ein Problem werden."
Katrin schüttelte den Kopf: „Du wurdest doch au…?" Sie verwarf den Gedanken: „Sorry. Jetzt ging die Spontanität mit mir durch und ist über das Ziel hinausgeschossen. Ich finde es aber wirklich super, dass du endlich zu deinem richtigen Namen stehst."
Annabelle berichtete dann vom Cego-Abend, und was sie in Erfahrung bringen konnte. Meike, Claudia und Karin seien super Gesprächspartnerinnen gewesen und könnten sich auch zukünftig als nützlich erweisen. Karin wolle sich

zudem noch mit Annabelle privat unterhalten und glaubte Informationen zu haben, die wichtig sein könnten.
Anna schrieb ihr gleich eine Nachricht, wann sie Zeit habe, und beendete dann den Bürovormittag.
Um 10 Uhr gingen die beiden zusammen joggen. Sie hatten an diesem Samstag keinen Dienst, wollten aber am aktuellen Fall weiterarbeiten, deshalb hatten sie sich auf der Dienststelle getroffen.
Sie schickten Scholl eine kurze Info, dass sie Mitschüler ausfindig gemacht hätten und sich heute noch mit ihnen unterhalten würden.
Der bat daraufhin um Rückruf, was Annabelle aber nach dem Laufen machen wollte.

Sie liefen durch den Wald, Richtung Schwärzenbach und hielten das Tempo so hoch, dass die Luft zum Reden fehlte. Annabelle musste den Wein vom Cego-Abend rausschwitzen, hielt aber trotzdem gut mit.
Am Schluss war es sogar Katrin, die zu schwächeln begann. Die Chefin hatte in den letzten Tagen das Sportprogramm erhöht und den Alkoholkonsum zu reduzieren versucht, während Katrin öfter mal was trank und den falschen Sport vorzog.
„Was ist los? Wirst du langsam zum Moppelchen, meine Liebe?“ Katrin reagierte beleidigt auf den Kommentar. „Hab vielleicht gerade weniger Zeit als du, was das Rennen angeht?“
Annabelle, die bereits mit dem Dehnen begonnen hatte, grinste nur: „Und warum hast du keine Zeit zum Laufen?“

Es lag ihr schon länger auf der Zunge, dass Katrin zu viel und zu auffällig mit Andreas unterwegs war. Sie machte sich Sorgen, wusste aber auch um die Brisanz des Themas.
„Was willst du mir sagen? Dass Ehebrechen nicht zur Fitness beiträgt und es sich irgendwann rächt?"
Annabelle war erstaunt. Besser hätte sie es nicht formulieren können. Wie Katrin es jedoch auf den Punkt brachte, zeigte, dass sie selbst mit der Situation haderte.
Anna ging einen Schritt auf sie zu und nahm sie in den Arm. Katrin ließ gar nicht mehr los und fing an zu schluchzen.

Als sie sich schließlich aus der Umarmung gelöst hatten, setzten sie sich auf die am Waldrand lagernden Bäume.
„Was ist los?"
Katrin rieb sich eine Träne aus dem Gesicht.
„Andreas wird zur Klette. Er will seine Frau verlassen. Er steht sehr oft bei mir vor der Türe und ich schaffe es nicht, ihn wegzuschicken. Seine Frau hat mich angerufen und mir gesagt, dass sie wüsste, was zwischen uns läuft."
Es gab eine Pause, und Annabelle musste die Worte selbst erst verdauen und analysieren.
„Na, da haben wir beide ja ein echtes Problem." Nach einer kurzen Unterbrechung ergänzte sie, „was wir aber gemeinsam gelöst bekommen. Oder?"
Katrin bekam langsam wieder Farbe ins Gesicht: „Ich wollte es dir schon länger sagen. Die Situation ist aber so blöd, dass ich mich einfach nur beschissen fühle. Ich habe das Gefühl, dass ganz Neustadt schräg auf mich runterschaut."
Annabelle überlegte: „Ganz Neustadt nicht, aber das Revier hat euch im Blick. In den letzten Wochen war es

übertrieben, wie ihr auf der Dienststelle geturtelt habt. Liebst du ihn?“

Katrin schüttelte den Kopf: „Ich glaube, dass es für mich von Anfang an nur ein Abenteuer war, das auf dem Versuch basierte, einen reiferen Mann um den Finger zu wickeln. Zuerst gab es schon ein Kribbeln bei mir, das ich für Liebe halten wollte. Aber jetzt wird mir klar, dass ich aus dem Ruder gelaufen bin. Am liebsten würde ich hier verschwinden.“
„Stopp! Da habe ich noch ein Wörtchen mitzureden. Kein Derrick ohne Harry. Oder?“
Katrin konnte bei dem Scherz schon wieder schmunzeln und kontern: „Du Derrick, ich Baywatch. Aber den Harry spiel ich auf keinen Fall.“ Sie lachten bei der Verabschiedung und rannten weiter, jeweils nach Hause.

Auf der Fahrt nach Pfohren überlegte Annabelle, wie sie der Kollegin helfen könnte. So verlor sie den Blick auf den Fall und war nicht wirklich vorbereitet.

An der Fußgängerampel links, dann links hoch und das dritte Mal links weg, waren sie in der Zielstraße.
Herr Wolf ging mit ihnen durch das Haus und platzierte die Damen auf dem kleinen Balkon. Der Blick ging über den Rasen direkt auf die Durchfahrtstraße, wo gerade kaum Verkehr herrschte.
Er servierte Wasser und fing von sich aus an zu erzählen.
„Die Clique beherrschte damals unsere Schule. Es gab verschiedene Gruppierungen, aber Greitmann, Blank, Tischler, Bergmann und diese Tina, lehrten viele das Fürchten. Ich selbst hatte nie Probleme mit ihnen, ging der Gruppe aber

gerne aus dem Weg. Sind die drei jetzt tatsächlich wegen einer Geschichte entführt worden, die mit früher zusammenhängt?"
Katrin schrieb mit, und Annabelle sollte sich um die Fragen kümmern. Seine Frage kam ihr nun aber entgegen: „Wir vermuten, dass es mit der Schulzeit zusammenhängen könnte. Gab es vielleicht eine Geschichte, die bei jemandem eine Verletzung verursacht haben könnte, die Schmerzen und Rachegelüste bis heute rechtfertigen würden?"
Wolf überlegte: „Wahrscheinlich gibt es viele Geschichten, die Menschen frustriert haben. Selbst Lehrer, die meisten leben wahrscheinlich nicht mehr, hätten Grund genug gehabt, die fünf auf den Mond zu schießen."
Er dachte weiter nach: „Erpressung, Drogenhandel und Vergewaltigung unter K.o.-Tropfen wurde damals gemunkelt. Ich habe das aber aus größerer Entfernung beobachtet, weshalb ich nur von Erzählungen berichten kann."
Katrin blickte von ihrem Zettel auf. „Es gab da mal ein Bootsunglück. Wissen Sie was darüber?"
Er nickte. „Unglück würde ich das nicht nennen. Erzählt wurde, dass sie Tina vergewaltigt und danach über Bord geworfen hätten. Vollgepumpt mit Drogen, ist sie wohl abgesoffen. Wenn mich nicht alles täuscht, dann wurde sie nie gefunden. Laut Erzählungen habe es viel Blut auf dem Boot gegeben, was aber nie bestätigt wurde. Es hieß sogar mal, dass sie schwanger gewesen sei und deshalb sterben musste."
Er machte eine Pause und Annabelle wunderte sich ob der Ausdrucksweise, als er „abgesoffen" sagte.

„Tischler, der Prügelknabe der Clique, hatte sich dafür verantwortet und kam glimpflich davon. Glaube ich jedenfalls.“
Er kratzte sich am Kopf und winkte ab. „Das wissen sie ja aber wahrscheinlich schon. Ich kann auch nur wiedergeben, was auf der Schule damals erzählt wurde. Die Eltern von Greitmann und Bergmann hatten eine wahnsinnige Macht, was die Clique unangreifbar machte. Zumindest sah ich das damals so.“
Er nahm einen Schluck aus seinem Glas, bevor er mit seiner Erinnerung fortsetzte: „Die Erzeuger der drei Entführten gehörten einer Verbindung an, zu welcher der Polizeichef, Anwälte und was weiß ich noch alles gehörten, weswegen man die Kinder nie ins Verderben hätte stürzen können.“

Katrin und Annabelle stellten noch Fragen, kamen aber schnell zum Entschluss, dass Wolf wirklich nur Gerüchte weitergeben konnte. Zu weit war er von der Clique weg. Er war jedoch ehrlich und bemüht, den beiden weiterzuhelfen. Annabelle meinte im Auto: „Ich glaube, dass Herr Wolf seine Tränen in Grenzen halten könnte, wenn Greitmann, Blank und Bergmann auffliegen würden. Es hörte sich so an, als seien die von der kompletten Schule verachtet worden.“
Katrin stimmte zu und steuerte den Wagen zum nächsten Ziel.

Nach Donaueschingen, dann über den Berg und schon war das nächste Etappenziel erreicht.
Herr Jehle wohnte in der Goethestraße auf dem Bregenberg. Schöne Lage und guter Blick, aber das war es dann

auch. Das einzig Brauchbare: Er hatte alle Gerüchte von Wolf bestätigt und ließ keinen Zweifel daran, dass jemand mehr als er wissen könnte. Seine verbalen Attacken waren etwas mehr unter der Gürtellinie, was seiner Glaubwürdigkeit aber nicht schadete.
An einer Stelle differierten sie jedoch erheblich. Laut Herrn Jehle bekam Tischler eine saftige Strafe aufgebrummt, wonach man ihn nie mehr gesehen habe.

Eine Stunde später saßen die Beamtinnen wieder im Wagen und Annabelle überlegte, ob sie Peter Frei anrufen sollte.
Katrin musste lachen: „Versau dir aber nicht gleich wieder den guten Ruf."
Da der Boss nicht verstehen wollte, klärte sie auf: „Mit Annabelle möchtest du dich von deinem wilden Leben distanzieren. Oder? Da ging mir gerade durch den Kopf, wie unsere Kollegen aus Donau die Wohnung von Frei beschatten, während du wild auf ihm rumreitest." Sie musste laut lachen, was Anna nicht verstehen wollte.
„Du solltest an deinen Fantasien arbeiten, meine Liebe. Hast den Abend aus dem Badeparadies noch nicht aus den Gedanken bekommen? Wärst halt mit in die Sauna gekommen, dann…?"
An der Stelle konnte Annabelle das Lachen ebenfalls nicht mehr unterdrücken und Katrin atmete durch. „Jetzt hast mich fast verunsichert, mit deiner ernsten Miene. Aber keine Sorge, ich habe diese Unterhaltung an der Bar noch gut gespeichert." Nach einer kurzen Pause ergänzte sie: „Ich hoffe nur, dass nie jemand so ein Gespräch mithören wird."
Annabelle hatte bereits an Frei geschrieben, der heute aber nicht konnte. Normal hakte sie die Kontaktaufnahme nach

einer Niederlage ab, doch brauchte sie Frei für den Fall. Sexuell hatte sie ihn bereits aus dem Kopf gestrichen. Da müsste ihr das Schicksal in den nächsten Tagen schon was Besseres anbieten.
Dem Bankier öffnete sie dagegen mit der nächsten Nachricht noch mal das Türchen:

Du hast alternativ die Chance, mich morgen zum Mittagessen einzuladen!

Dieses Mal kam die Antwort sofort.

Abendessen? 18 Uhr bei mir? Das würde mich sehr freuen! Ich bin leider bis morgen Mittag weg. Oder meinst du, ich würde sonst den Termin heute Abend mit der heißesten Stripperin platzen lassen?

Natürlich glaubte er ihr das mit der Stripperin nicht. Dieser Joke, hoffentlich sah er es nach der Aufklärung auch als solchen an, musste irgendwann gelüftet werden.

Eine weitere Nachricht ging ein. Gesendet von Karin Bergmann:

Hallo Annabelle. Danke für deine Nachricht. Hättest du heute Abend Zeit und Lust auf ein Gläschen Wein. Würde mich gerne mit dir unterhalten.

Gut. Karin war eine tolle sowie spannende Frau und sicher eine interessante Gesprächspartnerin. Zudem durfte man in Neustadt stolz sein, die Unternehmerfrau im Adressbuch als Freundin zu führen. Der Grund, warum dieses Gespräch aber höchste Priorität hatte, war, dass Karin glaubte, Annabelle etwas über die Vergangenheit berichten zu können.

Hallo Karin. Sehr gerne würde ich deiner Einladung folgen. Uhrzeit? Und was soll ich mitbringen? Freue mich!

Sie bekam 19 Uhr durchgegeben, und es sei von allem reichlich vorhanden. Sie dürfe nichts mitbringen. Annabelle sendete einen „Daumen hoch“ zurück.

22.

Zurück auf dem Revier wurde der Wagen abgestellt, und Katrin machte sich auf den Heimweg. Annabelle ging dagegen noch mal ins Büro und versuchte, das aktuelle Wissen schriftlich festzuhalten. Zu groß war ihr eigenes Durcheinander. Sie führte es darauf zurück, dass nicht sie die Ermittlungen leitete. Es war schwierig, eine Einschätzung zu treffen, wenn man nicht alle Fakten bekam.

- Drei Schulfreunde waren verschwunden.
- Bankier, Baulöwe und Landrat
- Der Entführer stellt Schweinereien ins Netz, die den dreien schaden sollen, und versucht, die Ermittler auf eine Spur zu führen, die in der Gegenwart liegt.
- Meine Einschätzung beruht jedoch darauf, dass die Lösung mit der Vergangenheit zu tun hat.
- Greitmann lebt alleine in seinem Haus, und die Befragung seiner Ex, so die Info der Kripo, habe nichts ergeben. Sie hatte seit Monaten keinen Kontakt zu ihm.
- Die Frau von Bankier Blank wohnt in München und wurde von den Kollegen vor Ort befragt. Sie stand unter Schock und konnte sich nicht vorstellen, dass ihr Mann in dubiose Geschäfte verwickelt sei. Sie hat aber null Kontakt in die hiesige Gegend und noch weniger Bezug zum geschäftlichen Wirkungskreis des Bankiers. Laut Aussage der

Kollegen sei ihre Hauptangst, dass er Lohnansprüche verlieren könnte.

- Dem Bankier heftet jedoch ein Skandal an den Fersen, in den auch meine neue Bekanntschaft, Peter Frei, verwickelt ist. Greitmann hängt ebenfalls in dieser Schweinerei mit drin, und es würde mich nicht wundern, wenn bald noch Bergmanns schmutzige Finger sichtbar werden.
- Karin Bergmann war sehr gelassen und ging womöglich davon aus, dass ihr Mann schon bald auftauchen und zurückkehren würde. Hatte Scholl tatsächlich gesagt, er sehe es als sicher an, dass den Herren nichts passieren könnte? Informierte er die Partnerinnen überhaupt schon über das vorliegende Videomaterial?
- Scholl hatte ihr seine Vermutung erklärt, dass es nicht mit der Vergangenheit zusammenhängen würde und dies eine Ablenkung sein könnte.
  Er sei sich nicht sicher, aber es wäre für einen Entführer einfach, diesen Gedanken zu streuen und die Schulverbindung irreführend in den Vordergrund zu stellen. Für mich gibt jedoch nur der umgekehrte Fall einen Sinn.

Wie geht es weiter? Annabelle hatte ihren Wegweiser ausgedruckt und wusste, dass diese Aufstellung die Basis für ihr weiteres Vorgehen werden würde. Diese Punkte müssten in den nächsten Tagen nachjustiert oder rausgestrichen werden. Sie brauchte jetzt mehr Fakten, die sie sich von Karin und Frei versprach. Zudem glaubte Annabelle, dass der nächste Film weitere Erkenntnisse liefern würde.

Sie nahm den Zettel und machte sich auf den Heimweg. Manchmal träumte sie von ihren Aufstellungen und hoffte, heute im Schlaf weitere Informationen zu bekommen. Einen Hinweis, der im Verborgenen darauf warten würde, von ihr abgerufen zu werden. Das eine Detail, das womöglich alle übersahen.

23.

Der Tag näherte sich dem Ende, und Blank wurde immer nervöser. Er hatte sich vorhin über Greitmann geärgert, als sie den Autounfall, wie auf dem Zettel gefordert, aufzuarbeiten versuchten. Eine riesige Schweinerei, dachte er und wunderte sich abermals, wie man mit diesen Herren befreundet sein konnte. Menschen, die sich über alles hinweg setzten, keine Empathie empfanden, und denen andere Schicksale komplett egal waren.
Wie ein Drogensüchtiger, den man gerade trockenlegen wollte, lief er jetzt in der Zelle hin und her. Schon drei Mal war er auf der Toilette und überlegte, wie er zumindest an etwas zu trinken kommen könnte.
Wäre er doch einfach geflohen, als ihm vor ein paar Wochen die Warnung geflüstert wurde. Er wollte aber das alte Leben hinter sich lassen, was nur funktionieren konnte, wenn er sich auf dieses Spiel einließe. In der Hoffnung auf diese Belohnung und ein Ende des bisherigen Lebens machte er mit. Die Liebe gab ihm den letzten Antrieb.

Die anderen beiden machten sich gerade über ihn lustig, obwohl sie innerlich auch unruhig wurden. Bergmann knurrte der Magen, und Greitmann verspürte zum ersten Mal im Leben so etwas wie Angst. Diese versuchte er sich nicht einzugestehen, aber Sorge um seinen Finger machte er sich schon. Er würde darum kämpfen, falls ihn die beiden anderen überlisten wollten.
„Du kannst solange rumlaufen wie du willst, aber ich gehe mit zehn Fingern hier raus. Vorher verhungerst du. Mach dich also nicht unnötig verrückt. Die Weichen werden von

mir gestellt und nicht von einem Idioten, der schon wegen zwei Tagen Hunger in Panik verfällt. Versuch jetzt also lieber, einen kühlen Kopf zu bewahren." Blank schüttelte sich und verschwand im kleinen Nebenraum.

Kurz darauf hörte man die Toilettenspülung, gefolgt von einem lauten Schlürfen. Greitmann grinste Bergmann an: „Der Depp säuft aus der ekligen Schüssel? Er wird an einer Vergiftung sterben. Wetten?"
Bergmann winkte ab: „Mir scheißegal. Ich will hier einfach raus. Hab keinen Bock mehr auf den Quatsch."

Blank kam zurück und setzte sich zu den Kollegen. Während sie sich streckten, öffnete sich kurz die Türe und ein riesiger Bolzenschneider wurde, gefolgt von einem Verbandskasten, in den Raum geschleudert.
Für einen kurzen Moment konnten sie auf eine schwarze Gestalt blicken, die eine Sense in der Hand hielt. Die Kapuze vorgezogen, dass man kein Gesicht erkannte. Schon flog die Türe wieder ins Schloss, und es ertönte draußen das Lachen eines Wahnsinnigen. Eher als Kreischen definierten sie es, als wäre der Typ komplett übergeschnappt.
Dieses Mal war allen drei Insassen der Schock von den Gesichtern abzulesen.
Blank hob den Verbandskasten auf, öffnete ihn und fand einen Zettel. Ein Betäubungsmittel, Klammerpflaster, Tücher und Schmerztabletten lagen ebenfalls mit drin. Er las den Zettel vor:

„Da ich mir sicher bin, morgen den Finger serviert zu bekommen, biete ich euch heute schon mal die Speisekarte für die Belohnung an.
Rinder-, Puten- oder Schweinesteak?
Pommes, Brot oder Nudeln?
Wasser, Bier oder Wein?“

Sie sahen sich entgeistert an, und Blank las weiter.

„Ihr seht, ich bin kein Unmensch, was mich von euch unterscheidet. Da meine Forderung erfüllt wird, will ich mich auch großzügig zeigen. Ich freue mich jedenfalls auf eine bevorstehende spannende Nacht!“

Die drei sahen sich entgeistert an, und Blank glaubte die Botschaft zu verstehen. Vor allem konnte er Greitmann jetzt auch mal Angst machen. Deshalb sagte er:
„Ich nehme das Rindersteak. Pommes und Wein wären auch nicht schlecht. Ich finde, das sollte uns dein kleiner Finger schon wert sein.“

Greitmann machte große Augen und war zuerst sprachlos, was Bergmann animierte, mitzumachen: „Für mich das Gleiche. Bin da voll bei dir!“

„Waaaas?“ Der Landrat brüllte. „Seid ihr von allen guten Geistern verlassen? Wer an meinen Finger geht, den schlage ich tot! Ist das klar?“

Beide nickten zustimmend, und Bergmann wiederholte: „Rind, Pommes und Rotwein. Falls du uns hören kannst, dann bitte einen trockenen Rotwein."
Greitmann stand dagegen auf, holte sich den Bolzenschneider und verstaute ihn unter seiner Matratze. Blank war das egal. Er wusste bereits, wie sein Essen zu ihm kommen würde. Es fiel ihm wie Schuppen von den Augen, als er die kleine Box geöffnet hatte.

Die Person vor dem Bildschirm lächelte zufrieden. Er wusste, dass Greitmann heute Nacht seinen Finger verlieren würde. Zu gerne hätte er diese Szene ins Netz gestellt, was ihm aber leider untersagt wurde. Vielleicht mal irgendwann später, wenn Gras über die Geschichte gewachsen war.
Es freute ihn jedoch, dass die anderen Filmchen ab morgen im Netz sein würden. Man hatte sich auf Sonntag geeinigt, da dort die meisten Menschen zu Hause saßen und aufs Internet zugriffen.
Bis dahin musste er aber noch den aktuellen Film zusammenschneiden. Ein Lachanfall überkam ihn und sein eigenes Gekreische irritierte ihn. Lange war er immer wieder abgerutscht, bis er aufgenommen und wieder in eine Bahn gerückt wurde. Selbst aus kleinen Fehltritten half ihm sein Herr raus. Dabei musste er nicht einmal auf den Drogenkonsum verzichten. Der Stoff wurde ihm sogar besorgt, wenn schwierige Phasen danach verlangten.

Nun konnte er seinem Mentor was zurückgeben. Allerdings verspürte er eine innere Unruhe. So, als würden seine Medikamente nicht richtig anschlagen. Einen Moment glücklich,

zufrieden und voller Tatendrang, mit den drei Herren abzurechnen, fiel er später wieder in ein Loch.
Erst, wenn er sich anschließend blutige Horrorfilme ansehen konnte, ging die Orientierung Richtung Finale. Allerdings auch mit neuen, schlimmeren Ideen, die er aus den Streifen zog.

24.

Annabelle holte noch schnell im Feinkostladen Pralinen und eine spezielle Flasche Rotwein. Genau aus dem Laden, wo sich der Unternehmerkreis regelmäßig zum Umtrunk traf und in dem Karin ihre Spezialitäten einkaufte. Glücklicherweise hatten die am Samstag bis 20:30 Uhr geöffnet.
Sie selbst machte sich in dieser Runde eher rar, obwohl immer wieder Einladungen kamen. Annabelle wollte einfach nicht in einen Interessenkonflikt geraten, dass jemand einen Vorteil aus der Beziehung zur Polizei schlagen könnte. Es war eine lustige Runde und sie schätzte die einzelnen Personen, war als Gesetzeshüterin jedoch im Zwiespalt.

Mit dem Wagen ging es weiter Richtung Titisee, wo sie nach den Supermärkten links abbog und kurz darauf bei Frau Bergmann vor dem Haus die Klingel drückte.
Eine Angestellte öffnete, führte Annabelle ins Kaminzimmer und verabschiedete sich dann.
„Haus mit Personal?"
Karin lächelte auf die Frage: „Sie hilft mir zwei Mal die Woche. Ich bräuchte niemand, aber die junge Frau benötigt Geld. Also beschäftige ich sie ein bisschen. Brauchst du auch jemand? Kann dir noch einige vermitteln, die gerne putzen oder im Haushalt helfen."
Die Unterhaltung fing, ohne dass sie sich wirklich begrüßt hatten, spaßig an.
„Hast du auch Männer im Programm?"
Karin hob beide Schultern. „Es entspannt mich gerade, dass ich keinen im Haus habe."

Annabelle machte große Augen und die Unternehmerin sprach weiter. „Sollte man in Gegenwart einer Polizistin wohl nicht einfach so sagen. Aber ich möchte ehrlich zu dir sein. Wir haben keine schlechte Ehe und ich wäre auch nicht auf die Idee gekommen, ihn verschwinden zu lassen. Aber es lebt sich ohne Florian immer angenehmer. Er verwechselt unser Zuhause oft mit dem Betrieb und will das Regiment führen. Laut Auskunft deines Kollegen von der Kripo müsste ich ihn ja bald schon wieder zurückbekommen. Also, warum soll ich dann rumheulen."
Sie schenkte Wein ein und erzählte weiter: „Florian ist zudem öfter weg. Angeblich auf Geschäftsreisen, was natürlich von seinen Kollegen übertrieben auffällig bestätigt wird. Ich kann dir, wenn er mir die Termine nennt, auf Anhieb sagen, ob geschäftlich oder mit einer Geliebten. Das hörst du mit den Jahren gleich raus."

Sie hatten sich in zwei Sessel am Kamin gesetzt, blickten in das Feuer und stießen mit den Gläsern an. Es war heute nicht unbedingt so kalt gewesen, dass man den Ofen hätte befeuern müssen, doch diesem Raum mit nur einem Fenster fehlte die Grundtemperatur. Annabelle vermutete, dass er in den Berg gebaut wurde und im Sommer ein kühler Rückzugsort war.

„Du kennst deinen Mann schon ewig? Und es ist dir egal, dass er eine Affäre hat?"
Karin überlegte. „Das sind gleich zwei Fragen auf einmal. Aber ja, ich kenne ihn schon von der Schule, obwohl er einige Klassen über mir war. Zur zweiten Frage, es ist nicht nur eine Affäre. Es sind wechselnde Damen und du würdest

auch in sein Beuteschema passen. Hat er dich noch nie angebaggert?“

Annabelle überlegte. Bergmann war auf beiden Treffen nicht dabei, als sie dem Unternehmerkreis ausnahmsweise die Ehre gab. Sie kannte ihn tatsächlich nicht persönlich und beantwortete die Frage mit einem verneinenden Kopfschütteln.

Das war alles aber nicht wichtig, denn Annabelle hatte Lunte gerochen: „Du meintest, dass du mir was aus der Schulzeit erzählen könntest?“

Karin nickte. „Ich kannte die Schwester von Tischler, der zur Clique der drei Entführten gehörte. Über sie habe ich einiges mitbekommen. Tischler hatte damals den Mord an Tina gestanden. Ich weiß nicht, ob du bei der Recherche schon drauf gestoßen bist? Die Clique war wieder mal auf dem Boot von Florians Vater. Tina war danach verschwunden, und Klaus Tischler gestand, dass er sie über Bord gestoßen habe. Ohne Details zu wissen, gestand er den Mord, und die Väter der Kollegen versprachen, ihn aus der Sache raus zu boxen.“

Interessanter Ansatz, dachte Annabelle, kannte aber diese Fakten schon.

„Könnte er verdächtig sein? Dieser Tischler?“ Annabelle wollte mit dieser Frage eine Erklärung aus der neuen Freundin herausbekommen.

Karin schüttelte den Kopf: „Er lebt nicht mehr. Sie hatten ihn nach der Verurteilung ins Gefängnis gesteckt und später in eine Psychiatrie überstellt. Er wurde nicht fertig mit der Schuld und wollte sogar das Verfahren noch mal aufrollen lassen. Man habe ihn reingelegt, erzählte mir seine

Schwester damals. Ich verstand das als Zwölfjährige nicht, würde mein Wissen aber heute so übersetzen, dass Tischler behauptet hat, dass getrickst wurde und ihm von der Staatsanwaltschaft und den Anwälten ein Deal vorgeschlagen wurde. Er musste auf seine Amnesie verzichten, sich an nichts mehr zu erinnern, und im Gegenzug auf Unfall plädieren. Greitmann hatte wohl gesehen, wie es passiert war, und ihm die Geschichte dann passend zurechtgelegt."

Annabelle war erstaunt. Mit so viel Wissen hatte sie nicht gerechnet und musste jetzt genau planen, wie die Geschichte weiter aufgearbeitet werden könnte: „Wenn Greitmann das gesehen hat, warum wurde er dann nicht wegen unterlassener Hilfeleistung verurteilt?"
Karin hob beide Hände: „Siehst du? Fragen über Fragen und keiner weiß, was wirklich gelaufen ist. Greitmann wurde allerdings auch nicht als Zuschauer erwähnt. Er half ja nur, dass Tischler seinen Gedächtnisverlust überwinden konnte."
„Und die Vergewaltigung?"
„Laut Tischlers Schwester behauptete der Bruder, dass es sich um einvernehmlichen Sex gehandelt habe. Das war auch das Letzte, an was er sich erinnern konnte. Anscheinend waren alle vier Jungs in Tina verliebt, wobei es aber keine Beziehung unter ihnen gab. Sie bekannte sich zu keinem festen Partner und fühlte keine Verpflichtungen gegenüber anderen. Zudem war sie schwanger, weswegen ich mir auch vorstellen könnte, dass noch andere Interesse an ihrem Verschwinden gehabt haben könnten. Eine schwangere Siebzehnjährige und der Vater womöglich einer ihrer

Lehrer? Kann auch sein, dass sie schon achtzehn war, aber zur Schule ging sie auf jeden Fall noch."
Annabelle sah jetzt vom Feuer rüber und musterte Karin genau. Dafür, dass sie damals zwölf Jahre alt gewesen sein soll, weiß sie noch recht viel.
„Ein Gerücht oder gab es hierfür Beweise?"
Karin nickte: „Tischler hatte wohl ein Ultraschallbild, das ihm Tina in der besagten Nacht gab. Er steckte es dann seiner Schwester zu, aus Angst, dass es verschwinden könnte und nicht mehr als Beweismitte zur Verfügung stünde. Sie hat es mir jedenfalls mal vertraulich gezeigt."
Annabelle hob beide Hände in die Luft. „Kann natürlich ein Bluff oder Angeberei gewesen sein, wenn sie so ein durchtriebenes Luder war."
Karin verzog das Gesicht: „Kann auch sein. Ich kannte Tina nur vom Sehen. Sie war für uns Jüngere aber schon ein kleines Idol, was vielleicht auch mit ihren Tattoos zusammenhing. Zudem hatten die Jungs von der Schule Angst vor ihr, und die Lehrer schienen dem Mädel aus der Hand zu fressen."

Annabelle musste das erst mal verarbeiten. Hier entstand gerade ein Rachemotiv. Doch wer könnte daran Interesse haben, Tischler zu rächen, wenn der doch tot war?

„Hast du noch Kontakt zu seiner Schwester?"
Sie schüttelte den Kopf. „Die ist nach dem Tod ihres Bruders von der Bildfläche verschwunden. Sie und ihre Familie waren plötzlich weg. Wahrscheinlich mehrmals umgezogen und eine neue Identität angenommen. Hätte ich an ihrer Stelle jedenfalls so gemacht. Den letzten Kontakt hatte ich

definitiv, als sie in Pfullendorf wohnten. Dorthin sind sie nach dem Prozessurteil gezogen."
„Für eine Zwölfjährige hast du aber recht viel interpretiert."
Karin sah sie erschrocken an: „Dieses Denken stammt nicht mehr von dem kleinen Mädchen. Ich habe ein paar Jahre später versucht, sie zu finden. Aber die Spur endete wenige Tage nach dem Selbstmord von Klaus Tischler."
Annabelle hatte einen neuen Ansatz. Zudem war sie mit dem Gespräch zufrieden, da Karin selbst nie nachgefragt hatte, was es Neues zum Fall gebe. Es wäre fast gar nicht möglich gewesen, ihr von den Filmen aus dem Verlies zu erzählen. Sollte sie später darauf angesprochen werden, dann wäre Annabelle in dem offenen Gespräch davon ausgegangen, dass Scholl sie schon in Kenntnis gesetzt hätte. Viele Informationen aus der Unterredung mit ihm kamen jedenfalls heute von Karin auf den Tisch. Die Unternehmerin war überraschend gut informiert.
Das Thema wurde nun aber gewechselt. Es ging um die Stiftung, der Karin zusammen mit der Bürgermeisterin vorstand. Das Geld floss uneingeschränkt in regionale Hilfsprojekte und Förderprogramme, worauf im Gespräch noch mal deutlich hingewiesen wurde. Auch von bereits erfolgreich abgeschlossenen Projekten erfuhr Annabelle heute.
Karin wollte noch ein paar Dinge über Beamtinnen in Führungsposition wissen und fragte, ob sie Annabelle stärker in die Stiftung einbinden dürfte.

Sie saßen bis Mitternacht und bestellten dann das Taxi.
„Könntest du dich nicht von einer Streife abholen lassen?"
Annabelle zuckte mit den Schultern. „Mag sein, dass das manche machen, aber es steht mir nicht zu. Darüber hinaus

erfährt man im Taxi hin und wieder Interessantes aus der Region!“

Zustimmend lachte die Gastgeberin, konnte sich aber nicht erinnern, wann sie selbst das letzte Mal den Taxidienst nutzte. Sie leerten die zweite Flasche noch und versprachen, sich gegenseitig auf dem Laufenden zu halten. Annabelle erklärte, dass sie leider auch nur aus der zweiten Reihe agierte und vieles mit Verzögerung in Neustadt ankam. Nicht, dass Karin böse wäre, wenn sie ihr nicht mehr erzählen konnte.

„Mach dir keine Sorgen, Annabelle. Dieser Scholl hält mich auf dem Laufenden und ist auch gut erreichbar. Aber ich bin ja gerade froh, ein paar Tage Urlaub von meinem Mann zu bekommen. Vielleicht ist er etwas normaler im Kopf, wenn er zurückkommt. Manch einem soll so eine Stresssituation schon zu einer neuen Lebensperspektive geholfen haben.

25.

Annabelle hatte am Sonntagmorgen einen Kater und fühlte sich wie Samantha. Dieser Gedanke zauberte ihr zumindest ein kleines Lächeln ins Gesicht, als sie um kurz nach 8 Uhr bei Katrin auf dem Revier anrief.
Sie wollte nur mitteilen, dass sie etwas später komme, da sie gestern noch tief in der Recherche bei Frau Bergmann versumpft sei. Es war dumm, sich am freien Sonntag so früh zu verabreden, kam als Ausrede, worauf Katrin ihr ins Wort fiel.
„Und nüchtern bist du leider auch nicht, wenn ich das richtig höre. Werden wir heute wohl gut lüften müssen." Sie machte eine kurze Pause und erhöhte dann den Druck.
„Wenn du da bist, könnten wir uns das nächste Video anschauen. Scholl hat angerufen, ob du es schon gesehen hast? Hab ihm nur gesagt, dass du heute, an deinem freien Tag wohl arbeiten würdest, aber nicht vor neun Uhr im Büro sein wolltest."
Jetzt gab Annabelle Gas. Sie versuchte es mit einer eiskalten Dusche, Kaffee schwarz und einem Apfel auf den Weg. Fünfzehn Minuten nach dem Gespräch war sie auf der Wache. Das musste ihr erst mal eine Frau nachmachen.

Sie meldete sich am PC an, den Katrin bereits hochgefahren hatte, und entdeckte es, das nächste Filmchen.

Die drei saßen wieder brav am Tisch, als Blank fragte: „Um was für einen Unfall geht es denn da?" Bergmann sah Greitmann an und fing dann selbst an zu erzählen. „Wir beide waren in Tuttlingen bei einer Wahlveranstaltung, auf der

Bergmann als Sponsor vorgestellt wurde. Danach haben wir noch bisschen gesoffen und sind in einem Swingerclub gelandet."
Er grinste Greitmann an, der ebenfalls zu lachen begann, und meinte: „Du erzählst jetzt aber nichts von der Dicken. Ich warne dich. Das hat nichts mit der Sache zu tun."

Bergmann bekam sich kaum noch ein vor Lachen, und Blank wirkte angewidert: Ob die beiden gleich einen Mord gestehen würden, während sie fünf Minuten davor darüber sprachen, wen sie im Swingerclub…? So empfand es zumindest Annabelle beim Betrachten des Films.

Bergmann imitierte plötzlich eine Katze und Greitmann giftete zurück. „Okay. Sie hat sich im Whirlpool wohl wie eine Katze gefühlt. Sie wollte aber kein Geld von mir, da ich der bisher beste Katzenbändiger gewesen sei. Die beiden Hüpfer, mit denen du verschwunden bist, waren zusammen dafür aber nicht halb so alt…!"
Blank unterbrach jetzt. „Sorry. Ihr glaubt nicht ernsthaft, dass mich interessiert, wie dick und jung ihr vögelt? Ich glaube nicht, dass wir hier festsitzen, weil ihr so toll bumsen könnt. Eure Respektlosigkeit könnte eher ein Grund dafür sein. Unser Entführer möchte von dem Unfall wissen."
Bergmann sah Greitmann an, der dann weitererzählte. „Wir sind in den Wagen gestiegen und nach Hause gefahren. Irgendwo bei Donaueschingen hat es dann plötzlich gerumpelt. Auf der Höhe von diesem Riedsee müsste das gewesen sein. Wir hielten an und liefen zurück. Einen Penner hatten wir überfahren, der dem Staat eh nur zur Last fiel. Wir

gingen hin und wollten nach ihm sehen, aber es sah so aus, als wäre er bereits tot."
Blank unterbrach. „Ich dachte, es war ein Zimmermann auf der Walz?" Beide zuckten mit der Schulter. „Vielleicht auch das. Jedenfalls kam ein Hund angelaufen und schleckte sein Gesicht ab. Als wir noch mal nach dem Penner sehen wollten, fing er an zu jaulen. So als würde er um sein Herrchen weinen."
Blank schüttelte den Kopf und Annabelle glaubte, dass er schon ahnte, was jetzt kommen würde.

„Du hattest dein Jagdgewehr dabei und ….?!?"
Greitmann grinste: „Was hätte ich tun sollen. Der Hund wäre verloren gewesen." Bergmann schaltete sich ein: „Und der einzige Zeuge war er zudem auch. Glaubten wir zumindest."
Die kurze Stille im Film wurde von Blank unterbrochen: Ich habe von dem Unfall mit Fahrerflucht gehört, wobei nirgendwo etwas von einem erschossenen Hund stand. Auch der Zimmermann hat überlebt und sitzt jetzt im Rollstuhl. War es diese Geschichte? B 31, Höhe Riedsee, vor zirka zwei Jahren?"

Bergmann nickte zustimmend und erzählte weiter: „Der Hund war leider cleverer als wir. Als ich angelegt hatte, rannte er davon. Ich habe zwar geschossen, aber kein Jaulen vernommen."
Greitmann: „Besoffen vorbeigeschossen, unser super Jäger! Allerdings hörte ich ein kurzes Pfeifen, bevor der Köter losrannte. Wir kamen in unserem Zustand aber nicht auf die Idee, dass da noch jemand gewesen sein könnte."

Blank schüttelte immer noch den Kopf, jedoch sichtlich erleichtert, dass dem Hund nichts passiert war: „Ihr seid richtige Dreckschweine. Wisst ihr das? Du hättest ihn erschossen?"

Greitmann lächelte ihn überheblich an: „Du bist ein Weichspüler. Was ist nur aus dir geworden. Brauchst gar nicht so zu tun, als wärst du nicht auch mitschuldig am Tod von Tischler."

„Aha", platzte es aus Blank. „Ihr wusstet also doch, dass sich Tischler das Leben genommen hat?"

Da sich die beiden anderen ansahen und nicht auf diese Frage antworteten, kam er auf den Punkt zurück: „Zu Tischler kommen wir später noch. Ihr seid dann heimgefahren und weiter?"

Greitmann: „Wir mussten den Wagen einen Tag lang in der Garage stehen lassen. Dummerweise hatte Florian vergessen, mich nach Hause zu fahren. Also saß ich am nächsten Morgen bei ihm in der Garage, schlafend in seinem Wagen. Wir warteten, bis es dunkel wurde, fuhren zurück zum Riedsee und versenkten dort den Jeep. Danach gingen wir direkt zur Polizei und meldeten den Wagen als gestohlen. Wir hatten ihn in der Nähe des Swinger-Clubs geparkt und erst am zweiten Abend gemerkt, als wir ihn holen wollten, dass er gestohlen worden war."

Blank: „Und das haben die euch geglaubt?"

Greitmann: „Junge! Ich bin der Landrat. Glaubst du, dass Kaiser, übrigens ein Jagdkollege von mir und gleichzeitig der damalige Revierleiter in Donaueschingen, da weiter nachfragen würde? Er meinte nur, dass ein Typ mit zerrissenen Klamotten den Unfall gemeldet habe und sogar behaupten

würde, dass der Beifahrer seinen Hund erschießen wollte. Die Polizei habe die Daten des Zeugen aufgenommen, und dann sei dieser wieder verschwunden."
Bergmann übernahm an dieser Stelle. „Der Typ war ja nicht tot. Er sitzt jetzt halt im Rollstuhl und führt ein erstklassiges Leben."
Greitmann grinste: „Das tat uns natürlich sehr leid. Vor allem, da wir davon ausgehen mussten, dass eventuell unser Fahrzeug mit verwickelt war."
Es gab eine kurze Pause, bevor Bergmann das Kapitel schließen wollte: „Wir haben uns außergerichtlich geeinigt. Der junge Zimmermann bekam eine saftige Abfindung und hier in der Region eine Stellung in einem Abbundzentrum. Er arbeitet in der AV und genießt seinen Bürojob."
Nach einem kurzen Räuspern folgte: „Sein Kollege, der alles gesehen haben soll, arbeitet übrigens auch dort."
Noch mal pausierte er und schloss dann: „Die Akte auf dem Revier ist anschließend verschwunden. Macht ja keinen Sinn, nach einer sauberen Einigung die Anzeige weiter zu dokumentieren. Wir hatten dem Zimmermann damals auch nur vermittelt, dass wir zu wissen glaubten, wer unseren Wagen gestohlen hat. Die Prämie und Rente waren ausschließlich dafür, dass wir einen guten Freund nicht verpfeifen mussten, der unseren Wagen entwendet hatte. Also waren wir aus dem Schneider, nachdem die Akte weg war. Auch der Kollege hätte uns nicht beschreiben können. Die hatten selbst einiges intus, als der Unfall passierte."

An dieser Stelle endete das Video und Annabelle rief bei Scholl an.

Sie kam gar nicht zum Smalltalk, da der Leiter der Kripo gleich zur Sache kam.

„Kaiser ist leider nicht mehr der Revierleiter in Donaueschingen, was sie ja wissen müssten. Er ist seit einem Jahr Dozent an der Polizeihochschule in Schwenningen. Wir haben ihn holen lassen und sind gerade dabei, den Vorfall aufzuarbeiten. Dies ist aber unser kleineres Problem."

Er hustete und machte dann weiter: „Die Seite ist mit diesem Video online gegangen. Ich muss mich heute um 15 Uhr der Presse stellen. Wäre es möglich, dass wir uns noch sehen und ein paar Fakten zusammentragen? Ich komme auch gerne nach Neustadt. Alles, was mich aus diesem Irrenhaus hier raus bringt, ist mir recht. Hoffe nur, dass uns nicht noch mehr solche Skandale um die Ohren fliegen. Das Innenministerium hat ebenfalls schon angerufen. Greitmann steht offensichtlich unter Beobachtung. Sie wollten von mir die Vorwürfe bestätigt haben."

Er atmete tief durch und meinte dann: „Die Seite ist gerade mal zwei Stunden online, und schon bricht hier alles zusammen."

Annabelle konnte seine Verzweiflung verstehen und war zum ersten Mal froh, nur eine Nebenrolle zu spielen. Da kam ihr eine spontane Idee.

„Sie dürfen kommen, wann sie wollen. Wir können uns auch bei mir zu Hause treffen. Gibt vielleicht etwas weniger Aufsehen als hier auf dem Revier. Oder?"

Scholl wollte in einer Stunde starten und war mit dem privaten Treffen einverstanden. Er wirkte über den Vorschlag sogar erleichtert.

26. Im Verlies

Die Herren im Verlies ahnten nicht, als sie sich schlafen legten, was sie morgen für einen Lawine lostreten würden. Das war Blank in diesem Moment auch reichlich egal. Seine Verachtung gegenüber den beiden Mithäftlingen war so groß, dass er am liebsten beiden einen Finger abgezwickt hätte. Sein Hunger reichte heute aber zumindest dafür aus, den Stummel von Greitmann zu opfern.

Er wartete, bis die beiden endlich schwer atmeten und definitiv eingeschlafen waren. Blank hatte schon leichte Halluzinationen, da ihm der Wassermangel die Sinne vernebelte. Da er nicht ganz klar war, ließ sich sein Plan allerdings leichter umsetzen.
Sicher war er sich dabei nicht, ob es ihm gelingen würde, beide zu betäuben. Was, wenn Bergmann aufwachte, während er Greitmann das Tuch vor die Nase hielt. Hoffentlich wirkte dieses Betäubungsmittel überhaupt so, wie er es sich vorstellte. Er ging davon aus, dass es das gleiche sein würde, mit dem die beiden anderen vor ihrer Verschleppung betäubt wurden. Er selbst hatte vermutlich etwas anderes bekommen. Seine letzte Erinnerung war, dass er in Donaueschingen am Bahnhof aus dem Auto springen wollte.
Zumindest gab es bei ihm noch die Erinnerung, bei wem er ins Auto gestiegen war, versuchten seine Gedanken gerade positiv hervorzuheben. Laut ausgesprochen, könnten die beiden Wichtigtuer mit der Anmerkung vielleicht sogar etwas geerdet werden.

Greitmann schnarchte und Bergmann fing an zu grunzen. Beide Rituale waren Blank schon aus den vergangenen Nächten bekannt.
Er griff unter sein Bett, wo der Verbandskasten deponiert war, setzte sich auf und tastete nach dem Fläschchen neben dem Tuch. Er beträufelte einen Lappen und schlich zu Greitmann rüber.
Das Tuch vorsichtig an die Nase gehalten, veränderte sich der Atem des Landrats spürbar. Nach kurzem Warten drückte er es ihm fest auf Mund und Nase. Simon zuckte nicht, geschweige denn versuchte er sich zu wehren. Dieser Mann war mit Sicherheit weggetreten.
Jetzt ging er rüber zum Baulöwen, um diesem das Maul zu stopfen. Abermals grinste er über seine Gedanken, als er auch Bergmann das Tuch unter die Nase hielt. Das gleiche Prozedere, und auch der ließ sich nach mehrmaligem Rütteln nicht mehr aufwecken.

Sowie er anfing, unter der Matratze nach dem Bolzenschneider zu suchen, ging das Licht an. Zu Tode erschrocken, sprang er auf, als hätte man ihn gerade bei etwas Verbotenem erwischt. Ihm wurde dabei aber auch bewusst, dass er bei seiner Aktion gerade unter Beobachtung stand. Sicher schaute man ihnen mit einer Nachtsichtkamera zu. Wurden sie womöglich die ganze Zeit schon gefilmt? Bei diesem Gedanken wurde dem Bankier mulmig.

Greitmann musste auf den Bauch gedreht werden, um an das Werkzeug zu kommen. „Fettsack", flüsterte Blank und seine Abneigung gegenüber dem Angeber wurde immer größer.

„Aaaaahhhh“, stöhnte er, fest an der Riesenschere ziehend. Dann war sie da. Auf und zu, ganz einfach funktionierte dieses Werkzeug.
Er drehte Greitmann wieder auf den Rücken und legte dessen rechte Hand auf den Bauch. Dann begann Blank zu überlegen, auf welcher Seite der Landrat den kleinen Finger am ehesten verschmerzen würde? Bei dem Gedanken musste er das Gesicht verziehen und dachte daran, wie es sich für das Opfer morgen anfühlen würde. Vor allem wusste er gar nicht, ob der Kollege diese stümperhafte OP überleben konnte. Bekäme Blank überhaupt die Blutung gestillt?

Nein, er konnte das nicht machen. Es ging nicht. Langsam fing er an zu schwitzen, legte die Zange auf den Boden und vergrub sein Gesicht in den Händen.
„Warum ich? Warum soll ich das machen? Das ist doch scheiße!“ Er erschrak über seinen lauten Ton, doch die beiden Kollegen blieben regungslos liegen.
Nochmal tief durchatmend, stand der Mann auf, der sich gerade wie ein Metzger fühlte. Warum nur konnte man in so eine Situation geraten, einem Menschen den Finger abschneiden zu müssen? Wenn das jemals öffentlich würde, dann wäre es aus mit der Karriere als Bankvorstand, rannte die Schlagzeile vor seinen Augen ab. Die Bezeichnung „Finanziell ausgeschlachtet“, bekäme mit dieser Aktion eine ganz neue Bedeutung.
Wie lange würden die beiden überhaupt schlafen?
Jetzt legte er Greitmanns linke Hand neben der rechten auf dem Bauch ab.

„Den kleinen Finger brauchst du doch nicht. Oder?“ Er hob den Bolzenschneider auf und setzte, nur mal zur Probe, an der linken Hand an.
Wieviel Kraft würde man dafür benötigen? Langsam versuchte er, ganz leicht zuzudrücken. Wirklich nur ganz schwach. „Vorsichtig, tu ihm nur nicht weh“, fing er plötzlich an, mit sich selbst zu reden.
Mit einer dünnen Schnur versuchte der Schlachter den Finger abzubinden. Dann wieder mit dem Bolzenschneider angesetzt und leicht...? Er zitterte am ganzen Körper und war komplett nass geschwitzt. „Komm schoooon, …Hauruck!“ Die Greifhände knallten zusammen und Blank schrie kurz auf.
Während der Finger über seinen Bauch kullerte, zuckte Greitmann, als würde er etwas Schlechtes träumen. Das Blut pumpte aus dem Finger, schwächer allerdings, als er es sich vorgestellt hatte.
Schnell das Klemmpflaster geschnappt, versuchte der Bankvorstand beim Abkleben sein Bestes zu geben. Das soll wohl das Nähen ersetzen, hatte er mal gelesen.
„Ganze Arbeit“, lobte sich Blank selbst, denn der Finger war knapp vor dem Gelenk gekappt.
Dann wurde der übrige Stumpf verbunden, bis endlich die komplette Hand eingewickelt war.
Darauf noch den Bolzenschneider ins Klo gesteckt und gespült, damit das Blut einigermaßen runter ging. In der Toilette wischte er sich das Blut am Körper ab und stellte fest, dass sein Pullover, zum Glück ein weinrotes Exemplar, Spritzer abbekommen hatte. „Verdammt. Warum war er nicht vorsichtiger. Die Hose hatte er zum Glück aus, da es

nachts aber kalt wurde, ließ er den Pulli an, der nun auch schon langsam zu muffeln begann.
Ihm kam eine Idee. Der Auftrag war erfüllt, dann müsste auch die Dusche wieder funktionieren? Er drehte kurz am Regler, da rumpelte es in der Leitung und mit etwas Verzögerung kam Wasser. Er spülte das Blut ab und wusch auch gleich den Pullover aus. Mit Seife konnte er es nicht komplett raus bekommen, aber der Pulli miefte danach nicht mehr so.
Zurück im Zimmer, versuchte sich Bergmann gerade stöhnend aufzusetzen.
„Verdammter Mist!“ Blank fluchte leise und bekam Panik, dass jetzt alles auffliegen könnte. Schnell schnappte er nach dem Betäubungstuch und hielt es dem Baulöwen vor die Nase. Der versuchte sich kurz zu wehren, sackte dann aber wieder in sich zusammen.
Blank tunkte das Tuch noch mal und hielt es beiden länger ins Gesicht gedrückt. Dann packte er den Verbandskasten zusammen und verstaute diesen zusammen mit dem Bolzenschneider unter dem Bett von Greitmann. Operation beendet, Spuren beseitig, legte er sich zurück ins Bett und nahm selbst noch einen Zug von dem Tuch, was ihn sofort ausknockte.

27.

Um kurz nach 11 Uhr traf Scholl bei Annabelle ein. Er kam die Treppe hoch und betrat die gemütliche Dachwohnung mit den Worten: „Der offene Wohnraum gefällt mir."
„Kaffee?" Annabelle hatte den Knopf bereits für sich gedrückt, und Scholl stimmte ebenfalls zu.
„Was für ein verrückter Sonntag", begann der Chef der Kripo und fuhr gleich fort: „Ich hätte wissen müssen, dass diese Lawine auf mich zurollt. Aber irgendwie will man das wahrscheinlich verdrängen. Unprofessionell, oder?"
Annabelle schüttelte den Kopf: „Vielleicht wollten die uns ja nervös machen und so von etwas ablenken, wo wir sonst schneller hätten draufkommen können."
Der fast Rentner lächelte: „Nur haben wir es nicht gefunden. Auch ohne uns ablenken zu lassen. Oder?"
Oder, oder, oder dachte sie. „Wir sollten mal alles zusammentragen, was wir haben." Sie legte ihm ihren Zettel hin, den er überflog und dabei leise kommentierte. Zumindest das, was ihm wichtig erschien:

„Drei Schulfreunde waren verschwunden. - Okay, es sind Schulfreunde. Das wäre der Hinweis auf die Vergangenheit, was ich aber nicht glauben möchte.
Bankier, Baufirma und der Landrat. Passt auch zusammen und wäre der Hinweis auf die Gegenwart. Zumindest sind alle drei in den Bankskandal involviert.
Der Entführer stellt Schweinereien ins Netz, die den dreien schaden sollen, und versucht, die Ermittler auf eine Spur zu führen, die in der aktuellen Zeit liegt. Also diesen Bankskandal."

An dieser Stelle machte er eine längere Pause: „Müssen wir diesen Frei einfach mal richtig in die Mangel nehmen?"
Annabelle unterbrach seine Gedanken: „Ich könnte ihm heute Abend auf den Zahn fühlen, da wir zum Essen verabredet sind!"
Scholl sah sie schräg an und sie rechtfertigte sich. „War ein dummer Zufall, dass ich ihn vor Kurzem kennengelernt habe."
Er nickte und zwinkerte mit dem rechten Auge. „Dann nutzen wir den Zufall doch einfach für uns! Ich bekomme dann die Berichterstattung?" Sie nickte und der Chefermittler dachte laut weiter, während er ihr Dokument überflog: „Greitmann allein…Befragung seiner Ex, …Kripo …nichts ergeben. Sie hatte seit Monaten keinen Kontakt zu ihm gehabt.
Frau von Bankier Blank … München und wurde von den Kollegen dort befragt. Steht unter Schock und konnte sich nicht vorstellen, dass ihr Mann in eine Schweinerei verwickelt … null Kontakt in die hiesige Gegend und … geschäftlichen Wirkungskreis des Bankiers. Skandal … Frei verwickelt … Greitmann hing ebenfalls in dieser Schweinerei mit drin und… Bergmann seine Finger mit im Spiel hätte?
Karin… sehr gelassen und ging womöglich davon aus, dass ihr Mann sicher schon bald auftauchen und zurückkehren würde. Hatte Scholl tatsächlich gesagt, dass er davon ausgehe, dass den Herren nichts passieren kann? Hat er schon die Videos erwähnt?"

Er lächelte am Schluss: „Ich bin in Ihrer Auflistung geführt? Analyse des Chefermittlers?"

Sie grinsten sich an und er meinte: „Ich habe Frau Bergmann, die meinen sie wohl mit „Karin“, tatsächlich informiert, dass ich von einem baldigen Auftauchen der Herren ausgehe. Sie wirkte besorgt, und meiner Meinung nach will der Entführer den Herren auch nichts anhaben. Ansonsten bräuchte er sie nicht so bloßzustellen. Er möchte ihnen gesellschaftlich schaden und vielleicht den Bankskandal öffentlich machen, weshalb ich immer noch der Meinung bin, dass wir in der Gegenwart suchen sollten. Die Vergangenheit dient womöglich zur Ablenkung. Das sehe ich gerade andersrum als Sie, meine liebe Samantha.“
Annabelle nickte, hatte heute aber keine Lust, ihre Namensänderung zu erklären. Also blieb sie bei der Analyse. „Mir ist noch aufgefallen, dass man auf den Videos kaum Tageslicht sieht und keine Geräusche hört. Darum gehe ich davon aus, dass die Herren auf einer einsamen Hütte in einem Keller festgehalten werden. Vielleicht sollten wir mal den Umkreis überprüfen? Ich glaube nicht, dass die weit weg sind. Der Entführer kommt aus der Region, also wird er auch den Heimvorteil nutzen.“
Er sah sie mit großen Augen an: „Dass meine Mitarbeiter oder die Kollegen aus Donaueschingen da noch nicht drauf gestoßen sind? Ich werde eine Überprüfung veranlassen.“
„Sollen wir mal die Umgebung von Neustadt in Augenschein nehmen?“ Scholl dachte einen Augenblick nach und beantwortete ihre Frage dann: „Nein. Lassen Sie mich das von Rottweil aus organisieren.“
Sie nickte: „Okay, dann könnten meine Kollegen aber nachschauen, ob wir jemand Verdächtigen finden, der eine Hütte in der Region besitzt. Werde mal auf dem Grundbuchamt…“ Er unterbrach sie erneut: „Nein. Lassen Sie uns das

zentral steuern. Mir wäre wichtiger, wenn Sie an Frei dranbleiben. Sie könnten auch noch mal mit dem Oberstudienrat sprechen. Vielleicht gelingt es uns, die Vergangenheit irgendwie auszuschließen, um eine weitere Eingrenzung zu bekommen. Ich möchte nicht, dass mehrere Dienststellen gleichzeitig dem gleichen Thema hinterherjagen."
„Okay", stimmte Annabelle zu, bat aber, über die Hütten-Recherche auf dem Laufenden gehalten zu werden.
„Natürlich werde ich Sie informieren und Bescheid geben, falls in Ihrem Wirkungskreis etwas Verwertbares auftaucht. Kein Einsatz im Neustädter Raum ohne Ihre Zustimmung. Nicht so wie bei Ihrem letzten Fall."
Er zwinkerte beim Schlusssatz, und sie wunderte sich, wie viel Hintergrundwissen er über ihren letzten Fall und somit auch ihre persönliche Geschichte hatte. War auch er im Besitz ihres Pornokalenders? Bekam sie die Samantha hier in der Region jemals abgelegt?

Nun griff Scholl auch noch die unangenehme Sache auf, die Annabelle zu verdrängen versuchte. „Ich habe eine Beschwerde auf dem Tisch. Ein Anwalt behauptet, dass er mit Greitmann befreundet sei und kurz vor dessen Verschwinden informiert wurde, dass sich der Landrat von Ihnen bedroht fühle. Sie hätten versucht, ihn unter Druck zu setzen. Er sollte ein Fehlverhalten von Ihnen decken, was dummerweise einen seiner Mandanten beträfe."

Hatte dieser Idiot von Bollermann wieder alles umgedreht und die Kommissarin erneut in die Enge getrieben? Annabelle wusste gar nicht, was sie sagen sollte, weshalb der Kripochef mit ernster Miene meinte: „Ich lasse das mal auf der

Seite liegen. Konzentrieren Sie sich auf Frei und den alten Lehrer, und ich versuche Zeit zu gewinnen. Solange Greitmann nicht auftaucht, kann die Aussage ja auch niemand bestätigen. An ein Fehlverhalten von Ihnen brauche ich vermutlich erst gar nicht zu denken?"
Sie zuckte mit der Schulter, was sie selbst gleich als Dummheit erkannte, und versuchte es dann verbal hinzubiegen. „Ich denke, dass es ein Problem auf unserer Dienststelle gab, was aber durch die Gegenseite provoziert wurde. Meiner Meinung nach lässt sich am Schluss sicher eine einfache Einigung mit den Herren finden."

Scholl nickte etwas skeptisch und verabschiedete sich. Er war gut eine Stunde hier und fuhr nun zurück, um sich auf die Pressekonferenz vorzubereiten.

Er war noch keine halbe Stunde weg, da klingelte bei einem Anwalt in Waldshut das Telefon.
„Bollermann", betonte dieser seinen Namen, wohl erkannt, dass der Anrufer die Nummer unterdrückt hatte. Er rief zudem auf seinem Handy an, dessen Nummer nicht sehr viele Leute kannten.
Die Stimme wirkte leicht gedämpft, vermutlich wurde ein Tuch vor den Hörer gehalten.
„Ich habe Informationen für Sie. In einem Gespräch habe ich mitgehört, dass die Kripo Ihre Beschwerde gegen eine Beamtin liegen lassen will."
„Wer sind Sie?" Bollermann war irritiert.
„Ich bin der Alptraum von euch allen, und Ihr Freund Greitmann ist in meiner Gewalt. Die Kripo muss ebenfalls mit mir kooperieren, wenn sie nicht auffliegen will. Und

dich Wichtigtuer kann ich hochgehen lassen, wenn weitere Filme aus dem Verlies der Entführten gesendet werden. Also halt deine Klappe."

Bollermann gefiel der Ton nicht, doch er wusste, wann es klüger war mitzuspielen.

„Was wollen Sie von mir?" Es entstand eine kurze Pause.

„Die beiden Bullenbräute gehen mir auf die Nerven. Sie nehmen zu schnell Fährte auf. Vielleicht können Ihre Jungs sie ein bisschen beschäftigen? Keine Sorge, es wird ihnen nichts passieren. Ich habe die Macht, das zu kontrollieren. Also, freie Hand für jegliche Schweinerei, das können Sie den Jungs so weitergeben. Und denken Sie daran, wenn die Damen das Versteck finden und an das Videomaterial kommen, dann sind Sie, mein lieber Bollermann, auch am Arsch. Dazu benötigen Sie mich dann nicht mehr."

Man konnte ein dreckiges Lachen hören, was ohrenbetäubend und beängstigend wirkte.

Bollermann nahm das Handy schockiert vom Ohr, sah noch mal auf das Display und sagte zu sich selbst: „Aufgelegt!" In dem Moment ging ein kurzes Video bei ihm ein, in dem man sehen konnte, wie Greitmann der Finger abgezwickt wurde. Darunter stand: „Sie können sich vorstellen, dass der gerade alles erzählt, was ich hören will."

Bollermann wurde seit langem wieder mal panisch. Eine eigenartige Angst erfasste ihn, während er seine gesunden Finger ansah.

Seine Sorge galt nicht Greitmanns Körperteilen, sondern dessen Wissen, was den Staranwalt in den Knast bringen könnte.

Er zitierte seinen Sohn zu sich und gab ihm folgende Informationen mit auf den Weg: „Ich habe keine Ahnung, was ihr tatsächlich für Schweinereien treibt. Du weißt, dass es mich nicht interessiert. Aber mit den beiden Beamtinnen könnt ihr ab sofort machen, was ihr wollt. Irgendjemand gibt euch da gerade einen Freischein."
Er musste an den Satz denken, dass er, der große Staranwalt, am Arsch sei, wenn die Damen Videomaterial in die Hände bekämen. Somit schloss er seine Ansage mit: „Ich glaube nicht, dass jemand traurig wäre, wenn sie am Schluss verschwinden. Deine Finger hätte ich da dann aber gerne draußen. Lass das einen von den drei anderen Deppen erledigen. Hörst du?"

Sein Sohn hob verwirrt die Hände. Hatte ihn sein Vater gerade aufgefordert, einen Mord zu begehen?
„Ist das dein Ernst? Wir sollen…?" Der Vater unterbrach: „Ich habe nicht gesagt, dass ihr sie umbringen sollt. Schon gar nicht du. Aber, sollten sie in den nächsten Tagen versehentlich etwas für mich Unangenehmes ermitteln, dann haben wir ein riesiges Problem. Ich weiß nicht genau, was Greitmann in seiner Verzweiflung rausgelassen hat, aber er weiß Dinge, die mich meinen Job kosten würden. Vielleicht kannst du dir vorstellen, dass ich nicht in den Knast gehen möchte?"
Bollermann wusste, dass er sich auf Greitmann normalerweise verlassen konnte. Doch mit solch einer Situation hatte keiner rechnen können. Wenn der Landrat mit dem Tod kämpfen müsste, dann würde er weder sich noch einen Freund schützen.

28.

Katrin hatte einen festen Plan. Wenn Andreas heute Abend kommen würde, dann müsste sie einen Schlussstrich ziehen. Während Annabelle sich mit dem Bankier treffen wollte, würde sie mit Andreas eine Runde laufen gehen. Danach wäre der Zeitpunkt gekommen, es zu beenden. Sie wusste, dass es nun zu weit ging und ihr Vorgehen nur noch rücksichtslos war, wobei sie zudem das Interesse am Sex mit ihm verloren hatte. Viel zu schnell war die Erotik eingeschlafen, und der ganze Reiz löste sich in Luft auf. Sie konnte mit ihm auch nicht über die speziellen Dinge reden, die auf ihrer Agenda standen. Sie war sicher nicht anormal, aber nur zwei Positionen und immer bei ihr zu Hause, das reichte nicht mehr aus.
Andreas schickte ihr die Adresse, wo er zum Lauf starten wollte. Sie sendete den „Daumen hoch" zurück und verschob die vorgegebene Uhrzeit um eine halbe Stunde, auf 19:30 Uhr.

Katrin parkte am Waldrand, etwas hinter dem Sportplatz Eisenbach, und stieg aus. Sie mussten sich, wenn sie etwas unternehmen wollten, immer abseits treffen, damit ihnen niemand über den Weg laufen konnte. Allerdings zogen es die beiden bisher vor, spazieren zu gehen. Der Vorschlag mit dem Laufen überraschte sie.
Recht war es ihr trotzdem, da sie ihn so platt machen und ihm die Energie zum Intervenieren rauben konnte, wenn später das Gespräch anstünde.
Sie ging ein paar Schritte zurück und blickte auf den Wohnmobilstellplatz, der unterhalb des Sportgeländes lag. Zehn

Camper zählte sie auf die Schnelle und blickte dann rüber zu den trainierenden Fußballern.
Andreas kam kurze Zeit später angefahren, stieg aus und grinste sie an. Das wird dir noch vergehen, ging es ihr durch den Kopf, während sie sein Lächeln erwiderte. Beide blickten sich verstohlen um und küssten sich dann auf den Mund.
Der Lauf ging Richtung Schwärzenbach, dann weiter durch den Wald, kurzer Blick auf Hammereisenbach und wieder zurück.
Die Runde, Katrin hatte das auf ihrem Navi geplant, hatte gute 10 Kilometer. Es ging über Stock und Stein, bergauf und wieder runter, mal steil, dann wieder flach. An den Lichtungen gab es eine schöne Fernsicht, die der männliche Läufer, dem Tempo Tribut zollend, nicht genießen konnte. Andreas versuchte aber fast zwei Drittel der Strecke mitzuhalten, bevor er endgültig einbrach.
„Können wir ein Stück gehen? Mir ist das Tempo zu hoch."
Katrin sah wohl, dass er geknickt war, wie er kurz vor dem Aufgeben stand. Das hinderte sie trotzdem nicht, ihn weiter zu provozieren.
„Kein Problem. Seitenstechen? Wir sollten aber schauen, dass wir nicht über einen Fünfer-Schnitt kommen, sonst bringt mir das Training nichts." Uh, dachte sie über sich selbst, du bist echt gemein.
Er rappelte sich noch mal auf und keuchte den Rest neben ihr her. Zurück am Auto, war es bereits eingedunkelt. Noch nicht Nacht, aber man benötigte zum Fahren schon Licht.
Er blickte sie total erschöpft an: „Mein Plan war, mit dir heute im Auto zu poppen. Mal was anderes, als immer nur…"

Er war noch außer Atem und konnte den Satz nicht zu Ende bringen.
Verdammt, dachte sie, genoss aber auch ihren Triumpf, ihn außer Puste gebracht zu haben. Was sollte sie nun daran hindern, ihm noch den letzten Zahn zu ziehen? Immerhin stand sein Vorschlag auf ihrer Agenda, die sie vorhin noch glaubte, nicht ansprechen zu dürfen.
Beim Abchecken der Gegend fiel ihr auf, dass Andreas etwas tiefer in den Weg gefahren war und somit geschützt von ihrem Wagen, ein Versteck bot. Nicht für Spaziergänger, geschweige denn vom Sportplatz zu sehen, das Auto war komplett vom Wald verdeckt.
Während sie den Kofferraum seines Passats öffnete, ihn rein schupste und dabei seine Hose klaute, schnappte er fassungslos nach Luft.
Sie blickte sich noch einmal um, konnte dabei aber nichts Verdächtiges entdecken. Also, Leggins aus, rein geklettert und schon kam der Wagen in Bewegung. Sie konnte die Lautstärke nicht drosseln, fühlte sich hinter den beschlagenen Fenstern aber auch unbeobachtet.

Annabelle traf um 19 Uhr bei Peter Frei ein und hatte keine Ahnung, was sie heute erwarten würde. Ihr Augenmerk galt dem Bankskandal. Konnte Peter oder sonst jemand ein Interesse am Verschwinden der Herren haben, um etwas zu vertuschen?
Er küsste sie auf beide Wangen: „Du kennst dich ja aus. Essen ist im Ofen. Apero auf dem Balkon?"
Okay, er hatte für sie gekocht. Damit sammelte er schon mal einen ersten Punkt.

Sie gingen auf den winzigen Balkon, auf dem gerade mal zwei Stühle Platz hatten.
„Portwein, Martini, Sekt oder…?“
„Portwein? Gerne!“ Sie blickten über die Straße auf das Gewässer und verfingen sich im Smalltalk, woraus schnell eine kurzweilige Unterhaltung entstand. Er kannte sich nicht nur mit Börse, Wirtschaft und Bankwesen aus, sondern hatte zu jedem angeschnittenen Thema etwas beizusteuern. Alle Sportarten, Kochen und Autos überbrückten nicht nur den Apero, nein, die Unterhaltung kam auch während der leckeren Lasagne nicht ins Stocken. Der Wein war schnell geleert und die zweite Flasche wurde gerade entkorkt, als er seine Neugier nicht mehr halten konnte.
„Mich würde jetzt noch interessieren, wie das Leben einer Stripperin abläuft.“
Annabelle, die sich gerade wieder an Samantha zu erinnern versuchte, sah ihn misstrauisch an. Glaubte dieser intelligente Typ den Scheiß tatsächlich oder wollte er nur spielen? Sicher hatte Frei sich über seine Flamme informiert. Gut, er wusste nur ihren Vornamen. Was soll's, es half ihr, den eigenen Plan endlich zu starten.
„Vorschlag! Du darfst mich über den Beruf fragen, was du willst und ich bekomme dann auch, was mich an dir interessiert?“
Er kratzte sich nachdenklich am Kopf. Also zuerst Theorie und dann Praxis? Einverstanden!“
Aha, grinste sie in sich rein, er will spielen. Ich bin bereit. „Was mich am praktischen Bankerjob interessieren könnte, weiß ich aktuell noch nicht, aber vielleicht hast du ja im theoretischen Teil mehr zu bieten.“

Er zwinkerte ihr zu: „Mit Sicherheit." Frei konnte ja nicht ahnen, wie interessiert sie an seiner Geschichte war.
Sie startete einfach mal so: „Eine Stripperin geht auf die Bühne, tanzt ein bisschen und verliert ein Kleidungsstück nach dem anderen. Die guten unter ihnen tanzen dabei an einer Stange, was allerdings viel Übung braucht. Pole Dance ist ein echter Sport, den ich leider nicht beherrsche."
Wie sehr seine Gedanken schon dabei waren, stellte sie fest, als er sie unterbrach. „Nicht ganz so schlimm, denn Stange habe ich hier eh keine. Wobei es mich schon interessieren würde, wie das bei dir aussehen könnte, wenn du kopfüber…?" Schön für dich, wenn dich interessiert, wie mir meine Möpse das Nasenbein brechen. Natürlich ersetzte sie diesen Gedanken, während sie ihn aus der Träumerei zurückholte, mit: „Ich wäre wahrscheinlich zu schwer für die Stange. Jedenfalls stecken die Männer dann den Frauen ihr Geld in den String, der übrigens nicht ausgezogen wird. Da muss der Klient dann schon etwas kräftiger in die Tasche greifen und sich den Privat Dance erkaufen."
Stimmte das so, was sie da gerade erzählte? Sie redete in der dritten Person, damit er ihr nie unterstellen könnte, dass sie vom eigenen Strip berichtet hätte. Allerdings hatte Sam, sie wollte an dieser Stelle nicht an die verwandelte Annabelle denken, schon Erfahrung gesammelt. Es gab in München Typen, die auf den Strip standen und dabei teilweise schon ihr Ziel erreichten.
Damals war ihr das recht, da das Geld ohne den eigentlichen Akt in ihre Kasse floss.
Peter verdrehte gerade etwas die Augen, was hoffentlich am Wein lag. Nicht, dass er noch übergriffig würde.

„Und was gibt es beim Bankier Spannendes zu erzählen?"
Er begann damit, wie er ins Büro ging, die Zeitung las und die Termine von der Sekretärin erhielt. Alles Dinge, die seine Zuhörerin nicht interessierten.
„Komm schon. Das ist doch langweilig. Erzähl mir von Kreditausfällen, überzogenen Konten und solchen Dingen."
Während er überlegte, stieß sie zu: „Stopp. Noch besser, du erzählst mir von eurem aktuellen Skandal."
An dieser Stelle verdunkelte sich seine Miene. Er nahm seinen Job ernst und würde keine Bankgeheimnisse ausplaudern. Jedenfalls nicht einfach so, was ihr gerade klar wurde.
„Sorry, das Thema ist zu brisant."
Sie zuckte mit den Schultern. „Kein Problem. Lass uns das Spiel beenden."
„Du meinst den theoretischen Teil?" Seine Augen weiteten sich wieder hoffnungsvoll. „Nein, ich meine das ganze Spiel. Ich mach mich doch nicht nackig, das meine ich körperlich wie emotional, während du im Anzug zuschaust." Annabelle versuchte die Beleidigte zu mimen.
Er schüttelte den Kopf: „Das Thema ist wirklich zu heiß und könnte dich dann als Mitwisserin sogar in Gefahr bringen."
Na also, dachte sie. Ich bin auf keinem schlechten Weg. „Okay. Es war ein schöner Abend. Ich denke, dass wir vielleicht mal etwas nüchterner weitermachen sollten."
Er wirkte geblendet: „Du willst gehen?"
Sie nickte, von einem höflichen Lächeln begleitet, und er schüttelte den Kopf. Dann goss er beide Gläser noch mal voll und meinte. „Okay. Eh schon egal. Auf deine

Verantwortung. Wir spielen weiter. Du strippst und pro Kleidungsstück erzähle ich dir was vom Skandal. Einverstanden?"
Wie einfach Männer doch zu kontrollieren waren, wenn der Verstand den Kopf abwärts verlassen hatte.
Er schnappte die Fernbedienung und wechselte von der klassischen Musik zu Joe Cockers „You can leave your hat on". Die Klischeemusik zum Strippen.
Annabelle stand auf und schritt an ihm vorbei. Sie öffnete ihre Bluse ganz langsam. Knopf für Knopf. Sie hatte ihre Stiefeletten zur schwarzen Röhrenjeans an. Die leichten Absätze ermöglichten ihr mit Hüftschwung zu posen.
„Ich höre?" Er hatte vergessen, mit der Erzählung zu starten.
„Sorry. Also, wir haben einen Partner, der die Internet-Infrastruktur in Baden-Württemberg revolutionieren kann. Ein Schulfreund meines Vorstandskollegen Blank, der Herr Landrat, hat es eingefädelt und verdient natürlich daran mit."
Sie hatte das Hemd bereits runter und stolzierte gerade in ihrem roten Halbschalen-BH auf ihn zu. Natürlich war er so weit durchsichtig, dass er ahnte, was ihn noch erwarten würde. Sie warf ihm das Hemd über den Kopf und drehte wieder ab. „Diese Information war bereits so gefährlich, dass es mindestens…", sie drehte sich nur halb und meinte: „Erzähl weiter. Ich höre dir eh nicht zu. Ist mir zu gefährlich, und verstehen tu ich das meiste auch nicht."
Sie konnte es dabei kaum fassen, was er ihr da gerade erzählte. Ein Landrat nahm Geld für die Vermittlung?
In dem Moment wurde ihr klar, dass Frei sich nicht über sie informiert hatte. Sie wusste aber auch, dass sie nun den

Videos aus dem Verlies einen Schritt voraus war. Wieder auf ihn zugehend, öffnete sie ihre Hose und bereute es, nicht mehr angezogen zu haben.
„Ein Bauunternehmer, ebenfalls Schulfreund meines Partners, hat den Zuschlag für die Logistik bekommen. Die Gelder sind bereits geflossen, aber der ominöse Partner kommt aktuell seinen Verpflichtungen nicht nach.“ An dieser Stelle machte er eine Pause und hob dabei die Hände fragend hoch.
Klar, du willst mehr sehen. Also schob sie in der nächsten Runde die Hose runter und streckte ihm dabei ihr Hinterteil entgegen. Die Stiefeletten aus, Jeans runter und noch mal rein ins Schuhwerk. Reichten ihr die Informationen? Sie hatte nur noch den BH und den String an, wollte aktuell aber nicht mehr opfern. Es fühlte sich so billig an und passte nicht zu einer Annabelle Bauer. Zudem glaubte sie draußen etwas Blitzendes gesehen zu haben. Sicher ein reflektierender Spiegel, was der Stripperin aber nicht die Nervosität nehmen konnte. Wie aufwendig lief die Beschattung des Bankiers gerade ab? Sie hätte sich informieren sollen.
Während er weitererzählen wollte, ging sie ans Fenster und zog den großen Vorhang zu.
„Lass ihn doch bitte auf. Du brauchst dich nicht zu schämen. Dein Körper ist der Hammer. Man sieht, dass du ihn liebst und pflegst.“
Jetzt musste er total betrunken sein, denn er verschüttete beim Nachschenken den Wein und fing an zu lallen.
„Jedenfalls ist der Geschäftsführer der Firma verschwunden, und keiner weiß aktuell, wie es weitergeht. Greitmann und Bergmann haben bereits ihr Geld, und deren Anwalt, so ein cleveres Kerlchen aus Waldshut, hat wasserfeste

Verträge geschlossen, dass am Schluss wir, die Bank, in die Röhre schauen müssten."

Sie war begeistert, wie plötzlich alles aus ihm rausssprudelte, während ihr langsam kalt wurde.
Er atmete hingegen tief durch und Annabelle wusste nicht, ob es seine Geilheit war oder ob es die Erinnerung an die Erzählung sein könnte, was ihn so fertig machte.

„Zeig mir, dass es sich lohnt, dir das Entscheidende anzuvertrauen." Konnte es noch was geben? Die entscheidenden Informationen lagen auf dem Tisch. Sie ging an ihm vorbei, exte ihr Glas und wackelte dann zurück. Ihr Flüstern konnte er nicht hören, da sie ihm den Rücken zugewandt hatte. „Komm schon Sam. Du kannst morgen wieder die brave Kommissarin spielen."
Wenn es noch etwas Wichtiges gibt, dann…? Sie öffnete den BH, ließ in fallen und drehte sich um. Beide Hände schützten das, was der Banker doch unbedingt sehen wollte. Sie beugte sich über ihn, worauf er versuchte ihre Hände wegzunehmen. Dass er sie in Gedanken schon gefressen hatte, stand außer Frage.
Mit den kalten Händen an ihren Hüften, sie hätte fast aufgeschrien, begann er: „Sie haben es so eingefädelt, dass ein entscheidendes Dokument nur von mir unterzeichnet wurde. Unsere Rechtsabteilung hat das ebenfalls übersehen. Jedenfalls werde ich für diese geleistete Unterschrift in den Knast gehen, wenn mich die Bevölkerung nicht vorher lyncht."
Er räusperte sich, und sie wusste, dass jetzt ein Hammer kommen müsste: „Das Schlimmste ist nämlich, dass unsere

Kunden in einen extra aufgelegten Fond investiert haben, der somit ebenfalls platzen würde. Da sind private Altersvorsogen und Spareinlagen in höheren sechsstelligen Beträgen investiert. Ich könnte keinem mehr in die Augen schauen. Mich kann also nur noch ein Wunder retten, was aktuell ja nicht ganz unwahrscheinlich ist."
Sie ließ ihn immer noch nicht gewähren und fragte: „Du meinst, wenn die drei sich im Verlies verplappern?"
Er erschrak ein bisschen, als sie es sagte. Natürlich waren noch nicht alle über die Veröffentlichung der Videos im Netzt informiert. Das würde sich die nächsten zwei bis drei Tage erst richtig rumsprechen.
„Was weißt du über…?" Sie setzte sich auf seinen Schoss und gab endlich frei, was Frei haben wollte. Während er, wie ein junges Kalb, zu lecken begann und seine Finger nicht mehr kontrolliert bekam, dachte Sam nur an das neue Wissen. Er fing an zu stöhnen und ihr wurde klar, dass seine Kontrollsysteme heißliefen, während sie zum verdunkelten Fenster schaute und nachdachte.
Noch in Gedanken stand die Beamtin auf und ging zurück, um langsam wieder alles anzuziehen. Im Blickwinkel saß ein total verschwitzter Peter Frei, der aber glücklicherweise nicht übergriffig wurde. Es wirkte, als hätte er bekommen, was er wollte.
Jetzt musste sie nur noch hier weg. Eine weitere Diskussion könnte gefährlich werden. Vor allem, wenn er zu sich kam und ihm bewusst würde, was ihm in seiner Geilheit alles rausgerutscht war.

Sich wiederhergestellt und alles zusammengekratzt, ging sie auf ihn zu. „Ich habe nicht verstanden, was bei dir alles schiefläuft, hoffe aber, dass du mit dem Knast einfach übertrieben hast, um das nackte Finale nicht zu verpassen. Das Video der drei habe ich heut im Netz gesehen, dabei aber nicht die Tiefe deiner Verwicklung erahnt. Pass auf dich auf und melde dich, wenn ich dir helfen kann. Ich bin Polizistin und keine Stripperin. Aktuell aber ganz auf deiner Seite und zu jeglicher Unterstützung bereit."

Sie küsste ihn auf den Mund, den er auch kurz darauf nicht mehr zubekam.

Danach ließ sie einen total verwirrten Peter Frei zurück!

29. Im Verlies

Ein ohrenbetäubender Schrei hallte durch den Männerknast. Die ersten Lichtstrahlen kamen durch die Luke und Greitmann wachte von Schmerzen geplagt auf. „Mein Finger. Verdammte Scheiße. Das tut so weh“.
Bergmann und Blank schauten ihn verwirrt an. Sie wirkten verkatert, was von der Betäubung kommen musste. Blank schaute rüber, spielte den Schockierten und rannte dann aufs Klo. Er ließ die Nacht noch einmal vor seinen Augen vorbeiziehen. Der rollende Finger, der offensichtlich nicht mehr da war. Zumindest hatte er ihn auf dem Weg zum Klo nicht mehr auf dem Boden liegen sehen. Jetzt musste er sich auch noch übergeben, während Greitmann weiter brüllte, und Bergmann ihn zu beruhigen versuchte.

Blank kam zurück: „Wie ist das möglich? Kann der hier Betäubungsmittel reinsprühen?“
Bergmann schüttelte den Kopf: „Er muss selbst hier gewesen sein.“ Beim Reden hielt er jenes Tuch hoch, das Blank in der Nacht benutzt hatte.
„Schmerzmittel! Wir müssten im Verbandskasten doch noch Schmerzmittel haben?“ Blank ging gar nicht auf das Tuch ein, kramte stattdessen unter seinem Bett nach dem Verbandskasten. Den hatte er aber in der Nacht bei Greitmann liegen lassen. Er entdeckte ihn aus dem Augenwinkel heraus, als er sich bückte und ging daraufhin zum gegenüberliegenden Bett. Schnell reichte er dem jammernden Greitmann die Schmerztabletten.

„Und wie soll ich die einnehmen?“ Der Landrat wirkte verzweifelt. Er war nicht angezählt, aber seine Überheblichkeit verlor sich langsam.

Blank stand auf, ging ins Bad und kam mit einem Glas Wasser zurück.

„Er hat, was er wollte, deinen kleinen Finger. Somit gibt es auch wieder Wasser.“ Beide sahen ihn etwas verwirrt an, wobei der Landrat sofort zwei Schmerztabletten einwarf. Während er auf die Wirkung wartete, kam ihm eine eigenartige Idee: „Was, wenn einer von uns mit ihm unter einer Decke steckt? Ich hätte es doch hören müssen, wenn die quietschende Türe heute Nacht gegangen wäre. Hier spaziert niemand so einfach rein.“

Bergmann schüttelte verneinend den Kopf: „Und wer hätte uns dann betäubt? Wir uns selbst?“

Gut kombiniert, dachte Blank und ergänzte: „Wenn ich tief schlafe, dann bekomme ich nichts mehr mit.“

Alle drei nickten, auch der Landrat stimmte zu. Er ging sogar einen Schritt weiter. „Schreib ihm eine Nachricht, dass wir erzählen, was in der Nacht auf dem Boot tatsächlich passiert ist. Wir brauchen aber eine Zusage, dass wir dann hier rauskommen. Irgendeinen Beweis, dass wir ihm trauen können.“

Alle drei überlegten, während Blank etwas auf den Zettel kritzelte.

Bergmann: „Was schreibst du?“

Blank: „Wir sind bereit, die Geschichte zu erzählen, wenn er uns glaubhaft versichert, dass wir dann freigelassen werden.“

Er machte eine kurze Pause und ergänzte: „Wissen wir überhaupt, was in der Nacht geschehen ist? Ich habe damals

geschlafen.“ Er flüsterte dabei, damit ihn von draußen niemand hören konnte.
Greitmann nickte: „Wir wissen, was in der Nacht passiert ist. Leider wird das dir und dem Entführer nicht schmecken.“
Blank sah ihn mit großen Augen an. „Ihr wisst es und habt all die Jahre geschwiegen? Während ein Kollege im Knast saß und sich dann das Leben genommen hat, da er mit seiner Verurteilung nicht klarkam!“
Bergmann hielt den Finger vor die Lippen, der zum allgemeinen Schweigen aufforderte. „Zuerst der Deal. Ich glaube nämlich nicht, dass er uns dann noch laufen lässt. Mir geht schon die ganze Zeit durch den Kopf, ob Tischler jemand hinterlassen haben könnte, der etwas herausgefunden hat und uns nun…?“ Jetzt hob Greitmann den Finger und forderte zum Schweigen auf.
„Ich denke, uns muss klar sein, dass es genug Menschen da draußen gibt, die uns etwas antun möchten. Die gerne sehen würden, wie die drei Herrscher am Boden zerstört sind.“
Blank stimmte zu: „Gründe hätten wir genug geliefert.“
Bei Greitmann fing das Schmerzmittel an zu wirken, und er legte sich noch mal hin. Bergmann tat es ihm gleich, und Blank folgte, nachdem er den Zettel unter der Türe durchgeschoben hatte. Keiner ahnte, dass sie bereits einen Tsunami ins Rollen gebracht hatten und dabei zu internationalen Stars im Netz avancierten.
Jeder war mit seinen Gedanken beschäftigt und überlegte, was eigentlich die ganze Wahrheit war. Greitmann und Bergmann wussten Bescheid, während der Bankier nur spekulieren konnte.

Es war bereits 18 Uhr vorbei, als die Türe aufging, ein Tablett mit Grillfleisch, Brot und zwei Flaschen Wein reingeschoben wurde und dann wieder das Klicken des Schlosses ertönte. Ein Zettel lag mit drauf und Blank las vor.

„Ihr macht Fortschritte. Manchmal hilft es, wenn man seine eigenen Schweinereien einfach mal erzählt, um zu verstehen, was anderen angetan wurde.
Dieses Dinner habt ihr euch verdient. Über euren Vorschlag mit der Geschichte, und ob ihr damit freikommt, werde ich mir Gedanken machen. Ihr seid ja momentan nicht in der Situation, Forderungen zu stellen.
Guten Appetit und Gruß von meinem Hund, dem der Finger geschmeckt hat."

Bei den letzten Worten wurde Blank etwas leiser. Er wollte den Zorn von Greitmann nicht auf sich ziehen. Alle blieben jedoch ruhig, das Essen kam auf den Tisch und sie fielen wie Tiere darüber her.
Es war eine üppige Portion, die jedoch bis auf den letzten Bissen verschlungen wurde. Während des Essens redete niemand. Beim Leeren der zweiten Flasche Wein bekam das Netz jedoch neuen Stoff. Immerhin musste die Seite am Montag etwas bieten, sobald ganz Deutschland darüber sprach.

30.

Am Montagmorgen trafen Annabelle, Katrin und Andreas zusammen auf dem Revier ein. Die Chefin konnte an den Blicken ablesen, dass der Schlussstrich noch nicht gezogen wurde. Es schwebte eher ein Blick zwischen den beiden, der nichts Gutes erahnen ließ.
„Kommst du bitte kurz in unser Büro, Andreas?“ Da erschrak das Turtelduo, aber er nickte.
Katrin fragte dagegen, als sie die Türe schloss und ihr Lover noch nicht da war? „Was hast du vor?“
Annabelle blickte sie fragend an: „Er muss was für mich erledigen. Warum fragst du?“
Sie genoss es, Katrin etwas an der Nase herumzuführen. Allerdings hatte die gesagt, dass sie die Beziehung beenden möchte und zeigte nun ein ganz anderes Gesicht. Also da konnte Annabelle auch mitspielen. Kein Problem.

Andreas stand kurz darauf in der Tür, und Annabelle tippte noch etwas zu Ende, bevor sie ihn anwies: „Würdest du mal auf den umliegenden Grundbuchämtern die Hüttenbesitzer abklappern? Breitnau, Eisenbach, Feldberg und so weiter. Vielleicht stößt du auf was, das uns weiterbringt, diesen Keller zu finden.“
„Nach was genau soll ich suchen?“ Sie hob die Hände: „Lass deinen Instinkt spielen. Die Kripo sucht auch, wobei ich hier den Vorteil bei uns sehe. Wenn dir irgendjemand auffällig erscheint, wegen gleichem Jahrgang der Entführten oder in Donaueschingen lebend und womöglich auf das Fürstenberg-Gymnasium gegangen, dann könnte dies ein

Hinweis sein. Ich habe selbst keine Ahnung und verlasse mich da voll und ganz auf deine Spürnase."
Er nickte und verschwand, während die Mädels sich durch weitere Akten wühlten.
Sie besprachen den Abschluss eines Diebstahlsdelikts und der Morgen rannte nur so an ihnen vorbei. Dann meldete sich der Empfang.
„Annabelle?" Sie merkte, dass die Kollegen ihren Vornamen mit einem Grinsen betonten, hatte aber auch das Gefühl, diese Entscheidung zum richtigen Zeitpunkt getroffen zu haben. „Hier ist ein Kollege von der Dienststelle in Donaueschingen, der mit dir sprechen möchte."
„Danke. Schick ihn bitte rein."
Was könnte der wollen? Bei denen ging es aktuell ja auch drunter und drüber, nachdem der ehemalige Revierleiter wegen des Videos aus dem Verlies am Pranger stand.
Das Gesicht kam ihr bekannt vor, doch konnte sie den Beamten beim Eintreten nicht sofort identifizieren.
„Christoph", stellte er sich vor und zog die Augenbrauen hoch, als müsste ihr ein Licht aufgehen.
„Klar! Du warst dabei, als ich Scholl auf dem Revier getroffen habe." Sie konnte sich an den jungen Kollegen erinnern, den sie beim Besuch damals nicht gleich zuordnen konnte. Warum sie ihn duzte, lag voraussichtlich daran, dass er sich mit dem Vornamen vorstellte.
„Könnten wir kurz unter vier Augen reden?" Katrin grinste, als würde sich hier gerade eine Liaison anbahnen und stand auf. Als die Türe geschlossen wurde, bot Annabelle ihm den Stuhl an.
„Ich weiß jetzt nicht, wie ich anfangen soll. Mir ist das Ganze etwas peinlich." Annabelle überlegte, immer noch

davon ausgehend, dass es mit seinem gefeuerten Ex-Chef zusammenhängen könnte. Warum ging er damit aber nicht zu Scholl?

„Karten auf den Tisch, Christoph. Wo liegt das Problem und wie kann ich dir helfen?“

Er zuckte nervös mit dem Gesicht. „Ich denke eher, dass ich dir helfen kann, will aber nicht, dass du es in den falschen Hals bekommst.“

Während sie begriffsstutzig drein blickte, schob er ihr ein paar Bilder rüber. Bilder von ihrem Stripp gestern Abend. Die ersten noch stechend scharf, wie sie mit Frei den Apero auf der Terrasse nahm, dann wesentlich unschärfer in Reizwäsche. Bis zu dem Punkt, mit ausgestreckten Armen am Vorhang.

„Scheiße“, meinte Annabelle und sah ihn an. „Das kann ich gerade nicht brauchen.“

Er nickte zustimmend. „Das habe ich mir gedacht. Deshalb habe ich auch das Objektiv verstellt, als ich bemerkte, was da abging.“

Hatte er sie absichtlich unscharf gemacht? Höflich oder schwul? Sie ärgerte sich fast über ihren letzten Gedanken, während er weitersprach.

„Ich dachte, du wärst informiert, dass wir Frei beschatten.“

Annabelle nickte: „Natürlich war mir das klar, darum habe ich auch den Vorhang zugezogen. Es fiel mir nur zu spät ein, und ich ging davon aus, dass ihr explizit den Eingang beschatten würdet.“

Christoph: „Und was machen wir jetzt?“ Sie versuchte zu überlegen, wusste aber nicht, ob er womöglich etwas fordern wollte. Also half er nach. „Mein Vorschlag wäre, dass ich das Bild auf dem Balkon und die beiden vom Dinner weitergebe, die Karte vom Foto aber einen Sprung bekommen hat. Es ist danach aber auch nichts Erwähnenswertes mehr passiert, und du hast um 23 Uhr die Wohnung verlassen."

Sie blickte ihn jetzt durchdringend an: „Und warum tust du das für mich?"

Er blickte auf den Boden: „Ich finde, du bist eine tolle Frau, und kenne natürlich, wie viele hier, deine Vorgeschichte. Scholl könnte dich aus dem Rennen werfen, wenn er die Bilder bekäme, was ich auf jeden Fall verhindern möchte. Etwas läuft schief, und ich denke, dass wir auf dich bauen müssen, um den ganzen Scheiß hier zu beenden. Zudem tut dieser Stripp sicher nichts zur Sache oder wenn, dann nur zur Zielfindung?"

„Gut analysiert. Ich musste ihm ein Kleidungsstück pro Information über den Bankskandal geben. Verrückte Idee, oder?" Warum erzählte sie ihm das?

Er lächelte: „Genau so schätze ich dich ein." Er zerriss die Fotos und übergab ihr den Chip der Kamera.

„Ich danke dir. Sollte es Konsequenzen geben, dann nehme ich das auf meine Kappe. Danke für deine Loyalität und du kannst dich voll auf mich verlassen. Nett, dass du mich zudem unscharf gemacht hast."

Er zwinkerte: „Das fiel mir tatsächlich ein bisschen schwer. Nicht, dass du noch denkst, so etwas würde mich nicht interessieren."

Sie grinste und hob ihre Hand, damit er abklatschen konnte. „Dann habe ich jetzt auch einen Freund und Verbindungsmann in Donau?"

Man sah ihm an, dass er sich geehrt fühlte, als sie die Kontaktdaten auf dem Handy austauschten.

Er ging und stieß im Flur mit Katrin zusammen, die danach meinte: „Netter Junge. Was wollte er?"
„Er hat sich für meine junge Kollegin interessiert. Die große schlanke, mit den kurzen schwarzen Haaren."
Katrin lächelte: „Der würde besser passen als Andreas, oder was möchtest du mir damit sagen?"
Annabelle schüttelte den Kopf und reichte ihr die zerrissenen Bilder rüber.
„Er war hier, um mir seine Loyalität zu bekunden. Glücklicherweise hat er gestern die Wohnung von Frei alleine beobachtet und mich dazu noch unkenntlich gemacht."
„Was hast du getan?"
Annabelle erzählte die Geschichte und erntete einen Lachanfall der Kollegin. „Du bist doch noch die Alte. Coole Aktion, die allerdings deinen Freund wieder sehr stark verdächtigt."
Die Chefin nickte: „Das ist auch gut so. Die sollen ihn ruhig etwas beschatten. Ich glaube, dass ich Peter gestern überfordert habe und somit auch wieder etwas Abstand gewinnen konnte. Er ist aber auch nichts für mich. Frei ist nett, gebildet, aber nach meiner neusten Einschätzung keiner fürs Bett. Jedenfalls nicht für mich. Dafür hat er sich gestern zu blöd angestellt. Gefühle, da legt man in meinem Alter langsam Wert drauf, konnte er ebenfalls keine wecken. Dafür ist er ein zu starker Zahlenmensch."

Sie holten sich über Mittag einen Salat und aßen im Büro, als Andreas plötzlich reingestürmt kam. „Volltreffer!" Die Damen sahen zuerst sich an und dann ihn.

„Eine Hütte auf dem Feldberg, ich kenne die sogar, gehört Bergmann. Sie liegt hinten bei den Zeller Schleppliften, etwas verdeckt zwischen den Bäumen."
Er sah die beiden fragend an, als ob er sich gerade ein Fleißbildchen abholen wollte. So wie früher in der Schule, wenn man als Einziger etwas wusste.
„Fantastisch, Andreas! Sehr gute Arbeit."
Er drückte die Brust raus: „Und jetzt fahren wir hoch?"
Annabelle blickte ihn an: „Du und Katrin?" Er machte noch größere Augen, wurde aber gleich wieder eingebremst.
„Gut ermittelt, aber wir müssen das der Kripo überlassen. Schick mir die Daten und ich gebe es an Scholl weiter. Wir hätten eh nicht danach suchen dürfen."
Andreas schickte ihr rüber, was sie haben wollte, während Annabelle ihren Krempel zusammenpackte. Sie wollte die Bildschnipsel zu Hause entsorgen und in Ruhe mit Scholl telefonieren. Christophs Misstrauen Scholl gegenüber bereitete ihr ein bisschen Sorgen. Es hörte sich so an, als vermutete dieser eine Unstimmigkeit auf dem Revier in Donau. Hat man den ehemaligen Chef womöglich ins offene Messer laufen lassen? Sie müsste mit diesem, Kaiser war ihr ja bekannt, versuchen zu reden. Und zwar ohne, dass jemand dadurch misstrauisch würde.

Sie setzte sich in ihrer Wohnung an den Tisch, wo sie sich das letzte Mal direkt mit Scholl unterhalten hatte, und rief diesen auf dem Handy an.
„Bergmann hat eine Hütte auf dem Feldberg. Ich schicke Ihnen gleich die Koordinaten auf das Handy. Wir sollten uns diese vielleicht mal ansehen?"

„Sehr gut. Das könnte ein Ansatz sein. Ich schicke ein Team zur Kontrolle. Allerdings habe ich gerade noch einen anderen Hinweis…“, sie unterbrach ihn, natürlich davon ausgehend, dass er von Christoph die Bilder und den Bericht vom Vorabend bekommen hatte.
„Falls das Punkt zwei betrifft, dass ich gestern bei Peter Frei war, kann ich ebenfalls Neuigkeiten berichten. Wie vereinbart, habe ich ihm ein bisschen auf den Zahn gefühlt. Ich weiß jetzt, dass Bergmann ebenfalls in den Skandal verwickelt ist. Allerdings haben Bergmann und Greitmann Geld erhalten, während Blank und Frei, die beiden Bankvorstände, um ihren Job bangen müssen.“
Sie ließ Blank jetzt mal mit im Boot und erzählte nicht, dass Frei ein Dokument unterzeichnet hat, das ausschließlich ihn in den Knast bringen würde.
Es blieb still. Eine Pause, die Annabelle in die Enge trieb. Als würde er ihr nicht alles glauben.
„Sonst hat sich nichts ergeben? Dafür mussten Sie vier Stunden bei ihm sein?“ Was wollte er von ihr?
„Herr Scholl, ich habe keine Ahnung, auf was Sie anspielen. Aber Frei weiß nicht oder wusste es bis gestern nicht, dass ich bei der Polizei bin. Ein gutes Essen schlage ich nicht aus, wenn ich eingeladen werde. Man kann auch mal das Angenehme mit dem Nützlichen verbinden, falls Sie diese Redewendung nicht kennen.“
Sie wurde etwas pampig, unabsichtlich, aber den Zweck erfüllend. „Ist gut. Beim nächsten Mal lade ich Sie auch zum Essen ein. Vielleicht kann ich das ja noch lernen, Nützliches zu verbinden. Mit was auch immer.“ Er lachte laut und sie konnte durchatmen.

„Sobald wir die Hütte gecheckt haben, gebe ich Bescheid. Falls ein Einsatz ansteht, werden Sie informiert. Okay?"
„Geht klar!" Sie wäre gerne mit auf die Hütte gegangen, wollte jetzt aber nicht weiter insistieren. Annabelle konnte sich später selbst ein Bild machen, falls sie nichts mehr hören würde. Immerhin ging am besagten Haus eine tolle Laufstrecke vorbei.

31.

Nach dem Gespräch ging es keine Viertelstunde und beim Anwalt in Waldshut ging das Handy runter. Er ahnte schon, wer hinter der unterdrückten Nummer stecken würde. Dieses Mal wollte der Typ aber nur wissen, wie er seinen Sohn am schnellsten erreichen könnte. Er verwies nochmals darauf, dass er Material hätte…! Der Anwalt ließ ihn jedoch nicht ausreden und gab ihm die Nummer. Ihm war gerade überhaupt nicht wohl. Waren sie vielleicht doch über das Ziel hinausgeschossen? Wer war dieser Verrückte? Es ärgerte ihn zudem, dass er sich vom Landrat in dieses dubiose Bankgeschäft hatte hineinziehen lassen.

Kurz darauf bekam Bollermann Junior einen Anruf. Auch ihn überkam ein gewisses Unbehagen, wer ihn mit unterdrückter Nummer sprechen wollte. Immerhin hatte ihn sein Vater auf die Beamtinnen angesetzt und erklärt, dass es der Plan eines Verrückten war, der ihn unter Druck gesetzt hatte. Mit einem direkten Anruf hatte er allerdings nicht gerechnet.

„Pass mal auf, mein Junge. Das Ganze muss jetzt etwas zügiger vonstattengehen. Ich weiß, was für Filmchen ihr dreht und wohin ihr das Zeug verkauft. Das interessiert mich nicht. Aber, ihr Jungs könnt jetzt mal Teil von etwas Großem werden. Was habt ihr seit gestern erreicht?"

Bollermann erzählte, was sie gestern noch an Material gesammelt hatten und wurde dann wieder unterbrochen. „Wir müssen sie sofort beschäftigen. Ich erkläre dir jetzt mal, wie es die Großen machen. Du wirst dein Material sofort platzieren und dann die folgende Drohung heute noch aussprechen." Er erklärte ihm, was zu tun sei, wie das Geschehen ablaufen müsse und versprach ihnen fünfzigtausend Euro, wenn alle fünf Stufen abgearbeitet wären.

Bollermann informierte sofort seine drei Kollegen, kaufte sich ein Handy mit Prepaid-Karte und übertrug die Bilder vom Vorabend. Er hatte jetzt Samanthas Nummer und war gespannt, ob das alles so funktionieren würde, wie es ihm der Psychopath zu erklären versuchte.
Ihm wurde bei diesen Gedanken mulmig. So eine Aktion hatte er noch nie durchgezogen und sich auch nie vorstellen wollen, es einmal tun zu müssen. Eine Polizistin vor laufender Kamera mit vier Mann zu vergewaltigen und darüber entscheiden, ob sie es überleben durfte oder man den finalen Schuss platzieren müsste? Genau so hatte es der Verrückte formuliert. Bollermann bekam es plötzlich mit der Angst zu tun. Vor allem, da ihn sein Vater nicht versuchte davon abzuhalten. Hatte auch er Angst vor diesem Typ? Was wusste der, was sie alle ruinieren könnte?

Es war 18 Uhr, als die vier vor dem Revier auftauchten und sich erkundigten, ob Annabelle noch da sei. Danach warteten sie vor der Türe.

Annabelle wusste, als Katrin etwas früher die Dienststelle verließ, dass sie heute noch mal mit Andreas joggen wollte. Sie konnte der Chefin allerdings auf die Schnelle nicht genau erklären, weshalb der Schlussstrich gestern ausblieb.
Schlimmer noch, Katrin freute sich, heute erneut mit Andreas laufen zu gehen und dann…? Würde er noch mal den Mumm aufbringen?

Annabelle konnte es nicht glauben, als sie aus dem Revier lief und einen Kettenhund ihres neuen Lieblingsanwalts erblickte. Er stand alleine an der Mauer und grüßte sie.
„Hallo, Samantha. Zu dir wollte ich. Hast vergessen dich zu entschuldigen?"
Sie sah den Typ an, ging auf ihn zu uns stellte sich ganz nah vor sein Gesicht.
„Soll ich dir die Zunge in den Hals stecken, Bubi?" Er hob zwei Mal die Schulter an, als wäre dies eine Möglichkeit. „Dann träum weiter" erstickte sie seinen Traum.
Sam wollte sich bereits abdrehen, als er meinte: „Ach so, genau deswegen bin ich ja hier. Die Entschuldigung hat sich erledigt. Besser gesagt, es ist dafür jetzt einfach zu spät. Wir möchten stattdessen gerne einen Film drehen, in dem du eine Hauptrolle bekommst."
Sie musste kurz überlegen. Konnte sie ihn an die Wand drücken, oder stand irgendwo noch einer, der das Ganze mit dem Handy filmte. Zudem war er größer als sie und vermutlich der Kräftigste des Quartetts. Ihre Hand saß bereits locker, doch sie versuchte es verbal. „Und weiter?"
„Ein Film in fünf Akten." Sie sah ihn an und überlegte, wie krank der Typ wirklich war. „Das freut mich. Ich überleg es mir."
Er schüttelte den Kopf. „Du kannst nicht wählen. Aber ich kann dir die fünf Teile benennen. Teil eins, Untreu. Teil zwei, die Kommissarin blank, Teil drei, der Nuttenstempel und Teil vier, das dürfte mein Lieblingsteil werden, durchgevögelt." Er fing an laut zu lachen und sie fragte: „Und im fünften Teil heiraten wir zwei?"

Er schüttelte mitleidig den Kopf. „Das ist das Blöde, dass ich nicht weiß, ob du am Ende überhaupt noch da bist."
Jetzt schnappte sie seinen Arm, drehte ihn auf den Rücken und drückte den Übermütigen über die Mauer. Hatte der Saftsack ihr gerade angedroht, sie umzubringen? Die Überraschung lag auf ihrer Seite, weshalb es ihm nicht gelang, sich zu wehren.
„Pass mal auf, Arschloch." Weiter kam sie nicht, da Bollermann mit dem Handy neben ihr erschien. „Hoooohooo. Die Kommissarin tickt aus. Er hat dir doch gar nichts getan." Sie überlegte kurz und ließ ihn wieder los.
Jetzt stellte sich Bollermann ganz dicht vor ihr Gesicht. „Wir haben das Drehbuch leider nicht geschrieben. Mir persönlich hätte eine einfache Entschuldigung gereicht. Schade für dich. Aber heute geht der Dreh bereits los! Zu spät! Jemand scheint es nicht zu passen, was du gerade tust."

32.

Annabelle hatte ein komisches Gefühl, als ihr Telefon schon auf dem Heimweg in der Hosentasche summte. Sie hatte sich beim Laufen mehrfach umgeschaut, aber die Jungs waren ihr offensichtlich nicht gefolgt.
In der Wohnung kam dann jedoch der nächste Schock. Eine Nachricht von Unbekannt war auf dem Handy.

Sieh mal. Der erste Teil „Untreu" ist bereits gestartet.

Im Anhang waren ein paar Bilder, auf denen zuerst nur der Passat von Andreas zu sehen war. Danach konnte man Katrin erkennen, die im Kofferraum auf etwas saß. Allerdings nur noch mit BH bekleidet, bevor das Auto beschlagene Scheiben bekam. Die Bilder in Kombination ließen jedoch erkennen, dass sie Sex hatte. Zumal auf dem letzten Bild Andreas grinsend aus dem Kofferraum stieg und keine Hose anhatte.
Annabelle schüttelte den Kopf. Wollte sie das sehen? Sie versuchte Katrin anzurufen, die nahm aber nicht ab. Eine Nachricht würde die Kollegin vielleicht noch lesen?

Pass auf dich auf und mach keinen Quatsch. Die Waldshuter sind hinter uns her. Melde dich, wenn du die Nachricht gelesen hast.

Sie hoffte immer noch, dass die Jungs nicht hinter Katrin her sein würden. Leider lag sie damit daneben.

32.1

Katrin und Andreas liefen die gleiche Runde wie am Tag zuvor. Sie hatte das Tempo etwas angepasst, damit er nachher nicht so schnell schlapp machen würde. Die Autos standen fast am selben Platz wie am Vorabend.
Als sie verschwitzt zurückkamen, drückte Katrin ihren Lover gegen das Auto. Es wurde kurz geknutscht, bevor die Kofferraumklappe hoch ging. Schwupp lag Andreas ohne Hose im Gepäckabteil. Als Katrin ihre Leggins runter hatte, raschelte es plötzlich neben dem Auto. Vier Gestalten in schwarzen Klamotten, worauf ein Skelett zu sehen war, kamen auf sie zu. Über dem Kopf hatten sie Masken.
„Hallo, ihr zwei. Das ist doch nicht erlaubt, was ihr da macht. Oooooder?" Die vier begannen zu lachen und Andreas kletterte wieder raus. Beide versuchten die Hosen anzuziehen.
„Auslassen" befahl einer der Typen und der zweite zog einen Revolver hervor. Es war schwer einzuschätzen, ob er echt war, weshalb Katrin die Situation nicht kontrollieren konnte.
„Was wollt ihr?" Sie hob die Hände leicht hoch, bemüht die Situation zu beruhigen.
Der offensichtliche Anführer schüttelte den Kopf.
„Euch ein bisschen zuschauen. Los, ausziehen!" Der dritte Typ hatte ein Handy auf sie gerichtet, womit er das Geschehen filmte und der vierte hatte plötzlich einen Baseballschläger in der Hand. Er ging auf Andreas zu und rammte ihm das Teil so heftig in den Bauch, dass dieser zu Boden ging. Dann packte er Katrin im Gesicht und drückte sie gegen das Auto. „Ausziehen. Oder seid ihr schwerhörig?"

Den beiden Beamten stand die Angst ins Gesicht geschrieben, während sie die Shirts über den Kopf zogen.
„Nimm sie auf der Motorhaube.“ Alle vier fingen an zu lachen, während sich die Nackten vor zum Auto bewegten. Andreas bekam einen Schlag in den Rücken, ging dieses Mal aber nicht zu Boden.
„Das machen wir nicht. Verschwindet. Wir sind von der Polizei..,“ weiter kam Katrin nicht. Der Anführer und der Typ mit dem Baseballschläger drückten sie auf die Motorhaube.
„Entweder du oder wir?“ Andreas beugte sich über sie und fing vorsichtig an.
„Ich höre nichts“ schrie der Anführer. „Los. Ich will dich schreien hören. Während Andreas verstand und sich wild hin und her bewegte, fing Katrin an zu schreien. Laut und grell, als würde man sie gerade ermorden. Als würde sie vergewaltigt? Der Kameramann lief um sie rum und versuchte mehrere Sequenzen einzufangen, während im Hintergrund ein Auto zu hören war. Der Anführer rief: „Das reicht. Lasst uns verschwinden.“
Sie sprangen zurück ins Gebüsch und verschwanden in die Richtung, wo die Wohnmobile standen.
Andreas ließ von Katrin ab, die ihn heulend am Hals packte. „Warum hast du das getan?“ Er löste sich und versuchte sie festzuhalten.

Keine halbe Stunde später summte bei Annabelle das Handy. Zuerst der Text:

Es wäre so leicht gewesen. Eine einfache Entschuldigung. Der erste Akt ist abgeschlossen. Jetzt kommt deine Hauptrolle. Das kannst du doch besser. Oder?

Danach der Film. Katrins Schreien kam darauf fast noch schlimmer rüber. Sie flehte um Gnade.
Annabelle konnte es nicht glauben. „Scheißeeeee! Fuck!"
Dann folgte die nächste Nachricht. Sie kam von Katrin.

Bin auf dem Weg zu dir!

Sie hatte das Handy noch nicht abgelegt, da kam ein Anruf. Es war Karin Bergmann. Hatte sie dafür noch Zeit?
„Hallo, Karin?" Die Anruferin war völlig aufgelöst. „Die haben den Schlüssel für unsere Hütte am Feldberg geholt und dort alles auf den Kopf gestellt. Was ist da los?"

Daran hatte sie gar nicht gedacht. Sie hätte ihre neue Freundin ja informieren können. Da war Scholl schneller und cleverer. Sie wäre einfach hochgefahren und hätte sich rings um die Hütte umgeschaut. Er ging jedoch gleich rein.
„Sorry, dass ich dich nicht vorab informiert habe. Es ging heute etwas turbulent zu. Wir bekamen einen Hinweis, dass man die drei vielleicht dort festhalten würde."
Es klingelte an der Haustüre und Annabelle meinte: „Ist aber okay. Wir müssen alle Möglichkeiten in Betracht ziehen." Karin atmete auf der anderen Seite hörbar durch: „Okay!"
Annabelle erklärte, dass es gerade sehr ungünstig sei und sie sich morgen noch mal melden würde. Sie hatte zwischenzeitlich die Haustüre geöffnet und Katrin kam, gefolgt von Andreas, herein. Sie setzte sich aufs Sofa und starrte an die Decke. Ihr Liebhaber ergriff das Wort: „Sie sind

zurückgekommen. Diese Typen aus dem…", Annabelle winkte ab. „Ich weiß. Sie haben mir schon euer Video geschickt."
Katrin wurde laut: „Waaas? Wieso dir? Was läuft hier?"
Annabelle wartete kurz und berichtete dann: „Sie haben mich heute auf dem Revier abgepasst und bedroht. Kurz darauf erhielt ich die Fotos von eurem gestrigen Ausflug. Deshalb habe ich dir die Warnung geschickt und versucht dich anzurufen."
Katrin nickte, Annabelle sah, dass sie am ganzen Körper zitterte. Sie ging zu ihr und nahm sie in den Arm. Da klingelte ihr Handy erneut.
Scholl war dran und kam gleich auf den Punkt: „Zu schön um wahr zu sein. Leider falscher Alarm. Aber wir werden noch weitere Hütten überprüfen. Die Idee war nicht schlecht."
Obwohl sie noch nichts gesagt hatte, fragte er: „Alles klar bei Ihnen?" War ihr anzumerken, dass etwas nicht stimmte oder hatte auch er schon wieder die Bilder bekommen.
„Passt! Ich habe gerade Besuch. Können wir den Rest morgen besprechen?" Er stimmte zu und legte auf.
Andreas fragte: „Was machen wir jetzt? Kann ich nach Hause?"
Annabelle war erstaunt. Er machte sich doch tatsächlich Sorgen, ob er zu seiner Familie könnte? Ob man Katrin alleine lassen kann, daran dachte gerade niemand? Hatte er überhaupt ein Gespür für seine Geliebte, die immer noch am ganzen Körper zitterte?
„Ja klar. Geh und lass dir nichts anmerken." Er nickte und ging, ohne nochmal den Blickkontakt mit seiner Affäre zu suchen.

Annabelle streichelte der Kollegin über den Arm und meinte: „Du schläfst bei mir. Wir sollten ab jetzt zusammenbleiben. Kannst du die Geschichte von vorhin wegstecken?“
Während sie noch überlegte, was für eine blöde Frage das war, nickte Katrin bereits: „Ja, passt. Hast du mir ein Bier?“
Annabelle grinste, verschwand in der Küche und kam mit zwei Bier und einer Flasche Schnaps zurück. „Vielleicht brauchen wir noch stärkere Anti-Traumata.“
Sie tranken und Katrin erzählte im Detail, wie sie gestern eine neue Seite an Andreas entdeckt habe und sich noch einmal auf das erweiterte Abenteuer einlassen wollte. Dann beschrieb sie die vier Typen, wie sie aus dem Gebüsch kamen und Andreas sofort ihre Gestik und Stimmen erkannte. Wie sie bewaffnet waren und … Sie stotterte am Schluss und die Stimme senkte sich, worauf Annabelle übernahm: „Ich kenne den Rest vom Film. Alles halb so wild und du hast nichts zu verlieren.“

Sie überlegte weiter, ob die junge Kollegin in Sicherheit gebracht werden müsste. Nein, sie und Katrin brauchten sich jetzt, zum beiderseitigen Schutz.
Angst keimte auf, den vier Typen nicht gewachsen zu sein. Sie würden Annabelle entführen, vergewaltigen und dann womöglich umbringen. Waren sie dazu imstande oder wollte ihr nur jemand Angst machen? Sie so weit in die Panik und Defensive drängen, dass die Beamtinnen etwas nicht weiterverfolgen konnten. Aber was und wem waren sie auf der Spur?
Ihr war mulmig zumute, als sie Katrin erklärte: „Wenn du dich stark genug fühlst, sollten wir zusammenbleiben. Du ziehst bei mir ein, bis wir die vier zur Strecke gebracht

haben. Glaub mir, wir packen das und die Jungs werden um Gnade winseln. Dieses Mal haben sich die Typen mit den Falschen angelegt."

Sie kippten noch ein paar Bier und Schnäpse, verpassten dadurch aber auch das neuste Video im Netz.

33.

Am Dienstagmorgen gingen die beiden Damen, nachdem sie gefrühstückt hatten, auf das Revier.
Andreas war schon da, ging Katrin aber aus dem Weg. Stattdessen kam ein anderer Kollege und wies darauf hin, dass das nächste Video im Netz stehe. Auch die Nachrichten hätten gestern Abend auf den Kanal hingewiesen. Egal, ob Radio, Fernseher oder Presse, die Videos waren überall präsent. Es tobe ein Shitstorm im Netz und man könne nur hoffen, dass die drei nicht mehr aus der Gefangenschaft rauskommen. Dies war jedenfalls seine persönliche Meinung.

Annabelle startete das Video

Die drei saßen am Tisch und unterhielten sich darüber, wie sie vor wenigen Jahren eine Firma in den Ruin getrieben hatten. Der Landrat hatte sich darum bemüht und wurde als Insolvenzverwalter eingesetzt. Das Unternehmen wurde zerschlagen, 400 Leute auf die Straße gesetzt und abschließend gab der Politiker damit an, was ihm diese Aktion persönlich an Geld eingespielt hatte. Blank bestätigte, dass auch die Bank gut wegkam, da Greitmann die Fäden richtig gezogen hatte.
Das Video war prädestiniert, um viel Häme auf zwei der Herren zu werfen. Annabelle ging gleich weiter zum nächsten Film, der offensichtlich die Vergangenheit betraf.
Ein Lehrer wurde wegen Geldunterschlagung gefeuert. Alles nur, da er Tina ein paar Mal an der Schulter angefasst

hatte. Sie empfand das als Anmache und beschloss, dass er weg muss.
Es wurde bis ins Detail beschrieben, wie sie ihm das Unterschlagen der Kasse für das Landschulheim angehängt hatten. Nur durch die Spende der Väter von Bergmann und Greitmann konnte die Klassenfahrt damals noch stattfinden. Natürlich fand man das Geld später beim Lehrer und konnte es zurückholen. Die Gönner spendeten es aber großzügig.
Im Anschluss an dieses Video kam ein Hinweis: Morgen würde die große Bombe platzen.

Es wurde immer offensichtlicher, dass der Entführer mit den Clips die Zuschauer anfeuern wollte. Im Netz und auf der Straße hörte man nichts anderes als aggressives Gerede über die drei Entführten und ihr skrupelloses Vorgehen. Für diese Gewissenlosigkeit konnte niemand Verständnis aufbringen

„Wenn die drei wüssten", meinte Annabelle, während ihr Telefon schon wieder klingelte.
Es war Karin, die sie nach dem Feierabend auf ein Glas Rotwein einlud. Es passte Annabelle überhaupt nicht, da sie Katrin alleine lassen müsste. Auch sie selbst wäre anfälliger, von den Jungs erwischt zu werden. Aber sie konnte Frau Bergmann nicht absagen, die heute sehr verzweifelt wirkte.

Also beschloss sie, dass Katrin heute die Nachtschicht zusätzlich unterstützen könnte und Annabelle dann später abholen sollte. Solange wäre die Kollegin auf dem Revier sicher.

Scholl meldete sich kurz und wollte ein Statement zu den Filmen. Ob Annabelle eine Vermutung habe, welches Video sie morgen zu sehen bekämen.
„Ich denke“, meinte sie, ohne sich viel Gedanken gemacht zu haben, „dass wir morgen den entscheidenden Hinweis auf den Täter bekommen.“

Die beiden Beamtinnen sahen sich danach die Videos noch mehrmals an und hatten einen neuen Einfall.
Also meldete sich Annabelle noch mal beim Kripochef.
„Herr Scholl, mir ist da noch ein Gedanke gekommen. Wir könnten einen Aufruf starten, dass sich die Leute auf den Raum konzentrieren sollten, in dem die drei gefangen gehalten werden. Jemand muss diesen Raum doch kennen. Vielleicht schauen Leute zu, die das bisher einfach nicht beachtet haben. Ich bin mir immer noch sicher, dass die Herren irgendwo hier in der Nähe festsitzen. Ganz nah bei uns, aber wir sind blind und übersehen was.“
„Ein sehr guter Ansatz. Vielleicht schauen tatsächlich Menschen zu, die sich nur auf das Gesprochene konzentrieren, aber nicht den Raum im Blick haben. Ich gebe das so an die Nachrichtensender weiter, damit wir einen großen öffentlichen Aufruf machen können. Danke für den Hinweis.“

Annabelle schickte diesen Gedanken parallel an die ihr bekannten Waldhüter und Jäger, mit der Bitte, es über alle Kanäle abzufragen. Dann war es 18 Uhr und sie verabschiedete sich von Katrin, die im Büro weiter recherchieren wollte.

Sie lief zurück zur Wohnung, erkannte dabei aber nicht, dass ihr jemand auf den Fersen war. Sie ging über den Zebrastreifen und kam in den kleinen Park beim Schurthplatz. Bollermann stand plötzlich vor ihr. „Hallooo, Frau Kommissar. Wollen wir?“ Sie wunderte sich, dass er voranging. Sonst hielt er sich immer im Hintergrund und ließ die anderen die Drecksarbeit machen.
„Was wollen wir denn, mein Anwaltssöhnchen?“
„Kapitel zwei starten? Ich würde sagen, dass wir heute Kapitel zwei und drei zusammenfassen könnten. Dann musst dich nicht zwei Mal nackig machen. Ist ja nicht unbedingt warm hier draußen.“
Sie bekam ein mulmiges Gefühl. Er hatte etwas an sich, das ihn gefährlich wirken ließ. Ganz anders als die Typen, die man einfach aufs Kreuz legen konnte, wenn sie einen nervten. Dieser junge Mann, sie kannte nicht mal seinen Vornamen, war gefährlich. Zumal er nur im Rudel auftrat.
„Wo sind deine Jungs? Du hast alleine doch nicht den Mumm, dich mir in den Weg zu stellen.“
Er grinste: „Da hast du recht. Die wollen aber erst sehen, ob du mir eine schlagen würdest. Ein bisschen als Anreiz, damit es sich auch lohnt, dir weh zu tun. Mit netten Menschen macht das keinen Spaß. Oder?“ Jetzt erkannte sie ein gewisses Unbehagen in seinen Augen. Er wirkte, als würde man ihn unter Druck setzen, damit er das Arschloch spielen sollte.
„Warum sollte ich dich schlagen? Du bist doch tief im Kern ein netter Junge.“
„Das täuscht!“ Mit der Antwort schleuderte er seine Rechte in ihr Gesicht. Zumindest versuchte die Faust im Zentrum zu landen, verfehlte aber ihr Ziel. Ein kurzes Handgemenge

folgte, bis er auf dem Bauch lag und vom Polizeigriff fixiert, ihr Knie im Rücken spürte.
Dadurch abgelenkt bemerkte Annabelle die sich von hinten annähernden Gegner nicht. Die beiden klickten ihr blitzschnell Armreifen an die Handgelenke, woran Seile hingen. Ihr gelang es nicht mal nach ihnen zu schnappen, als sie von Bollermann runter gestoßen wurde und die beiden vorbeirennen sah.
Während sie auf dem Bauch landete, legte ihr der Anwaltssohn eine Fessel am rechten Fuß an. Sie sprang auf, wurde aber sofort wieder zu Boden gerissen. Annabelle stürzte und blieb beim zweiten Mal auf dem Bauch liegen.
Von hinten wurde ihr ein Sack über den Kopf gestülpt, danach ihre Arme auf dem Rücken fixiert.
Sie spürte, wie sie in einen Transporter gezogen wurde, in dem man sie an irgendetwas fesselte. Der Wagen startete und eine unbekannte Stimme flüsterte ihr ins Ohr. „Kapitel zwei und drei sind gestartet. Von mir bekommst du Schlampe den Stempel.“ Sie hörte ihn lachen und glaubte, dass die Person neben ihr sitzen blieb, während sich der Transporter in Bewegung setzte.

Annabelle hoffte, dass nur sie es riechen konnte: Angstschweiß, den es aus allen Poren drückte. Sie versuchte das Schluchzen zu unterdrücken und sich zu konzentrieren. Die Jungs durften keine Genugtuung erfahren. Die Luft wurde unter dem Sack etwas knapp, was das Denkvermögen einschränkte, während ihr die erste Träne herunterlief. Sie war den Jungs wehrlos ausgeliefert.
Was war denn nun Kapitel zwei und drei? Vergewaltigung wäre Kapitel vier. Das hatte sie sich gemerkt. Würde sie

davor noch mal freikommen? Sie war Polizistin, konnte sich aber nicht gegen diese Bande wehren? Sie setzten sich über das Gesetz hinweg und wurden am Schluss vom Anwalt rausgeboxt, weil man ihnen nichts beweisen konnte?
Sie roch ihren Angstschweiß immer stärker und hoffte, diese Typen damit nicht noch anzuheizen.

34. Im Verlies

Die letzten Videos hatten den Entführer nicht überzeugt. Nach dem Film um die Firmenpleite und dem zweiten, in dem gezeigt wurde, wie die drei früher mit ihren Lehrern umgingen, musste er den Hinweis anhängen, dass die Bombe am nächsten Tag platzen würde. Er spürte, dass sein Geheimnis in dieser Nacht gelüftet würde. Je mehr der Wein am Sonntagabend im Verlies floss, desto lockerer wurden die Zungen der Gefangenen.

„Wer hat Tina zur Flucht verholfen?“ Die Frage kam von Blank, worauf ihn Bergmann schräg anschaute, während Greitmann mit seinem neuen Stummel spielte.

„Wie kommst du darauf, dass ihr jemand zu Flucht verholfen hat?“

Blank verzog das Gesicht: „Spielen wir jetzt mit offenen Karten oder taktieren wir weiter?“

Alle zuckten mit den Schultern und Greitmann schrie plötzlich die Türe an: „Warum willst du das wissen? Wer bist du?“ Natürlich rechnete er nicht mit einer Antwort. Stattdessen kam ein weiterer Zettel und Blank las wieder vor.

„Lasst euch Zeit! Die Geschichte eilt nicht. Bin schon fasziniert, dass ihr ...“. Er stockte kurz und wollte nicht weiterlesen. „Was ist los? Was steht da?“

„Da steht, dass er fasziniert ist, dass wir uns gegenseitig die Finger abschneiden.“ Alle sahen sich an und Blank las weiter. „Wenn ich die Geschichte heute noch nicht bekomme, dann erwarte ich als Gegenleistung bis morgen ein abgetrenntes Ohr. Von wem, ist mir dieses Mal egal.“

Die drei murmelten durcheinander und Greitmann rief plötzlich: „Schnauze!"
Es wurde ruhig und er fuhr fort. „Der will uns gegeneinander aufbringen. Keiner von euch würde mir den Finger abschneiden. Also, lassen wir uns jetzt nicht verarschen. Wir sollten aber Nachtwache halten, damit er nicht reinkommt und uns das Ohr selbst abbeißt. Ich traue dem alles zu."
Sie überlegten und Blank fragte: „Wollen wir nicht einfach die Geschichte aufarbeiten? Geben wir ihm, was er haben will. Vielleicht kommen wir so dahinter, wer uns entführt hat."
Greitmann: „Ändert das was? Ich glaube nicht, dass ich jemanden kenne, der mir den Finger abschneidet oder ein Ohr abbeißen würde. Er möchte, dass wir Angst haben. Diese Befriedigung werde ich ihm nicht geben."

Blank kam ins Grübeln. Wenn er die Kollegen anfüttern würde, unterstützte dies vielleicht ihre Bereitschaft, sich schneller zu erinnern? Er musste es versuchen: „Ich habe euch nicht alles erzählt. Das Letzte, an was ich mich erinnern kann, bevor ich hier aufgewacht bin..?" Er machte eine kurze Pause und die anderen drängten, dass er weitererzählen soll. „Ich kann mich daran erinnern, dass ich bei Altmeier ins Auto gestiegen bin."
„Konrad Altmeier? Unser ehemaliger Lehrer und mein Nachbar?" Greitmann konnte es nicht glauben. „Und dann?"
Blank versuchte sich zu konzentrieren. „Ich meine, dass er ausgestiegen ist und ein Paket holen wollte, worin sich Beweise zur Unfallnacht auf dem Boot befanden. Die Nacht, in der Tina offensichtlich ermordet wurde."

„Und dann?“ Bergmann wurde ungeduldig. „Dann gingen die Lichter aus und ich bin hier drin aufgewacht.“
Bergmann schnipste mit den Fingern: „Ihr wisst, dass Tina Altmeier erpresst hat? Sie hatte sich mit unserem Lehrer eingelassen und behauptet, von ihm ein Baby zu bekommen.“
Blank war überrascht, zumal Greitmann auch zustimmend nickte und davon wusste.
„Er hat ihr Geld für die Abtreibung gegeben. Dreißigtausend Mark. Der Rest war Schweigegeld.
Blank: „Sie war mit Altmeier im Bett. Tina war damals ja gerade mal siebzehn, oder?“
Greitmann schüttelte den Kopf. Wir hatten ihm Drogen ins Trinken getan. So ein Zeug, das einem die Sinne vernebelt. Tina hat dann vor ihm gestrippt und er hat ihr an den Busen gefasst. Seine Zunge schaffte es auch noch bis dahin und dann lag er auf dem Boden. Die Augen geöffnet, schwer atmend und nicht mehr klar, was um ihn herum passiert.“
„Und dann?“ Blank wirkte empört. „Dann hat sie mir die Türe geöffnet und wir beide haben es auf seinem Sofa getrieben. Uns war nicht bewusst, dass es tatsächlich funktionieren würde. Besser gesagt, kam die Idee zur Erpressung erst, als er sie zwei Tage später zur Seite nahm und fragte, ob es zum Geschlechtsverkehr gekommen sei. Sie antwortete ihm spontan, dass es eine wahnsinnige Nacht gewesen sei, sie aber mit niemandem darüber reden würde. Ein paar Wochen später organisierten wir uns einen positiven Schwangerschaftstest, den sie ihm ganz übermütig in die Hand drückte.“
Greitmann musste kurz überlegen, bevor er weitersprach. „Altmeier wurde nervös. Er würde alles verlieren. Der

angesehene und unbescholtene Studienrat hat sich vergriffen, an einer Minderjährigen."
Greitmann räusperte sich noch mal. „Es war die Idee von Altmeier, dass sie abtreiben soll. Er würde es bezahlen und packte noch was drauf, um sein schlechtes Gewissen zu beruhigen."
Bergmann übernahm an dieser Stelle: „Ab jetzt war ich mit im Spiel. Die Geschichte, was auf dem Boot passieren könnte und wir es Altmeier in die Schuhe schieben wollten, wurde geboren. Wir haben die Lebensversicherung von Tina erhöht, wobei uns ihre Mutter half. Sie hatte kein besonders tolles Leben und mir wurde schnell klar, woher Tina ihre kriminelle Ader hatte."
Blank fragte nach: „Und warum dann Tischler?"

Die drei Herren waren mittlerweile so betrunken, dass sie gar nicht erkannten, wie weit sie ihrem Peiniger schon in die Karten gespielt hatten. Der wusste aber auch, dass er einem das Ohr abbeißen lassen würde. Und zwar noch in dieser Nacht. Seine Gier wurde so groß, dass er die Unterhaltung verlassen musste, um noch ein Skalpell zu organisieren. Nur zur Sicherheit, falls man nachschneiden müsste. Auch ein spezieller Verband wurde benötigt.
Er würde sich den Rest später anschauen. Die Herren waren so in Fahrt, dass sie die Geschichte nicht mehr stoppen würden.

35.

Der Geruch von eigenem Schweiß wollte sie nie mehr riechen müssen. Nun war sie aber wieder in der Situation und ärgerte sich. Sie hatte schon viel mitgemacht und deshalb zu kämpfen gelernt. Das Schlimmste für sie war immer noch die Wehrlosigkeit.
Sie hatte sich geschworen, dass niemals mehr eine Person Macht über sie bekommen dürfe. Hatte sie jetzt noch eine Wahl? Wenn Annabelle noch mal zu Samantha werden könnte und das Spiel annähme? *Versuch dich zu konzentrieren. Auch wenn es so aussieht, als würden sie dich beherrschen, kannst du immer noch den Spieß umdrehen. Aber wie? Sie können dich vergewaltigen, aber für dich sieht es so aus, als würdest du sie missbrauchen. So wie früher, als du Geld genommen hast und solche Typen kontrolliert hast.*

Der Transporter hielt an und eine Stimme flüsterte ihr ins Ohr: „Showtime Baby. Er streichelte ihr langsam über den Schenkel nach oben und sie spreizte die Beine. Ohne Angst in der Stimme vermuten zu lassen, sprach sie ebenfalls leise: „Ich kann es kaum erwarten, du Schlappschwanz."
Er zog sie am Seil aus dem Auto, worauf sie sich überschlug und auf dem Bauch liegen blieb. Unter dem Sack wurde die Luft immer dünner, ihr vom Sturz aufgeschlagenes Knie bemerkte sie kaum. Vielleicht würde sie ja ersticken und bekäme es gar nicht mehr mit, was die vier mit ihr anstellten.
Jemand stand mit dem Fuß auf ihrem Rücken und ihre Arme wurden auseinandergezogen. Sie wehrte sich nicht, da sie es ja so wollte. Nicht die vier Idioten entschieden,

sondern sie war Herr der Lage. Es gelang ihr allerdings nicht komplett ihre Angst in den Griff zu bekommen.
Von hinten zog ihr jemand die Hose runter. Sie spürte nicht mal, ob der Slip mit ab ging oder ob sie das Seidenteil noch anhatte.
„Ist die überhaupt noch bei Bewusstsein?" Könnte die Stimme von Bollermann sein, der sich aber verstellt anhörte. Vermutlich, da er jetzt auch eine Maske trug?
„Ich denke schon. Gerade nannte sie mich noch einen Schlappschwanz. Vom Gegenteil darf sich die Nutte gleich überzeugen."
Ihre Arme wurden jetzt über den Kopf nach oben gezogen, währen ihr jemand das Shirt auszog. Dabei ging auch der Sack ab und sie konnte die vier verkleideten Skelette sehen. Die Verlängerung der Handfessel wurde etwas oberhalb von ihrem Kopf an einem Baum festgebunden.
Einer kniete jetzt zu ihr runter und fasste mit der linken Hand in ihr Gesicht. Er drückte ihren Kiefer zusammen und drehte ihren Kopf zu sich, damit sie ihn ansehen musste. Mit der rechten Hand fummelte er an ihren Brüsten rum, wobei sie bemerkte, dass der BH noch an seinem Platz saß. Er zwickte mit den Fingernägeln ihre Brustwarzen, was schmerzte, sie sich aber nicht anmerken ließ.
Das Opfer erkannte dabei, dass die Augen des Zwickers funkelten und er offensichtlich einen Schmerz in ihrem Gesicht ablesen konnte.
Waren ihre Beine schon fixiert, oder könnte sie es noch versuchen, sich mit einer Rollbewegung über den Kopf zu befreien?
Mit Schrecken musste sie feststellen, dass der Typ ein Messer in der Hand hielt und ihr damit vom Kinn weiter zum

BH fuhr, der regelrecht aufplatzte. Sie hörte die anderen drei lachen und erkannte im Blickwinkel, wie einer die Szene filmte. Ein weiterer hielt einen Eimer in der Hand und kam auf sie zu.
Der riesige Dolch kam an der Hüfte an und schnitt den String durch. Der Handymann kniete jetzt zwischen ihren Beinen und versuchte wahrscheinlich das Messer einzufangen. Ihre Angst war kaum zu unterdrücken, was sie lauter atmen ließ. *Bitte nicht*, flehte sie innerlich und hoffte, dass die Bubis wussten, was sie taten? Irgendwie wirkten die vier plötzlich sehr unsicher, was die Sache für sie richtig gefährlich machte. Wenn einer von ihnen in seiner Geilheit jetzt den Fehler macht und ..? Sie durfte nicht an das Messer denken.
Annabelle sah es nicht kommen, da sie einfach nur in den Himmel blickte. Ihr Herz setzte fast aus und eine riesige Welle Gänsehaut überrollte sie. Sie schrie und die vier Männer lachten. Die Handykamera war nun ganz nah an ihrem Gesicht.
Während sie mit weit aufgerissenen Augen und Zähne knirschend zu verarbeiten versuchte, was diesen Schmerz gerade auslöste, kam der Kollege mit einem weiteren Eimer zurück. Hatten sie ihr Eiswasser übergegossen? Der Körper fing an taub zu werden.
Ihre Fußfesseln waren gerade nicht besetzt. Sie wartete, bis der Typ da war, stemmte sich dann ab und schleuderte ihm ihre Beine entgegen. Dieses Mal schrie er, weil sich die komplette Wasserladung über sein Skelett ergoss. Annabelle drehte sich auf den Bauch, schaffte es auf die Knie und wollte gerade aufstehen, als ihr beide Beine weggezogen wurden. Der nasse Peiniger beugte sich zu ihr und packte

sie an den Haaren. Dann blickte er sich um und sagte zu den Kollegen: „Okay! Ich mach´s!“
Ein kurzes Jubeln brach aus und sie glaubte, dass er heute der Glückliche sei, der sie vor der Kamera opfern dürfe: Der Held, der die Polizistin bändigt!

Während sie wieder auf den Rücken gedreht wurde, sah sie, wie der Kollege hinten einen Brenner anzuschalten versuchte. So ein Teil, mit dem man schweißen konnte? Oder war es nur ein Flammenwerfer um Grillkohle glühen zu lassen. Ein weiterer stand plötzlich ohne Hose neben ihr und kniete sich dann zwischen die wieder fixierten Beine.
„Spinnst du? Was soll das?“ Das war eindeutig die Stimme von Bollermann.
„Machen wir sie fertig. Sie zeigt keinerlei Reue oder Respekt. Ich möchte ihr das jetzt beibringen, bevor der ihr den Stempel aufdrückt.“
Bollermann riss ihn im letzten Moment von ihr weg. „Zieh die Hose wieder an. Es gibt einen klaren Plan und die Kapitel sind definiert. Du setzt alles aufs Spiel.“
Der andere baute sich vor ihm auf. Sicher einen Kopf größer als das Anwaltssöhnchen, der gegen diesen Koloss keine Chance hätte.
Die Stimme Bollermanns war ruhig, aber energisch: „Ihren Respekt holen wir uns heute. Beim nächsten Mal wird sie flehen und winseln. Wenn die Schlampe erkennt, dass wir ihren Körper und ihr Ego beherrschen. Wir bleiben im Plan. Da gehört der Stempel heute auch noch nicht her. Wir hatten eh vereinbart, dass der gemalt werden soll!“
Alle drei sahen zu ihm rüber. „Das ziehen wir jetzt durch. Wir stempeln unser Eigentum. Was ist los mit dir?“

Er nickte es ab, was ihr wahrscheinlich die vorzeitige Vergewaltigung ersparen würde. Denn es hörte sich wie ein still akzeptierter Kompromiss an. Kein Sex aber…? Von was für einem Stempel redeten die Idioten?
Der Kollege mit dem Brenner kam jetzt auf sie zu und hielt eine Eisenstange in der Hand. Vorne war ein rundes Teil drauf, was sie als großes Geldstück einzuordnen versuchte. Der Typ, der gerade noch ohne Hose vor ihr gekniet hatte. hielt einen Eimer in der Hand.
„Und wenn sie draufgeht?" Die Frage kam von dem Mann mit der Eisenstange. „Dann springt ihre Kollegin für Teil vier ein. Kapitel fünf wäre dann heute ja abgeschlossen." Es war wieder nicht die Stimme von Bollermann. Sie glaubte aber Angst in dessen Augen zu sehen. Warum er? Ich habe doch Grund, mich zu fürchten. Spürte der Anführer, dass es aus dem Ruder lief?

Annabelle biss sich auf die Zähne und redete sich ein: „Los, Sam, du packst das. Diese Aktion wird dir die Kraft geben, es den Jungs heimzuzahlen".

„Wohin brenne ich unsere Initialen jetzt überhaupt?"
Der Mann an der Kamera lachte: „Initialen in Genitalien!" Drei fingen an zu lachen und die Bollermannstimme wirkte empört: „Dreht ihr jetzt komplett durch? Ich habe langsam das Gefühl, dass ihr etwas krank im Kopf geworden seid?"

Annabelle spürte die Verunsicherung unter den Kollegen. Sie gingen gerade weiter, als sie es geplant hatten. Es hatte sich aus der Entführung eine Dynamik entwickelt und ihre

Fantasien machten aus den Jungs Tiere. Sie musste die Bubis von der nächsten Dummheit abhalten.
„Macht keinen Quatsch. Verstümmelung wird euch lebenslänglich in den Knast bringen. Dieses Filmmaterial ließe sich auch nicht mehr verkaufen. Viel zu gefährlich, dass man euch erwischen könnte. Bis zu dem Punkt fand ich die Entführung noch akzeptabel. Ihr hattet euren Spaß und ich lebe noch. Lasst mich laufen und löscht…" während dem Reden beobachtete sie, wie sich der Kameramann über sie beugte und ein zweiter mit dem Eisen zwischen ihren Beinen stand.
„Macht jetzt keinen…", sie flehte vergeblich. Es zischte, während gleichzeitig Eiswasser über sie schwappte.
Sie schrie: „Aaaaaahhhh, grrrrrrr, Scheiiiiiiißeeeee!"
Die vier Jungs standen dagegen um sie rum und betrachteten den Brandfleck. Sie hob Kopf und Hüfte gleichzeitig an. Ihr Körper brannte überall und Tränen liefen ihr übers Gesicht. Dieser Schmerz war einfach zu groß um ihn kontrollieren zu können. Sie sah aber auch, dass ihr die Wunde zwischen Bauchnabel und Schambereich zugefügt wurde.
Drei der Jungs rannten zum Wagen, während einer noch zögerte. Er sah sich um und zog dann etwas aus seiner Tasche. Sie erkannte ihr Handy, das sie ihr vorhin abgenommen hatten. Er legte es vorsichtig neben ihr ab und rannte dann ebenfalls zum Transporter, nachdem er zuvor ihre Fußfesseln mit einem kurzen Ruck gelöst hatte.
Annabelle blieb regungslos liegen, damit niemand bemerken konnte, dass sie teilweise frei war. Dann brauste der Wagen davon. Sie zog die Knie an und drehte sich auf den Bauch, bemüht, die Wunde nicht zu beschmutzen. Die Tränen rannten und ihr Körper krümmte sich vor Schmerzen. Sie sah, dass die Brandblasen zu bluten begannen.

Nach ein paar Minuten versuchte sie auf allen vieren vor zu kriechen, um endlich aufzustehen. Am Baum löste sie das Seil und betrachtete dann ihre Wunde genauer. Vier Buchstaben unterhalb ihres Bauchnabels, die verdammt schmerzten. Sie schlüpfte in ihre Jeans, die vorne offenblieb und zog dann ihr Shirt über.
Die Schuhe angezogen, probierte sie zum Feldweg zu gehen, wo vor wenigen Minuten noch der Van stand.

Wo war sie? Sie ging den Weg weiter, kam an eine Straße, die ihr bekannt vorkam. Schon den Parkplatz am Friedwald erkannte sie und überlegte, ob die ihr Opfer tatsächlich an diesem Ort…? Sie schüttelte dabei nur mit dem Kopf und wählte Katrins Nummer.
„He, Boss. Kann ich dich holen?"
„Ja. Aber am Parkplatz zum Friedwald bei Kleineisenbach. Ich wurde gerade von unseren neuen Freunden gepeinigt."
Während sie selbst über ihren kühlen Ton irritiert war, hörte sie nur noch: „Waaaas? Ich komme. Halt bitte durch!"
Die Leitung klickte und Annabelle sackte noch mal auf die Knie. Sie war völlig erledigt und kraftlos. Die Jungs hatten ihr gerade den Zahn gezogen und wussten dies auch.
„Neiiiiiin! Verdammt noch mal! Neiiiiin!" Sie stand auf, griff nach einem Ast und prügelte damit auf das Gebüsch ein. Wäre einer von den Skeletten dort gestanden, er hätte es nicht überlebt. Sie richtete sich auf, die Hände zum Himmel gestreckt und brüllte in die Nacht: „Ich mach´ euch feeeeertiiiiig!"

Bevor Katrin ankam, rief Annabelle ihre neue Cego-Freundin an, die glücklicherweise heute Dienst hatte und erklärte mit wenigen Worten etwas von Überfall und Brandverletzung. Claudia antwortet nur: „Wann kannst du hier im Krankenhaus sein? Ich hole dich unten am Empfang ab.“

„Zehn Minuten!“ Die Leitung klickte und Katrin kam angerast.

36. Im Verlies

Die Herren im Verlies kamen immer mehr in Erzähllaune. Greitmann zeigte sich stolz darauf, wie er Altmeier damals verarschen konnte. Zusammen mit Tina und mit Unterstützung von Bergmann täuschten sie den Lehrer und ließen ihn glauben, dass er eine Schülerin geschwängert habe.
„Wir wollten Altmeier die tote oder vermisste Tina tatsächlich in die Schuhe schieben. Aber wie hätten wir ihn aufs Boot bekommen sollen? Der Plan stand zwar, aber nachdem mir Tischler ins Gesicht geschlagen hatte….“, es gab eine kurze Pause und die beiden Kollegen versuchten sich zu erinnern.
Blank besann sich als Erster: „Du hattest seine Schwester ein hässliches Pummelchen genannt, die wohl dafür bezahlen müsste, wenn sie von jemandem gevögelt werden möchte.“ Alle drei lachten und der Alkoholpegel war deutlich gestiegen.

Bergmann besann sich jetzt auch: „Da ist er wirklich ausgeflippt. Ich hatte Sorge, dass er dich totschlägt.“
Greitmann lachte: „Sie war aber auch ein hässlicher Vogel. Puh!“ Er schüttelte sich.
Blank ärgerte sich, dass er bei diesem Thema mitlästern musste, wollte sich aber nicht verdächtig machen und warf seine Meinung mit in die Runde: „Mit der Ohrfeige bist du noch gut weggekommen. Er hat dich danach noch gegen die Wand gedrückt und dir was ins Ohr geflüstert?“
Greitmann überlegte: „Ich glaube, dass ich noch dafür bezahlen müsste. Diese Beleidigung hätte noch Konsequenzen. So was in der Art hat er gesagt.“

Es wurde still und alle schienen den gleichen Gedanken zu hegen, den Blank dann verwarf: „Er ist tot. Tischler kann es nicht sein. Seine Schwester aber..?“
Jetzt sah sich Bergmann an der Reihe: „Die Familie hat ihn nach dem Mordgeständnis verstoßen. Ich glaube nicht, dass ihn jemals einer von ihnen besucht hat. Der Ruf der Familie stand auf dem Spiel, weshalb sich alle, einschließlich des hässlichen Entleins, von ihm distanzierten. Weiß jemand, was aus ihr geworden ist?“
Alle schüttelten den Kopf und Blank meinte: „Ich glaube, dass sie bald nach der Verurteilung gemeinsam weggezogen sind. Neuer Job für den Papa und tschüss.“

„Okay“, Blank kam jetzt wieder zum Thema zurück, „du wolltest also mit ihm abrechnen.“
Greitmann nickte: „Tina half mir dabei. Sie war ebenfalls sauer, dass er mir eine geballert hatte. Es war ihre Idee, Altmeier gegen Tischler auszutauschen. Die Lebensversicherung würde so oder so zahlen.“
Jetzt blickte er zu Blank und meinte: „Deshalb klappte es übrigens mit der Verwirklichung der ersten Idee nicht. Wir hatten keine Ahnung, dass die Versicherung bei Selbstmord nicht zahlen würde. Dieser Gedanke kam uns nämlich zwischendurch mal, als wir daran zweifelten, es Altmeier unterzujubeln zu können. Deshalb hat dir Tina wahrscheinlich vom geplanten Selbstmord erzählt.“
Er machte eine kurze Pause und ergänzte: „Sie mochte dich und hätte dich gerne in den Plan eingeweiht. Wir hielten sie jedoch davon ab.“

Blank nickte: „Ich hatte später tatsächlich noch mal Kontakt zu ihr. Ich wusste also auch, dass sie nicht tot war. Aber ich hätte niemals den Mumm gehabt, mich gegen einen von euch aufzulehnen. Vor allem war es mir zu heiß, da es um fünfhunderttausend Mark ging. Wenn diese Information von ihr stimmte."
Greitmann sah etwas verwirrt zu Bergmann rüber, als er hörte, dass der Banker von Tinas Vortäuschung wusste, kam dann aber auf den Punkt zurück: „Tinas Mutter war ziemlich abgebrannt, was außer Florian," er deutete auf Bergmann, „und mir niemand wissen sollte. Wie abgezockt das Töchterchen war, braucht dir ja niemand zu erklären. Sie hatte die Idee sowie den passenden Plan und bat uns, dass wir ihr helfen sollten."
Blank hob den Zeigefinger, als wollte er eine Frage anmelden: „Und die Versicherung wurde nicht misstrauisch?"
Bergmann: „Es gab tatsächlich Komplikationen. Allerdings hat uns mein Vater geholfen. Wenn ich ehrlich bin, dann geschah das dem Versicherungsvertreter aber auch gerade recht! Wir hatten zweihunderttausend als Summe geplant. Der versuchte Tinas Mutter jedoch zu ermuntern, auf fünfhunderttausend zu gehen. Wahrscheinlich wegen der Provision. Es wäre noch eine Kapitalbildung dabei gewesen, weshalb er es als Altersvorsorge der Tochter zu verkaufen versuchte."
Greitmann: „Tinas Mutter hätte die Prämien gar nicht zahlen können. Wir mussten ihr die vier Monate vorstrecken."
Blank: „Und was habt ihr davon bekommen?" Die beiden blickten sich an und Bergmann meinte: „jeder fünfzigtausend." Der Banker schüttelte mit dem Kopf: „Ihr wart gerade mal achtzehn Jahre alt."

„So ist es! Schöne alte Zeit." Bergmann legte bei diesem Satz einen träumerischen Blick auf.
Blank wollte dagegen wissen: „Und was ist dann in der Nacht passiert?"
Greitmann, der sich immer wieder seinen Stummelfinger massierte, fing mit der Erzählung an: „Tina zapfte sich die Wochen davor immer wieder selbst Blut ab. Sie hatte über einen Liter dabei, als wir auf das Boot gingen. „Du" er deutete mit dem Kopf zu Blank, „und Klaus, ihr habt dann einen Cocktail bekommen. Den gleichen wie Altmaier, als er Tina vermeintlich schwängerte."
Bergmann schüttelte den Kopf, während er betonte: „Teufelszeug."
Greitmann fing an laut zu lachen und übernahm dann wieder: „Wir sind in Radolfzell aus dem Hafen gefahren, haben die Enge bei Konstanz passiert und sind dann raus, mitten auf den See."
Er blickte Blank an und fragte dann: „Mich würde interessieren, wie deine Wahrnehmung war. An was kannst du dich erinnern?"
Blank versuchte sich zu konzentrieren: „An die Fahrt, so wie du sie gerade beschrieben hast, kann ich mich noch erinnern. In Konstanz wollten wir Mädels zusteigen lassen, worauf du" er deutete auf Greitmann, „plötzlich keinen Bock mehr hattest."
Der Landrat hob zustimmend den Daumen und Blank kramte weiter in seiner Erinnerung. „Wir hatten ein paar Bierdosen gekippt und Burger gegessen. Tischler tanzte plötzlich nackt auf dem Boot und vorbeifahrende Segler hatten sich aufgeregt."

Bergmann schaltete sich ein: „War nicht direkt so geplant, spielte uns aber in die Karten. Diese Zeugen hatten später zu Protokoll gegeben, dass wir alle total zugedröhnt waren."
Blank nickte und versuchte sich weiter zu erinnern. Er hatte die Nacht bis heute verdrängt und nie den Mut aufgebracht, sich nochmal dorthin zurückzudenken. Heute, in Anbetracht der aussichtslosen Lage, gepaart mit mächtig Alkohol, lief sie wie ein Film vor ihm ab.
„Tina zog sich ebenfalls aus und wirkte total high. Sie tanzte mit Tischler, der sich nicht traute sie anzufassen, während Tina ihn total verrückt machte. Dann hatten sie Sex. Ich glaubte das jedenfalls so in Erinnerung zu haben. Vorne auf dem Vorschiff? Sie über die Reling gebückt und er von hinten…"
Seine Erzählung stoppte und er schüttelte sich. „Ich habe mich getäuscht. Vor allem wohl deshalb, weil ihr mir eine andere Geschichte erzählt habt. Zumindest mit Andeutungen mir eine andere Wahrheit suggeriert habt. Richtig?"
Beide nickten und Greitmann sagte: „Bis jetzt ist alles korrekt. Auch, dass du dich getäuscht hast."
Blank: „Das wart ihr beide, mit Tina vorne auf dem Vorschiff. Ich habe in der Zeit Tischler geholfen, der das halbe Schiff vollkotzte. Und ich dachte, dass das laute Stöhnen von Tina und Klaus kam."
„Geile Droge. Oder?" Greitmann strahlte, als er das sagte, und ergänzte: „Tischler hat das eben auch geglaubt. Tina hat sich nachher noch nackt auf ihn draufgesetzt und ein paar Posen gemacht. Ich erinnere mich, wie sie uns den Porno vorspielte und dabei immer wieder lachte, während Tischler ohnmächtig unter ihr lag. Zum Glück hatte er die Augen noch offen. Irgendwie gelang es ihm dabei, ein paar

Momente zu erhaschen. Es gab jedenfalls geile Fotos und kurze Filmsequenzen." An der Stelle wurde es ruhig im Raum. Jeder trank noch mal einen großen Schluck Wein.

„Und dann?" Blank hatte seine Erinnerung erzählt. Jetzt wollte er die Wahrheit wissen.

Greitmann: „Wir schleppten euch zwei unter Deck und fuhren Richtung Mainauer Bucht. Es war bereits dunkel, als wir nicht weit vom Ufer stoppten. Tina machte ihre Hände und Füße blutig und fasste möglichst viel auf dem Boot an. Dann ging sie über Bord und fuhr mit der Luftmatratze an Land, wo ihre Mutter auf sie gewartet hatte."

Bergmann übernahm jetzt und war total melancholisch: „Uns drei brannte das Herz. Tina hatte, wie wir beide auch, Tränen in den Augen. Wir mussten vereinbaren, uns nie mehr wiederzusehen. Gerade noch miteinander geschlafen und immer im Blick, dass es das letzte Mal sein würde. Sie musste für uns sterben."

Erneut wurde es still im Raum und Blank musste das erst mal verarbeiten. Vor allem der Schock kam ihm wieder in Erinnerung, als er damals am nächsten Morgen das viele Blut entdeckte und ernsthaft glaubte, dass Tischler die gemeinsame Freundin aufgeschlitzt haben soll.

„Den Rest des Blutes verteilten wir übrigens bei Tischler im Bett und an seinem Körper."

Greitmann kratzte sich am Kopf: „Es war alles perfekt geplant. Keine Ahnung, warum er plötzlich in der Psychiatrie ins Zweifeln kam? Er wollte den Prozess wieder aufrollen. Das hast du mitbekommen?"

Blank schüttelte verneinend den Kopf und Bergmann erklärte: „Es war, glaub ich mich zu erinnern, sechs oder sieben Jahre nach der Verurteilung. Er könne sich erinnern, dass er Tina gar nichts angetan habe. Ihm würde die besagte Nacht wieder klar vor Augen erscheinen und er möchte eine Aussage machen."

Blank bekam große Augen. Er hatte ihn selbst ein paar Mal besucht. Allerdings nicht mehr im Zeitraum der letzten Wochen vor dessen Tod. „Und dann?"

Greitmann: „Dann haben wir uns jemand dort gekauft, der ihm ein paar Medikamente gab, die eine Schizophrenie hervorrufen würden. Amphetamine, Cannabis, Halluzinogene und was weiß ich."

„Ihr habt was?" Blank war aufgebracht. Er, der sich als Einziger um Tischler kümmerte, obwohl ihm Bergmann und Greitmann zugesagt hatten, ihn so schnell wie möglich rauszuholen und dann finanziell abzusichern. Wie sie das anstellen wollten, darüber wunderte sich Blank damals schon.

Greitmann blickte ihn jetzt ernst an: „Meinst du, dass wir heute da wären, wo wir sind, wenn wir nicht ein paar Hindernisse beseitigt hätten?"

Der Bankier blickte ihn ruhig an: „Wenn du mit „heute da wären, wo wir sind" meinst, dass wir hier im Kerker festsitzen, dann muss ich dir zustimmen. Das habt ihr ganz toll gemacht. Ihr seid Psychopathen, die in die Klinik gehört hätten. Nicht Tischler."

Greitmann stand auf und stellte sich vor Blank: „Sieh mich an!"

Jetzt fing er auch noch an zu brüllen, worauf der Bankvorstand nur sagte: „Du kannst mir jetzt eine reinhauen und einfach gleich weiter machen, wie früher. Aber ich, das kannst du auch schriftlich haben, werde dir heute Nacht das Ohr abbeißen."

Greitmann bekam große Augen und Blank stand auf, ging am Landrat vorbei und brüllte die Türe an: „Hast du gehört. Ich mach es."
Bergmann wirkte ähnlich überrascht, wie sein großkotziger Freund: „Dreh jetzt nicht durch. Komm wieder runter und überleg genau, was du sagst. Ansonsten werden wir dir das Ohr absäbeln. Verstanden?"
Es gab ein kurzes Gerangel, in dem sich alle herumstießen. „Aufhören!" schrie Bergmann plötzlich. „Und hinsetzen. Alle kommen wir jetzt wieder runter. Sonst erreicht dieser kranke Typ, was er will."
Währenddessen schaute genau einen Stock über den Herren jemand in seinen kleinen Laptop. Er war mit der Entwicklung mehr als zufrieden. Er tippte eine Nachricht in sein Handy:

Darf ich mir mein Ohr holen? Heute Nacht?

Die Antwort kam wenige Minuten später:

Nach allem, was ich gerade gesehen habe, holen wir uns heute Nacht ein Ohr. Das muss sein!

Beim Lesen der Nachricht fing der Entführer an, seinen Plan vorzubereiten. Er spritzte in zwei von drei Bierdosen K.o.-Tropfen. Während er die Luke im Küchenboden öffnete und zum Kellerversteck runterstieg, wunderte er sich über sich selbst. Über die Sucht nach Schmerzen, die er den dreien zufügen wollte.

Im kleinen Vorraum stehend, öffnete er schnell die Türe, schob das Bier rein und schloss wieder ab. Ein Zettel lag bei den Dosen, den Blank wieder vorlas:

„Damit ist dann Schluss für heute. Wie ihr euch das morgige Mahl verdienen könnt, wisst ihr ja."

Er stapfte die Treppe hoch und bekam wieder dieses Stechen in die Brust. Es schien so, als würden die Medikamente nicht wirken.
Wieder vor dem Bildschirm sitzend, hoffte er, dass es nicht Blank wäre, der die Dose ohne Tropfen erwischen würde. Er hat mit dem Finger ganze Arbeit geleistet. Jetzt musste einer der anderen ran. Ob sie es schaffen würden, einem Menschen das Ohr abzubeißen?
Während der Kontrolle des manipulierten Elektroschockers, blickte er wieder auf den Bildschirm. Sie tranken brav aus den Dosen.
Es war ihm in diesem Moment auch egal, ob sie die Szenen aufzeichnen würden. Seinetwegen brauchte es nicht ins Netz. Genugtuung bereitete dem Entführer alleine, diese Schweinerei durchführen zu dürfen.

Seine Beobachtung ließ vermuten, dass Greitmann und Blank es sein müssten, die gleich vom Hocker fallen würden. Er richtete schon mal die Waffen und sein Kostüm. Noch wenige Minuten, bis er ein Ohr mit aus dem Raum nehmen würde? Eine Vorstellung, die er sich schon seit Tagen ausmalte.

Zur gleichen Zeit bereitete sein Herr den Film zum Senden vor. Die größte Schweinerei war endlich aufgeklärt.

37.

Katrin wurde nicht schlau daraus, was passiert war, da Annabelle auf der kurzen Fahrt hauptsächlich ihre Schmerzen beschrieb und etwas von eiskaltem Wasser erzählte. Sie bräuchte frische Wäsche, die ihr die Kollegin holen sollte.
Katrin ließ sie einfach reden, um den Schock nicht weiter zu verstärken. Ihr war klar, dass Annabelle sich gerade auf diese Weise sammelte und jetzt keine Zwischenfragen gebrauchen konnte.
Auf der Fahrt nahm Annabelle sogar das Handy und rief bei Karin Bergmann an. Sie entschuldigte sich bei ihr, dass sie den heutigen Termin platzen lassen müsse, da etwas Dienstliches dazwischengekommen sei.
Katrin schüttelte darüber nur den Kopf und setzte die Chefin dann direkt am Eingang vor dem Krankenhaus ab. Dann fuhr sie in die Wohnung, um die gewünschte Kleidung zu holen.

Claudia wartete bereits vor der Klinik und kam Annabelle entgegen. Sie führte die Patientin in einen kleinen Raum, in dem eine Liege und zwei Stühle standen. Drum herum ein paar Geräte, die für kleine OPs ausreichen sollten.
„Willst du es mir erzählen? Mein Gott, wer ist zu so etwas fähig?“ Claudia machte sich, nachdem die Hose unten war, an die Arbeit. Natürlich war ihr aufgefallen, dass Annabelle keine Unterwäsche trug. Sie sah auch das Zittern, was auf einen unterkühlten Körper deutete. „Können wir das später besprechen? Ich bin müde!“ Die Ärztin nickte und begann die Wunde zu desinfizieren.

Eine Kollegin kam zur Unterstützung, legte der Beamtin eine Infusion, bekam ein paar Anweisungen, was gespritzt werden sollte und Annabelle nickte auf der Liege weg. Nachdem Claudia mit der Versorgung zufrieden war, wurde die Cego-Kollegin auf Station gebracht. „Mal schauen, was die Nacht mit deiner Erinnerung macht?“ flüsterte sie vor sich hin.

Die Sonnenstrahlen drückten sich am nächsten Morgen durch das Fenster und Annabelle orientierte sich langsam. Zimmer mit Blick ins Grüne und ein Geruch, der auf ein Krankenhaus deuten ließ. Sie versuchte sich zu erinnern. Gefesselt, nackt, Messer, eiskaltes Wasser und...? Sie schob die Decke nach unten und begutachtete den Verband.
Schon ging die Türe auf und die Oberärztin kam rein. Zum Glück war sie alleine.
„Sehr gut. Du bist wach? Die Wunde konnten wir sauber verarzten, der Heilung steht nichts im Wege. Die Narben werden aber sicher heftig. Vielleicht kannst du es deinem Freund ja als Tattoo verkaufen, wenn es sich so entwickelt, wie ich es mir vorstelle.“ Sie zwinkerte dabei, da sie mit einem Spaß überleiten wollte.
„Möchtest du jetzt darüber reden? Wie ist das passiert?“
Annabelle überlegte, was sie sagen konnte, ohne viel Aufsehen zu erregen.
„Kannst du dich an den Überfall auf meine Kollegin im Badeparadies erinnern? K.o.-Tropfen?“ Claudia nickte und Annabelle erzählte weiter.
„Diese Typen sind zurückgekommen. Sie haben mich gestern verschleppt, gefesselt, mit Eiswasser übergossen und mir dann diesen Stempel aufgebrannt.“ Sie wunderte sich,

wie einfach es ihr fiel, darüber zu reden, während Claudia geschockt wirkte. „Die haben was? Sind die noch ganz dicht im Hirn? Was wirst du tun?“
Annabelle zwinkerte, als wäre dies ein normales Gespräch und der Vorfall würde überbewertet.
„Dienstlich werde ich nichts unternehmen. Zumindest ist das mein erster Gedanke, heute Morgen. Ich weiß aber, wer das Problem für mich aus der Welt schaffen wird.“
Sie stockte kurz und überlegte immer noch, ob sie mehr erzählen sollte. Sie versuchte deshalb, die Gedanken zu erklären und nicht über das weitere Vorgehen zu sprechen.
„Es kam zu keiner Vergewaltigung. Sie übten auch keinen psychischen Druck aus, dass ich hier etwas zu befürchten hätte, weshalb es, bis auf das Brandmal, für mich nicht sonderlich schlimm war. Die Jungs waren selbst verunsichert und haben nach einem Auftrag gehandelt. Von wem auch immer.“
Sie blickte die Oberärztin an, die nickend zu erkennen gab, dass sie noch folgen konnte. „Deshalb sollen sie eine Abreibung auf gleichem Niveau erhalten. Für mich ist es aber wichtig, den Auftraggeber zu finden, da ich dann vermutlich eine Spur zu unseren entführten Internetstars bekomme.“
„Wie? Du meinst, dass dieser Übergriff mit der Entführung zusammenhängt? Vor allem, du willst nichts gegen deine Peiniger unternehmen? Also nicht auf gesetzlicher Ebene?“
Annabelle schüttelte den Kopf: „Das würde nichts bringen. Ich habe keinerlei Beweise und diese Jungs, zumindest einer, sind auf Zack. Sie waren zudem maskiert. Außer Bollermann, als er mich im Park stoppte, könnte ich keinen beschreiben. Den Identifizierbaren habe ich dummerweise angegriffen, was vermutlich mit dem Handy festgehalten und

auf dem Film als verdrehte Wahrheit dargestellt würde. Auf dieses Prozedere und mir die Blöße gebend, dass ich mich von den Milchbubis peinigen lassen würde, fehlt mir die Lust! Kannst du dir vorstellen, was das für einen Shitstorm auslösen kann? Zudem habe ich eine Vergangenheit, die, wenn sie aufgedeckt wird, am Schluss ausgeschlachtet würde. Man könnte mir mein Verhalten als Provokation anlasten. Keine Chance, Claudia. Du weißt nun, was passiert ist und ich berufe mich auf deine ärztliche Schweigepflicht, von der du natürlich entbunden wirst, falls mir was passieren sollte. Immerhin ist es noch nicht ausgestanden und ich weiß nicht, ob ich meinen Gegenschlag organisiert bekomme, bevor die ihre letzte Phase einleiten."

Claudia sah sie nun fragend an: „Letzte Phase? Wie meinst du das?"

Annabelle dachte kurz nach: „Sie hatten mir den Überfall gestern angedroht. Dabei wurden noch zwei weitere Phasen angekündigt, die nun folgen müssten."

Die Oberärztin schüttelte empört den Kopf: „Ich glaube das nicht. Und wir müssen machtlos zusehen? Weißt du, was mich sehr ärgert? Eine Frau wird solchen Übergriffen ausgesetzt und darf sich nicht mal wehren? Wo leben wir denn?"

Annabelle stand auf, schlüpfte in ihren Jogginganzug und ging dann zu Claudia. „Ich nehme an, hiermit entlassen zu sein? Muss ich noch was ausfüllen?"

Claudia nahm sie in den Arm: „Ich regle das. Du bist ja Polizistin und kannst dich um die Anzeige selbst kümmern."

Annabelle zwinkerte zustimmend und die Oberärztin klopfte ihr auf die Schulter: „Wir könnten in Neustadt ein gutes Gespann werden. Ich habe dich schon bei unserem

ersten Zusammentreffen für deine taffe Art bewundert. Würde mich also sehr freuen, wenn du diesen Kampf gewinnst und wir bald was zusammen unternehmen könnten. Gerne auch außerhalb des Kartenspielens."
Sie atmete durch und ergänzte dann: „Wenn du Hilfe brauchst, dann melde dich. Ich bin gerne für dich da. Zum Prügeln eigne ich mich allerdings nicht."
Sie lächelten beide, aber der Ärztin war eine große Portion Skepsis anzumerken. Konnte ein Mensch das wegstecken, was Annabelle gestern durchmachen musste?
Vielleicht gelänge es ihr, die nächsten Tage den Schmerz durch Hass und Adrenalin zu unterdrücken. Doch es wird die Zeit kommen, wo sie es aufarbeiten müsste. Dabei würde sie ihr gerne helfen.

38.

Es war kurz nach 9 Uhr, als Annabelle auf dem Revier eintraf und Katrin sie sofort in die Arme nahm. „Willst du schon wieder arbeiten?"
Annabelle nickte und erzählte ihr das Gleiche nochmal, was Claudia gerade erfahren hatte. Katrin war noch geschockter, während Annabelle immer ruhiger wurde. Sie hatte die Szene in Gedanken mehrfach durchgespielt und nun zum zweiten Mal erzählt. Es gelang ihr, sich einzureden, dass dies ein Ausrutscher war, der nicht mehr passieren würde. Ihr wurde bewusst, dass sie ausgeliefert war und die Jungs alles hätten mit ihr machen können.

Während dieses Gedankens entdeckte sie ein Smartphone auf ihrem Tisch: „Was ist das?" Sie hob es hoch und Katrin schüttelte den Kopf: „Keine Ahnung. Mir gehört es nicht."
Also rief die irritierte Chefin am Empfang an. „Das hat heute früh jemand für dich abgegeben. Du hättest es bei ihm liegen lassen."
Annabelle inspizierte das Smartphone und nahm zum Schluss die Hülle ab. Auf der Rückseite war ein Zettel mit einem Code.
Gleich mal eingeschaltet, die Kombination eingegeben und siehe da, es war eine Nachricht drauf.

Können wir uns sehen? Wir müssen reden. Jan

„Katrin? Kennen wir einen Jan?" Die Kollegin schüttelte langsam den Kopf, fing dann aber gleich an in einer Akte zu

stöbern. „Aha! Wusste ich es doch, dass ich den Namen schon gelesen habe. Jan Bollermann!“
Hätte Annabelle fast selbst draufkommen können. Ohne lange zu überlegen, schrieb sie zurück.

Wann und wo?

Sie wollte zuerst noch schreiben - keine Spielchen- ließ es dann aber weg. Keine Angst zeigen, lautete nun ihre Devise.

Annabelles Computer war ebenfalls hochgefahren und sie entdeckte eine interne Nachricht von Andreas.

Gestern hat ein Jäger vom Feldberg für dich angerufen. Er ist sich sicher, nachdem er das Video der Entführten angeschaut habe, dass es die Hütte von Bergmann sein müsste. Ich hab dir vorhin schon eine Nachricht mit seinem Wortlaut gemailt.

Die Tür ging auf und Scholl stürmte in das Büro. Er blickte die Damen an, gab ein kurzes „Guten Morgen“ von sich und legte dann los. „Warum erreiche ich Sie nicht? Es gibt Neuigkeiten.“
Annabelle hatte ihr eigenes Handy noch gar nicht eingeschaltet, fühlte sich in diesem Moment aber auch überfordert. „Sorry, es ging bei uns gestern turbulent zu und mein Akku ist seit dem Abend leer. Was ist passiert?“
Scholl nahm ein Tablet aus der Tasche und zeigte den Damen einen kurzen Film. Ein Clip, der ihnen das Entsetzen in die Gesichter trieb und Katrin zum Würgen brachte.
„Verdammt“ brüllte Scholl. „Ich habe die Situation falsch eingeschätzt. Der Typ will, dass sie sich selbst umbringen.

Dies ist nur die erste Stufe und er legt ein hohes Tempo vor. Vielleicht hat er Angst, dass wir ihm auf den Fersen sind."
Die Damen mussten zuerst das Video verdauen, wie dem Landrat der Finger abgezwickt wurde. Dazu noch von seinem eigenen Kollegen. Was war da los?
Das zweite Video toppte die Sache mit dem Finger aber noch und Katrin rannte aus dem Büro. Bei diesem Film, musste sie sich übergeben.
„Und das ist im Netz? Wissen wir, ob der Landrat das überlebt hat? Wer ist der Schatten im Hintergrund?" Annabelle wurde ebenfalls übel, doch fand sie als Erste die Worte wieder.
Scholl schüttelte den Kopf: „Nein, das kam direkt zu uns aufs Revier. Dazu ein Vermerk, ob man das ins Netz stellen dürfe oder ob man sich damit strafbar machen würde? Der Typ ist total durchgeknallt. Denkt wohl, dass diese Nummer hier lustig ist? Wir haben das Video mehrfach unter die Lupe genommen und analysiert. Wir wissen nicht, wer der Schatten im Hintergrund ist, der den Baulöwen zu dieser Tat genötigt hat. Ob der Landrat den Biss überlebt hat, wissen wir ebenfalls nicht." Er schüttelte empört den Kopf und schwenkte dann um: „Allerdings hat er auch das aktuellste Video eingestellt. Ich denke, dass wir jetzt den Beweis haben, dass es mit der Vergangenheit zusammenhängt."

Annabelle rief es auf und sie sahen sich den Film an. „Die sind ja total betrunken" meinte Katrin, die sich ebenfalls hinter dem Bildschirm platziert hatte.
Als es fertig war, sahen sich die drei stumm an.

Scholl schüttelte den Kopf: „Sie hatten von Anfang an recht, Annabelle. Es geht um eine alte Geschichte. Nur frage ich mich gerade, wer an dieser Auflösung Interesse haben könnte, wenn dieser Tischler tot ist?“
Sie ließen den Film ein zweites Mal laufen und schüttelten immer wieder den Kopf ob der Dreistigkeit dieser Herren. Jemanden unschuldig ins Gefängnis bringen, dort hängen lassen und keine Reue zeigen, dass sich ihr Opfer das Leben genommen hat. Sogar nachgeholfen hatten sie indirekt, indem ein Mitarbeiter in der Psychiatrie bestochen wurde.
Scholl: „Ich denke, wäre ich dieser Tischler, würde mich dieses Wissen auch zum Mörder machen.“

Annabelle: „Der ist aber tot.“ Sie hatte bereits den zweiten Film aufgerufen, wo es darum ging, dass sie den Lehrer Altmeier mit der Schwangerschaft über den Tisch gezogen hatten und der dreißigtausend Mark zur Abtreibung beigesteuert hatte.

Annabelle hielt sich die Hände vor das Gesicht: „Hoffen wir mal, dass Altmeier das nicht zu sehen bekommt. Da verliert er jetzt, nach all den Jahren, sein Ansehen. Der arme Mann. Was wird seine Frau sagen?“

Katrin: „Warum? Es zeigt doch nur, dass sie ihn verarscht und ausgenommen haben. Er hat sich doch nichts zu Schulden kommen lassen.
Scholl: „Richtig. Das sehe ich auch so. Allerdings fällt er, zumindest aus meiner Sicht, wieder in den Bereich der Verdächtigen. Er war ein Betrogener und könnte hinter die Schweinerei gekommen sein.

Annabelle: „An seiner Stelle würde ich das aber trotzdem nicht ins Netz stellen. Es schadet ihm mehr, als dass es ihm hilft. Wäre er der Entführer oder daran beteiligt, dann hätte er diesen Film unterschlagen."

Während alle die ganzen Filme zu verarbeiten versuchten, rief Annabelle eine weitere Nachricht auf dem Bildschirm auf: „Ich habe noch was. Jetzt überschlagen sich langsam die Ereignisse."
Der Kripochef und Katrin lasen die Nachricht von Andreas gemeinsam, in der er ihr den Wortlaut des Telefonats mit dem Jäger gesendet hatte.
Scholl: „Die Hütte wurde untersucht. Das kann nicht sein. Haben wir die Nummer von Frau Bergmann irgendwo?"
Katrin suchte bereits, stellte die Verbindung her und Scholl nahm ihr sofort den Hörer aus der Hand.
„Frau Bergmann. Entschuldigung, dass ich Sie noch mal stören muss. Es geht erneut um Ihre Hütte am Feldberg. Wäre es möglich, dass ich persönlich noch mal einen Blick reinwerfen dürfte?" Er lauschte, wobei die Unternehmerin zu leise sprach, als dass die Mädels etwas hätten aufschnappen können. Allerdings zollten sie dann der Frage Respekt, die Scholl wohl gerade spontan eingefallen sein musste: „Das ist nett von Ihnen. Eine Frage hätte ich noch. Wissen Sie, ob es hier irgendwo eine baugleiche Hütte gibt. Eine, die Ihrer ähnelt oder vielleicht nach gleichem Plan gebaut wurde?" Erneut blieb es ruhig und er nickte ein paar Mal, bevor er sich verabschiedete.
„Sie muss sich Gedanken machen, glaubt aber, dass hier einige Hütten auf ähnlichen Kellern stehen könnten. Falls ihr

was einfällt, würde sie sich bei Annabelle melden, da sie ihre Nummer im Handy gespeichert hätte?"
Der Satz war als Frage formuliert, verlangte also nach Aufklärung, worauf Annabelle in nur wenigen Sätzen den Cegoabend erklärte. Obwohl er es bereits wusste, wurde die Stiftung und die gerade aufkommende Freundschaft noch mal erläutert. Dann stand sie auf.
„Wohin wollen Sie?" Auf die Frage des Kripochefs entgegnete Annabelle: „Auf den Feldberg? Die Hütte überprüfen? Bekommen wir den Schlüssel?"
Scholl winkte ab: „Gleich. Zuerst würde ich gerne noch mal alles auf den Punkt bringen, was wir bis jetzt haben. Es gibt nämlich noch weitere Erkenntnisse."

„Meiner Meinung nach" Scholl fing an, „hängt die Entführung mit dem vorgetäuschten Tod dieser Tina auf dem Boot zusammen, die ja noch lebt. Wir haben jetzt alle Fakten, da uns Berlin hier perfekt unterstützt hat."
Er sah die beiden an, ob sie ihm folgen konnten und beide nickten.
„Es gab dort eine Person, die mit Tinas Tod plötzlich in Erscheinung trat. Eine Identität ohne Vergangenheit, wenn Sie verstehen?"
Wieder sah er die beiden an und machte dann weiter.
„Genau diese Person verschwand auch mit dem Tod von diesem Tischler. Also dem Anführer, der für Tinas Ermordung verurteilt wurde."
Annabelle machte sich Notizen, stellte aber noch keine Fragen.
„Der Hammer kommt aber jetzt. Diese Spur verliert sich, nach dem Auffinden von Tinas Mutter, die ermordet wurde.

Erhängt, was wohl auf einen Suizid hindeuten sollte, von der Pathologie aber eindeutig widerlegt wurde. Zwei Tage später verliert sich die Spur dieser Person und die Berliner Kollegen gehen davon aus, dass sie sich ins Ausland abgesetzt hat."

Jetzt fragte Annabelle nach: „Und wir gehen jetzt davon aus, dass diese Tina ihre Mutter ermordet hat und sich dann abzusetzen versuchte?"

Sie überlegte und fasste es noch mal zusammen.

„Das klingt ziemlich verwirrend. Wir gehen also davon aus, dass Tina auf dem Boot nicht ermordet wurde und Tischler unschuldig einsitzen musste?"

Scholl nickte und sie konstruierte weiter.

„Sie hat eine neue Identität angenommen und in Berlin gelebt?"

Wieder ein Nicken.

„Sie hat später ihre Mutter umgebracht und sich dann ins Ausland abgesetzt?"

Scholl stimmte erneut zu, ergänzte hier aber: „Das ist allerdings noch Spekulation, macht aus meiner Sicht jedoch Sinn. Die Mutter hat übrigens, das wäre an dieser Stelle noch wichtig, tatsächlich fünfhunderttausend Euro von der Lebensversicherung kassiert, als ihre Tochter beim Bootsunglück verschwand. Tina wurde nach einem Jahr für tot erklärt und die Versicherung musste zahlen. Diese Aussagen aus dem Video konnten wir bereits überprüfen."

Nach weiteren Überlegungen kombinierte Annabelle:

„Tischler hat sich das Leben genommen, da er zuvor vielleicht Kontakt zu ihr hatte? Wurde das schon überprüft, ob

sie unter ihrer neuen Identität in der Klinik mal aufgetaucht war?"
Dies notierte sich Scholl auf. „Guter Ansatz. Dem werden wir nachgehen."
Er räusperte sich: „Trotzdem komme ich nicht dahinter, wer dann hier die Männer festhält? Tischler hätte einen Grund gehabt, Tina aber nicht. Oder übersehe ich was?"

Annabelle dachte weiter nach und Katrin verhielt sich ruhig. Sie wollte die beiden Superhirne nicht ins Stolpern bringen. „Sie haben recht. Tina war durch die Schweinerei nicht Geschädigt. Eher als Profiteur könnte man sie und ihre Mutter beschreiben, wenn man die Summe der Lebensversicherung nimmt. Aber was wäre, wenn jemand das Mädchen ausfindig machen konnte und versucht hat sie zu erpressen?"
Scholl schüttelte den Kopf: „Das glaube ich nicht."
Annabelle: „Also kommt unser Lehrer Altmeier wieder als Geschädigter ins Spiel? Ich gehe dann aber davon aus, dass noch mehr auf unsere Liste gehören, da die drei Gefangenen ja so ziemlich jeden getäuscht, verarscht oder erpresst haben. Richtig?"
Scholl hob den Zeigefinger: „Altmeier bleibt auf der Liste. Dort sind gerade Kollegen, um ihn zu befragen. Wir haben sein Auto gefunden, das er als gestohlen gemeldet hat. Besser gesagt, es stand plötzlich wieder in seiner Einfahrt, was uns doch sehr komisch vorkam. Die Spurensicherung ist aber dran und versucht nach Spuren zu suchen."
Er schüttelte den Kopf, gerade einem weiteren Gedanken nachgehend: „Allerdings wäre er nicht in der Lage, die Entführung durchzuziehen. Jedenfalls nicht alleine."

Sie waren bereits eine Stunde damit beschäftigt, die Ideen zusammenzutragen, als Scholl in einer Pause aufs Handy blickte und lächelte.
Auch Annabelle kontrollierte, ob bei ihr eine neue Nachricht angezeigt wurde. Siehe da, Jan hatte geschrieben.

Unbedingt noch heute. Ich habe im Jägerhaus das Zimmer 14 reserviert. 15 Uhr?

Sie schickte nur einen Daumen hoch und merkte dann, dass die beiden anderen sie anschauten. Eher zur Ablenkung fragte sie dann: „Wer hat denn die Hütte beim letzten Mal inspiziert?"
Die Antwort von Scholl kam prompt: „Ich hatte Christoph beauftragt, dass er es von Donaueschingen aus steuern dürfe. Sie erinnern sich? Der junge Beamte, der bei unserem ersten Zusammentreffen dabei war, als wir uns dort auf dem Revier trafen? Wieso fragen Sie?"
„Vielleicht sollten wir ihn zuerst fragen, ob es etwas Auffälliges gab?"
Scholl schüttelte den Kopf: „Ich hatte danach mit ihm gesprochen und mir erklären lassen, dass es eine normale Hütte mit Keller sei, wo aber in letzter Zeit sicher niemand gewesen war. Zudem ist er seit Samstag im Urlaub. Wir könnten ihn gar nicht erreichen."

Jetzt erschrak Annabelle. Im Urlaub? Wie kam er dann an ihre Stripbilder beim Bankiersdinner? Ein mulmiges Gefühl überkam sie. „War er alleine dort?"
Scholl zuckte mit den Schultern: „Glaube ich nicht. Das habe ich ihn zwar nicht gefragt, kann mir aber auch nicht

vorstellen, dass er alleine in die Hütte gegangen wäre. Dass er sich so unprofessionell verhält, kann und will ich mir einfach nicht vorstellen. Er will zur Kripo und sollte dann keine solchen Fehler machen. Wieso? Hegen Sie einen Verdacht?"
Annabelle stand auf. „Wenn sich auf der Hütte nichts ergibt, dann ziehe ich meine Vermutung gerne zurück. Aber zuerst will ich sehen, was da oben vor sich geht."

39. Verlies

Blank war bereits zusammengesackt und vom Stuhl gefallen. Greitmann, der mehr Masse und Energie zu bieten hatte, sah zu Bergmann rüber. „Was ist mit dem los?“
Der Baulöwe bemerkte, dass auch der Landrat eine schwere Zunge bekam. „Keine Ahnung. Sollen wir ihn ins Bett legen?“
Greitmann kreiste mit dem Kopf, bemüht um Kontrolle zu kämpfen: „Wir beißen ihm das Ohr ab. Vielleicht ist er gerade eh schon verreckt? Kommt vom Toilettenwasser. Ich habe es ja gesagt.“
Bergmann blickte ihn schräg an: „Was willst du abbeißen? Drehst du jetzt durch? Hallooooo?“ Er erkannte, dass der stämmige Kollege auch gleich auf dem Boden aufschlagen würde und versuchte ihn aufzufangen. Etwas sanfter glitt der dann vom Sitz auf den Beton und atmete schwer weiter. Bergmann überlegte, was er tun sollte, da ging hinten die Türe auf. Ein Mönch kam rein, so zumindest interpretierte Bergmann die Gestalt. „Was willst du? Sind wir frei?“
„Du beißt dem Dicken jetzt das Ohr ab. Schnell. Mach schon!“
Bergmann war total überfordert. Innerhalb von wenigen Minuten, während zwei Kollegen besoffen vom Stuhl fielen, hörte er immer wieder diesen Satz. Er nuschelte: „Ich beiß gar nichts. Ich dreh dir vielleicht den Hals um.“
In seinem Zustand wäre er dem Mann in der Mönchskutte jedoch nicht gewachsen gewesen, das wusste er. Zumal der Typ größer und nicht minder muskulös wirkte. Der Versuch, aufzustehen und sich ihm in den Weg zu stellen, scheiterte schmerzlich. Der Typ verpasste ihm mit einem Stab

zwei kurze Stromstöße, die ihn laut aufschreien ließen. Das tat verdammt weh. Auch in dem betrunkenen, halbtauben Zustand. „Was willst...?“
„Du beißt dem Dicken jetzt das Ohr ab.“ Bergmann bekam einen Tritt in die Kniekehle und ging runter. Auf allen Vieren beugte er über Greitmann, während ihm zwei weitere kurze Stromstöße ins Genick fuhren. „Aaaaaa-auaaaaaaaaaaa!“ Der Schrei wollte nicht aufhören.
„Noch ein Schuss, mein Freund? Vielleicht etwas länger?“ Schon zischte es wieder, dieses Mal jedoch ein oder zwei Sekunden lang. Bergmann lag jetzt flach auf dem Dicken. Oder wie hatte der „Mönch“ seinen Kollegen gerade genannt?
„Hältst du auch noch etwas länger aus?“
Er wusste, dass dieser Stromstoß ihn töten könnte, denn sein ganzer Körper zitterte schon. Die Stimme versagte und er konnte nicht einmal mehr flehen. Nicht in den dunkelsten Gedanken konnte er sich an solch einen Schmerz erinnern.
„Bitte, nicht mehr…“, es war mehr Flüstern als Flehen.
Er ging wieder auf die Knie und beugte sich über Greitmanns Kopf, der schräg vor ihm lag. Das Ohr im Mund, spürte er, dass es nicht ging. Er konnte es einfach nicht, zubeißen. Da zischte es kurz im Genick und sein Kiefer presste sich zusammen. Es war, als würde er ein rohes Steak abbeißen. Aber sein Kiefer hatte dicht gemacht und ließ sich nicht mehr öffnen.
Eine warme Flüssigkeit rannte ihm durch den Mund. Die Zähne klemmten noch, aber die Lippen öffneten sich, damit das warme Blut rauslaufen konnte.
Greitmann wimmerte, als hätte er einen bösen Traum und Bergmann erkannte, was er gerade angerichtet hatte. Nicht

nur das Ohrläppchen, nein, er hatte fast das komplette Ohr abgetrennt. Nur mit seinen Zähnen!
Langsam realisiert, was in den wenigen Sekunden geschehen war, spuckte er es aus. Direkt in eine Folie, die der Fremde ihm gerade vor den Mund hielt.
Ein großer Verband wurde ihm hingeworfen, zusammen mit einer weiteren Packung Schmerztabletten, bevor sich die Schritte entfernten. Kurz darauf fiel die Türe ins Schloss.

Heulend flüsterte Bergmann: „Das wollte ich nicht. Ihr müsst mir glauben. Das wollte ich nicht." Dann nahm er den Verband und wickelte Greitmanns Kopf ein. Zuerst eine Kompresse auf die Wunde gedrückt, dann wurde das Haupt mehrmals umrundet. Wegen seiner zittrigen Hände flog der Verband immer wieder auf den Boden.
Endlich eingebunden, flößte er Greitmann zwei Schmerztabletten ein und verschwand dann ins Klo. Dort wusch er sich alles ab, ging zurück und kippte den Rest von Greitmanns Bier runter. Ihm war klar, dass hier etwas drin sein musste, was den Landrat ausgeknockt hatte. Er wollte sich ebenfalls abschießen. Einfach aus der Realität entfernen und diesem Alptraum aufwachen müsste.

Doch sie wachten auf. Zuerst Greitmann, der einen brummenden Schädel spürte, der vom Schmerz am Ohr noch übertroffen wurde. Was hatte er für einen Verband? Er tastete am Ohr und atmete durch, weil dort noch was zu spüren war. Der Landrat konnte ja nicht ahnen, dass er nur die Kompresse spürte, die ihm Bergmann gestern angelegt hatte. Der Schmerz wurde jedoch schnell heftiger. Misstrauisch schrie er auf, da ihm die Situation Angst machte.

Blank und Bergmann wurden dadurch geweckt.
„Was ist das?“ Der Banker deutete auf den Verband am Kopf und Bergmann schüttelte den Kopf.
„Verdammt. Ich glaube, der war heute Nacht hier drin. Ich kann mich erinnern, dass ich einen Mönch gesehen habe. Er hat sich über dich gebeugt…?“
Greitmann tastete wieder und sagte dann, immer lauter werdend: „Nein, nein, nein! Sag, dass das nicht wahr ist. Verdammte Scheiiiiißeeee! Warum schon wieder ich?“
Die Türe ging auf und das Frühstück wurde reingeschoben. Blank bemerkte, dass es bereits kurz vor Mittag war.
Er holte das Tablett und setzte sich an den Tisch. Greitmann löste zwei Aspirin im Kaffee auf, um wieder einen klaren Kopf zu bekommen.
Es gab heute für alle Croissants. Bergmann musste beim Essen fast würgen. Er spürte, dass noch was vom Dinner des Vorabends in seinen Zähnen hing und hoffte, dass dies nicht die Reste vom Ohr wären.
Mit dem Frühstück wurden dann alle schläfrig. Zumindest die beiden, die den Kaffee schon ausgetrunken hatten. Greitmann und Bergmann legten sich auf das Bett und schliefen gleich wieder ein. Blank trank nicht weiter, legte sich aber ebenfalls aufs Bett. Sie hatten schon wieder was bekommen, was sie betäuben sollte. Warum? Was hatte der Entführer vor?
Er hörte ein Auto. Das erste Mal, seit sie im Versteck festgehalten wurden, konnte man ein Auto hören. Natürlich wusste Blank, dass hier selten jemand über den Feldweg fuhr. Nur wenn das Leistungszentrum Herzogenhorn Betrieb hatte, kamen an Bergmanns Hütte Fahrzeuge vorbei. Aktuell wurde die Wirtschaft oben aber nicht betrieben.

Das Auto hielt an und man konnte hören, wie Türen zugeschlagen wurden. Mindestens zwei, eventuell sogar drei. Er musste jetzt wach bleiben und Alarm schlagen, falls jemand in die Hütte kommen sollte.

40.

Annabelle und Katrin stiegen bei Scholl in den Gelände-Audi. „Ist wohl das beste Fahrzeug, wenn wir über Schotter fahren müssen."
Er ließ den Damen mit der Ansage keine andere Wahl. Dann folgte die Ergänzung: „Wir können direkt auf den Berg. Die Handwerker reparieren gerade das Dach und flicken die Fassade. Frau Bergmann gibt ihnen Bescheid, dass wir kommen."
Sie fuhren bis zur Ampel, bogen vor dem Autohaus Wittmer ab und schon ging es über die B31. Kurz darauf fuhr der Audi die Seesteige hoch, von wo man den Booten auf dem Titisee zuschauen konnte. Es war noch gut Betrieb, obwohl der Herbst sich langsam bemühte, den Sommer zu verdrängen.
Bärental durch und kurz darauf im Sechziger-Bereich geblitzt. „Verdammter Mist." Scholl fluchte und die Damen grinsten. Auch sie hatte es hier schon beide erwischt.
Wenig später ging es unter der Skibrücke durch, bevor das Navi beim August-Euler-Platz links abbiegen wollte. Hier ging die Straße in einen Feldweg über. Ab da dirigierte Katrin ortskundig.
Sie passierten drei Schlepplifte und landeten direkt bei der Hütte. Der Wanderweg bog sich um das Haus. „Irgendwie unheimlich, diese Lage. Nachts möchte ich hier nicht alleine sein," sagte Katrin
Ein Zimmermann hämmerte auf dem Dach und flickte gerade etwas.

Es war um die Mittagszeit, als sie eintrafen. Scholl rief dem Handwerker zu: „Wir sind von der Polizei und müssen einen Blick in die Hütte werfen. Hat Frau Bergmann Sie angerufen?“ Scholl hielt ihm den Ausweis hin und der Mann auf dem Dach nickte.
„Die Hütte ist offen. Sie können rein, kein Problem. Sie haben hoffentlich keine Angst vor Hunden?“
Ein Dalmatiner kam um die Ecke und begrüßte die drei. Vor allem Scholl hatte es ihm angetan.
Katrin grinste: „Sie sind ja ein richtiger Hundeflüsterer.“ Der lächelte: „Tiere erkennen gute Menschen auf mehrere Kilometer.“
Der Zimmerman stieg derweil vom Dach und ging um das Haus, während die drei in die Hütte gingen.
Großer Aufenthaltsraum, gleich hinter dem Eingang und eine geräumige Küche daneben. Sie stiegen die knarrende Treppe hoch und warfen einen Blick in die Zimmer.
Annabelle hatte das Gefühl, dass hier was nicht stimmte, konnte sich aber nicht erklären, worauf diese Intuition beruhte. Beim Durchschauen der Zimmer regte sich nicht viel und sie erwartete auch nicht etwas zu finden.
Von einem Raum heraus beobachtete sie den Zimmermann, der gerade eine Zigarette hinter dem Haus rauchte und am Handy herumspielte.
Sie ging die knarrende Treppe runter und entdeckte die offene Kellertüre. Scholl war bereits beim Handwerker draußen und unterhielt sich mit ihm.
„Warst du schon im Keller?“ Die Frage ging an Katrin, die ebenfalls die offenstehende Türe bemerkte. „Nein. Wahrscheinlich war das Scholl.“

Sie gingen die Treppe runter, während draußen eine Motorsäge angeworfen wurde. Es dröhnte im Haus, als würde jemand das Bauwerk zusammensägen.
Unten fanden sie zwei Türen. Rechts, eine alte Holztüre, die sich öffnen ließ. Ein Vorratsraum lag dahinter, in dem Bier, Schnaps, Wein und ein paar Dosen verstaut waren.
Die zweite Türe klemmte. Klopfte da was?
Annabelle warf sich mit dem ganzen Gewicht dagegen, doch es passierte nichts. Das Hämmern war wieder zu hören und sie glaubte, dass es hinter einer der Mauern seinen Ursprung haben müsste. Sie trat mit dem Fuß gegen die Tür und meinte einen Spalt zu erkennen. Sofort rammte ihr kompletter Körper mit voller Wucht dagegen und die Tür gab nach.
Der Raum war so dunkel, dass man nichts erkennen konnte, doch das Hämmern hatte aufgehört. Sie tastete nach dem Lichtschalter, um endlich Licht ins Dunkel zu bringen.
„Nur Werkzeug und Baumaterialien." Sie sprach enttäuscht zu sich selbst und drehte dann wieder ab.
Nochmal ein Klopfen, sogar noch etwas deutlicher oder was hörte sie da? Diese blöde Motorsäge war zu laut. Sie ging trotzdem noch mal zurück und schaute in den Raum. Vielleicht ging ja eine weitere Türe von dort weg. So intensiv sie suchte, da war nichts.
Dafür hörte sie auf der Treppe noch mal das Hämmern. Sicher der Zimmerer, ging es ihr durch den Kopf, während sie die Türe zum Keller wieder schloss.

Scholl lief bereits zum Wagen, als er die Frauen aus dem Haus kommen sah und stieg ein. Die beiden folgten ihm,

obwohl Annabelle gerne noch mal um die Hütte gelaufen wäre.
Sie holperten gerade über die ersten Unebenheiten des Feldwegs, unter dem Zeller-Skilift durch, als Annabelle fragte: „Was haben Sie mit dem Zimmermann gesprochen?"
Er kam sofort auf den Punkt: „Als ich in den Keller gegangen war, fand ich zwei Türen vor. Es befand sich hinter beiden nichts, aber ich vernahm ein Rascheln oder Klopfen. Da bin ich hoch und um das Haus gelaufen, um nach einer weiteren Eingangstüre zu suchen. Es könnte ja sein, dass es einen externen Keller gibt, über den man durch eine separate Außentüre Zugang bekommt."
Annabelle musste anerkennen, dass es ein fataler Fehler war, es nicht zu überprüfen. Wäre Scholl aber nicht direkt zum Wagen gelaufen, wäre sie sicher auch noch auf solch eine Idee gekommen.
„Und? Gibt es einen weiteren Keller?"
Scholl schüttelte verneinend den Kopf.
„Es gibt eine Holzbeige, hinter die ich nicht sehen konnte. Der Zimmermann grinste daraufhin und meinte, dass wir drei Hübschen, damit meinte er wohl eher euch beide, das gerne wegstapeln könnten. Vorausgesetzt, wir hätten den Rest des Tages Zeit. Er wusste allerdings selbst nicht, ob sich eine Türe dahinter verbergen würde. Überzeugend war jedoch seine Aussage, wenn hier jemand ein- und ausgehen würde, dass diese Person dann täglich fünf Stunden stapeln müsste. Er hat mit mir dann die obere Reihe vorsichtig überprüft und wir kamen beide zum Schluss, dass hier schon lange keiner mehr was dazugelegt oder weggenommen hatte. Man kann das gut an der Hauswand erkennen."

„Hm? Und das Rascheln oder Klopfen? Ich habe auch was gehört.“ Annabelle sprach die Frage leise aus, als wären alle drei aufgefordert, nochmal darüber nachzudenken.
Aber auch das hatte Scholl überprüft: „Laut dem Zimmermann gibt es da unten Mäuse und Ratten. Sobald man runter ging, wurden sie aufgeschreckt und versteckten sich. Hin und wieder fällt dabei auch was aus dem Regal oder wird dort verschoben und gestoßen. So begründet er diese Geräusche.“
Annabelle überlegte, ob das tatsächlich so sein konnte und der Kripochef meinte, als sie wieder auf die Landesstraße einbogen: „Ich habe ihn auch gefragt, ob es in der Region eine Hütte mit baugleichem Keller gäbe. Er sei allerdings noch nicht lange genug hier, um diese Frage zu beantworten. Ich gab ihm meine Karte und er wollte diesbezüglich bei seinem Chef nachfragen.“

Um 14 Uhr saßen die Damen wieder auf dem Revier. Scholl kam mit rein, um das weitere Vorgehen mit Annabelle abzustimmen.
„Ich werde mich um das Auto und die Aussage von dem ehemaligen Lehrer Altmeier kümmern. Meine Kollegen werden die Psychiatrie vornehmen, in der Tischler war, bis er sich das Leben genommen hatte. Wer ihn besucht und zu wem er Kontakt hatte.“
Er machte eine kurze Pause und ergänzte dann: „Vielleicht hat er ja auch jemandem davon erzählt, der sich dann über die letzten Jahre an die drei Herren ranzutasten versuchte.“
Annabelle stimmte zu: „Vielleicht wurden sie tatsächlich erpresst und gingen nicht auf die Versuche ein? Wir sehen ja

nur, was der Entführer uns zeigen will. Also können wir das auch nicht ausschließen."
Sie überlegte weiter und ergänzte dann: „Wer kümmert sich um die Familie von Tischler? Wenn mich nicht alles täuscht, müsste es noch eine Schwester geben. Das hat mir zumindest Karin Bergmann erzählt. Sie kannte diese persönlich. Soll ich da mal nachfassen?"
Scholl grinste und nickte, als würde ihm dieser Vorschlag gefallen. „Das ist eine gute Idee und vermutlich ein weiterer Ansatz. Vielleicht bringen Sie ihr noch eine Flasche Wein als Entschuldigung mit, da Christoph bei seiner Hütteninspizierung eine leichte Unordnung hinterlassen hat.

Es war 14:40 Uhr, als Scholl sich verabschiedete und Annabelle keine Zeit mehr blieb, sich auf das Treffen mit Bollermann vorzubereiten.
Da Katrin den Kommissar nach draußen begleitet hatte und dann nicht zurückkam, bekam das Treffen einen weiteren Risikofaktor aufgedrückt. Niemand Zusätzlicher wusste nun von dem geheimen Treffen.
Egal, denn im Jägerhaus fühlte sie sich sicher. Also brach sie mit bedingt mulmigem Gefühl auf.

41. Verlies

Blank hörte, dass jemand im Haus war. Es kam von der Außenwand und nicht von der Seite, von der normalerweise der Entführer reinkam.
Eindeutig kam da jemand auf den Raum zu. Er wartete, bis das Geräusch ganz nah war, sprang dann auf und hämmerte gegen die Wand.
„Hilfe! Hallo! Können Sie mich hören? Wir sind hier drin!"
Er hämmerte auf die Wand und kratzte, obwohl die Müdigkeit an ihm zerrte.
Es klopfte jemand zurück, doch eine Stimme war nicht zu hören. Blank hielt sein Ohr an die Wand und lauschte. Die Person auf der anderen Seite ging wieder die Treppe hoch. Zumindest hörte es sich so an. Hatte sie ihn gehört? Klar, sonst hätte sie nicht zurückgeklopft.
Nach ein paar Minuten erklangen wieder Tritte, die sich über eine Treppe näherten. Die Stufen waren sicher an der Außenwand dieses Kellers befestigt, weshalb man die Schritte gut hören konnte, dachte Blank und begann erneut zu hämmern. Doch dieses Mal übertönte ihn eine Motorsäge, die außerhalb der Hütte angeschmissen wurde. Jemand hatte dieses laute Gerät eingeschaltet und Blank konnte nichts mehr von der anderen Wandseite hören. Er hämmerte trotzdem, ohne jedoch ein Gegensignal zu vernehmen.
Diese verdammte Säge, dachte er und klopfte noch mal. Dann waren die Schritte wieder zu hören. Sie gingen eindeutig die Treppe hoch.
Er legte sich zurück aufs Bett und begann zu hoffen, bevor ihm ebenfalls die Augen zufielen.

Wie lange diese Schlafphase dauerte, wussten die Herren nicht. Sie waren sich aber einig, dass man ihnen erneut Schlafmittel in das Getränk gegeben hatte.
Wusste ihr Entführer, dass jemand kommen würde?
Ein Zettel lag an der Türe, daneben ein geschlossener Eimer. Blank las vor:
„Falls ihr heute noch was essen möchtet und davor sicher sein wollt, dass keiner ein Körperteil in der Nacht verliert, muss die nächste Aufgabe gelöst werden. Dazu bitte vorsichtig den Eimer öffnen. Darin befindet sich eine Maus. Wenn einer von euch so nett wäre und der lebendigen Maus den Kopf abbeißt, dann lasse ich euch die nächsten vierundzwanzig Stunden in Ruhe. Belohnung wäre heute eine Kiste Bier plus Vesperteller. Natürlich ohne Schlafmittel. Ich bin ja kein Unmensch. Ihr habt zehn Minuten ab jetzt."

Blank öffnete vorsichtig den Eimer und erblickte eine große Feldmaus.

„Was nun? Sollen wir mal fasten?" Er sah zu den beiden anderen rüber. Greitmann sah jämmerlich aus und hatte offensichtlich Schmerzen. Er wäre nicht in der Lage, der lebendigen Maus den Kopf abzubeißen.
Bergmann stand auf, streckte sich und ging dann auf Blank zu, der regelrecht Angst bekam. Wollte ihm Florian womöglich die Maus in den Mund stopfen?
Erschrocken wich er zurück.
Bergmann nahm dagegen die Maus aus dem Eimer und brüllte: „Wo ist das Problem, du Arschloch?"
Er drehte sich im Raum, als würde er eine Kamera suchen.

Okay, er ist Jäger, dachte Blank. Die sind nicht so zimperlich gegenüber Tieren. Aber…?
Den Gedanken noch nicht zu Ende gebracht, nahm Florian die Maus in den Mund und es folgte ein lautes Quieken. Ein Geräusch wie es der Bankier noch nie gehört hatte.
Dann wurde es still und der Baulöwe spuckte in hohem Bogen den Mauskopf aus, bevor er den Körper zurück in den Eimer warf.
„Noch was? Komm doch und zeig dich. Dann beiße ich dir auch was ab!"
Er schnappte den abgetrennten Schädel und warf ihn ebenfalls in den Eimer, der an der Türe zum Tausch platziert wurde. Dann setzten sie sich wieder hin.

Es verging eine halbe Stunde, bis die Türe aufging und eine Kiste Bier reingeschoben wurde, auf der die versprochene Vesperplatte lag.
Bergmann sprang auf und rannte zur Öffnung. Er schaffte es tatsächlich den Griff zu erreichen, als sie noch offen war. Allerdings stieß er beim Stolpern die Türe selbst wieder zu. Bevor er ziehen konnte, hörte man wie draußen der Riegel vorgeschoben wurde.

42.

Annabelle lief die Straße runter, über den Zebrastreifen, dann weiter durch den Park, wo die Jungs ihr aufgelauert hatten. War es eine Falle und er plante heute Kapitel drei? Sie wollte es sich gar nicht vorstellen, von allen vier… Die Gedanken wieder unter Kontrolle, stand sie pünktlich vor dem Jägerhaus und war froh, dass sie Karlheinz an der Rezeption antraf.

„Zimmer 14? Ist der schon da? Ist er alleine?"

Karlheinz sah sie mit großen Augen an: „Mit dir habe ich hier nicht gerechnet. Vor allem, dass du gleich mit mehreren Männern rechnest, irritiert mich doch sehr."

Er wirkte irritiert, aber auch besorgt. Also musste sie seiner Fantasie etwas den Wind aus den Segeln nehmen.

„Lieber Karlheinz, es geht hier um eine Zeugenbefragung. Besser gesagt, möchte mir ein Informant was stecken, dem ich jedoch nicht traue. Deshalb wollte ich wissen, ob er alleine gekommen ist."

Der Hotelier atmete erleichtert durch und nickte, worauf sie fragte: „Ist das Zimmer 13 oder 15 auch noch frei?"

Er blickte in die Unterlagen. Zimmer 13 gibt es nicht. Die angrenzende 12 ist belegt, wobei das Paar weg ist. Zimmer 15 reist heute erst spät an. Warum?"

Sie zwinkerte und streckte ihm die offene Hand entgegen: „Sicherheitsmaßnahme. Bekomme ich bitte noch das Zimmer 15?"

Mit dem zusätzlichen Schlüssel ging sie die Treppe hoch und überlegte, wie das weitere Vorgehen ablaufen könnte.

Die Türe zu Zimmer 14 war nicht verschlossen, weshalb sie einfach eintrat. Bollermann saß auf dem Sessel und seine Überheblichkeit wirkte noch präsent. Also kam er wohl nicht zum Geständnis.
„Guten Tag, Herr Bollermann." Ihre Stimme wirkte aggressiv und provozierend. Sie konnte jedoch nicht anders, da ihr gerade die Bilder vom Vorabend durch den Kopf gingen. Details, die sie bisher ausgeblendet hatte. Wer war ihr mit dem Messer über den Körper gefahren und …?
„Hallo Samantha." Er lächelte, wobei sie jetzt eine erste Unsicherheit entdecken konnte.
Sie setzte sich auf den zweiten Sessel, nur ein kleiner Tisch trennte die beiden. Würde er handgreiflich, dann müsste sie ihm heute wehtun, soviel stand fest. Auch mit „Samantha" als Anrede konnte sie gut leben, da diese mit solchen Personen mehr Erfahrung hatte.
Dass er sie mit Du ansprach, passte ebenfalls. Respekt dem Gegenüber hatten beide wohl den gleichen.
„Also, mein Junge. Was willst du?"
„Reden?"
Sie wartete einen Augenblick, zog dann ihre Dienstwaffe aus dem Seitenhalfter und legte diese auf ihrem Schenkel ab.
Es folgte der Versuch ihn zu schocken, was zu ihrem weiteren Plan gehörte: „Sehr gut. Dann zieh dich bitte aus."
Er sah sie mit großen Augen an: „Was soll ich?"
„Dich ausziehen, mein Junge. Woher soll ich wissen, dass du es ernst meinst und mir keine Falle stellst?"
Er schüttelte den Kopf: „Da musst du deinem Instinkt folgen." Er grinste und wollte damit zeigen, wer das Geschehen hier kontrollierte. Also nahm sie die Dienstwaffe hoch.

„Dann nehme ich Sie hiermit fest, Herr Bollermann. Wegen versuchter Vergewaltigung. Dann können wir den Rest auf dem Revier klären."
Seine Augen zeigten nun eine gewisse Regung. War das Angst, was sie raus zu lesen meinte?
„Glaubst du, ich würde mich mit dir treffen, wenn ich nicht was anzubieten hätte?"
Sie wurde sauer: „Das ist mir scheißegal. Für mich steht fest, dass ich dir nicht trauen kann. Zudem habt ihr mich gestern verletzt und versucht zu demütigen. Ich habe also keinen Bock auf Spielchen. Du bist hier, um deinen Arsch zu retten und wahrscheinlich deine Kollegen zu verraten. Der einzige Grund, weshalb ich mich auf das Treffen eingelassen habe ist, dass du gestern die durchdrehenden Kumpels gebremst hast. Du hast mir das Handy hingelegt und die Fußfessel gelöst. Alleine deshalb sitzen wir hier und versuchen gemeinsam deinen Arsch zu retten."
Er nickte und zeigte nun klare Anzeichen von Unsicherheit, weshalb sie nachlegte.
„Du hast jetzt zehn Sekunden, um dich deiner Klamotten zu entledigen. Ich habe keinen Bock darauf, dass du irgendwo eine Aufzeichnung mitlaufen lässt und ich am Schluss die Dumme bin." Ihre Stimme wurde laut und wirkte entschlossen.
Bollermann stand auf, zog sich die Klamotten aus, ließ aber die Unterhose an. „Reicht das? Bitte!"
Was war das? Er konnte bitte sagen. In der Unterhose hatte das Bürschchen sicher kein Mikro versteckt, da er mit ihrer Idee so nicht gerechnet haben konnte.
„Okay! Mitkommen."
„Nackt? Wohin?"

Sie sah in an und sprach ruhig: „Ein Zimmer weiter. Dort sind wir ungestört."
Er schüttelte den Kopf, folgt ihr aber nach Zimmer 15, das die gleiche Größe hatte. Ein Doppelbett, daneben die beiden Sessel und am Eingang eine kleine Garderobe. Am Bett vorbei kam man ins Bad.
Sie setzten sich und er fing an: „Es tut mir leid, was gestern passiert ist. Das lief komplett aus dem Ruder. Ich kannte die Jungs nicht wieder."
Er machte eine kurze Pause und sie wartete, wie es weiter ging. Mal reden lassen, ohne Zwischenfragen, sollte hier am effektivsten sein.
„Wir machen für eine amerikanische Plattform Videos und das schon seit Jahren. Für dich sicher schlimm, für mich eher normal, da es nicht sonderlich schmutzig ist."
Das kann jeder interpretieren, wie er will, dachte sie.
„Jedenfalls stellen wir Fotos von Frauen ins Netz, die wir auf der Straße sehen. Scharfe Bräute halt, die irgendwo beim Einkaufen sind." Er blickte sie an, ob sie bis dahin folgen konnte und sie nickte.
„Dann bekommen wir Gebote, es geht hier um mehrere tausend Dollar, wenn der Bieter das Mädchen nackt sehen möchte. Meistens geht es nur um die Brüste."
Er machte erneut eine Pause und sah sie wieder fragend an, weshalb sie zusammenfasste: „Ihr fotografiert Frauen auf der Straße und verkauft dann Nacktfotos von ihnen? Ihr verfolgt sie und gebt ihnen K.o.-Tropfen, wie ihr es bei Katrin gemacht habt? War das überhaupt kein Zufall, dass wir im Badeparadies auf euch gestoßen…?"
Er schüttelte mit dem Kopf: „Das Badeparadies ist unsere Hauptquelle. Wir schauen immer zuerst, wer dort

regelmäßig verkehrt. Im Bikini ist das ja schnell und einfach zu machen. Der Barkeeper ist ein Kollege von uns und kümmert sich um die Dosierung der Getränke."
Sie musste das erst mal sacken lassen, während er in Erzähllaune kam.
„Wir hatten übrigens euch beide verkauft. Wobei das Interesse an Katrin größer war, da wir von ihr zuvor noch Fotos in Uniform schießen konnten."
Jetzt horchte sie auf: „Ihr wolltet es mit mir auch tun? Landen die Aufnahmen von gestern etwa im Netz?" Sie war erschüttert und fühlte sich in diesem Moment wieder so wehrlos wie am Vorabend. Niemand sollte sie so sehen. Kontrolliert von vier Psychopaten.
„Gestern lief es aus dem Ruder, weshalb ich dich heute treffen wollte. Aber zuerst eins nach dem anderen."
Er räusperte sich und fuhr dann leise fort: „Oft machen wir es so, dass wir Frauen suchen, die auch in die Sauna gehen. Die K-o--Tropfen-Nummer war mir schon immer suspekt, obwohl auf meinem Mist gewachsen."
Er räusperte sich erneut: „Du hast ja bemerkt, dass der vierte Mann bei Katrins Bikinishooting nicht aufzufinden war. Der war nämlich mit dir in der Sauna. Fast ausgeflippt ist er, als du die Herren dort zu provozieren begannst. Er hat mit seiner Uhr sensationelle Fotos geschossen."
Sie sah ihn groß an, während er sich zu rechtfertigen versuchte: „Du hast es nicht mitbekommen und dich wird auch nie jemand erkennen, da es im amerikanischen Darknet vertrieben wird. Also, aus meiner Sicht hatte hier niemand Schaden, aber wir dagegen ein paar Tausender im Sack."
Er kratzte sich am Kopf: „Dieses war das ursprüngliche Geschäftsmodell und wir haben echt gut abgesahnt. Dass mit

den K.oTropfen-Grabsch-Fotos noch mehr zu verdienen war, ließ uns etwas auf die schiefe Bahn geraten. Wie du aber weißt, wird alles Routine, wenn man nie erwischt wird."

„Okay, das habe ich soweit verstanden. Aber warum erzählst du es mir?" Ihre Stimme wirkte entspannt und er kam auf den Punkt.

„Irgendjemand hat mitbekommen, dass wir mit euch beiden in Streit geraten sind und sich über meinen Vater den Kontakt zu mir herstellen lassen. Deshalb ging ich davon aus, dass es um etwas ging, wo mich Papa wieder problemlos rausschlagen könnte."

Er sah sie fragend an und sie nickte, dass er weiter machen soll: „Wir würden fünfzigtausend Euro bekommen, wenn wir euch beide etwas auf Trapp halten. Es ginge um ein Ablenkungsmanöver in eurem aktuellen Fall. Er hat mir erklärt, wie die großen Jungs das machen und somit auch diesen Fünf-Kapitel-Film vorgeschlagen. Was wir daraus machen, war ihm jedoch egal. Also freie Hand für uns und wenn wir ihm Beweise bis zum Finale liefern, gäbe es die fünfzigtausend."

Annabelle schüttelte den Kopf: „Und ihr Deppen habt ihm geglaubt?"

Er nickte: „Klar. Wir haben bereits eine Anzahlung mit zehntausend erhalten. Nur für den Film vor dem Revier, als du meinen Kollegen gegen die Wand gedrückt hast. Bevor wir den ersten Übergriff starten, hätten wir die ersten zehntausend im Sack. So war sein Vorschlag."

Annabelle überlegte. „Und wie habt ihr das Geld bekommen?"

Ich musste den USB-Stick in einen DIN-A 4 Briefumschlag stecken und sollte mich mit einem Mittelsmann treffen."

„Und?" Annabelle wurde nervös.
„Ich habe mich mit ihm getroffen und die beiden gleichgroßen Umschläge wurden ausgetauscht."
Sie rieb sich die Augen: „Wie hat er ausgesehen. Könntest du ihn beschreiben, oder war er vermummt?"
Bollermann schüttelte den Kopf und zog sein Handy raus. „Du weißt doch, dass wir alles aufzeichnen. Ein Kollege hat es mit dem Handy gefilmt."
Er reichte es ihr rüber und sie fiel fast in Ohnmacht. „Das ist nicht wahr. Oder?"
Er sah sie an: „Du kennst ihn?"
Annabelle nickte: „Das ist ein Polizist. Ich kann das nicht glauben. Schickst du es mir auf mein neues Handy rüber?"
Bollermann nickte: „Klar!"
Er machte eine kurze Pause und sagte dann: „Ich habe aber ein weiteres Problem. Heute soll das Kapitel vier und fünf starten. Er hat mir versichert, dass uns nichts passieren könnte. Selbst wenn du dabei drauf gingst. Ihm wäre es allerdings lieber, wenn du nach ein paar Fehltagen wieder zurückkehren könntest."
Sie sahen sich an und Annabelle stellte eine total wirre Frage: „Wie alt bist du überhaupt?"
Seine Mimik wirkte überrascht, aber er hatte die Antwort parat: „Drei Monate und fünf Tage älter als du."
„Okay. Meine Akte habt ihr also auch schon. Warum tust du das?"
Er schaute sie an, als würde er ihre Frage nicht verstehen. „Dass ich meine Kollegen verrate, oder dass ich Nacktfotos verkaufe?"
„Das mit den Nacktfotos, meinte ich. Wobei die zweite Frage auch noch gekommen wäre."

Er überlegte: „Das mit den Fotos bringt Geld und vielleicht haben wir einen sexuellen Fetisch bei uns geweckt? Spaß und Geld, was will man mehr. Mit der Saunanummer, oder heimlich in der Umkleide haben wir auch niemandem geschadet. Zumindest sehe ich das so. "
´Ja, wenn jemand nicht ganz sauber im Hirn ist, dann kann man das so sehen,´ versuchte sie ihn zu verstehen.
„Warum ich hier bin, um auf die zweite unausgesprochene Frage einzugehen? Wir haben gestern richtig, richtig Scheiße gebaut. Auch wenn du es mir nicht zutraust, ich habe ein verdammt schlechtes Gewissen und es tut mir leid, was wir dir angetan haben. Theoretisch wollten wir nur bis zur Unterwäsche gehen und dir ein bisschen Angst machen. Immerhin bist du die Erste, die uns unseren Spaß madig machen will. Ich habe jedoch nicht mit deiner Stärke gerechnet, über die ich jetzt wiederum froh bin. Sonst wärst du nämlich gestern an der Aktion zerbrochen. Deine Kollegin hätte das sicher nicht so weggesteckt."
Er musste sich sammeln: „Ich wusste nichts vom Eiswasser und eben so wenig hatten wir über das Brandeisen gesprochen. Theo hätte dir ein kleines Tattoo mit einem wasserfesten Stift aufmalen sollen, doch plötzlich sind die total ausgeflippt. Ich weiß nicht, was genau der Auslöser war, aber ohne mich wärst du gestern verloren gewesen. Ich will mich nicht verteidigen, aber im Auto hatten wir riesigen Stress, weil sie es nicht zu Ende bringen durften. Das Schlimme ist, dass die drei heute noch verrückter drauf sind als gestern."
Er sah sie jetzt an und schluckte, als fände er keine Worte mehr. „Wenn wir es nicht gestoppt bekommen, dann würde

ich mir das nie verzeihen. Ich war an dem Fehler beteiligt, aber ich möchte es wieder hinbiegen."
Er sah erbärmlich aus, wie er in der Unterhose dasaß und langsam zu frieren begann. Annabelle stand auf: „Komm mit und zieh dich wieder an."

Sie gingen in das Zimmer 14 zurück und er sprang schnell in seine Klamotten. Annabelle hatte dagegen noch keinen direkten Plan. Sie tippte eine Nachricht an ihren Bruder.

Seid ihr schon zurück? Ich brauche dringend eure Hilfe.

Sie hätte diesen Schritt gerne vermieden, da sie das Handeln der beiden nicht gutheißen konnte. Daniel und ihr Bruder mussten letztes Mal versprechen, dass keine Stalker mehr ernsthaft zu Schaden kämen. Offiziell gab es ihre Internetseite nicht mehr, weshalb die Kripo das Kapitel, auf Annabelles Drängen hin nicht weiterverfolgte. Die beiden erklärten sich im Gegenzug bereit, präventive Verteidigungsmöglichkeiten an Schulen zu unterrichten und ihre Kampftechnik nur für gute Zwecke einzusetzen.

Nach der Drohung von Bollermann vor dem Revier hatte Annabelle allerdings schon an die Unterstützung durch die beiden gedacht und eine Nachricht geschickt, worauf die Antwort kam, dass sie in Berlin seien. Sie wollte auch nur wissen, wie es den beiden geht, schrieb sie zurück und versuchte damit Druck aus der Anfrage zu nehmen. Ihr war die Gefährlichkeit ihrer Gegner damals noch nicht klar. Sie hatte das Quartett aus jetziger Sicht unterschätzt.

„Wann und wie soll die Entführung stattfinden?"
Bollermann sah sie auf die Frage hin betroffen an: „Heute Abend, bei dir zu Hause. Wir möchten es in deiner Wohnung durchziehen, da du uns dort am wenigsten erwartest. So war der Plan, aber die Stimmung unter uns vier passt leider nicht mehr. Es könnte also gut sein, dass ich nicht alles mitbekomme. Den Zugang zu deiner Wohnung haben wir aber schon."
„Ihr wollt mich heute Abend in meiner eigenen Wohnung ...?" Sie stockte. Also konnte sie dorthin nicht zurück. Auch Katrin musste gewarnt werden. Eine kurze Nachricht an sie ging sofort raus, damit nicht noch was schieflaufen würde. Im selben Moment ging eine Mitteilung bei ihr ein.

Daniel und ich sind auf dem Heimweg. Müssten so gegen 17 Uhr an Neustadt vorbeifahren. Wollten dann in Freiburg noch was erledigen.

Sie schrieb zurück:

Bitte Freiburg verschieben und bei mir auf dem Revier melden. Brauche euch dringend.

„Okay, Jan. Ich danke dir für deine Offenheit, wobei ich dir das mit gestern nicht einfach verzeihen kann. Du warst dabei und das Rad lässt sich nicht zurückdrehen. Da du das Schlimmste verhindert hast und mir jetzt helfen willst, bin ich bereit, mit dir zusammenzuarbeiten. Eine Ausrede für heute Abend sollte dir einfallen, ohne dass es auffällt? Den Rest erledige ich."
Er schüttelte den Kopf. „Ich kann nur aussteigen, womit ich dann aber aus dem Rennen wäre. Zumindest was die weitere

Planung meiner drei Kollegen angeht. Der Verbindungsmann zum Auftraggeber bin immer noch ich. Er hat nur meine Nummer und von den Jungs hat keiner seinen Kontakt. Wenn ich also heute aussteige und bei der Schweinerei nicht mitmache, dann bleibe ich dir als Verbindungsmann erhalten."

Annabelle überlegte: „Der Auftraggeber wird Beweise wollen, dass ihr es durchgezogen habt. Es würde ihn zudem in falscher Sicherheit wiegen."

Sie saßen sich gegenüber und überlegten, worauf Jan zuerst eine Idee kam: „Ich schreibe ihm, dass du im Krankenhaus in Neustadt liegst, wir aber flüchten mussten. Das Bildmaterial könnte ich ihm erst übermorgen geben. Diese Luft bräuchte ich dieses Mal einfach."

Annabelle nickte: „Gut. Das sollte funktionieren. Sobald er jedoch merkt, dass du ihn betrogen hast, bist du in Gefahr."

Jan nickte: „Du bist sicher, dass es sich um den Entführer vom Landrat, dem Bankier und dem Baulöwen handelt?"

Sie hatte das nie erwähnt. „Wie kommst du darauf?"

Er machte große Augen: „Ich kann eins und eins zusammenzählen. Zudem hat er signalisiert, dass wir dich von einem Fall ablenken sollen. Nach dem Film mit dem abgebissenen Ohr bekam ich erst richtig Muffe."

Woher wusste er von dem Film? Scholl hat behauptete, dass er nicht im Netz sei.

„Woher hast du die Information mit dem Ohr? Meines Wissens ist das nicht im Netz?"

Er grinste und zog sein Handy raus. „Im Big Brother natürlich nicht. Aber im Darknet kursieren noch mehr Filmchen. Der abgezwackte Finger und das Ohr sind dort das Highlight."

Sie schaute sich die Aufnahme an und stellte dabei etwas fest. Es war abscheulich, was da zu sehen war. Aber ihnen war ein Fehler unterlaufen, den sie schnellstens auf dem Revier prüfen musste.
„Okay. Das wäre der Plan. Du steigst aus und die Jungs übernehme ich. Wir bleiben über dieses Handy in Verbindung. Wenn möglich, tauchst du besser unter."
„Hoffentlich geht alles gut" sagte er und ergänzte: „Es ist mir so peinlich. Du musst mir bitte glauben, dass ich so etwas noch nie gemacht habe. Vergewaltigung ist absolut unter meinem Niveau. Vor allem sind mir, im Gegensatz zu meinen drei Idiotenkollegen, die Konsequenzen bewusst."
Er räusperte sich und sah auf den Boden: „Wenn alles glatt läuft, dann lade ich dich als Entschuldigung zum Dinner ein."
Es war wohl seine Art der Verabschiedung und sie antwortete. „Das kann ich dir nicht versprechen. Du wirst dich auch verantworten müssen. Zumindest brauche ich dein Wort, dass diese Fetisch-Geschichte heute endet."
Er nickte: „Von mir aus schon. Theo und ...", er stockte, wohl darüber im Klaren, dass er ihr jetzt auch die Namen verraten würde.
Sie kam ihm entgegen. „Die Namen brauche ich heute nicht. Wie schon gesagt. Ich sehe für die drei den richtigen Ausweg. Du musst lediglich am Schluss ein Video online stellen, das ich dir sende. Im Darknet Amerika wird das bestimmt ein Knaller. Es gibt den Film auch gratis."
Mit diesen Worten verließ sie das Zimmer.

Sie gab Karlheinz den Schlüssel ab: „In Zimmer 15 müssen Blutspuren und Gehirnmasse von der Wand entfernt werden."
Ihm blieb der Mund offen stehen: „Verdammt, was hast du ...", sie zwinkerte ihm zu, während Bollermann bereits die Treppe runter kam.
Karlheinz atmete durch und rief ihr nach: „Hexe!"
Für Annabelle drehte sich heute jedoch das Spiel. Es ließ sie auch den gestrigen Abend verdrängen und machte ihr neuen Mut. Vor allem freute sie sich darauf, ihren Bruder zu treffen.

43.

Zurück auf dem Revier musste sie erst ihren Fehler korrigieren. Warum konnte ein Jäger draufkommen, dass die Videos in Bergmanns Ferienhaus aufgenommen wurden. Keines der Zimmer und schon gar nicht der Keller würde diese Schlussfolgerung zulassen. Es bestand keine Ähnlichkeit zwischen dem Keller, den sie bei der Durchsuchung gesehen hatte und zwischen dem auf dem Film. Entweder hatten sie etwas übersehen oder die Information sollte die Ermittler auf eine falsche Fährte führen.

Leider konnte sie nur die Frau des Jägers erreichen. Ihr Mann sei heute nicht mehr erreichbar, da er am Jagen sei. Er würde sich morgen Früh aber gleich bei ihr melden.

Dann kam der zweite Anruf. Sie wählte die Nummer des Reviers in Donaueschingen. Was hatte Christoph mit der Sache zu tun? Sie hatte einen Verdacht, der sich schnell bestätigte.

„Es tut mir leid, aber Herr Kessler ist seit dem letzten Freitag im Urlaub. Den erreichen Sie erst wieder am nächsten Montag."

Auf Rückfrage, ob man ihn privat irgendwie erreichen könnte, bekam sie die Antwort: „Wir geben generell keine Privatnummern unserer Kollegen raus. Allerdings kann ich Ihnen mitteilen, dass wir ihn seit gestern erfolglos zu erreichen versuchen. Keine Ahnung, was er macht und wo er sich herumtreibt."

Der Verdacht hatte sich nicht nur bewahrheitet, er verschlimmerte die Situation sogar. Sie brauchte einen Verbindungsmann in Donaueschingen, bevor sie Scholl ihren Gedanken präsentieren konnte. Immerhin hatte der den jungen Beamten protegiert und dabei offensichtlich unterschätzt. Ein fataler Fehler, der ohne Beweise aber schlecht von ihr vorzulegen wäre.

Was hatte der Beamte gesagt? Herr Kessler sei nicht zu Hause? Wo hatte sie den Namen schon gelesen?

Katrin kam gerade rein. Bevor sie ihr von Bollermann erzählen konnte, fragte sie: „Sagt dir der Name Kessler etwas?“ Die Kollegin zuckte mit der Schulter: „In welchem Zusammenhang?“

„Mit der aktuellen Ermittlung.“ Doch die schüttelte den Kopf. Annabelle überlegte weiter und war sich sicher, dass sie den Namen erst kürzlich gelesen hatte.

Während sie die Kollegin dann auf das Laufende brachte, blieb dieser immer wieder der Mund offenstehen. Es war fast zu viel Information, die sie in wenigen Minuten verarbeiten musste. Doch die vielen Fragen, die Katrin auf der Zunge lagen, mussten warten, da Daniel und Samuel ins Büro kamen.

Die Jungs wollten zum Glück nicht erzählen, was sie in Berlin angestellt hatten und Annabelle konnte gleich zur Sache kommen.

Die Drohung, der Überfall auf Katrin, die peinlich berührt das Büro verließ, und dann der Überfall auf Annabelle. Sie zeigte ihnen den Verband und berichtete noch von den neuen Cego-Freundinnen, um etwas Spannung raus zu nehmen.

„Ja, Männer. Und heute Abend wollen die mich in meiner Wohnung fertig machen."
Samuel überlegte: „Ein Film in fünf Akten, von denen du drei abgearbeitet hast. Somit steht fest, dass wir Regie und Drehbuch für Teil vier übernehmen."
Annabelle sah ihn fragend an: „Du willst sie aber nicht vergewaltigen?"
Samuel lachte: „Ich werde mir was einfallen lassen. Wir haben ja noch dreißig Minuten für unsere Programmänderung."
Daniel: „Ich habe eine Idee. Allerdings werden sie dann morgen in der Presse sichtbar. Zumindest online wird man sie sehen können. Somit wäre dein Spielen auf Zeit dahin."
Es wurde still im Büro. Alle überlegten angestrengt.
Annabelle versuchte es dann in Worte zu fassen. „Ich bringe damit nur Bollermann in Gefahr, der untertauchen könnte und für den ich mich, wenn er gewarnt ist, nicht mehr verantwortlich sehe. Der Entführer würde dadurch vielleicht sogar aufgeschreckt und könnte einen Fehler machen. Ich müsste in der Zwischenzeit heraus bekommen, weshalb er davon ausgeht, dass ausgerechnet ich ihm auf den Fersen bin. Weiß ich etwas, was Scholl und die Kollegen der Kripo nicht wissen?"
Katrin, gerade wieder ins Büro gekommen, schaltete sich ein: „Du glaubst schon länger an die Hütte von Bergmann. Vielleicht liegt dort der Schlüssel. Hat er eventuell eine zweite Hütte?"
Annabelle nickte, während Samuel und Daniel aufstanden. „Muss ich heute den Lockvogel spielen?" Doch die beiden schüttelten den Kopf. „Tu dir das nicht an" zwinkerte Daniel und ergänzte: „Die Rollen sind besetzt, der Ablauf ist

geplant und du bekommst eine Info, wenn es erledigt ist. Ich hätte aber noch eine Frage." Annabelle nickte: „Die wäre?"
„Wo liegt die besagte Hütte von diesem Unternehmer genau?"
Annabelle: „Warum willst du das wissen?"
Daniel: „Wenn du davon ausgehst, dass die Hütte der Schlüssel sein könnte, dann möchte ich die Umgebung dort ins Drehbuch einbauen. Dem Entführer damit zeigen, dass du an ihm dran bist und er dich unterschätzt hat."
Annabelle zeigte es den beiden auf der Karte: „Das klingt nach einem guten Plan. Trotzdem muss ich euch bitten, es nicht zu übertreiben. Wir spielen so legal wie möglich. Okay?"
Sie grinsten beide und Samuel ergänzte. „Die werden den Tag bereuen, an dem sie dir begegnet sind."

Die Jungs gingen und Annabelle wählte die Nummer von Karin Bergmann. Das Haus war aktuell ihre heißeste Spur.
„Bergmann."
„Hallo Karin. Ich bin´s, Annabelle. Hättest du kurz Zeit für mich? Du könntest mir helfen, ein paar Dinge zu ordnen!"
Karin antwortete zögerlich: „Äh? Wann? Heute noch?"
„Ja, ich wollte gleich vorbeischauen."
Erneut verzögerte sich die Antwort: „Wollen wir uns nicht lieber um zwanzig Uhr auf ein Glas Rotwein treffen? Bei mir?"
Passte das für Annabelle? „Ja, gerne. Dann bis nachher!"
„Ja, bis später."

Täuschte sie sich, oder war die Unternehmerin komisch? Vielleicht steckte sie aber auch gedanklich ganz wo anders. Jedenfalls hatte Annabelle somit Zeit gewonnen, um weiter zu stöbern und zu suchen.

Sie rief bei Scholl an, der auch sofort am Telefon war.
„Kollegin Bauer. Wo brennt es? Ich sollte in eine Besprechung."
Okay. Er hatte nicht viel Zeit. „Gibt es schon was Neues über das Auto von Altmeier?"
Der Kripo-Chef musste zugeben, dass er noch keine Information erhalten hat. Er müsste jetzt aber dringend in ein Gespräch. „Es könnte sein, dass ich gleich noch wichtige Informationen über Tischler bekomme. Besser gesagt, über dessen Familie. Ich habe hier was Interessantes entdeckt. Können wir morgen früh reden?"
Sie konnte kaum zustimmen, als die Leitung bereits klickte. Annabelle versuchte selbst im Internet zu recherchieren, ob es dort was über Tischler zu finden gab.

Ein Anruf ging kurz nach 19 Uhr auf dem Handy ein. Claudia, die Oberärztin, wollte sich erkundigen, wie es Annabelle ging.
„Danke, dass du nachfragst. Momentan sind ein paar Ereignisse eingetreten, die mir den nötigen Rückenwind geben. Ich fühle mich tatsächlich nicht schlecht."
Claudia war keine große Rednerin. Besser gesagt, kam sie gleich auf den Punkt und brauchte keinen Smalltalk. Sie zeigte sich zufrieden und erneuerte ihr Angebot, in den nächsten Tagen gemeinsam ein Gläschen Wein zu trinken.

44.

Annabelle stand pünktlich bei Karin vor der Haustüre. Diese öffnete und wirkte total irritiert.
„Hallo. Ist es schon so spät? Ich habe komplett die Zeit vergessen und bin gar nicht gerichtet. Was für ein Durcheinander heute."
Annabelle trat ein und folgte der Gastgeberin ins Kaminzimmer. „Passt es dir nicht?"
„Doch. Kein Problem. Ein Glas Wein? Kommst du direkt von der Arbeit?"
„Ja! Bei mir geht es auch drunter und drüber. Ich denke, dass wir uns beide ein Gläschen verdient haben."
Karin verschwand in der Küche und kam wenig später mit der Flasche und zwei Gläsern zurück. Sie führten zuerst ein bisschen Smalltalk, den auch Annabelle benötigte, um etwas runter zu fahren.
„Karin, was ich dich noch fragen wollte. Ihr habt nur diese eine Hütte?"
Sie nickte: „Also, ich weiß zumindest nur von dieser einen. Meinem Mann traue ich aber alles zu." Sie lachte und ergänzte dann: „Warum fragst du?"
„Kann es sein, dass diese Hütte zwei Keller hat? Gibt es noch einen zweiten Zugang zu Nebenräumen?" Sie wusste, dass es eine blöde Frage war.
„Sorry, Annabelle. Du wirst es nicht glauben, aber ich war noch nie auf dieser Hütte. Mein Mann residiert dort mit seinen Jagdkollegen und hin und wieder trifft er sich in dem Häuschen mit anderen Frauen. Deshalb hatte ich nie Ambitionen, meine Zeit auf dem Feldberg zu verschwenden."

Sie überlegte einen Augenblick und korrigierte dann: „Ich war einmal, ganz am Anfang, da gewesen und kann mich an den Eingangsbereich und die Küche erinnern. Wir machten Pläne, wie die Hütte herzurichten wäre, bis ich von der ersten Affäre erfuhr. Dann habe ich geblockt. Ich meine aber, dass er was von nur einem Keller erzählt hat."
Annabelle nickte: „Kein Problem. Wir haben den Keller gefunden." Sie wollte weiterreden, als eine Mitteilung auf dem Bollermann-Handy einging. Sie hatte sicherheitshalber beide eingesteckt. Ihres war auf stumm geschaltet, beim anderen hatte sie die Einstellung gar nicht überprüft.

Wo bist du? Ich habe eine komische Anfrage bekommen, ob es laufen würde?

Hatte der etwa das Haus überwacht und gesehen, dass Annabelle nicht heimgekommen war oder wurde sie womöglich verfolgt?
Sie antwortete sofort und entschuldigte sich gleichzeitig bei Karin.

Schreib ihm, dass ich noch nicht gekommen bin, ihr aber in Position seid. Vermutlich beschattet er mich und kennt meinen aktuellen Standort. Weiß er, wo es passieren soll?

„Gibt es Probleme?" Karin wirkte besorgt, als sie die Gläser nachfüllen wollte.
„Mir bitte nur noch einen kleinen Schluck. Ich muss noch nach Hause fahren."
„Sehr gut. Die pflichtbewusste Beamtin."

Annabelle stand auf und ging zum Fenster. Sie konnte zwei Autos an der Straße erkennen, nicht aber, ob jemand darinsaß.
Sie musste jetzt allerdings einer weiteren Sache nachgehen, bevor sie gehen konnte.
Das Handy summte aber schon wieder:

Ja, er weiß, dass es bei dir passieren soll. Vielleicht hat er einen Tracker oder überwacht dein Handy. Gibst du mir kurz Bescheid, wenn du in der Wohnung bist, damit ich mich bei ihm melden kann?

Sie schickte den Daumen hoch und fragte dann: „Du kanntest doch die Schwester von Tischler."
Karin nickte: „Nicht sonderlich gut, aber ich war eine der wenigen, die sich überhaupt mit ihr abgegeben hatten. Sie war klein und dick und wurde von allen Seiten gehänselt. Warum fragst du?"
„Der Leiter der Kripo meinte, dass er heute eventuell was Interessantes über Tischlers Familie erfahren könnte. Er würde sich morgen melden. Da dachte ich mir, vielleicht fällt dir noch was dazu ein?"
Karin trank einen Schluck und blickte dabei nachdenklich ins Feuer. „Die Familie ist weggezogen, nachdem er verurteilt wurde. Nach Pfullendorf. Aber das habe ich doch schon beim letzten Gespräch erwähnt. Ich glaube, dass das für die Tochter damals gar nicht so dramatisch war. Moppelchen, wie sie von allen genannt wurde, konnte mit dem Umzug nur gewinnen. Sie hatte mir mal einen Brief geschrieben. Wegen des Absenders wusste ich, wo sie hingezogen waren. Festnageln darfst du mich darauf aber nicht, dafür ist es zu lange her."

„Ich glaube, dass das auch nicht wichtig ist. Kannst du dich erinnern, was sie geschrieben hat? Den Brief gibt es ja sicher nicht mehr, oder?"

Karin zuckte mit der Schulter: „Ausschließen möchte ich das nicht. Ich habe vieles in Schuhkartons aufbewahrt. Wenn du willst, dann kann ich morgen mal danach suchen."

Annabelle nickte und Karin überlegte immer noch. „Ich glaube, dass sie darin erwähnt hat, dass ihre Familie sich komplett von Klaus abgewandt hätte. Sie ihm aber ab und zu schreiben würde, was die Eltern nie erfahren dürften. Kann aber auch sein, dass das mal jemand erzählt hat und es nicht im Brief stand."

Sie wirkte immer noch nachdenklich und Annabelle beschäftigte eine weitere Frage: „Kennst du jemanden mit dem Namen Kessler? Gab es jemanden bei euch auf der Schule?"

Dieses Mal brauchte sie nicht lange überlegen.

„Wir hatten eine Lehrerin, die so hieß. Den Vornamen weiß ich nicht mehr. Aber ich kann mich noch gut an den Nachnamen und ihr Gesicht erinnern. Ich meine, dass sie sogar einen Lehrer geheiratet hat."

„Altmeier?" schoss es aus Annabelle raus.

„Ja, genau! Wie kommst du jetzt darauf? Das ist ja lustig."

Annabelle lächelte. „Ich kann halt hellsehen. Jedenfalls hat mir das schon weitergeholfen. Gespräche mit dir sind immer aufschlussreich. Jetzt muss ich aber los."

Sie stand auf, ging zur Türe, wo eine ungeplante fragte Annabelles Lippen verließ: „Wie lautet überhaupt dein Mädchenname?"

Sie wusste nicht, weshalb ihr diese Frage so rausrutschte, aber sie erzeugte eine eigenartige Regung in Karins Gesicht.

„Gutmann! Ich bin eine von vielen in Deutschland." Für diese Antwort brauchte sie merkwürdig lange.
Egal. Es war schon fast unhöflich und ihr nicht klar, warum sie das plötzlich wissen wollte. Irgendetwas ging jedoch in Annabelle vor, was sie aktuell nicht ordnen konnte.
Vielleicht war es auch die Sorge, was mit ihr gerade passieren würde, wäre sie nicht gewarnt worden. Es konnte aber auch damit zusammenhängen, dass sie sich sorgte und nicht wusste, ob Daniel und Samuel es geschafft hatten. Die beiden waren fit und perfekt trainiert, um so eine Nummer durchzuziehen. Aber es konnte ja auch mal was schieflaufen.

Im Auto blickte sie auf das Handy und sah den Daumen hoch, den Samuel geschickt hatte. Darunter stand.

Wohnung ist sauber. Viel Spaß! Wir haben den übrigens gerade auch. Haben bei dir noch Sekundenkleber entwendet.

Sie war gespannt, was die beiden mit den Übeltätern angestellt hatten. Dieser Erzählung fieberte Annabelle schon entgegen.

Sie fuhr in die Wohnung zurück und informierte Katrin, dass sie kommen könne. Bis zum Finale müssten sie zusammenbleiben und sich so gut es ging gemeinsam gegen den Feind stemmen. Die Jungs waren außer Gefecht, aber ihr eigentlicher Gegenspieler noch aktiv.
Die nächste Nachricht ging an Bollermann: „Jetzt!"

Es war kurz vor 22 Uhr, als Katrin zeitgleich mit Annabelle eintraf. Sie schnappten den Laptop, öffneten eine Flasche Rotwein und machten es sich gemütlich. Zwischendurch tauschten sie ihre Gedanken aus.
„Was denkst du, wird unseren Peinigern passieren?" Die Frage kam von Katrin und Annabelle hob die Hände. „Keine Ahnung, aber sie haben eine Abreibung verdient. Gut, dass du mich erinnerst. Ich sollte meinen Verband wechseln. Würdest du mir vielleicht helfen?"
Sie verarzteten die Wunde, die sich gut entwickelte und machten sich dann wieder an den Austausch. Ganz oben auf der Agenda stand dabei Christoph Kessler. Der Beamte, der von Anfang an dabei war und Annabelle ohne Auftrag beschattete. Dazu hatte er das Geld übergeben. Die Bezahlung dafür, dass man Annabelle demütigen sollte.

Annabelle wählte die Nummer des Bankvorstands Peter Frei. Es war ein komisches Gefühl und sie erwartete nicht, dass er abnahm, da sie ihm bei der Verabschiedung gesagt hatte, dass sie Polizistin sei.
„Ich hätte nicht damit gerechnet, dass du dich noch mal meldest. Das letzte Treffen war für mich sehr irritierend. Sogar verletzend, wenn ich es genau Revue passieren lasse."
„Hallo Peter und sorry. Ich ging tatsächlich davon aus, dass du herausgefunden hättest, dass ich bei der Polizei bin. Immerhin bot mein letzter Fall so viel Trubel, dass man im Bezug auf mich nicht ganz von einem unbeschriebenen Blatt in der Region sprechen kann."
„Dumm von mir, dass ich nicht recherchiert habe. War das denn nun eine verdeckte Ermittlung? Somit auch kein ernsthaftes Interesse von dir an mir, der Person Peter Frei?"

Ja, was war es denn? „Am Anfang wusste ich nicht, wer du bist. Dann wurdest du plötzlich Teil eines Falls, in dem ich in einer Nebenrolle ermittle. Aber ich sehe eine Basis dafür, dass wir gute Freunde werden könnten, vorausgesetzt du möchtest das noch. Vielleicht muss ich dir ja auch noch helfen, da es mit dem Betrug an euren Kunden nicht gut um dich und Blank steht."

Sehr gut, dachte Annabelle. Die Wahrheit ist immer am besten.

„Okay. Ich gehe allerdings davon aus, dass du etwas von mir willst. Zum Flirten rufst du sicher nicht an.."

Annabelle: „Zuerst mal wollte ich mich entschuldigen. Wobei du ja offensichtlich Spaß hattest, an meinen ..." Sie sprach es nicht aus. „Aber du hast recht, ich brauche jetzt tatsächlich deine Unterstützung. Kennst du jemanden bei der Polizei in Donau, den ich vertraulich kontaktieren könnte?"

Frei überlegte nicht lange. „Ich habe einen Tenniskollegen. Arno ist loyal und sicher bereit, mich zu unterstützen. Ihn könnten wir kontaktieren. Um was geht es denn?"

„Ich brauche Informationen über einen Kollegen von ihm. Christoph Kessler."

Jetzt musste sie überlegen, wie sie weiter vorgehen könnte. Der Kollege würde Frei keine Auskunft über dessen Beschattung geben, an der ja Christoph beteiligt war. Damit würde sie ihn auf dünnes Eis und in die Enge führen.

„Informierst du ihn, ob er sich kurz bei mir melden könnte? Gib ihm einfach meine Handynummer."

„Mach ich! Sonst noch was?"

Annabelle überlegte: „Lass uns doch, wenn alles rum ist, mal zusammen was trinken gehen. Dann können wir entspannt

reden. Aktuell muss ich aber diesen Fall abschließen, was nicht mehr lange dauern kann."
Er wollte noch wissen, ob es etwas Neues vom Vorstandskollegen gebe und ob sie davon ausginge, dass dieser noch mal auftauchen würde? Dazu konnte Annabelle allerdings auch nichts sagen und das Gespräch wurde mit freundlichen Floskeln beendet.
Schon eine Stunde später meldete sich Freis Tenniskollege zum Erstaunen von Annabelle. „Hallo Arno. Danke für den Rückruf. Können wir beim Du bleiben?"
Er bestätigte und kam gleich zur Sache.
„Ich wollte mich gleich melden, als ich gehört habe, dass es um Christoph, also den Kollegen Kessler, geht. Da ist nämlich etwas suspekt. Er ist in meiner Schicht und fragte am Freitag plötzlich nach Urlaub. Wir haben kurz geredet und ich konnte ihm die Begründung entlocken, dass er einen Geheimauftrag zu erfüllen habe. Danach meinten die Kollegen, dass er bei der Beschattung von Peter Frei aufgetaucht sei und ihnen Fragen stellen wollte."
Arno machte eine kleine Pause und erzählte dann weiter: „Zuerst dachte ich, dass er sich zu Höherem berufen fühlte, als er die ganze Zeit mit dem Kripochef gesprochen hat. Ich bin mir aber nicht sicher, ob der ihn vor den Karren zu spannen versucht und Christoph für sich ermitteln lässt. Auch dass unser ehemaliger Chef am Pranger steht, ist sehr komisch, da die angeblich verschwundene Akte vom Unfall bei uns nämlich existiert. Da wurde nichts unter den Tisch gekehrt."
Er machte eine Pause und wurde dann leiser: „Jedenfalls erreiche ich Christoph seit Montag nicht mehr. Handy aus und zu Hause taucht er nicht mehr auf."

„Danke, Arno. Das hilft mir weiter. Ich hatte zwar eine andere Idee, aber es öffnet mir ein neues Türchen. Weißt du vielleicht zufällig, ob er mit dem ehemaligen Lehrer Altmeier verwandt ist? Der wohnt oben…“,
Arno viel ihr ins Wort: „Das ist sein Opa. Ich kenne Altmeier recht gut. Allerdings ist der mittlerweile oft verwirrt. Die Demenz schreitet bei ihm schnell voran und er hat immer wieder Totalausfälle. An manchen Tagen ist er ganz normal und dann…! Ist echt schrecklich, so was.“
Auch diese Information half ihr weiter. Hatte Scholl deshalb auf den Jungen gesetzt? Wusste er mehr, als er Annabelle erzählen wollte? Warum traf sie immer nur auf diese Eigenbrötler als Vorgesetzte! Sie wollen alles wissen, geben selbst aber kaum was preis.
Sie arbeitete die neuen Informationen mit Katrin durch. Dann schliefen die Mädels auf dem Sofa ein.

45.

Um 6:30 Uhr ging der Wecker. Annabelle weckte die Kollegin mit der startenden Kaffeemaschine.
Um 7:30 Uhr waren sie im Büro und rätselten, wann sie von den drei übergriffigen Waldshuter Jungs hören würden.
Um 8 Uhr telefonierte Annabelle mit dem Fürstenberg-Gymnasium und fragte nach, ob sie Informationen zu verschiedenen Abschlussjahrgängen haben könnte. Das Sekretariat, offensichtlich gut strukturiert, bestätigte, dass sie nachher die Unterlagen per Mail erhalten würde. Die Sekretärin erwähnte, dass der Rektor angeordnet habe, dass das Exekutivorgan im aktuellen Fall mit allen Mitteln unterstützt werden müsste. Auch ihn interessierte offensichtlich, was aus den ehemaligen Schülern geworden ist und was deren Entführung enthüllen sollte.

Um 9:30 Uhr kam der ersehnte Anruf. Der Kollege von der Wache gab durch, dass am Feldberg drei nackte Männer stehen würden. Mit einem Seil am Grafenmattlift befestigt und mit Sekundenkleber in Reih und Glied gestellt.
Er schickte Annabelle auch gleich ein Foto.
Die Beamtinnen mussten laut lachen. Die Jungs standen hintereinander, wobei der vorderste, gestreckt und mit gefesselten Armen, an der Liftschnur fixiert war. Die hinteren beiden umarmten ihn und hatten die Hände flach an seinem Bauch, ließen aber aus irgendeinem Grund nicht los. Wie kalt es war, erkannten die Beamtinnen ebenfalls auf dem Bild, ließen sich über Details aber nicht aus. Die Herren hatten den Mund zugeklebt und vor ihnen stand ein großes Schild.

Demonstrieren gegen die Vermarktung des Wiener Würstchens.

Katrin bekam den Lachanfall nicht unter Kontrolle. „Wenn es nicht so ernst wäre und ich nicht wüsste, was sie dir und mir angetan haben, dann wäre ich jetzt empört. Aber so? Treffender konnte man die drei ja nicht präsentieren."

Andreas kam rein. „Es ist Gesprächsstoff unter den Kollegen. Sie haben einen wiedererkannt, der nach dem Vorfall im Badeparadies bei uns zum Verhör war."
Annabelle hob fragend die Hände: „Na und? Wir haben nichts damit zu tun. Vermutlich war der Übergriff an Katrin kein Einzelfall, und irgendjemand hat die Jungs dafür bezahlen lassen."
„Einer fehlt allerdings. Der Anführer." Andreas sah sie bei der Aussage fragend an, und Annabelle erklärte: „Das ist auch gut so. Der fungiert aktuell nämlich als Verbindungsmann zu der Polizei, was aber niemand wissen darf. Späte Einsicht, aber uns hat es einiges erspart."
Andreas nickte zufrieden, zwinkerte und ergänzte anschließend: „Das gibt übrigens noch eine größere Operation. Die Jungs haben Sekundenkleber an den Händen und vermutlich noch an anderen Stellen, weshalb sie schwer zu trennen sind. Die Sanitäter stehen da vor einem größeren Problem."
Alle drei verzogen schmerzhaft das Gesicht und versuchten mitzuleiden. Doch innerlich genossen sie diese Genugtuung, und die Chefin schloss das Kapitel mit den Worten: „Manchmal braucht man das Gesetz gar nicht. Das wäre ja ein ewiges Diskutieren und Verhandeln geworden, ob wir

sexuell belästigt wurden, wobei man uns beiden am Schluss sicher noch eine Mitschuld zugesprochen hätte. Provoziert durch öffentliches Ärgernis und laszives Auftreten im Badeparadies. Ich mag mir das gar nicht ausmalen. Also? Quid pro quo. Oder?“
Alle nickten zustimmend, natürlich darüber im Klaren, dass diese Aktion eine absolute Ausnahme gewesen sein muss.

Annabelle rief bei Scholl an. Er wollte ihr heute entscheidendes Material über Tischler liefern.
„Scholl.“
„Bauer?“ Sie betonte es so, als wäre es eine Frage. War dies der Grund, weshalb es auf der Gegenseite ruhig blieb?
„Hallo? Herr Scholl? Informationen zu Tischler?“ Sie spürte, dass er neben der Spur war und versuchte es auf die lustige Art.
„Ja klar. Entschuldigung. Vielleicht sollte ich vorbeikommen, damit wir es besprechen können. Auch zu Altmeier gibt es Neuigkeiten. In einer Stunde in Neustadt auf dem Revier?“
Sie bestätigte und legte auf. Kopfschüttelnd nuschelte sie vor sich hin: „Ich glaub, der war gestern saufen!“
Katrin reagierte nicht, da gerade die Mail vom Fürstenberg-Gymnasium reinkam. Sie leitete es sofort an Annabelle weiter.
Beide überflogen die Klassen, dazu die Namen, und Annabelle fing laut an zu denken: „Keine Karin Gutmann. Besser gesagt, es gibt eine, aber im falschen Jahrgang. Oder ist unsere Miss Bau Neustadt etwa sitzen geblieben?“
„Was quasselst du da vor dich hin?“

Annabelle erklärte, dass Karin Bergmann wahrscheinlich sitzengeblieben ist. Es wurde jedoch aus den Akten nicht ersichtlich. Sie rief noch mal auf dem Sekretariat an und fragte dieses Detail ab. Ob ihr jemand helfen könnte.
Auch hier zeigte sich eine Dame ganz freundlich und kooperativ. Sie würde der Sache nachgehen und sich noch mal melden.

11:30 Uhr, Scholl stampfte ins Büro. Heute mal mit Sakko, was für dem legeren Beamten eher untypisch war. „Hochzeitstag?“ Wollte Annabelle wissen. Doch er schüttelte den Kopf. „Besuch bei zwei attraktiven Kolleginnen.“

Damit war die Begrüßung abgeschlossen, und er kam gleich zur Sache: „Zuerst zu Altmeier. Bei ihm im Wagen wurde DNA von Blank gefunden. Auf dem Beifahrersitz war Blut, das wir eindeutig dem Bankier zuordnen konnten. Vor allem war es noch nicht alt. Glücklicherweise saß bei Altmeier selten jemand im Auto, da er kaum noch mit dem Wagen fuhr. Wegen seinen geistigen Aussetzern wurde es ihm wohl untersagt.“
Annabelle funkte dazwischen: „Wussten Sie, dass Ihr Zögling der Enkel von Altmeier ist?“
„Sehr gut, meine liebe Annabelle. Jetzt weiß ich das auch. Zumal wir auch die DNA von ihm im Auto gefunden haben. Er hat den Wagen wohl öfter benutzt. Außen dreckig war das Fahrzeug zudem, was darauf schließen lässt, dass er erst kürzlich einen Feldweg gefahren ist.“
Da es einen Moment still blieb, musste er noch was loswerden: „Falls bei dem Wort Zögling gerade ein Unterton zu vernehmen war. Ich habe ihn nicht ausgesucht, er hat sich

mir eher aufgedrängt. Leider habe ich eine eventuelle Verwicklung nicht geprüft. Mein Fehler."
Er sah Annabelle an, als würde er eine Frage erwarten, machte dann aber weiter. „Ich dachte, dass Sie jetzt wissen möchten, ob ich Christoph schon befragt habe? Er ist seit dem Wochenende im Urlaub und leider auch für mich nicht erreichbar."
Sie nickte, hatte dieses Detail jedoch schon selbst herausgefunden.

„Jetzt zu Familie Tischler. Ich bin der Geschichte nachgegangen. Alles, was meine Kollegen zusammentragen konnten, habe ich gestern auf den Kopf gestellt. Sie hatten nach zwei Jahren den Namen gewechselt, da die Geschichte die drei, also Eltern und Schwester, immer wieder einholte. In Pfullendorf hat sich die Spur zunächst verloren."
Er machte eine Pause und löste dann weiter auf: „Ich kam ihnen wieder auf die Spur, da ich einen ungelösten Mordfall in ihrem letzten Wirkungskreis gefunden habe."
Er schaute sich um: „Bekomme ich heute keinen Kaffee?"
Scholl wollte es offensichtlich spannend gestalten. Er blickte schweigend zum Fenster hinaus, bis ihm Katrin den Kaffee brachte.
„Bei besagtem Fall wurde ein Ehepaar regelrecht hingerichtet. Genickschuss. Kurz bevor Tischler sich selbst das Leben genommen hat. Die Getöteten waren seine Eltern. Wahrscheinlich nutze er den ersten Freigang, um mit den beiden abzurechnen. Die Schwester ist allerdings nicht mehr aufzufinden. Ihre Spur verliert sich auch mit diesem Tag."
Katrin überlegte laut: „Aber warum bringt er seine Eltern um?"

Annabelle: „Sie hatten den Sohn verstoßen und wollten ihm nicht mehr helfen. Keiner glaubte ihm, dass er unschuldig war. Wir wissen es heute, und er muss es damals auch von irgendjemand erfahren haben."
Scholl nickte: „Sehr gut, Annabelle. Er hatte ein paar Mal Besuch von Blank, unserem Bankier im Verlies. Den letzten aber ein paar Wochen vor dem Selbstmord."
Ein Schluck Kaffee und weiter ging es: „Interessanter ist eine Frau, die ihn zwei Mal besuchte, kurz bevor er für mehrere Menschen, inklusive sich selbst, den Schlussstrich zog. Wir gehen davon aus, dass es diese Tina war, die vielleicht reinen Tisch machen wollte. Vielleicht hat sie ihm sogar Geld dafür geboten, da sie ihr Gewissen mit zunehmender Reife zu sehr drückte."
„Gab es vielleicht noch weitere Besuche?" Er zog die Schulter hoch: „Nur noch Blank, wie schon erwähnt. Allerdings, das wissen wir ja mittlerweile, wusste der nicht, was tatsächlich passiert war. Also kann der nicht der Auslöser gewesen sein."

Viel neuer Stoff, doch es fehlte immer noch der Schlüssel. „Tina ist verschwunden, ihre Mutter tot. Tischler ist tot. Entweder ist diese Tina zurückgekommen, oder es gibt noch jemanden, den wir übersehen haben. Die Schwester von Tischler? Wie hieß die denn mit Vornamen?"
Scholl nahm seinen Block und blätterte die Seiten zurück. „Äh, ich habe es gleich. Hier steeeehhht eees irgendwo." Er zögerte, und Annabelle sagte: „Karin!"
Scholl hatte es gerade gefunden. „Das stimmt. Wie kommen Sie plötzlich darauf?"

Annabelle schüttelte den Kopf. „Karin Bergmann ist die Schwester von Klaus Tischler."
„Was?" Scholl und Katrin fragten synchron.
„Sie hatte sich an Bergmann später ran gemacht, um ihm eins auszuwischen. Vermutlich wollte sie ihn direkt konfrontieren, und er hatte sie nicht erkannt. Karin selbst hat mir erzählt, dass die Schwester von Tischler früher Moppelchen genannt wurde. Also ein kleines dickes Monster, wenn ich ihre Interpretation kurz zusammenfasse. Vermutlich hat Bergmann sie deshalb nach Jahren nicht wiedererkannt. Spaß daran findend, versuchte sie, das Spiel dann etwas rauszuzögern. Daraus wurden dann fast vierzig Jahre Ehe."
Scholl fragte: „Und warum dann ausgerechnet jetzt?"
Annabelle ging gerade vieles durch den Kopf. Es war fast unmöglich, dass Karin nie auf der Hütte war. Ihr zweiter Verdacht musste sofort geprüft werden.
Sie rief noch mal bei dem Jäger an und bekam wieder dessen Frau an den Apparat.
„Das tut mir jetzt leid. Er hat es heute Morgen schon zweimal bei Ihnen versucht, aber Sie waren immer im Gespräch oder beschäftigt. Jetzt ist er in einer wichtigen Telefonkonferenz."
Annabelle wurde energisch: „Sie müssen ihn kurz ans Telefon holen. Es ist sehr wichtig. Ich brauche nur einen Satz von ihm."
Es blieb kurz still, während sie eine flüsternde Männerstimme hörte: „Es ist gerade sehr unpassend. Wir haben einen…." Aber sie brauchte ja nur eine kurze Bestätigung. „Nur eine Frage. Gibt es in Bergmanns Hütte zwei Keller? Ansonsten wäre Ihre Information…." Dieses Mal

unterbrach er: „Der Zugang ist im Boden, unter dem Küchentisch. Es war mal unser geheimer Clubraum.“
„Danke. Viel Erfolg bei der Konferenz.“ Mit diesem Satz legte sie auf. „Wir müssen sofort hoch zu Bergmanns Hütte. Es gibt einen zweiten, geheimen Keller.
Scholl wirkte sehr skeptisch: „Wie kommen Sie darauf? Ist jetzt nicht Ihr Ernst!“ Er machte einen fast verärgerten Eindruck. Weil er selbst nicht draufgekommen war?
Annabelle klärte auf, was der Jäger ihr gerade an neuen Erkenntnissen mitgeteilt hatte, und Scholl wurde aktiv.
„Ich werde meine Leute und das SEK schicken. Dieses Mal lassen wir nichts anbrennen. Nicht, dass man uns noch eine Falle stellt. Sie sind sich aber auch ganz sicher?“
Er wartete ihre Antwort nicht ab, nahm sein Telefon, tippte eine Nummer ein und gab sofort die Koordinaten weiter.
„Unter dem Küchentisch müsst ihr suchen. Wenn ihr vor Ort seid, dann gebt mir Bescheid. Ich möchte mit den Neustädter Kollegen dabei sein. Danke!“
Annabelles Apparat klingelte. Die nette Dame vom Fürstenberg-Gymnasium war dran: „Ich habe Karin Gutmann für Sie ausfindig gemacht. Wir haben sogar gerade telefoniert. Sie lebt in Hamburg, wo sie sich auch aktuell aufhält, und ist nicht sitzengeblieben.“
„Danke“, antwortete Annabelle. „Das bestätigt meine Theorie. Nett, dass Sie sich so schnell gekümmert haben.“

Scholl tippte derweil etwas in sein Handy und sah dann zu Annabelle: „Frau Bergmann oder zuerst die Hütte?“
Sie sah ihn mit großen Augen an: „Ihre Entscheidung. Sie leiten die Ermittlung.“
Er nickte: „Ich glaub nicht, dass die uns davonläuft.“

Annabelle recherchierte gerade noch im Internet: „Jetzt würde mich aber interessieren, ob Frau Bergmann zu den Altmeiers Kontakt hatte."
Scholl nickte: „Wenn Ihre überaus gewagte Theorie stimmt und sich alles um Karin Bergmann bewahrheitet, dann würde mich interessieren, was der Auslöser war. Ich kann mir einfach nicht vorstellen, dass man solange mit jemandem lebt, den man doch hasst und dem man den Tod wünscht?"
Katrin schaltete sich ein: „Man hat ihr die komplette Familie genommen. Der Hass sollte für ein Leben lang ausreichen. Oder etwa nicht?"
Beide nickten, konnten sich aber keinen Reim darauf machen, warum ausgerechnet jetzt.
„Was tippen Sie denn die ganze Zeit?" Scholls Frage ging an Annabelle, die antwortete: „Todestag von Tischler? Geburtstage der Tischlerfamilie? Alles, was etwas bei ihr ausgelöst haben könnte. Vielleicht stand das Datum schon lange fest?"
Katrin fing jetzt ebenfalls an zu suchen, während Scholl telefonierte: „Wir brauchen einen Haftbefehl für Karin Bergmann und einen Durchsuchungsbeschluss für ihr Haus und die Hütte am Feldberg." Er wartete kurz und meinte dann: „Am Feldberg ist Gefahr in Verzug. Die anderen beiden Sachen reichen mir in einer Stunde."
Obwohl jemand auf der Gegenseite lautstark zu intervenieren versuchte, legte er auf.

Er sah zu Annabelle und meinte: „Jetzt rufen wir mal noch auf dem Revier in Donaueschingen an."

Auch dort bekam er schnell einen Anschluss: „Ich möchte gerne, dass ihr eine Fahndung nach eurem Kollegen Christoph Kessler rausgebt. Hier aber bitte vorsichtig sein, da er mit Sicherheit bewaffnet ist. Das brauche ich Ihnen aber wohl nicht zu erklären."
Er lauschte kurz einem empörten Beamten zu und sprach dann: „Kessler steht unter Verdacht an der Entführung unserer drei Wirtschaftsgrößen beteiligt zu sein. Sie können die Fahndung gerne verschleppen. In dem Fall nehmen Sie es auf Ihre Kappe, wenn wir die Herren eventuell zu spät finden."
Scholls Grinsen nach vermutete Annabelle, dass die Gegenseite gerade kleinlaut zu beteuern versuchte, sofort alles in die Wege zu leiten.
„Meine Damen? Ich denke, wir sollten los. Die werden auf dem Feldberg nicht auf uns warten."
Er erklärte sich erneut zum Fahrer und erzählte auf dem Weg, was er früher mal für ein toller Typ war, bevor er ein behäbiger Kripo-Beamter wurde. Auch seine Jugend hätte es in sich gehabt. Es war eine amüsante Fahrt und ein Außenstehender hätte nicht vermutet, zu welch wichtigem Einsatz sie gerade unterwegs waren. Die spannendste Entführung würde gleich enden.
Wollte Scholl von seiner eigenen Nervosität ablenken? Er stand kurz vor dem Ziel, wusste aber nicht, was ihn tatsächlich an der Hütte erwarten würde.
Annabelle fragte plötzlich: „Der Zimmermann? War er die rechte Hand von Karin? Er hat alles gewusst und wahrscheinlich gelacht, als wir das Haus durchsucht haben. Die Opfer haben gegen die Wand geklopft, während wir von der Motorsäge abgelenkt wurden. Ob er noch da ist?"

Das SEK war in Position und Scholl besprach sich mit dem Einsatzleiter. Annabelle konnte hören, dass das Wort Zimmerman fiel.
Aber war der Typ alleine und wer war er?

46. Im Verlies

Sie saßen gerade beim Frühstück, als plötzlich jemand auf der Treppe trampelte.
In der letzten Nacht, leicht angetrunken, munterten sie sich gegenseitig auf. Sie würden wieder rauskommen. Das Ohr von Greitmann ließe sich richten und da er nie in der Nase bohrte, bräuchte er den Finger nicht.

Es war eine ausgelassene Stimmung, in der die Kiste Bier gekippt wurde und sie sogar tanzten.
„Wir haben keine Angst vor dir. Es kommt der Tag, an dem ich dir den Kopf abhacke. Du hast dich mit dem Falschen angelegt. Du, du…“, Bergmann war außer sich.
Er provozierte so lautstark, dass Blank Angst bekam. Hoffentlich würde sich dieser Übermut nicht rächen!
Greitmann feierte mit, war aber langsam angezählt. Er gab den ganzen Tag nur wenig von sich und hatte starke Schmerzen. Ihm wurde der Ernst der Lage bewusst, während sich Bergmann immer stärker fühlte. Einzig den abgebissenen Mausekopf hätte Blank ihm nicht zugetraut.

Die Tür ging auf, und der Mönch stürmte rein. Er hatte eine Pistole in der Hand und Handschellen.
„Alle umdrehen und auf die Knie, Gesicht nach hinten an die Wand.“
Bergmann wurde laut: „Umdrehen? Los, erschieß uns doch.“
Ein lauter Knall ertönte. Greitmann und Blank erschraken wegen des Schusses, der sich wie ein Riesenböller anhörte.

Bergmann sackte dagegen schreiend zu Boden. Er hielt sich die Kniescheibe, die ihm gerade zertrümmert wurde. Hatte der Mönch ihn tatsächlich ins Bein geschossen?

„Umdrehen und auf die Knie, die noch eins haben!"
Greitmann und Blank folgten ihm, während Bergmann schreiend auf dem Boden lag.
Blank bekam Handschellen angelegt und eine Kette an die Beine. Dann wurde er Richtung Türe gezerrt, wo er seinem größten Alptraum entgegenfiebern musste.
Der Mönch ging raus und kam mit einem Holzklotz zurück. In der anderen Hand hielt er, was Blank das Entsetzen in die Augen trieb, eine Motorsäge.
Dann legte er Bergmann Handschellen an und fixierte seinen Kopf auf dem Holzklotz. Ein kurzer Ruck, schon ratterte die Kettensäge und beschallte den Raum. Greitmann wimmerte jetzt wie ein kleines Kind, als ihm das laute Monstrum in die Hand gedrückt wurde.
Der Mönch ging einen Schritt zurück und zielte mit der Pistole auf Greitmann: „Säg ihm den Kopf ab. Das Großmaul hat nichts kapiert. Ich soll euch dabei von Klaus Tischler grüßen, der, wie viele andere Menschen auch, das Wichtigste im Leben verloren hat. Durch euch."
Er machte eine kurze Pause, während Greitmann zitternd die Säge in der Hand hielt.
„Bergmann hat dir das Ohr abgebissen. Das war nicht ich. Also? Säg ihm den Kopf ab, oder ich erschieß dich. Das ist angenehmer, als einer Maus den Kopf abzubeißen. Glaub mir!"
Der Lärm der Säge und der Gestank von Benzin vernebelten allen ihre Sinne. Eine Wolke bildete sich im Raum und

Blank überlegte, ob er raus robben könnte. Die Angst lähmte ihn jedoch. Warum zum Teufel lief der Typ plötzlich Amok? Hatte Bergmann ihn in der Nacht so provoziert, oder warum diese Hektik?

Schrecklich, dieser Lärm, der jetzt kaum mehr auszuhalten war. Dazu ein heulender Greitman, der jämmerlich und gezeichnet aussah mit seinem riesigen Kopfverband. Vor ihm auf dem Holzklotz lag der Kopf von Bergmann, der keine Miene verzog, als wüsste er, dass es keinen Ausweg mehr gab.
Blank verstand das nicht. Wie konnte der Baulöwe die Schmerzen im Knie ausblenden? Hatte er bereits resigniert? Wusste Karin überhaupt, was dieser Wahnsinnige hier gerade abzog? Niemals hätte er sich auf das Spiel eingelassen, wenn er das Ausmaß geahnt hätte.

Greitmann flehte: „Neiiiin. Bitte nicht."
„Looos jetzt!" Der Mönch schrie noch lauter, und zwischen Bergmanns Beinen plätscherte es. Für Blank stand fest, dass der sich vor Angst gerade in die Hose pinkelte. Was dann kam, raubte ihm jedoch den Atem. Etwas, das er sich in den kühnsten Träumen nie hätte vorstellen wollen.
„Nein. Bitte…", nie hätte sich Blank vorstellen können, dass Greitmann einmal so um Gnade winseln würde, obwohl er ja nicht mal der Geschädigte war. Er brauchte ja nur zu tun, was er sein Leben lang tat. Jemand in den Abgrund schicken.
Ein weiterer Knall krachte, und Bergmann schrie kurz auf. Ihm platzte hinten Blut aus der Wade, während der Mönch auf Greitmann zielte und anfing zu zählen: „Drei, zwei….."

Der Landrat ging einen Schritt nach vorne. Er heulte, schluchzte und jammerte, als er mit der Säge durch seinen alten Schulkollegen fuhr. Die Säge hatte nicht viel Mühe, und Bergmann zuckte nur kurz, ohne einen weiteren Ton von sich zu geben. Der Kopf fiel auf den Boden und rollte Blank entgegen.

Der Mönch blickte die beiden an: „Respekt. Ihr habt euer Soll erfüllt und die gerechte Strafe erhalten. Gleich werdet ihr abgeholt. Es ist vorbei.

Greitmann sackte vorne über auf die Knie. Er sah rüber zu Blank, der ebenfalls zu heulen und zu schluchzen begann.

Der Entführer bemühte sich nicht mehr, die Tür zu verschließen, was die beiden erst nicht bemerkten. Sie mussten diese Bilder verarbeiten. Bergmanns Körper lag vor ihnen und der Kopf mitten im Raum.

Sie schafften es lange nicht aufzustehen, während sich auf dem Boden Blut verteilte.

Die Fußfessel von Blank ließ sich dann aber leicht entfernen, wobei ihm Greitmann half. Auch der Schlüssel für die Handschellen lag auf dem Boden. Sie mussten sich beeilen, da sie sonst noch ersticken würden. Die Säge auszuschalten, waren beide nicht in der Lage und wahrscheinlich dafür auch zu blöd.

Die Beine endlich frei, gingen sie, sich gegenseitig stützend die Treppe hoch. Die Luke war offen, und sie orientierten sich gerade Richtung Eingangstür, als plötzlich jemand versuchte, die Öffnung aufzurammen. Es polterte einmal und dann noch mal, was den beiden verunsicherten Opfern erneut Angst machte.

47.

Nachdem sich Scholl mit dem Einsatzleiter besprochen hatte und alle Beamten ihre Position bestätigten, kam das „Go“.
Sie hatten die Fenster bereits mit kleinen Kameras gecheckt und Annabelle hörte, dass das Erdgeschoss sauber sei.
Dann ging alles Schlag auf Schlag, und die Beamtinnen nickten sich erleichtert zu. Annabelle war sich sicher, hier gleich drei Menschen befreien zu können, denen aber noch schwere Tage bevorstanden.

Sie hörten den Knall, als die Türe aufgebrochen wurde. Es ging nicht lange, bis einer nach dem Notarzt rief, während zwei Herren, gestützt von den Beamten, nach draußen geführt wurden.
Zwei Sanitäter rannten hin und wurden von mehreren SEK-Beamten abgeschirmt. Offensichtlich war das Haus noch nicht gesichert.
Annabelle überlegte, dass dies auch ein paar Minuten in Anspruch nehmen könnte. Immerhin hatte sie die Zimmer selbst inspiziert.
Aber wo war der dritte Mann? Wer fehlte? Hatte der Entführer womöglich eine Geisel mitgenommen? Wurde der Typ gewarnt? Aber wann und von wem?
Sie überlegte, wer überhaupt davon wissen konnte. Katrin, sie selbst und Scholl. Niemand hätte aber Zeit gehabt, noch jemanden zu warnen. Jemand war ihnen einen Schritt voraus. Vielleicht jemand aus der Psychiatrie? Hatte Scholl mit der letzten Nachforschung den Täter alarmiert?

Sie wollte vorlaufen, als sie der Einsatzleiter am Arm festhielt. Er hörte gerade etwas auf seinem Ohrstöpsel zu Ende an und meinte dann: „Leiche im Keller. Kein schöner Anblick.“ Er machte noch mal eine Pause, ließ dann ihren Arm los und sagte: „Kopf mit der Motorsäge abgetrennt. Ihre Entscheidung, ob Sie das sehen wollen?“
Was für eine Frage, dachte sie, bat aber Katrin zu warten. Ihr Job war es, dieses Verbrechen aufzuklären, wobei ihr Gedanke immer wieder zu Karin Bergmann ging. Würde sie es zulassen, dass einer von den dreien sterben müsste? War es ihr aus dem Ruder gelaufen?
Sie würde es später noch erfahren. Hoffentlich!

Als sie am Eingang ankam, war alles gesichert, und ein Mann mit Weste und Helm zeigte auf das Loch im Küchenboden. Annabelle stieg hinunter und roch bereits Benzin, das von der Motorsäge stammen musste. Sie vermutete, dass die rechte Wand sie von der Treppe trennte, die sie beim letzten Mal runter gelaufen war. Wo sie das Klopfen hörte, aber nichts unternahm. Zu der Zeit, als der Kopf, den sie jetzt auf dem Boden liegen sah, noch auf dem Körper von Bergmann gesessen hatte.
Seine Augen waren auf, und die Zunge schaute raus. Ein Anblick, den auch die beiden Freunde oben nie mehr vergessen werden.
Sie ging trotzdem hinein und sah sich um. Einer der Beamten zeigte auf zwei kleine Teile in der Ecke.
Dort lagen ein Ohr und ein Finger auf einer kleinen Folie. Beides bleich, komplett des Blutes entleert.
„Wer macht so was?“ Keiner reagierte auf ihre Frage, und sie wollte wieder raus gehen, als Scholl in der Tür stand.

Ohne einzutreten, meinte er: „Jemand, der viel Hass in sich trägt und ihn sich wahrscheinlich zu lange anstauen ließ." Er machte eine Pause und ergänzte dann: „Aber wer hat ihr geholfen? Der Zimmermann, der beim letzten Mal hier war? Wer könnte das gewesen sein?"
Annabelle fiel spontan ein: „Der Mann, der überfahren wurde und auf dessen Hund man geschossen hat. Die beiden arbeiten heute doch in einem Holzbetrieb!"
Scholl machte eine Kopfbewegung nach oben: „Wollen wir draußen weiterreden?"
Sie nickte und die beiden gingen vor das Haus. Dort telefonierte Scholl mit den Kollegen aus Donaueschingen. Es gab einen Namen zur angefahrenen Person und auch Daten zu dem Mann, die sie ihm gleich auf sein Handy schicken wollten.
„Wären Sie so nett und würden im Internet kurz nach einem Foto suchen, das zu der Person passt, falls wir nichts in den Unterlagen haben? Danke!"
Sie liefen um das Haus und schauten sich um, während die Spurensicherung eintraf und sich an die Arbeit machte.

„Reifenspuren. Verschiedene Sorten." Diese Anmerkung von Annabelle quittierte Scholl mit: „Und unsere sind auch dabei!" Sie nickten, und der Kripo-Chef zog sein Handy raus. Er betrachtete die Nachricht und schüttelte den Kopf. „Entweder ein falsches Bild oder er war es nicht. Zumindest so, wie ich das entscheiden würde. Der andere sitzt ja im Rollstuhl und kann es kaum gewesen sein."
Er hielt Annabelle das Handy hin, die zustimmte, es aber trotzdem nicht ausschließen wollte. Während sie über das

grüne Tal Richtung Feldberggipfel blickte, ging bei Scholl ein Anruf ein.
„Wie verschwunden? Rollladen unten? Was hat das zu bedeuten?“ Er machte eine Pause und meinte dann: „Okay. Großfahndung. Das Bild sofort an alle Dienststellen im Bundesland. Info, dass die Grenzen überwacht werden müssen. Sie darf auf keinen Fall ins Ausland. Verstanden?“
Dann sah er zu Annabelle. „Karin Bergmann ist verschwunden. Das Haus wirke, als wäre sie in den Urlaub gefahren.“
Empört sah er die Kollegin an, die meinte: „Und nun? Wir brauchen sie, wenn wir wissen wollen, wer hier oben gewütet hat.“
Sie machte eine Pause und kam nochmal auf den Helfer zurück. „Bekommen wir aus Donau ein Bild des Hundes, der den Jäger beim Unfall begleitet hat? Ein Dalmatiner vielleicht.“
Scholl telefonierte erneut und schüttelte dann den Kopf. „Er hatte einen braunen Jagdhund bei sich. Wäre auch zu schön gewesen.

Greitmann und Blank wurden gerade abtransportiert. An eine Vernehmung sei heute nicht mehr zu denken, hatte der Notarzt signalisiert. Die Frage wohin, wurde mit „Neustadt“ beantwortet, was Annabelle in die Karten spielte. Oberärztin Claudia könnte sie über den Zustand auf dem Laufenden halten.

In dem Moment bekam Annabelle eine Nachricht vom Revier auf das Handy.

Schwerer Verkehrsunfall zwischen Feldberg und Bärental. Ein Fahrzeug ist ungebremst in einen LKW gefahren. Straße komplett gesperrt.

„Na prima. Jetzt kommen wir nicht mal mehr den Berg runter.“ Auf die fragenden Blicke klärte sie die Kollegen auf.

48.

Er hatte gleich am Morgen eine Nachricht auf sein Handy bekommen.

Wir müssen es heute beenden. Bergmann ist der Auserwählte. Bis zehn Uhr bist du weg, behältst aber die Hütte im Auge, bis die Polizei anrückt. Dann verschwindest du und wartest, bis ich mich melde. Deinen Wagen findest du vorne am Parkplatz, August-Euler-Platz. Ein roter Audi 80.
Danke für deine Unterstützung und viel Erfolg. Deinen Lohn hast du dir verdient.

Er war so stolz, ihm helfen zu können. Dies war Lohn genug. So viel hatte sein Mentor im Leben schon für ihn getan. Ihn schon in jungen Jahren unterstützt und dabei geholfen, nach seiner schweren Zeit in ein normales Leben zu finden. Auch später, als er im Gefängnis saß und man ihm nicht glauben wollte, dass er Aussetzer und Gedächtnislücken hatte.
Mit einem Gutachten hatte ihn der edle Herr rausgeholt. Nur er wusste von seinen Kopfschmerzen und den Gedächtnisverlusten. Nur dieser Mann half ihm, mit Medikamenten die Probleme in den Griff zu bekommen.

Jetzt war alles vorbereitet. So, wie der Auftrag es verlangte. Sein Kopf dröhnte noch ein bisschen vom Lärm der Motorsäge.

Das SEK war bereits eingetroffen. Auch die hübsche Blondine, die ihm beim letzten Besuch so gefiel, konnte er sehen.

Er erkannte alle drei wieder, wie sie hinter der Einsatzleitung standen.
Es würde gleich losgehen. Was würden sie vorfinden? War das gerade wieder so ein übler Traum, oder hatte er es tatsächlich geschafft, dass einer diesem Bergmann den Kopf abtrennte?

Die Medikamente machten in den letzten Tagen arg Probleme und er war froh, dass er nicht gänzlich alleine hier oben war. Der Hund war ein treuer Begleiter, der gestern jedoch abgeholt wurde. Es war so abgesprochen. Dabei sagte er zu seinem Herrn: „Dein Stolz auf mich ist Lohn genug."
Zugezwinkert hatte ihm Scholl darauf und meinte, dass er sich vorstellen kann, dass er bald zu ihm ziehen darf.
Zuerst die Medikamente einstellen, dann stünde dem nichts mehr im Weg.

Es war erledigt. Das SEK eingetroffen, und er konnte diesen Ort verlassen.
Sein Fluchtauto hatte er bereits gefunden. Einen uralten Audi 80. Der Schlüssel lag, wie vereinbart, auf der Innenseite des linken Vorderreifens.
Er stieg ein und musste grinsen, wie schwach der Wagen war. So ein altes Auto hatte er noch nie gefahren, wobei der Oldtimer bergab dann doch noch auf Touren kam.
Er sah sein Gesicht vor sich, und wie er ihm auf die Schulter klopfen würde, als der Schreck ihn in die Realität zurück katapultierte.
Was war mit dem Auto los? So sehr er auf die Bremse trat, es passierte nichts. Er war dabei, einen LKW zu überholen, und versuchte, wieder einzuscheren. Da vorne kam eine

Kurve, die nach dem ersten Gefälle rechts um den Berg führte. Kanapee nannten die Einheimischen dieses steile Stück, hatte er zumindest in einer Wirtschaft aufgeschnappt. Ein LKW kam von unten hoch und zeigte ihm seine breite Seite. Was war nur mit dieser verdammten Bremse los? Er brüllte seinen Namen, als er ungebremst hineinkrachte und sofort tot war.

Die Ironie des Schicksals wird dir gleich den Kopf abtrennen, wenn du unter dem Anhänger durchschießt. Mit diesem Gedanken endete sein Leben. Und er behielt recht.

49.

Die Strasse sollte erst gegen 16 Uhr wieder frei sein, weshalb Scholl über Todtnau und Menzenschwand fahren musste. Landschaftlich konnte man die Hügel, das Grün und die Aussicht nur als sensationell bezeichnen. Zudem konnten sie es noch ausgiebiger genießen, da Katrin, die hinten saß, zweimal eine Pause brauchte. Eine Unterbrechung diente zum Übergeben. Erst als sie mit Annabelle den Platz tauschte, wurde es besser.

Zurück auf dem Revier, verabschiedete sich Scholl, da er zur Pressekonferenz musste. Glücklicherweise fragte er nicht, ob ihn eine der Damen dabei unterstützen möchte. Wahrscheinlich wollte er die Lorbeeren selbst einstreichen, wobei ihm mit einem Toten viel Gegenwind entgegenwehen dürfte. Er war nicht darum zu beneiden.

Annabelle und Katrin suchten dagegen weiter im Netz. Ein komischer Fall. Opfer frei, Täter flüchtig und trotzdem halb gelöst?

Es war bereits kurz vor Feierabend, als ein Kollege ins Büro kam.
„Das dürfte euch interessieren, der Unfall heute auf dem Feldberg. Den Fahrer konnten wir noch nicht identifizieren, da ist nicht viel Erkennbares übriggeblieben. Aber der Wagen?“ Er sah sie an, als müssten sie ein Rätsel lösen. „Erzähl schon. Was ist so Interessantes an dem Wagen?“
„Der Wagen gehört einem gewissen Konrad Altmeier aus Donaueschingen. Klingelt es da bei euch?“

Die beiden Mädels sahen ihn an, und das Gehirn ratterte. Annabelle fing zuerst an, laut zu denken: „Wenn der Wagen zu der Zeit bergab unterwegs war, dann könnte er von der Hütte gekommen sein." Sie überlegte noch mal.
„Das Alter? Weiß man was über das Alter des Fahrers?"
Der Beamte sah auf den Bericht. „Alter kann noch nicht definiert werden. Es handelt sich aber um eine männliche Person, und er trug eine Zimmermannskluft."
Jetzt sahen sich die beiden erneut an, und aus Katrin platzte es raus: „Das ist unser Mann."

Annabelle rief sofort bei Scholl an und bekam ihn direkt an die Strippe. Ohne auf die Pressekonferenz einzugehen, kam sie gleich zur Sache.
Scholls Antwort war ebenfalls knapp: „Wir brauchen einen Durchsuchungsbeschluss für das Haus von Konrad Altmeier. Sie fahren hin, und ich organisiere den Schreibkram. Meine Leute und die Kollegen aus Donaueschingen haben das Kommando, aber Sie werden mit den Altmeiers reden. Okay?"
Annabelle stimmte zu und ergänzte: „Wir brauchen einen Zusammenhang zwischen Karin Bergmann und Konrad Altmeier. Wie könnten die beiden in Verbindung stehen?"
Es entstand eine kurze Pause, und sie versuchte ihre eigene Frage zu beantworten: „Vielleicht bekam er mit, dass man ihn damals gelinkt hat. Es könnte ja sein, dass ihn diese Geschichte stärker mitnahm, als wir uns vorstellen wollten. Also, die Verarsche mit dem untergejubelten Schwangerschaftstest meine ich."
Scholl: „Ja, ja. Nicht spekulieren. Fahren Sie hin und finden Sie es raus!" Dann klickte die Leitung.

Annabelle überlegte. Wer war dieser Zimmermann? Ein Kind, das aus einer Verbindung entstanden ist, die sie nicht auf dem Schirm haben? Oder doch der Typ, dessen Kollege auf der B31 angefahren wurde? Es gab noch zu viele offene Fragen. Das Ziel lag vor ihnen, aber mit zu vielen Steinen im Weg.

50.

Um 19 Uhr trafen die beiden in Donaueschingen ein. Die Kripo war bereits am Werk und ließ sich von den Kollegen vom örtlichen Revier unterstützen.
Annabelle versuchte, sich der Aufgabe zu widmen, mit Altmeier den Mix aus Verhör und offenem Gespräch zu finden.
„Die nette Kommissarin. Ich wusste doch, dass wir uns noch mal sehen. Können Sie mir erklären, weshalb mein Haus auf den Kopf gestellt wird?"
Er gab sich wieder höflich und charmant, wirkte aber angespannt. Auch eine gewisse Verwirrtheit, auf die sie ja schon hingewiesen wurde, konnte man heute bemerken. Hatte er das Video gesehen? Wusste er, dass ihn seine Schüler damals verarscht hatten? Was meinte seine Frau zu dem Vorfall?

„Herr Altmeier. Es tut mir sehr leid. Aber mit Ihrem Auto ist ein Unfall passiert."
„Mein Auto? Das steht in der Garage." Ein Kollege, der gerade zur Tür reinkam, nickte, und Annabelle fragte: „Haben Sie noch einen zweiten Wagen? Einen alten Audi 80?"
„Oh ja. Mein Oldtimer. Den habe ich behalten, damit er niemandem die Geschichten erzählt, die wir früher gemeinsam angestellt haben. Der steht in einer Scheune, glaube ich. Oder habe ich den meinem Enkel geschenkt?" Er überlegte und sagte dann: „Mit dem bin ich schon lange nicht mehr gefahren. Ist der überhaupt angemeldet?"

Annabelle erkannte, dass es mit fortschreitender Zeit schwieriger werden würde. Sie musste die richtigen Fragen jetzt platzieren.

„Kennen Sie noch Karin Tischler? Sie heißt jetzt Bergmann."

Er überlegte kurz und schüttelte dann den Kopf. „Aber Klaus war hier. Habe ich ihm womöglich den Wagen geliehen?"

„Welcher Klaus war hier?" Annabelle fragte, während Frau Altmeier reinkam. Sie hatten sich noch nicht kennengelernt. Eine kleine, schlanke Frau, die einiges jünger wirkte als ihr Mann. Ein nettes Lächeln deutete Annabelle als Begrüßung.

„Klaus Tischler. Er war hier und hat gefragt, ob ich ihm mein Auto borgen könnte. Ein nettes Gespräch war das. Erinnerungen wecken, das ist es, was mich noch am Leben hält."

Frau Altmeier schüttelte den Kopf: „Er bringt hin und wieder die Zeit durcheinander. Es kann sein, dass diese Erinnerung schon dreißig Jahre zurückliegt. Sie müssen entschuldigen…", er unterbrach sie: „Der nette Herr. Das war erst vor ein paar Tagen. Du erinnerst dich?"

Sie schüttelte den Kopf: „Tut mir leid. Da war ich sicher nicht zu Hause."

Er überlegte. „Das weiß ich nicht mehr. Aber ich erkannte seine Art zu reden, wie er immer das R rollen ließ, sofort wieder. Er hat sich komplett verändert, aber die Stimme und seine Gestik waren noch gleich. Dieser Lausbub, was der mit seinen Kollegen alles angestellt hat."

Annabelle wusste nicht genau, wie sie das bewerten sollte, nickte aber Katrin zu, es zu notieren.

„Ihr Enkel, Christoph? War der wieder mal hier?“ Altmeier überlegte und seine Frau meinte: „Er war gestern kurz hier. Christoph erledigt für uns die Einkäufe.“ Ihr war anzumerken, dass sie das gerade nicht erzählen wollte. Wurde ihr vom Enkel womöglich ein Redeverbot erteilt?
Annabelle wandte sich jetzt direkt an Frau Altmeier: „Fährt er mit Ihrem alten Audi?“
Sie schüttelte den Kopf: „Der steht in einer Scheune in Pfohren. Den haben wir dort vor Jahren eingemottet.“
Katrin blickte auf: „Den Schlüssel haben Sie aber hier?“ Sie nickte und ging durch die Türe. „Der hängt noch am Schlüsselbrett. Als letzte Erinnerung.“
Sie sortierte den Wandbehang durch und blickte sich um: „Er fehlt.“
„Habe ich doch gesagt. Klaus hat mich gefragt, ob ich ihm ein Auto leihen könnte. Er war außer sich, als ich ihm von meinem alten Audi erzählte. Natürlich kannte er ihn noch von früher. Damit bin ich schon zur Schule gefahren.“
Er grinste, und für Annabelle stand fest, dass jemand hier war, der den Wagenschlüssel mitgenommen hatte.
„Und Sie sind wirklich sicher, dass es Tischler war? Können Sie ihn beschreiben?“
Er grinste: „Klaus ist auch ein alter Mann geworden. Er trug einen Sportanzug und seine Stimme…? Ja, seine Stimme ist älter geworden, aber die Art zu reden...? Er ist es definitiv gewesen.“

Sie verabschiedeten sich, und die Kollegen packten ebenfalls zusammen. Es gab wohl nichts zu finden. Auch keinen Hinweis, wo Christoph untergetaucht sein könnte.

Annabelle nahm Altmeier zur Seite: „Herr Altmeier, gab es mal eine Erpressung gegen Sie. Wurde mal versucht, Ihnen eine Schwangerschaft anzuhängen?"
Der Lehrer blickte auf den Boden, dann zur Decke und ging dann ins Wohnzimmer zurück. „Sie müssen sich irren. Klaus ist kein schlechter Mensch!" Das war alles, was er dazu sagte, und Annabelle glaubte, dass sie gerade etwas in ihm hervorrief, was er lange verdrängt hatte. Es machte aber auch den Eindruck, dass er aktuell nicht an diesem Thema interessiert wäre. Zumindest hatten er und seine Frau, das hoffte sie an dieser Stelle, das Video im Netz tatsächlich noch nicht gesehen. Allerdings keimte in ihr der Verdacht auf, dass Tischler bei seinem Besuch dieses Thema ansprechen wollte. Vielleicht sogar, um sich zu entschuldigen? War sich Altmeier deshalb womöglich so sicher, dass es sein ehemaliger Schüler war, der nach einem Auto fragte?
Sie wiederholte ihre Entschuldigung, zusammen mit einem Kollegen von der Kripo, der gerade ebenfalls raus ging, und stellte dabei fest, dass sich das Durcheinander in Grenzen hielt. Die Beamten waren vorsichtig mit den Sachen umgegangen.

Ein Beamter sprach sie an, als Annabelle raus gehen wollte. „Wir haben telefoniert." Sie nickte: „Arno?"
Er stimmte zu: „Richtig."
Er blickte sich um und flüsterte dann: „Christoph hat sich bei mir gemeldet. Er fürchtet, dass man ihn reingelegt habe. Ihm sei aber nicht klar, an wen er sich damit wenden soll."
Annabelle nickte: „Gerne bei mir. Du hast meine Nummer?" Ohne eine Antwort abzuwarten, streckte sie ihm die Karte entgegen.

„Er soll sich nicht zu viel Zeit lassen. Für ihn wird das Eis immer dünner."
Er nickte und ging weiter. Beide achteten darauf, dass niemand etwas von ihrer kurzen Unterhaltung mitbekam. Zu brisant war die Fahndung nach dem jungen Kollegen.

Während der Fahrt nach Neustadt brachte sie Ordnung in ihre Gedanken. Altmeier konnte sich nicht an Karin Bergmann erinnern. Oder wollte er die Beamten auf eine falsche Fährte locken, indem er Tischler ins Spiel brachte? Es wurde immer verrückter. Dazu meldet sich sein Enkel genau zu dem Zeitpunkt, als die Schlinge bereits zugezogen war. Auch das könnte ein Ablenkungsmanöver sein oder zumindest zur Zeitgewinnung dienen.

Fakten, die ihr durch den Kopf gingen:
Karin Bergmann ist nur eine der Auftraggeber. Mit wem hatte sie aber noch Kontakt? Christoph Altmeier? Konrad Altmeier? Er könnte den Verwirrten auch nur spielen. Wer war der Unfalltote, der die Drecksarbeit auf dem Feldberg erledigen musste? Mit Sicherheit waren seine Bremsen manipuliert. Hier brauchte sie gar nicht das Gutachten abzuwarten. Die Auftraggeber waren so skrupellos, dass sie den schnellen Weg genutzt haben, den Helfer loszuwerden. Es würde aber auch bedeuten, dass er keine persönliche Beziehung zu den Auftraggebern hatte. Sonst hätte man ihn nicht geopfert.

Sie kam zu keiner Lösung. Nicht mehr heute. Aber sie hatte ein paar Ideen, denen sie morgen nachgehen würde. Was, wenn Tischler tatsächlich noch lebt? Ein Rachefeldzug der

Geschwister? Ihr Leben wurde zerstört, und sie hatten alles verloren.

51.

Am nächsten Morgen im Büro, als Annabelle um 7 Uhr eintraf, saß Katrin schon an ihrem Platz. Nach einer kurzen Begrüßung fing das Internet an zu glühen.
Um 8 Uhr rief Annabelle in der Psychiatrie an, wo Tischler bis zum Schluss gelebt hatte.
„Wir bräuchten Informationen über einen gewissen Klaus Tischler. Ist noch jemand da, der sich vielleicht persönlich an ihn erinnert?“ Sie nannte das Datum, wann er dort war, und hörte dann, wie die Dame am anderen Ende, mit zugehaltenem Hörer, Rücksprache hielt. Wahrscheinlich würde sie gleich hören, dass die Kripo in den letzten Tagen schon mehrfach diesbezüglich angefragt habe und man ihr schon alles erzählt habe.
„Ich verbinde!“ „Oh, sehr freundlich“, grinste Annabelle und bekam einen netten Herrn ans Telefon. Sie stellte ihn sich optisch wie Altmeier vor. Alt, gepflegt und weise.
Er berichtete ihr ausführlich, wie toll sich dieser junge Mann entwickelt habe und immer wieder von seiner Schwester Besuch bekam. Auch über dessen Stärken und Schwächen ließ er sich aus.
Ob er zu jemandem Kontakt hatte, war die nächste Frage.
„Es gab eine junge Frau, die Kontakt zu ihm suchte, allerdings war sie keine Patientin. Sie war die Mutter eines zehnjährigen Jungen, der wegen einer manischen Störung bei uns behandelt wurde.
Schwererziehbar und aggressiv, so könnte man den Jungen beschreiben. Lediglich Tischler fand Zugang zu ihm. Die beiden hatten sich gut verstanden.“

Annabelle überlegte. „Lassen Sie mich raten. Nach einer gewissen Zeit, als Tischler tot war, kam jemand und besuchte den Jungen. Stimmt's?"
Es blieb kurz still. „Sie haben recht. Mir ist klar, was Sie denken. Mir kam der Gedanke damals auch, da der Junge zu dem Mann erneut einen guten Draht bekommen konnte. Es gab jedoch optisch nichts, was an Tischler erinnert hätte. Ich würde rückblickend den Mann auch als älter beschreiben. Im Schätzen bin ich allerdings nicht so gut. Für mich war nur wichtig, dass jemand Zugang zu dem Jungen fand. Eigentlich ein hoffnungsloser Fall, ohne Perspektive."
„Wissen Sie, was mit dem Jungen nach der Klinik passiert ist?"
„Seine Mutter wollte ihn nicht. Er ist tatsächlich zu diesem Mann gezogen, der ihn immer wieder besucht hatte. Ich weiß allerdings, dass der Junge dann im Gefängnis landete und noch gebrochener rauskam. Schlimm war das. Danach verlor ich jedoch seine Spur."
„Wie hat er geheißen und erinnern Sie sich noch an den Namen des Besuchers?"
Annabelle hörte, dass beim Gesprächspartner eine Nachricht eingegangen sein musste.
Immerhin hat er ein Handy, schmunzelte sie vor sich hin.
„Der Junge hieß, Daniel Kramer und der ..?" Er zögerte plötzlich, als müsste er in einer Akte nachschauen. Oder las er gerade die Nachricht? Multitasking-Opa?
„Wie sagten Sie, war Ihr Name und von welchem Revier rufen Sie an?"
Warum änderte sich seine Stimmung plötzlich: „Mein Name ist Annabelle Bauer. Ich rufe vom Polizeirevier in Titisee-

Neustadt an. Aus dem schönen Schwarzwald. Entschuldigung, wenn ich das vorhin nicht sauber aufgeklärt habe."
„Mir wurde angekündigt, dass eventuell eine Reporterin aus dem Schwarzwald anrufen könnte und sich als Polizistin ausgibt? Samantha Bauer? Ist das nicht ein komischer Zufall?"
Verdammt. Wer hatte ihm gerade diese Nachricht geschickt? Konnte sie ihn noch überzeugen? Die Hoffnung schwand schnell. „Ich bin vom Polizeirevier. Derjenige, der ihnen die Nachricht geschickt hat, macht sich strafbar."
„Ach so?" Was sollte der Unterton? „Dann sollten Sie sich besser abstimmen. Diese Information kam nämlich gerade von einer Dienststelle aus dem Schwarzwald. Tut mir leid, aber das Gespräch ist hiermit beendet."
Schon hatte er aufgelegt.

Sie wandte sich an Katrin: „Daniel Kramer? Das müsste unser Mann sein."
„Welcher Mann?" Katrin begriff nicht, und Annabelle half nach: „Der Fahrer des Audi 80, Verkehrsunfall am Feldberg?"
Katrin nickte und nahm sofort den Hörer in die Hand.

Annabelle versuchte derweil auf dem Standesamt anzurufen. Sie bräuchte eine Kopie von der Heiratsurkunde von Bergmann. Wie hieß Karin Tischler wirklich, vor der Hochzeit? Mit Tischler konnte sie sich bei Bergmann schlecht vorstellen. Gutmann war auch eine Notlüge. Da war sie sich sicher. Es bestand jedoch Hoffnung, dass sie den gleichen Namen wie ihr Bruder angenommen hatte.

Dann rief Scholl sie an. „Frau Bauer. Wie schaut es aus? Gibt es was Neues in Neustadt?“
Manchmal erweckte der Kripochef den Eindruck, als würde er sie nicht ernst nehmen. Es wirkte nicht böse, aber der Unterton ließ etwas Derartiges mitschwingen.
„Keine Ahnung, ob die Streifenhörnchen mehr herausbringen konnten als die kriminalistische Oberliga?“
Sie konnte sein Grinsen förmlich sehen. „Kommen Sie, Annabelle! Ich weiß, dass Sie bei der Kripo erfolgreich waren und wir Sie auch alle gerne wieder in unseren Reihen hätten. Sie sind meinen Leuten immer einen Schritt voraus, weshalb ich auch auf Sie gesetzt habe. Also?“

„Okay. Ein paar Kleinigkeiten, die ich noch nicht belegen kann. Tischler lebt, davon bin ich überzeugt. Das Unfallopfer vom Feldberg ist unser Entführer. Sein Name ist Daniel Kramer und er war der Ziehsohn von Tischler.“
Es blieb still in der Leitung: „Das sind bis dato aber nur Vermutungen?“ Er wirkte bei der Frage nachdenklich.
„Der Riecher einer Kriminologin, wie Sie selbst gesagt haben, dazu kommt ein bisschen Unterstützung aus der Psychiatrie. Dort hat übrigens jemand eine Nachricht hinterlassen, dass eine Samantha Bauer als Journalistin anrufen könnte.“
Er überlegte wieder. „Haben Sie nicht den Namen wieder auf Annabelle geändert? Mit wem haben Sie gesprochen? Muss ich noch was in Erfahrung bringen?“
Annabelle erzählte ihm, an welchem Punkt das Gespräch abrupt geendet hatte. Lediglich den Namen der Person, die sie für Tischler hält, konnte sie nicht erfahren.

„Annabelle, ich werde dem gleich nachgehen. Melde mich sofort, wenn ich was habe. Das ist ja ein Unding!“ Schon klickte die Leitung. Scholl wirkte sauer. Wahrscheinlich, da seine Ermittlung schon wieder sabotiert wurde. Aber von wem?

Katrin: „Du sollst dich noch mal auf dem Standesamt melden.“ Sie grinste die Chefin an und ergänzte: „Du willst heiraten?“
Annabelle nickte: „Ja! Dich. Jetzt ist die Spannung raus, und der Ring wurde umsonst aus dem Kaugummiautomaten gezogen. Schlimm?“
Katrin schüttelte den Kopf. „Dann kümmere ich mich um die Einladungen.“

Annabelle hatte bereits gewählt, erreichte die Frau auf dem Standesamt aber wieder nicht, was sie zu einem kurzen Fluch animierte. Sie hinterließ dann aber trotzdem freundlich auf Band, dass sie ihr eine Kopie von der angeforderten Heiratsurkunde per Mail aufs Revier schicken soll.

Keine Viertelstunde später rief Scholl zurück und war dabei leicht aufgebracht. „Ein Herr Scholl, der sich als Chef der Kripo ausgeben könnte, sei ein Mitarbeiter von Samantha Bauer. Ich glaube, diesem Herrn...“, er atmete durch und machte dann weiter: „Alles gut, es gelang mir, mich zu identifizieren. Kurzer Anruf auf der Wache vor Ort und…“, er machte noch mal Pause.
„Aber nun, um es auf den Punkt zu bringen. Er glaubt, dass Ihre Theorie stimmen und es sich um Tischler handeln könnte. Er hatte den Namen, was mich etwas irritiert hat,

noch präsent. Es scheint, dass Tischler den Namen seines Schützlings angenommen hat. Klaus Kramer soll er sich damals genannt haben, was aber nicht bedeutet, dass er momentan noch unter diesem Namen unterwegs sein muss."

Es blieb still, und beide überlegten. Scholl ließ die Gedanken zuerst raus: „Ich muss noch mal auf den Feldberg. Einmal in die Hütte sitzen und lauschen, was mir die Vögelchen zwitschern."
„Ich komme mit. Holen Sie mich ab?"
Scholl war einverstanden: „In einer Stunde bin ich da. Müssen wir was mitnehmen?"
Er fragte sie, ob sie was mitnehmen müssten? He, wer ist hier der Chef`?
„Intuition", war ihre Antwort, und es klickte in der Leitung.

Sie schnüffelte an sich und meinte dann: „Katrin? Ich geh´ kurz heim, um mich frisch zu machen."
„Rendezvous? Müsstest du mich nicht vorher fragen?"
Dem irritierten Blick der Chefin half Katrin auf die Sprünge: „Als Verlobte?"
Da musste Annabelle schmunzeln: „Solange du noch keinen Ring hast, sind wir nicht verlobt. Zudem interessiert mich Scholl sexuell so sehr, dass ich ihm eine Grünkohlsuppe vorziehen würde. Aber? Ich glaube, dass ich heute die Geschichte auflösen kann. Es ist nur eine Kleinigkeit, die mir noch fehlt. Doch was genau...?" Der laut ausgesprochene Gedanke verhallte beim Verlassen des Büros.

52.

Scholl ließ Annabelle bei ihr zu Hause zusteigen. Sie hatte ihm diesbezüglich eine Nachricht geschickt, um nicht noch zeitlich in Stress zu geraten.
„Wollen wir?" Er hielt ihr die Türe auf, und schon ging es los.
Scholl: „Die Warnung an die Psychiatrie, dass eine Samantha Bauer anrufen könnte, kam übrigens vom Revier aus Donaueschingen. Vom Anschluss unseres gesuchten Altmeier-Enkels. Vielleicht hilft das gleich unserer Intuition?"

Sie nickte, während Scholl an der Kreuzung beim Autohaus-Wittmer zum Tanken hielt. Annabelle wartete im Wagen und tippte auf dem Handy rum.
Eine Nachricht von Karin Bergmann irritierte sie, half ihr aber auch, eine spontane Entscheidung zu treffen.

Er wird dich töten. Karin

Sie schüttelte den Kopf und sprach vor sich hin: „Die hat vielleicht Nerven. Aber danke, das letzte Licht ist aufgegangen."
Sollte sie ihr zurückschreiben, dass sie sich stellen muss? Bei Annabelle läuteten gerade so viele Alarmglocken, wobei die Zeit immer knapper wurde. Karin Bergmann würde ihr in die Hände laufen, soviel verriet ihr gerade der siebte Sinn.

Kurz darauf ging es weiter auf den Berg. Blick auf den Titisee, weiter durch Bärental und dann am Unfallort vorbei. Da kam ein Anruf von Katrin.

„Dein Trauschein ist gekommen. Das wirst du nicht glauben."

„Doch", unterbrach Annabelle und sagte dann: „Wir sind übrigens gerade am Unfallort vorbeigefahren, den du dir noch mal genauer ansehen wolltest. Hast du das schon getan?"

Katrin wirkte irritiert: „Welchen Unfallort sollte…? Mit wem bist du unterwegs?"

„Ja, genau den. War mir nicht sicher, ob du das vorher wahrgenommen hast, als ich die Grünkohlsuppe erwähnte. Ich bin gerade auf geheimer Sonderermittlung. Vielleicht schickst du mir die Daten aufs Handy?"

Sie legte auf, und Scholl fragte: „Alles klar?"

„Ja, ja! Es ist halt nicht so einfach, wenn man alles selber machen muss. Wobei das Team in Neustadt spitze ist. Da darf ich mich nicht beschweren."

Die Lifte und der Schotterweg waren hinter ihnen, und der Audi hielt vor dem Haus.

Sie stiegen aus, worauf Scholl den Finger auf die Lippen legte. „Hören Sie das auch?" Sie schüttelte den Kopf, während er noch mal zurück zum Auto ging, seine Dienstwaffe aus dem Handschuhfach nahm und meinte: „Sicher ist sicher."

Genau das dachte Annabelle gerade auch und atmete tief durch.

Dann schlichen die beiden vorsichtig ins Haus. Es war nichts zu hören, weshalb sie die Treppe in den Keller hinabstiegen.
Dort angekommen, wollte Annabelle die Tür schließen.
„Lieber nicht. Lassen Sie bitte auf. Nicht, dass wir am Schluss auch noch hier eingesperrt werden.“
Danke, dachte sie. Das war der Baustein, der den allerletzten Zweifel beseitigen sollte, wobei das Katrin vorhin schon erledigen konnte.
„Wie lange sind Sie schon bei der Kripo in Rottweil?“
„Sechs Jahre. Wieso? War das wichtig für Ihre Lösungsfindung?“
Annabelle musste überlegen: „Sie sind die Karriereleiter runter gestiegen. Und das zehn Jahre vor der Pensionierung. Somit war es wichtig. Ja!“
Scholl: „Sehr gut. Wie sind Sie aber letztendlich auf meine Spur gekommen?“ Sie saßen mittlerweile, mit knapp drei Meter Abstand, auf den Stühlen. Scholl am Tisch direkt bei der Tür und Annabelle etwas weiter hinten im Raum.
Bei der letzten Frage nahm er seine Waffe in die Hand und legte sie auf seinem Oberschenkel ab.
„Wollen wir unsere Handys ausschalten und hier auf dem Tisch ablegen?“
Damit hatte sie bereits gerechnet. Die Frage hörte sich allerdings nicht so an, als gebe es eine Möglichkeit zu wählen. Sie nahm es und warf es Scholl zu.

Dann fing sie an: „Es waren viele Dinge, die mich bei der Lösung beeinflusst haben. Die Entführung und versuchte Vergewaltigung. Die vier Jungs mussten von jemandem Informationen bekommen, den ich gerade aufgescheucht

hatte. Nur wenige Stunden nach unserem Gespräch in meiner Wohnung, da standen die vier schon vor dem Revier."
Er nickte: „Sie waren einfach zu schnell, Annabelle. Auch wenn es noch absehbar war, musste ich Sie kurzzeitig aus dem Rennen nehmen. Wir waren hier oben noch nicht fertig. Die Zeit wurde durch Ihre Ermittlung zu knapp."
Er machte eine Pause und ergänzte dann: „Dass Sie fast vergewaltigt wurden, tut mir leid. Das ist nicht meine Art, doch war mir klar, dass diese Typen so ticken. Wenn es nach mir gegangen wäre, dann hätten wir Sie in den Wald geschleppt, an einen Baum gebunden und …? Egal, aber mit sexueller Erniedrigung kann ich nichts anfangen.
Die Jungs dagegen sabberten regelrecht bei dem Gedanken. Ich vermute, dass es das Angebot von fünfzigtausend Euro gar nicht gebraucht hätte, um die Gang in Marschbereitschaft zu versetzen. Die zehntausend Anzahlung können sie dagegen behalten. Einen Teil des Stufenplans haben sie ja abgearbeitet."
Er räusperte sich: „Zudem habe ich ihnen eine Adresse im Darknet gegeben, auf der man solche Filme sechsstellig verkaufen könnte. Jedoch nur, wenn sie sich ans Drehbuch hielten. Dies sei ganz wichtig."
Sie sah in fragend an: „Warum?"
Er hob die Hände: „Damit sie lange genug beschäftigt wären?"
Sie überlegte und versuchte, gelassen zu bleiben.
Katrin war auf dem Weg, und Annabelle benötigte Zeit. Allerdings wollte sie die auch nutzen, um die ganze Geschichte zu hören.

„Wie kamen Sie auf die vier Jungs?"

„Ach herrje“ fing er an zu lachen. „Die hatte ich schon länger im Visier. Ich wurde hellhörig, als mein alter Freund Greitmann, unser Landrat, sich zwei Mal für diese Straftäter einsetzte. Sie sozusagen rausboxen musste, indem er auf die Kollegen Druck ausübte.“
Nach einem Kopfschütteln erklärte er: „Dass sie aber im Badeparadies an euch gerieten, das war Zufall. Ein Zufall, den ich besser nicht hätte planen können.“

Annabelle überlegte: „Muss ich heute sterben?“
Er sah seine Pistole an und: „Ja! Es geht nicht anders. Im Gegenzug haben Sie nun aber die Exklusivrechte an meiner Story. Sie erfahren alles, bevor es in die ewigen Jagdgründe geht. Ist das ein Deal?“
Sie nickte und hoffte auf eine schnell eintreffende Katrin, damit Plan B gar nicht notwendig wurde. Es gab da nämlich ein Restrisiko, das sie nicht ausschließen konnte, weil an der Tankstelle die Zeit so knapp war.

„Zuerst würde ich jetzt aber gerne wissen, womit Sie mich denn endgültig überführt haben?“
Annabelle lächelte höflich und ließ keine Verzweiflung sehen: „Der Trauschein von Bergmann. Der hat doch tatsächlich eine gewisse Karin Scholl geheiratet. Konnten Sie das nicht mehr ändern?“ Er schüttelte den Kopf und Annabelle wollte nun seine Geschichte hören.

„Dann fangen wir vorne an? Sie kamen in den Jugendknast. Wenn ich das Wort gebrauchen darf?“
Er nickte: „Damals war es auch meine Wortwahl. Ist okay.“

Nach kurzer Pause begann er mit seiner Geschichte: „Fünf Jahre, geprägt von Prügeleien, Machtkämpfen und Streitereien. Ich lernte zu manipulieren - und was Freundschaft bedeutet. Von den drei Kollegen, für die ich den Kopf hingehalten habe, kam jedenfalls keiner."
Er sah Annabelle an, als wollte er eine Teil-Freisprechung erreichen.
„Das ist nicht nett", war aber alles, was sie dazu meinte, und er fuhr fort: „Im letzten halben Jahr, hätte ich im Knast dann fast einen Konkurrenten totgeprügelt. Da entdeckte ich drei Dinge an mir."
Er sah sie erwartungsvoll an, fuhr dann aber, ohne ihre Frage abzuwarten, fort: „Erstens: Dummheit führt zu nichts. Zweitens: Dass ich erst Ruhe fände, wenn ich mich auf Rache besinnen würde und das Wichtigste, was für mich die interessanteste Entdeckung war?" Er atmete durch: „Drittens: Dass ich keine Skrupel habe, ein anderes Menschleben auszulöschen. Keinen Schmerz hätte es mir gemacht, einfach einen auszuknipsen."
Sie nickte und hatte genug von diesem Kapitel. „Dann wurden Sie in die Psychiatrie überstellt. Mit zweiundzwanzig Jahren. Richtig?"
Er nickte: „Das hatte ich meiner Dummheit zu verdanken, wobei sich meine Situation dadurch ins Positive verwandelte. Mein manipulatives Gen konnte ausgebaut werden, und ich begann mich über den Polizeidienst zu informieren und juristisch weiterzubilden. Ich lernte viel, entwickelte mich prächtig, und das Schicksal spielte mir den jungen Mann zu, der hier oben gewütet hat. Das war aber eine Win-win-Situation, da er ohne mich nicht lebensfähig gewesen wäre."

Scholl hielt kurz inne: „Um diesen Punkt vielleicht gleich abzuhaken. Ich hatte die Nachricht an die Psychiatrie geschrieben. Sie kam nicht aus Donaueschingen. Eine Minute später jedenfalls und er hätte Ihnen den Namen Eberhard Scholl genannt. Die Altmeiers haben nichts mit dem Fall zu tun, außer dass mir der Alte seinen Oldtimer zur Verfügung gestellt hat. Feiner Zug, mit dem ich weiter von mir ablenken wollte. Natürlich nur, um Zeit zu gewinnen."

Für Annabelle waren somit die meisten Lücken gefüllt, was diese Zeit anging. Eine Beteiligung Altmeiers konnte sie sich eh nicht vorstellen und Arno glaubte sie ebenfalls, dass Christoph sich gemeldet hat. Sie musste jetzt aber an der Geschichte dranbleiben.

„Sie sind dann gestorben. Besser gefragt, wer ist für Sie gestorben?"
„Annabelle? Sie sind zu schnell. Nicht so ungeduldig. Wir haben doch Zeit."
Ich schon, du nicht, dachte sie und er machte weiter.
„Blank hatte mich irgendwann doch noch in der Psychiatrie besucht. Dummerweise genau der Kollege, der selbst nicht wusste, dass ich reingelegt wurde. Er hatte aber ein schlechtes Gewissen und unterschätzte dabei meine manipulativen Fähigkeiten. Auch zum Verhörspezialisten hatte ich mich mit Fachbüchern weitergebildet."
Sein Blick verlangte Lob, das er mit einem erhobenen Daumen bekam.
„Blank machte einen entscheidenden Fehler, indem er mir die Last von den Schultern nehmen wollte. Tina würde noch leben. Aus welchem Grund auch immer, hatte er beiläufig

anklingen lassen. Besser gesagt, habe ich es zwischen den Zeilen gelesen."
Wieder sah er Annabelle an, erntete aber keine Regung.
„Ich hätte ihn am liebsten sofort totgeschlagen. Aber, meine neu antrainierte innere Ruhe half mir, an dieser Stelle cool zu bleiben. Blank war dann auch hilfreich, da er Tina für mich ausfindig machen konnte. Auch wieder indirekt und es war ihm, davon gehe ich aus, gar nicht bewusst."
Annabelle versuchte nachzudenken: „Sie sind bei einer Autoexplosion ums Leben gekommen. Richtig?"
Jetzt hob er den Daumen: „Eine Bombe in meinem Auto mit einem Selbstzünder. Ein zweiter Zünder, den man nicht nachweisen konnte, war ebenfalls angeschlossen. Also, der perfekte Selbstmord."
„Tina saß im Wagen?"
„Sehr gut, Annabelle. Das ist es ja, was mir an Ihnen so Angst macht. Besser gesagt, gemacht hat. Sie kombinieren zu schnell."
„Danke", erwiderte sie und ergänzte: „Das bringt mich heute aber wohl nur ins Grab."
„Leider", nickte er zustimmend.

Annabelle: „Wie wurden Sie zu Eberhard Scholl?"
„Das würde den Rahmen sprengen. Vielleicht nur so viel, was für die Geschichte relevant ist."
Er überlegte: „Meine Vita reicht jedenfalls weit zurück. Sie finden sogar Schulzeugnisse, die zu einem Eberhard Scholl gehören, obwohl es diesen niemals auf einer Schule gab."

Verrückt, dachte sie und fragte: „Und Ihre Schwester? Die hat Sie besucht?"

Er nickte: „Meine Eltern durften das aber nie erfahren. Sie wurde, durch die ganze Katastrophe, eine immer stärkere Persönlichkeit. Am Anfang noch von den Eltern geohrfeigt, weil sie nach mir fragte und mich besuchen wollte, fing sie an, sich zu entwickeln. Eine hübsche Frau wurde aus ihr. Sie hatte ihren eigenen Plan und wollte Bergmann einen Denkzettel verpassen. Zumindest bis sie bemerkte, wie der Typ, der sie früher noch als dickes und hässliches Entlein beschimpfte, ihr verfiel."
Scholl fing an zu lachen: „Ja, da zögerte sie das Spiel noch etwas raus. Sie wollte es auf die Spitze treiben, und ich ließ sie machen."
Er schüttelte den Kopf: „Und das ging nun über die Silberhochzeit hinaus. Sie hat die Jahre aber auch genossen, und wir hatten unseren Spaß."
Er hing einen Moment seinen Gedanken nach, dann: „Ich kann mich an die Hochzeit erinnern, an der ich leider nicht teilnehmen konnte. Meine Verwandlung war damals zu wenig abgeschlossen. Also hatte sie halt keinen Bruder."
Nach einer weiteren Pause ergänzte er: „Ja, da war dann der Moment, als wir beschlossen, jetzt erst mal unser Leben zu leben. Der richtige Zeitpunkt würde kommen. Zumal ich mir ja auch schon was aufgebaut und konstruiert hatte, was Spaß machte. Bei der Polizei kam ich viel zu schnell vorwärts, sodass ich sogar zurückschrauben musste, um endlich im Schwarzwald zu landen. Die letzten sechs Jahre feilten wir allerdings wieder verstärkt an der Abrechnung. Zumal die Ehe für Karin zur Hölle wurde. Florian betrog sie mit jungen Frauen und wurde menschlich zu einem noch größeren Arschloch. Da mussten wir dann mal die Bremse ziehen."

„Ihre Eltern?“ Er schüttelte den Kopf. „Das ist der einzige Teil, über den ich nicht sprechen möchte. Da ich am längeren Hebel sitze“, er hob die Pistole, „nehme ich mir die Freiheit, diesen Teil zu streichen. Er existiert auch in meinem Gedächtnis nicht richtig. Vielleicht so viel? Sie haben mich aus ihrem Leben gelöscht und ich sie aus meinem. Allerdings denkt meine Schwester, dass sie verunglückt sind und das soll auch so bleiben. Karin würde mir den kaltblütigen Mo… - egal. Das Kapitel gehört hier nicht her.“

Es entstand eine kurze Pause. „Ja, ich denke, dass ich sie aus unserem Leben gelöscht habe, trifft es am besten.“

„Wollen wir auch den aktuellen Fall hier aufarbeiten?“
Er nickte auf ihre Frage zustimmend: „Wobei ich denke, dass Sie schon viel wissen. Was fehlt noch?“
Annabelle überlegte: „Eine Menge. Zum Beispiel Christoph. Der Enkel von Altmeier?“
Scholl hob die Hände: „Annabelle. Der ist jetzt aber nicht wichtig. Oder? Das habe ich vorhin doch schon erwähnt. Aber gut. Er ist untergetaucht, da ich ihn darum gebeten hatte. Er bekam von mir einen Spezialauftrag, der einfach lautete, Sie zu beschatten. Dafür nahm er sich Urlaub und ich versprach, ihm den Rücken freizuhalten. Er ist sehr naiv und denkt, dass ich ihn hoch befördern werde, sobald ich den Fall gelöst habe. Er wartet nur auf meinen Anruf, um aus dem Loch zu kriechen.“

Sie sah ihn fragend an, und Scholl ergänzte: „Er ist bei Altmeier zu Hause. Vor der Hausdurchsuchung habe ich ihn rechtzeitig weggeschickt. Also alles safe. Ein netter Junge, dem nichts passieren soll, außer halt ein Disziplinarverfahren, da ich ja verschwunden bin."

„Das wäre für mich auch noch interessant zu wissen: Wie geht es mit Ihnen weiter?"
Scholl: „Eine berechtigte Frage, die ich mir auch lange gestellt habe. Glücklicherweise aber schon vor so langer Zeit, dass ich Vorsorge getroffen habe.
Er wartete kurz auf eine Frage, erzählte jedoch selbstständig weiter: „Wir haben vor Jahren ein sehr schönes Anwesen in Frankreich gekauft. Mit wir meine ich Karin und mich. Dieses Anwesen besuchten wir schon öfter unter anderer Identität."
Er blickte träumerisch, wie abwesend: „Ich werde mich wieder verwandeln müssen, obwohl niemand nach mir sucht. Nur nach Karin wird man fahnden." Er sah Annabelle wieder an und ergänzte dann: „Unser Französisch ist mittlerweile akzentfrei. Wir werden dort also unter der neuen französischen Identität leben. Jeden Abend ein Glas Rotwein, Käse und Blick aufs Meer. Was für einen schöneren Knast kann es geben?" Er grinste: „Wir leben einfach als Herr und Frau…" Den Namen brauchen Sie ja nicht zu wissen."

„Dann gibt es heute also wieder eine Explosion?" Annabelle versuchte gleich mal zu kombinieren.
„Sehr gut, meine Liebe!" Wir beide, hier drin und Sie dazu mit Kugel im Kopf. Herrlich. Oder?"
„Und wer sitzt dieses Mal für Sie auf dem Stuhl?"
Scholl grinste: „Unser Bankier Blank. Er hat bereits einen Abschiedsbrief an seine Familie geschrieben, dass er das

Land verlassen müsse. Er sei auf dem Weg in den asiatischen Raum und könne unmöglich gefunden werden. Im separaten Brief, nur für die Familie bestimmt, erklärt er, dass er sie nachholen würde, sobald Gras über den Finanzskandal gewachsen wäre."
„Und wo ist Blank?"
Scholl lächelte. „Er sitzt bereits im Keller nebenan."

Es entstand eine kurze Pause: „Sie haben ja noch gar nicht auf die Uhr geschaut, Annabelle. Erwarten Sie nicht Verstärkung?"
Jetzt machte sie große Augen: „Wie kommen Sie darauf?"
Er zuckte gleichgültig mit den Schultern: „Ich dachte, Sie würden vielleicht auf Katrin warten, nach den versteckten Hinweisen vorhin am Telefon. Die ist allerdings gerade mit der Dienstaufsichtsbehörde beschäftigt. Habe ihr die Jungs von der Inneren auf den Hals gehetzt, da sie für die drei nackten Männer auf dem Feldberg verantwortlich sei. Ein Rachefeldzug einer Beamtin, das geht natürlich nicht."

Er stand auf, ging rüber zum Bett und hob es an. Eine ganze Menge Sprengstoff kam dort zum Vorschein.

„Und warum explodieren Sie dieses Mal?"
Bevor er antworten wollte, setzte er sich wieder an den Eingang: „Das wissen Sie doch. Ich habe ein umfangreiches Geständnis hinterlegt und übernehme als Eberhard Scholl, alias Klaus Tischler, die volle Verantwortung. Lediglich nach meiner Schwester wird gefahndet. Als verheiratete Französin, und das schon über 20 Jahre, wird man sie aber sicher nicht suchen."

„Haben Sie noch Fragen? Wir müssen langsam. Sonst wird die Zeit für mich zu knapp."
Er blickte zum Sprengstoff. „Keine Sorge. Davon merken Sie nichts mehr."
Scholl nahm seine Pistole, zielte auf Annabelles Kopf und drückte ab.
Sie wollte doch noch so viel erledigen…!

53.

Katrin war gerade daran erinnert worden, dass Annabelle mit Scholl unterwegs auf den Feldberg war. Auf der Heiratsurkunde, die ihr per Mail zugesandt wurde, stand Karins Mädchenname. „Scholl“, flüstertet sie vor sich hin und schüttelte ungläubig den Kopf.
Sie hatte den Hinweis von Annabelle verstanden und sprang auf. Jede Sekunde zählte jetzt, wenn sie der Chefin helfen wollte.
Da standen plötzlich zwei Herren in Zivil bei ihr in der Eingangstür. Ausweis gezogen und: „Jansen und Reichmann von der Inneren! Wir hätten da ein paar Fragen an Sie. Frau Katrin Kleiser? Das ist doch richtig?“

„Es tut mir leid meine Herren, das passt jetzt nicht. Ich muss zu einem Einsatz. Es geht um Leben und Tod.“
Der eine lächelte überheblich: „Was denken Sie, wie oft wir diesen Satz schon gehört haben?“
Sie nickte und hatte eine neue Idee: „Meine Herren, ich muss dieses Gespräch jetzt kurz aufzeichnen, da es tatsächlich um Leben und Tod geht. Kein Witz! Sie drückte eine Taste und sprach ins Telefon: „Andreas. Kommst du bitte kurz in unser Büro?“
Der eine Ermittler wirkte empört: „Was soll das? So funktioniert das nicht.“
„Meine Herren. Ich will jetzt nicht auf sexuelle Belästigung und Anspielungen plädieren, wenn der Kollege reinkommt. Das würde auf die Schnelle zu viel Verwirrung stiften. Ich könnte Ihnen jetzt auch sagen, dass ich Annabelle Bauer bin

und nicht Katrin Kleiser, was mir erneut Luft verschaffen würde."
Einer der Herren grinste und hob sein Handy hoch. Darauf waren beide Beamtinnen zu sehen. „Davor wurden wir bereits gewarnt."
Andreas kam zeitgleich herein: „Was gibt's?"
Jansen sah ihn an: „Gleich Ärger! Das ist ein Gespräch unter vier Augen!"
„Sechs Augen! Jetzt acht Augen!" Die Antwort kam von Andreas, der sich nicht so schnell abschütteln lassen wollte.
Katrin drückte die Aufnahmetaste ihres Aufzeichnungsgeräts: „Befragung durch Jansen und Reichmann, mit Katrin Kleiser, auf dem Revier in Neustadt, heute 13 Uhr. Katrin Kleiser gibt zu verstehen, dass ihre Kollegin auf dem Feldberg in Lebensgefahr steckt, und weist die beiden internen Ermittler darauf hin, dass sie eventuell den Tod zu verantworten hätten, wenn sie ihr jetzt den Einsatz verwehren."
Sie machte eine Pause und sagte dann: „Wollen die Herren was hinzufügen?"
„Um was für eine Lebensbedrohung geht es?"
Die Herren waren von der Sorte, die sich nicht unter Druck setzen ließ, doch Reichmann wirkte plötzlich interessiert. Nicht mal pampig wurde er, sondern sprach ruhig ins Aufnahmegerät. Allerdings rannte Katrin die Zeit davon.
„Meine Kollegin, Annabelle Bauer, geht davon aus, dass Kriminaldirektor Scholl für die Entführung unserer drei Internet-Stars verantwortlich ist. Sie fahren gerade gemeinsam zum Ort des Geschehens, wo sie ihn zur Rede stellen möchte. Sie hat mir vor wenigen Minuten einen Hilferuf gesendet."

Jansen: „Es tut mir leid, aber das ist doch ein bisschen weit an den Haaren herbeigezogen. Oder? Kommen wir zur Befragung von Katrin Kleiser, zum Fall der drei entführten und misshandelten Herren, die am Feldberg am Lift fixiert wurden."
Sein Kollege Reichmann schaltete sich ein: „Von wem haben wir den Tipp bekommen?"
Jansen blickte ihn an: „Von Scholl. Der ist aber ein angesehener Beamter. Ich kenne ihn schon ewig. Was sollte sein Beweggrund sein? Also?"
Katrin: „Er ist Klaus Tischler, der sich scheinbar nach der Psychiatrie mit dem Auto in die Luft gesprengt hat."
Jansen fing an zu lachen: „Scholl hat mich darauf hingewiesen, dass Sie sich winden und drehen würden. Aber auf Comedy hat er mich nicht vorbereitet."
Reichmann: „Und nichtsdestotrotz werden wir das überprüfen. Ich kenne die Geschichte von Samantha Bauer und der hier anwesenden Kollegin. Die Erzählung klingt haarsträubend, aber ich traue es den beiden zu, dass da was dran ist."

Jansen wurde sauer: „Mit Sicherheit nicht. Scholl hat mir klare Anweisungen gegeben. Soll ich sein Ansehen jetzt beschmutzen, wegen ...?"

Reichmann stand bereits auf und sah seinen Kollegen an: „Mach keinen Fehler und lausche deinem Bauchgefühl, meins hat mich selten getäuscht. Los."
Jansen sprach ins Mikro: „Ich vermerke, dass der Abbruch dieser Befragung und eine Anschuldigung gegen den geachteten Eberhard Scholl alleine von meinem Kollegen Reichmann zu vertreten sein wird."

Andreas und Katrin atmeten durch und verließen das Büro. Es war jedoch eine gute Viertelstunde verloren, und sie hoffte, dass Annabelle ihn einfach lange genug hinhalten würde.

54.

Karin Bergmann wurde langsam nervös. Sie hatte die Koffer gepackt, sich ihrer neuen Identität entsprechend geschminkt und die Frisur geändert. Sie kannte sich im Spiegel selbst kaum wieder.
Jetzt war sie gespannt, ob ihr riskanter Plan aufging. Sie bat ihren Bruder, dass er Annabelle mitnehmen solle und sie gemeinsam mit Blank opfern müsse. Sie glaubte aber auch, dass Annabelle es schaffen und der geänderte Plan umgesetzt werden könnte. Hatte Annabelle die Nachricht richtig gedeutet und würde entsprechend handeln? Ein ganz gefährliches Finale, auf das sich Karin hier einlassen musste.

Karin parkte ihren Wagen an der Grafenmatthütte und hatte sich so positioniert, dass sie ihre Hütte sehen konnte. Ihr war klar, dass Klaus der Ermittlerin seinen Rachefeldzug erklären wollte. Wahrscheinlich auch, um die Absolution zu erhalten. Andererseits um anzugeben, wie toll er sein Konstrukt geplant hatte. Sie waren jetzt eine knappe Viertelstunde über der Zeit, was ein gutes Zeichen sein könnte.

Karin selbst wollte sich nur noch auf Frankreich freuen. Jetzt wäre Zeit, endlich den Lebensabend zu genießen. Geld hatten sie mehr als genug und auch schon Freunde, die nie darauf kommen würden, dass sie mal eine andere Identität besessen hätten. Sie wurden dort für waschechte Franzosen gehalten, die viel gereist und beruflich nicht weniger um die Welt gekommen waren. Nur würde sie gerne mit einem anderen Mann anreisen, da ihr Gatte lieber mit einer jüngeren Frau weiterleben möchte. So lautete zumindest die geplante

Ausrede, die man ihr sicher abnehmen würde. Karin war es, die die guten Kontakte nach Frankreich pflegte. Klaus lief bisher nur nebenher, weshalb es die Nachbarn verkraften würden, wenn …?
Sie musste noch mal an den Film denken, wie Florian der Kopf abgesägt wurde. Es schauderte sie, doch glaubte Karin fest daran, dass er es verdient hatte.
Greitmann bekam dagegen die Strafe, die sie sich für ihn ausgedacht hatten. Finger weg, Ohr ab und ein gebrochener Mensch.
Was Blank betraf, hatte ihr Bruder einen anderen Plan als sie, worin das größte Risiko steckte.

Sie lief ein bisschen weiter zur Kuppe vor. Von hier aus konnte man die Autos erkennen, die unten parkten. Während sie das Geschehen dort beobachtete, erkannte sie einen Streifenwagen, der gefolgt von einem schwarzen Audi Richtung Hütte fuhr.

„Verdammter Idiot. Wie kann man nur solange quatschen?“
Wenn es dumm läuft, dann müsste sie alle opfern und alleine nach Frankreich fahren, doch dafür war ihre neue Liebe zu groß. Das wollte sie nicht. Zudem sollten unschuldige Menschen nicht in Gefahr gebracht werden. Zumindest sie hatte dies für sich als unumgänglich festgelegt. Was andere wollten, war ihr an dieser Stelle egal.

Sie tippte hektisch auf das Handy und wartete. Doch niemand nahm ab? War womöglich etwas schiefgelaufen? Laut ihrem Bruder hätte niemand an der Hütte erscheinen dürfen. Der Kollege, der Katrin bremsen sollte, sei die Zuverlässigkeit in Person, und Klaus etwas schuldig.

55.

Scholl verzog sogar die Augen, als er abdrückte. Soviel konnte Annabelle noch erkennen.
Dann ging alles ziemlich schnell. Er war ein König des Prügelns gewesen, und somit sicher nicht leicht aufs Kreuz zu legen.
Sie nutzte die Gunst der Verwirrung und sprang auf, während er die Waffe noch mal abdrückte. Statt des erwarteten Knalls klickte die Pistole erneut.
Mit einem Fußtritt ins Gesicht versuchte sie ihn aus dem Weg zu räumen. Sie traf ihn, und er ging in die Knie.
Beim Vorbeirennen griff er sie aber am linken Knöchel.
Ihre Hände waren fast schon an der Tür, als sie zu Fall kam.
Langsam zog er sich über sie.
Wenn er auf ihr läge, dann würde es schwierig werden. Zwei, drei Schläge auf den Kopf und sie wäre tot. Keine Skrupel, ein Menschenleben auszulöschen, waren vorhin seine Worte.
Sie schaffte die Drehung auf den Rücken und brachte seinen Kopf zwischen ihre Schenkel. Er versuchte aufzustehen, während sie mit dem Becken dagegen drückte.
„Aaaaaarrrrrgggggrrr!“ Er schrie und kämpfte.

Annabelle legte sich generell mit jedem an. Aber die Akte von Tischler war schon beeindruckend. Dazu hatte er gerade gezeigt, dass er sie erschießen würde. Hätte sie an der Tankstelle nicht sein Magazin geleert, dann wäre sie jetzt schon auf der anderen Seite des Jordans. Genau im richtigen Moment kam die Nachricht von Karin, die jedoch nur ihren

Verdacht bestätigte. Ihr fehlte allerdings die Zeit zu prüfen, ob womöglich noch ein Schuss im gespannten Lauf steckte. Dieses Restrisiko konnte sie nicht ausschließen.
Annabelle schrie jetzt ebenfalls, während Scholl immer weiter hochkam und sie dann wahrscheinlich gegen die Wand schleudern wollte. Eine Idee kam ihr blitzschnell. Ein Versuch, bevor er es ganz auf die Beine schaffte.
Sie ließ schlagartig schnappen und öffnete dabei einfach die Umklammerung. Der Ruck warf ihn zwei Meter zurück, wobei er dieses Mal auf den Beinen blieb.
Annabelle sprang auf allen Vieren, wie eine Katze, durch die Tür und versuchte, diese gleich hinter sich zuzuziehen.
Er war bereits am Drücker, während sie den Riegel noch nicht schließen konnte. Beide rissen förmlich an der Türe, und sie musste das Risiko erneut eingehen, da er ihr kraftmäßig weit überlegen war. In der Hoffnung, dass Tischler in seiner Klaustrophobie unkontrolliert reißen würde, ließ sie schlagartig los.
Der Türflügel knallte ihm gegen den Kopf, so heftig hatte er gezogen, worauf sie die Treppe hoch rennen wollte.
Sie hörte noch, wie er schreiend stürzte, und drehte geistesgegenwärtig um. Annabelle musste das Risiko eingehen. Ohne Gegenwehr ließ sich die Türe jetzt zuziehen und der Riegel rüberschieben, bevor Tischler den Drücker wieder zu betätigen versuchte.
Die Bombe? Ihre Gedanken rasten. *Hat er den Mumm, sich selbst zu sprengen?* Wie lange konnte er gegen seine Angst ankämpfen?

Sie sprintete schnell hoch, sprang durch die Luke und rannte weiter ins Freie. Was, wenn er jetzt den Zünder betätigen

würde? „Dazu bist du hoffentlich zu feige." Sie flehte den Satz vor sich hin, während ihr Blank einfiel.
Sie rannte zurück in den normalen Keller und fand diesen, mit Klebeband gefesselt, flennend auf dem Boden sitzend. Annabelle riss die Fesseln auf und half ihm die Treppe hoch. Was musste der arme Kerl in den letzten Tagen alles durchmachen, ging ihr durch den Kopf, während sie ihn zum Eingang schob. Er schluchzte und keuchte, fand aber keine Worte.

Gerade an der Haustür angekommen, fuhr ein Streifenwagen, gefolgt von einem schwarzen Audi, vor. Wen hatte Katrin da bloß mitgebracht?

„Bleibt weg!" rief sie ihnen zu und versuchte mit Blank zusammen auf den Streifenwagen aufzuspringen. „Los. Fahr zurück. Der Keller ist voll mit Sprengstoff."

Der Audi startet und das Polizeiauto mit den lebenden Kühlerfiguren fuhr vorsichtig im Rückwärtsgang hinterher.

Annabelle hätte das Szenario gerne mit angeschaut. Scholl mit seiner Klaustrophobie, was sie aus der Psychiatrie als seine größte Schwäche erfahren hatte, und im Hintergrund das Dynamit. Aber wie sollten sie weiter verfahren?

Die Autos hielten gut zweihundert Meter vom Haus entfernt an. Die internen Ermittler stiegen aus, und Reichmann fragte: „Was ist hier los?"

Annabelle war fix und fertig. Kratzer an den Armen, zerrissene Hose und T-Shirt sowie Spuren im Gesicht. So, als wäre die Bombe bereits hoch gegangen.
„Wer sind…“, Reichmann hatte schon den Ausweis gezückt: „Interne Ermittlung. Wir sollten…“, jetzt unterbrach Annabelle: „Ich weiß. Scholl hat mir da unten alles erzählt. Oder sollen wir ihn ab sofort Tischler nennen?“
Sie wandte sich an Katrin, die ebenfalls fertig aussah, und ergänzte: „Muss ich den Ermittlern an dieser Stelle Beihilfe unterstellen oder waren sie kooperativ?“
Katrin atmete tief durch: „Lass uns das später klären.“

Blank meldete sich zu Wort: „Ich verstehe das nicht. Was will er denn noch von mir?“
Annabelle sah ihn an: „Sie sollten mir gegenübersitzen, wenn die Bombe explodiert. Als Eberhard Scholl, der irgendwo ein Geständnis hinterlegt haben müsste.“
Sie klärte noch auf, dass Tischler in Blanks Namen einen Abschiedsbrief an dessen Familie verfasst habe und was sie sonst noch in Erfahrung bringen konnte.

„Und nun?“ Die Frage kam von Andreas, der bis jetzt nur zugehört hatte. „Sprengstoffkommando oder…?“
Annabelle nickte. „Das wird zwar nicht mehr reichen, aber wir dürfen keine weitere Zeit verlieren.“
Ihr Blick ging wieder vorwurfsvoll an die Internen, wobei sie versuchte, ihre Vermutung aufzuklären: „Scholl leidet unter starker Klaustrophobie, weshalb er da unten unberechenbar wird. Ich denke, das ist jetzt ein Fall für die Internen. Ihr hattet als Letzte Kontakt zu ihm und handelt auf

Scholls Kommando. Oder habe ich da vorhin was falsch verstanden."
Sie wirkte patzig, und es wurde deutlich, wie sehr sie das Eingreifen der beiden missbilligte.

Jansen: „Ein Nachspiel wird das sicher haben. Aber eingreifen können wir mit dem aktuellen Wissen leider nicht."
Katrin: „Wir müssen die Zufahrtswege dicht machen. Auch der Bereich hier muss großräumig gesperrt werden. Nicht, dass Wanderer runter kommen und …"
Bei Annabelle klingelte das Telefon. Es war die Nummer von Scholl. Sie nahm ab, ohne was zu sagen: „Holen Sie mich hier raus! Sofort!"
„Wo ist der Zünder? Haben Sie ihn?"
Er brüllte, dass es alle hören konnten: „Holen Sie mich hier raus. Ich bekomme keine Luft mehr."
„Sagen Sie mir, wo Ihre Schwester ist. Ich lasse sie zu Ihnen, dann kann sie die Türe öffnen."

„Bitteeee. Ich flehe Sie an. Ich muss hier raus!"
Jammerlappen, dachte sie. Sich selbst kann er also nicht umbringen.

„Wir müssen ihm sofort helfen." Diese Ansage kam von Jansen und Annabelle nickte ihm zu.
„Bitte schön. Sie haben freie Hand. Die Falltür in der Küche ist noch offen. Einfach runter gehen und den Hebel am Verlies zurückschieben."
Er sah sie entsetzt an, während sie Katrin zur Seite nahm und ihr etwas ins Ohr flüsterte. Die nickte, ohne zu antworten, und instruierte dann Andreas.

Vorne kamen bereits zwei weitere Streifenwagen zur Verstärkung angebraust.
Jansen: „Aber Sie kennen sich doch da drinnen aus. Macht es nicht eher Sinn, wenn….
„Aus meiner Sicht macht es den gleichen Sinn, nämlich keinen. Diese dumme Entscheidung würde ein weiteres Menschenleben ko…“

In diesem Moment gab es einen ohrenbetäubenden Knall, und der Boden fing an zu beben. Ein kurzer Feuerball war zu sehen, der sich durch alle Fenster aus der Hütte zu drücken versuchte. Glassplitter flogen durch die Luft, und Ziegel fielen vom Dach. Doch der Großteil der Hütte blieb stehen, weswegen es auch kaum eine Streuung von Flugkörpern gab.

Die Beamten fielen zu Boden. Sie hatten zwar genug Abstand, um sich nicht ernsthaft zu verletzen, aber der Druck wurde spürbar, unterstützt vom Schreck beim Knall.

Ein Hubschrauber kreiste, Krankenwagen und Feuerwehr waren zu hören, während die internen Ermittler in ihr Auto verschwanden.

Annabelle hatte Probleme mit den Ohren, und Katrin beklagte eine Schramme am Auge, von was auch immer. War sie blöd gestürzt?

Es war in wenigen Minuten ein Großaufgebot vor Ort. Die Hütte wurde gelöscht, das Sprengstoffkommando stimmte sich ab und von der Kripo aus Freiburg war ebenfalls

schnell jemand da. Annabelle klärte ihn auf, worauf er verständnisvoll nickte und die Anwesenden entließ.
Blank fuhr wieder mal mit dem Krankenwagen ab, während Annabelle und Katrin sich von Andreas fahren ließen.

Keiner traute sich im Auto zu reden. Alleine der Knall musste vom Trio verarbeitet werden. Erst bei Annabelle vor der Türe meinte diese: „Wir machen Schluss für heute. Morgen ist auch noch ein Tag. Verstanden?“

56.

Die Presse überschlug sich am nächsten Tag. Annabelle hatte die ersten beiden Stunden nur damit zu tun, alle möglichen Anfragen zu beantworten. Zumindest das, was man sagen durfte, ohne dass es gleich Probleme gab.

Sie wusste selbst noch nicht, wer die weiteren Ermittlungen führen würde. Ihr zweiter großer Fall, bei dem sich der Chef vorzeitig verabschiedet hatte. *Verrückt*, dachte sie, während ein wichtiger Anruf einging.
Die Nummer von Bürgermeisterin Meike Folkerts wurde angezeigt. „Meike, guten Morgen. Jetzt haben wir beide ein Problem. Oder?“ Sie wusste gar nicht, wo sie anfangen sollte.
„Annabelle? Was machst du nur mit mir. Die rennen uns gerade die Hütte ein. Du stellst unser Städtchen jetzt schon zum zweiten Mal auf den Kopf!“
„Das tut mir echt leid.“
Meike unterbrach sie gleich wieder: „Ich weiß. Ist ja nicht deine Schuld. Aber ich bin schon geschockt wegen der Verwicklung von Karin. Musste heute erst mal die Konten der Stiftung sperren.“
Annabelle: „Da brauchst du dir, glaube ich, keine Sorgen zu machen. Karin hat genug Geld. Die Stiftung war eine Herzenssache von ihr. Mir ist nicht mal klar, falls wir sie noch schnappen, ob ihr ein findiger Anwalt aus dem Schlimmsten raushelfen würde. Das Einzige, was man ihr vermutlich vorwerfen könnte, wäre die unterlassene Hilfeleistung, da sie gewusst hat, wo sich die Herren befanden. Dass ihr Mann dabei ums Leben kam, könnte ein Problem werden, wobei

man ihr erst beweisen müsste, dass sie Einfluss darauf hätte nehmen können. Keine Ahnung, wie das gerichtlich bewertet würde."

„Okay? Mir ist wichtig, dass wir uns jetzt gegenseitig auf dem Laufenden halten. Wenn du Hilfe benötigst, dann lass es mich wissen."

Das war schon mal gut zu wissen. Und Annabelle könnte gerade jetzt in einer Frage sogar Unterstützung brauchen.

„Weißt du, ob es einen besonderen Ort in Frankreich gab, wo sie gerne hin ging?"

So sehr Meike überlegte, konnte sie ihr leider nicht weiterhelfen. Karin hatte nie ein Wort über Frankreich verloren.

Das Gespräch wurde beendet, und Annabelle musste überlegen. Klar hat Karin mit niemandem über Frankreich gesprochen, das wäre dumm gewesen. Zwanzig Jahre Planung in der Tonne.

Sie rief im Krankenhaus bei Claudia an und erkundigte sich nach Blank. Der wurde allerdings eine Stunde nach Einlieferung schon wieder entlassen. Besser gesagt, er habe sich selbst entlassen.

Es war leider nicht herauszubekommen, wer ihn abgeholt hat. Eine Parkplatzüberwachung gab es auch nicht.

„Danke dir, Claudia. Jetzt ist dann wirklich bald ein Rotwein fällig!"

Im Anschluss versuchte es Annabelle bei Blank zu Hause. Danach bei seiner Frau in München. Die war total aufgelöst. Eher schon total verärgert, beurteilte Annabelle das Verhalten.

Ihre Schlussfolgerung: Ganz glücklich war diese Ehe nicht und wundern, wenn Blank absichtlich verschwunden wäre, würde sich Annabelle nun nicht mehr.

Um 15 Uhr wurden Blumen im Büro abgegeben. Ein Strauß roter Rosen. Daran ein Kärtchen von Jan.

Damit du mich nicht aus den Augen verlierst.
Ich schulde dir noch ein Essen.
Würde mich gerne mal von meiner normalen Seite zeigen.

Warum nur zog sie diese Typen an. Vielleicht konnte sie ihn aber noch brauchen. Zumindest seinen Vater. Dieses Arschloch schien ein guter Anwalt zu sein.

Nach weiteren zwei Stunden Recherche machten sie wieder Schluss.

Erst am nächsten Tag kam dann etwas Bewegung in die Sache. Katrin legte die Kontaktdaten zu den notierten Kennzeichen vor, um die sie Annabelle kurz vor der Explosion gebeten hatte.
„*Die sollen vorne alle französischen Kennzeichen notieren, die an-, ab- oder durchfahren*“, hatte sie ihr ins Ohr geflüstert.

„Sechsundzwanzig Stück? Ganz schön viel für zwei Stunden Feldberg.“ Da hatte Katrin recht. Die Namen und Wohnorte standen bereits dabei. Die Kollegen hatten hier, in kürzester Zeit, ganze Arbeit geleistet.
„Nach was suchen wir?“

Annabelle hatte die Vermutung, dass die Geschwister Tischler, direkt nachdem die Hütte gesprengt wurde, nach Frankreich abhauen wollten. Karin konnte ja nicht zurück ins Haus, da dieses überwacht wurde.
Also bestand die Chance, dass die mit ihrem neuen Auto irgendwo auf ihn gewartet hatte. Das Auto für ihre neue Identität, wie Tischler es genannt hatte.
„Wir suchen nach Wohnorten, die nicht weiter als zehn Kilometer vom Meer weg sind."
Katrin blickte sie an: „Wie kommst du darauf?"
„Weil Tischler beschrieb, wie er jeden Abend bei Käse und Wein auf das Meer blicken würde. Es muss also in Küstennähe sein."
Sie suchten im Internet nach den Orten, die hinter den Haltern notiert waren. Und siehe da, es blieben nur noch drei Autos übrig.
Danach riefen sie alle drei Fahrzeughalter an, wobei ihnen der Französisch Leistungskurs zugute kam. Sie nahmen ein Handy und unterdrückten die Nummer.

Der Erste war schnell abgehakt. Auch den Zweiten auf der Liste konnten sie ausschließen. Zum Dritten fand sich keine Telefonnummer auf der Liste.
„Können wir rausfinden, wie lange die schon dort wohnen und wann sie das Haus gekauft haben?"
Katrin nickte und machte sich an die Arbeit. Sie wollte die Mittagspause durcharbeiten. Andreas würde ihr was zum Essen mitbringen.
Annabelle wollte intervenieren, doch ging der Abschluss des Falls jetzt einfach vor. Sie verzichtete auf das Essen, lief aber

eine halbe Stunde die Straße hoch. Einfach, um sich gedanklich zu sortieren.

Zurück auf dem Revier standen wieder Rosen da, und Katrin strahlte, als Annabelle fragte: „Sind die dieses Mal für dich?"
Sie schüttelte den Kopf. „Immer noch Bollermänner! Aber ich habe Neuigkeiten aus Frankreich. Ein Immobilienvermittler zeigte sich auskunftsfreudig und wohnt sogar wenige Häuser weiter. Cap d'Agde, Anwesen gekauft vor zwanzig Jahren und die Eheleute sind beliebt bei mindestens einem Nachbarn. Er meint, dass seit gestern auch wieder ein Auto in der Einfahrt steht."

„Verdammt, Katrin. Bist du gut!"
Sie grinsten und schwiegen sich ein paar Minuten an. Die Köpfe rauchten, bis Katrin es auf den Punkt brachte: „Drei Tage Urlaub und wir leihen uns das Wohnmobil von meinen Eltern. Dem gehen wir jetzt selbst nach. Oder?"
Es kam keine Antwort, und sie ergänzte: „So was habe ich gerade geglaubt, in deinen Gedanken zu lesen?"

Annabelle hob den Daumen. „Abmarsch. Wenn das mit dem Wohnmobil okay ist?"

57.

Um kurz vor 18 Uhr stand Katrin bei Annabelle vor der Tür. Sie stimmten ab, ob der Boss funktional gepackt hatte, und starteten Richtung Frankreich.

Über Waldshut und dann weiter Richtung Genf, fanden sie viele Themen, die einer Aufarbeitung bedurften. Es folgten auch Phasen, in denen sie, die Fahrt genießend, nur schweigend ihren Gedanken nachhingen. Ab Bern, wo Annabelle das Steuer übernahm, wurde es dann schnell dunkel.
Den Genfersee entlang konnte man die Lichter auf dem Wasser und am Ufer gut sehen, wozu noch die beleuchteten Flieger kamen, die gerade die Landebahn ansteuerten.

„Wie weit wollen wir noch fahren? Langsam werde ich auch müde." Sie hatten gerade über die Grenze nach Frankreich gewechselt, und Katrin war kurz wach.
Annabelle erklärte, dass bald eine Abkürzung Richtung Grenoble käme, wo sie durch eine herrliche Gegend an einem kleinen See vorbeikämen.

Zum Glück hatte in einem kleinen Ort der Supermarkt noch geöffnet. Sie organisierten Salami, Käse, Baguette und Rotwein, um damit kurz vor 22 Uhr das erste Etappenziel zu erreichen. Es hatte noch knapp 15 Grad, weshalb sie den Tisch und zwei Stühle packten und vorne am Wasser platzierten. Mit warmer Jacke ließ es sich noch eine Stunde aushalten. Zwei Kerzen auf dem Tisch, genossen sie das Dinner.

„Es ist schon ein Traum. Oder? Am liebsten würde ich jetzt vier Wochen mit dir so durch Frankreich und Spanien reisen.“ Annabelle fing an zu schwärmen, und Katrin musste lachen.
„Oh je. Was denkst du, was wir da für ein Chaos anrichten würden?“
Sie machte eine Pause und stieß dann selbst das Thema an:
„Aber ich wäre weg von Andreas und könnte einen Schlussstrich ziehen.“
Was wollte sie von Annabelle jetzt hören. Oft schon hatte die Chefin ihre Sichtweise deutlich gemacht.
„Dann schick ihm doch eine Nachricht. Es ist vorbei, und du würdest es ihm erklären, sobald du zurück bist.“
Mit diesem Satz leerte sie den Rest der Flasche in die Gläser, während Katrin ihr Handy schnappte und etwas tippte.
„Okay. War nicht schwer. Danke für den Tipp.“
„Was? Du hast jetzt nicht...?“
Doch Katrin nickte: „Klar. Jetzt habe ich den Kopf frei und muss mich erst auf der Heimfahrt wieder darum kümmern.“
Annabelle hielt die offene Hand über den Tisch, und Katrin schlug ein.
„Es wird Zeit zum Schlafen. Wir fahren morgen besser früh weiter und nehmen das Frühstück unterwegs. Dann haben wir weniger Verkehr.“
Es war kurz nach 23 Uhr, als sie in den Wagen zurückkehrten.
Katrin: „Schlafen wir beide im Doppelbett hinten oder möchtest du hoch ins Separee?“
Sie einigten sich, nur ein Bett zu nutzen und sich die doppelte Arbeit zu sparen.

Als sie endlich entspannt lagen, kam bei Annabelle die Erinnerung zurück, wie die vier Jungs sie zu Boden gerissen hatten und fixierten. Ein leichter Schüttelfrost überkam sie, worauf ihr etwas rausrutschte, das sie sich selbst nicht erklären konnte: „Katrin? Würdest du mich in den Arm nehmen?"

„Klar!"

Die legte ihren Arm über sie und drückte sich von hinten an die Kollegin ran, die mit beiden Händen den Arm festhielt.

„Du riechst gut," meinte Katrin, während bei Annabelle eine Träne runter lief.

Sie konnte sich die Frage nicht erklären, aber sie kam wohl genau zum richtigen Zeitpunkt. Ihr gelang es nicht, sich an einen Punkt im Leben zu erinnern, der sich so wahnsinnig gut anfühlte. Zum ersten Mal geborgen und ein bisschen geliebt. Was war nur los? Früher hatte sie Sex, und die Jungs verschwanden danach wieder. Sie konnte sich an keinen einzigen Moment erinnern, wo jemand mit ihr kuscheln wollte.

Der Wecker ging um 5 Uhr runter, riss die beiden auseinander, und Katrin setzte sich gleich ans Steuer.

„Danke, Katrin. Das war ein unbeschreiblicher Moment gestern." Mehr sagte sie nicht, und die Kollegin kommentierte es mit einem Grinsen.

Es ging weiter über die Autobahn Richtung Valence, eine Strecke, auf der es durch Berge hoch und runter ging. Kurz vor der Kreuzung zur Autobahn Lyon-Marseille staute sich der Verkehr, und Katrin fuhr auf die Landstraße ab.

Durch malerische Dörfer, enge Gassen und vorbei an lauter kleinen Cafés. Die Franzosen saßen schon im Freien, tranken ihre Muntermacher und aßen Croissants.
Katrin steuerte im nächsten Dorf einen Parkplatz an, wo die Mädels auf kurze Kleidung und Flip-Flops wechselten, bevor es zu Fuß zum Frühstück ging.

Sie bestellten Baguette, Salami, Croissant, Butter und einen Kaffee. Damit setzten sie sich an einen Tisch im Freien, um die Leute und den Verkehr zu beobachten. Sie lauschten den Gesprächen und dem Gelächter und stellten fest, dass hier alle gute Laune hatten.
„Wie entspannt die sind. Was braucht man im Leben mehr?"
Die Frage kam von Annabelle, und Katrin meinte: „Nichts. Wenn man zufrieden ist, braucht man nur Luft, Liebe, gutes Essen und Rotwein."
„Es riecht hier auch anders. Irgendwie habe ich das Gefühl, buntere Farben zu sehen. Als hätte jemand einen Filter auf meine Linse geklebt, der das Spektrum erweitern würde."
Sie genossen den startenden Tag, und Katrin kam auf den Punkt: „Glaubst du, dass wir sie finden? Sind wir auf der richtigen Spur?"
Annabelle hatte gerade den Mund voll, zwinkerte aber zustimmend.
„Und was machen wir, wenn wir sie haben? Wir haben keine Zugriffsberechtigung."
„Wir werden ihr auf den Zahn fühlen. Offiziell sind wir im Urlaub und niemandem verpflichtet. Ich will aber die ganze Geschichte kennen."

Sie überlegte: „Wahrscheinlich könnte man die Akte schließen. Der Schuldige und sein ausführendes Organ sind tot. Greitmann ist seinen Job los und Bergmann…? Genauso tot wie seine Mörder. Blank müsste noch für die Schweinerei auf der Bank geradestehen. Aber dafür ist ja die Wirtschaftskriminalität zuständig. Bin mal gespannt, ob der wieder auftaucht."

Eine Viertelstunde später ging es weiter, und Annabelle übernahm das Steuer, während Katrin die heimischen Zeitungen im Tablet durchstöberte.
„Hier steht, dass es Neuigkeiten im Bankskandal gebe. Ist allerdings nur für Abonnenten. Kann den Artikel nicht lesen."
Ruf Andreas an, hätte Annabelle am liebsten gesagt. Das konnte sie ihr aber nicht antun. Also rief sie auf dem Revier in Donau an und verlangte nach Arno oder Christoph. Glücklicherweise bekam sie Arno an den Apparat, was ihr die Fallaufarbeitung mit Christoph ersparte.
Er legte gleich los: „Es scheint, dass der dubiose Chef dieser Internetfirma wieder aufgetaucht ist. Besser gesagt, war er nie abgetaucht. Es gab lediglich einige Probleme, die er im Ausland persönlich regeln musste. Sie standen tatsächlich vor einer Schieflage, was aber mit einem anderen Projekt zusammen ...?" Annabelle unterbrach ihn.
„Arno. Du sollst mir nicht alles vorlesen. Ich brauch das Fazit von dir."
Er fing laut an zu lachen und erklärte dann: „Das Geld ist noch da. Die Arbeiten werden sich aber verzögern. Peter Frei, den wir für euch ja beschatten durften, arbeitet gerade an einem Absicherungskonzept und erhält dabei tatkräftige

Unterstützung von einem externen Juristen, der auf dem Gebiet wohl eine Koryphäe ist."
Er atmete durch und fragte: „Reicht dir meine Auskunft?"
„Perfekt Arno. Du solltest den Pressesprecher übernehmen. Danke! Wie geht es Christoph überhaupt?"
Arno fing leise an zu lachen: „Steht noch bisschen unter Schock. War wohl eine gute Erfahrung für ihn. Dank deines Berichts wird er voraussichtlich um ein Disziplinarverfahren rumkommen. Seine Dummheit und Naivität ärgern ihn am meisten. Wäre vielleicht gut, wenn du mal mit ihm reden würdest."
„Das mach ich. Danke für die Informationen. Bis bald!"

Sie fuhren bereits an Montpellier vorbei und hatten keine Stunde Restfahrzeit auf dem Navi.
Die letzte Abfahrt Richtung Agde bogen sie ab und folgten der Landstraße, bis sie den Zielort erreichten. Kurz darauf ging es durch mehrere holprige Seitengassen. „Wenigstens ist das Bett jetzt auch aufgeschüttelt", grinste Annabelle nach dem ersten Schlag.

Plötzlich standen sie ganz vorne am Meer. Ein kleiner Parkplatz, und dann war Ende. Sie stellten den Wagen im Sand ab, stiegen aus und schauten sich um.
In erster Reihe standen ein paar Villen, die es in sich hatten. Über die Mauern und Zäune konnte man, auf den erhöhten Sandhügeln stehend, teilweise die Grundstücke einsehen.
Es waren große Anlagen mit Pools, Whirlpools und Pergolen, Palmen, Terrassen und Balkone, auf denen Gartenmöbel und Sofas standen.

„Hier fehlt es einem wirklich an nichts. Das Eckgrundstück hier, das müsste es sein." Annabelle zeigte in eine Richtung, wo man aber nur jemanden bei der Poolreinigung sah.
„Sollen wir klingeln?" Die Frage kam von Katrin, und Annabelle verneinte. „Lass uns das Haus ein bisschen beobachten. Vom Parkplatz aus kann…?"
Katrin: „Okay! Du übernimmst die erste Schicht." Dabei verschwand sie im Wohnmobil, parkte es etwas um und ließ dann die Markise raus. Kurz darauf kam sie im Bikini wieder raus, ein Handtuch unterm Arm und verabschiedete sich: „Ich geh zuerst mal ins Meer. Sorry, aber das muss jetzt sein."
„Warte, du Hexe. Ich komme mit."
Drei Minuten später rannten sie um die Wette ins Wasser. Gefühlt hatte es noch über 20 Grad, weshalb die Kälte nicht der Grund für das Gekreische gewesen sein konnte.
Sie sprangen durch die leichten Wellen und schwammen ein Stück raus.
„Verdammt, ist das geil." Es gelang ihnen kaum, sich wieder einzukriegen. Danach die Handtücher geschnappt, setzten sie sich wieder vor das Wohnmobil.
„Pst." Katrin musste die eingedöste Annabelle wecken. Es kam gerade ein größerer Geländewagen angefahren, das elektrische Tor öffnete sich, und der Wagen fuhr rein.
Annabelle war sich noch nicht sicher, ob das aussteigende Paar passte, aber Katrin sagte: „Na also, Doppel-Bingo. Das glaube ich jetzt nicht."
In dem Moment bemerkte Annabelle, dass sich die Kollegin einen kleinen Feldstecher vor die Augen hielt. Sie bekam ihn rüber gereicht und musste erstaunt zustimmen. „Gut verändert, aber für einen Profi noch zu erkennen. Zumindest was

die Gestik angeht. Die legt man so einfach nicht ab." Katrin hatte aber Blank erkannt. Das war es, was das Erstaunen weckte und ihr ein kurzes Pfeifen entlockte. Blanks neues Äußeres war noch nicht besonders in sein neues Ich übergegangen. Das hing sicher damit zusammen, dass sie Hals über Kopf aufbrechen mussten.

Die Beamtinnen nickten sich zu und standen auf. Kurze Hose und T-Shirt an, schon ging es rüber.

58.

Katrin drückte die Klingel, und aus der Sprechanlage ertönte eine bekannte Frauenstimme, die auf Französisch fragte, wer da ist?
„Hallo Karin. Wir sind nur hier, um zu reden. Das geht auch auf Französisch, und ich spreche dich auch gerne als Frau Perler an, wenn du das möchtest. Wir sind offiziell im Urlaub und verüben keine offizielle Amtshandlung. Ich könnte aber die Kollegen vor Ort…“, es summte, und das Tor in der Außenmauer öffnete sich.

Sie gingen rein und konnten das Staunen nicht unterdrücken. Innen sah es noch größer und pompöser aus.
„Kommt ihr bitte hoch auf die Terrasse?“
Sie gingen über den Rasen, am Pool vorbei und setzten sich auf den Freisitz. „Was, wenn sie uns umbringen wollen?“ Katrin flüsterte, und Annabelle lächelte. „Die beiden haben bis jetzt noch keinen umgebracht und werden am Schluss auch keine Dummheiten machen. Vertrau mir.“
„Annabelle. Wie hast du mich gefunden?“
„Euch gefunden, meinst du wohl? Dein Bruder hat mir euer neues Zuhause schmackhaft machen wollen. Blick auf das Meer, und ihr habt das Anwesen vor zwanzig Jahren gekauft. Mit welchem Geld?“

Karin stellte eine Wasserkaraffe, Saft, Wein und Gläser auf den Tisch. Dann holte sie noch Obst und Knabberzeug. „Ich denke, das könnte jetzt etwas länger dauern.“
Als alle saßen und über den Pool Richtung Meer blickten, legte sie los: „Ich habe von meinem Mann damals

fünfhunderttausend Mark erpresst. Seine erste Affäre war aufgeflogen, und ich reichte die Scheidung ein. Für die genannte Summe zog ich zurück, wenn er im Gegenzug versprechen würde, zukünftig keine außerehelichen Liebschaften zu pflegen. Die Scheidung wäre ihn natürlich viel teurer gekommen und hätte seine Fassade beschädigt. Er hätte einiges an Immobilienbesitz auflösen müssen."
Annabelle nickte zufrieden. „Und der Rest?"
„Mein Bruder brachte eine fette Summe mit, woher, weiß ich allerdings nicht. Wir mussten am Schluss noch zweihunderttausend finanzieren, die wir aber innerhalb der ersten zehn Jahr wieder egalisieren konnten. Wegen solchen Fragen bist du aber nicht hier."
Annabelle hob die Hände: „Doch, auch. Mich interessiert die ganze Geschichte. Das perfekte Verbrechen sozusagen."
Karin nickte: „Wir hatten uns, kurz bevor wir die Immobilie kauften, eine zweite Identität zugelegt. Mein Bruder Klaus war auf diesem Gebiet sensationell."
Annabelle und Katrin nickten, und die Gastgeberin machte weiter: „Wir starteten die nächste Phase des Rachefeldzuges und setzten uns das Limit, in zwanzig Jahren abzuschließen. Wir lebten beide gut und hatten, jeder für sich, richtig was aufgebaut. Mein Mann war ein Arschloch, aber eines, aus dem Geld sprudelte. Ich erschloss mir meinen eigenen Freundeskreis und fing an, das Leben zu genießen. Zumal ich ja ein noch schöneres Ziel vor Augen hatte."
Sie ließ den Blick über das Meer und die Anlage schweifen.
„Klaus ging zu der Zeit ebenfalls in seinem Job auf, weshalb er sein neues Leben noch nicht abbrechen wollte. Lediglich sein Ziehsohn machte ihm oft Sorgen."

„Gab es einen Grund, warum ihr gerade jetzt das Finale gestartet habt?“
Karin wog den Kopf hin und her, als sei Annabelles Frage nicht klar zu beantworten. „Wir hatten schlicht weg genug. Die Schweinereien von Bergmann und Greitmann wurden schlimmer, weswegen Klaus den Schlussstrich ziehen wollte.“
Was Katrin durch den Kopf ging: „Ihr Bruder ist tot. Sie wirken nicht sonderlich trauernd oder täusche ich mich?“
Karin schüttelte den Kopf: „Vor zwei Jahren erfuhr ich etwas, was mein Leben und Denken noch mal entscheidend veränderte.“
Annabelle: „Was hast du durch wen erfahren?“

Karin blickte nach hinten, als ob sie nach jemandem suchen würde. „Alexander, ich denke, dass wir seinen alten Namen benutzen, lief mir über den Weg.“
Annabelle stimmte zu, dass sie ihren neuen Lover gerne beim alten Namen nennen sollten, da sie seine französische Identität noch nicht kannte.
„Alexander und ich kamen uns bei einer Benefizveranstaltung näher. Ansonsten gab es nur anfänglich ein paar kürzere Kontakte, als ich mit Florian zusammenkam und wir geheiratet hatten.“
Sie drehte sich noch mal um: „Jedenfalls kamen wir uns so nahe, dass wir im Bett landeten. Da muss man über fünfzig werden, um das erste Mal im Leben für jemanden etwas zu empfinden. Ein wahnsinniges Gefühl.“
Annabelle musste an die vergangene Nacht denken. Sie brauchte wohl nur 32 Jahre, um das erste Mal eine echte

Gefühlsregung zu erfahren, die noch weiteren Zündstoff parat hielt.
„Schon bald trafen wir uns regelmäßig, und ich konnte ihn nicht mehr belügen. Obwohl ich keine Ahnung hatte, wie er reagieren würde, wenn ich mich als die moppelige Schwester von Klaus outen würde, tat ich es."
Sie trank einen Schluck. „Er blieb jedoch cool und glaubte am Anfang sogar, als er mich mit Bergmann das erste Mal zusammen gesehen hätte, dass er mich von früher kennen würde. Damals ließ ich ihn aber nie nah genug an mich ran, weswegen er sich nicht zu fragen traute."
„Okay. Wir wissen jetzt, von wem du es erfahren hast, haben aber noch keine Ahnung, was dein Denken verändern sollte?"
Annabelle wollte schneller an Fakten kommen.
Karin nickte: „Von Alexander erfuhr ich, dass Klaus, falls er je aus der Psychiatrie rauskommen würde, unsere Eltern ermorden würde. Ich bin der Sache dann nachgegangen, da ich immer von einem Verkehrsunfall ausgegangen bin. Sogar Bilder hat mir Klaus davon vorgelegt."
Sie schüttelte empört den Kopf: „Da mein Schock in den jungen Jahren zu groß war, hatte ich den Unfall verdrängt und nie aufgearbeitet. Sonst wäre ich vielleicht schon früher dahintergekommen."

In diesem Moment kam ein Dalmatiner um die Ecke gerannt und begrüßte die Beamtinnen mit wedelndem Schwanz. „Hallo," sagte Katrin, „dich kennen wir doch schon."
Annabelle klopfte ihm auf den Rücken: „Das ist der Hund von Scholl oder halt Tischler?"

Karin grinste: „Richtig. Ihr seid ihm auf dem Feldberg begegnet. Stimmt's? Er ist unsere gemeinsame Anschaffung für Frankreich gewesen."
Annabelle konnte es immer noch nicht glauben. „Und ich Idiot habe gedacht, dass er ein Hundeflüsterer sei. Dabei wurde Scholl vom eigenen Hund begrüßt."
Jetzt genehmigten sich alle einen Schluck vom Fruchtsaft, und Karin sprach weiter: „Für mich brach eine Welt zusammen. Mein Bruder, der so viel für mich getan hat, sollte meine Eltern umgebracht haben? Zudem hatte ich auch viel für ihn getan. Soviel Zuneigung und Unterstützung meinerseits hätte er nicht bekommen, wenn die Eltern nicht gestorben wären. Das musste ihm bei seinem Plan klar geworden sein."

Okay, das reichte Annabelle soweit. „Du hast dann den Plan vor ein bis zwei Jahren geändert und wolltest mit Blank hier her? Dein Bruder sollte sterben?"
Karin nickte: „Leider. Ich hatte wirklich Mühe, meinem Bruder von nun an in die Augen zu sehen. Den Mumm, ihn darauf anzusprechen, hatte ich auch nicht. Auch fehlte mir der Mut, Alexander Blank aus der Schussbahn zu bringen. Dort hatte ich eine Idee, die allerdings sehr gefährlich war."
Katrin fragte: „Und die wäre gewesen?"
Die Hausherrin klärte auf: „Mein Bruder brauchte jemanden, der am Schluss für ihn in die Luft gehen sollte. Das gleiche Spiel, wie er es schon mal nach dem Klinikaufenthalt durchgezogen hatte. Da brachte ich Blank ins Spiel. Den könnte man am einfachsten verschwinden lassen, da er eh von seiner Familie getrennt lebte. Dafür müsste er aber unversehrt bleiben. Egal wie es käme, wäre es blöd, wenn am

Schluss festzustellen wäre, dass beim Opfer schon ein Ohr oder Finger gefehlt hätte."

Alle nickten und jetzt wollte Karin von Annabelle was wissen: „Aber wie hast du mich letztendlich gefunden?"
Die Antwort war einfach: „Du warst schon mit dem neuen Auto auf dem Feldberg. Nach dem Bericht von deinem Bruder ließ ich dort alle Fahrzeuge mit französischem Kennzeichen notieren. Stell dir das mal vor. Aber nur drei Besitzer konnten nach meiner Einschätzung Blick auf das Meer haben."
„Respekt. Da hast du wieder mal dein ganzes Können bewiesen."

„Der Lehrer Altmeier und sein Enkel? Was weißt du darüber?"
Karin musste auf Annabelles Frage nachdenken: „Mein Bruder brachte sie ins Spiel, da er eine falsche Fährte legen wollte. Er hatte von Anfang an Angst, dass du ihm zu schnell auf die Spur kommen würdest. Das hat er doch geschickt eingefädeltder? Ich hoffe, die bekommen keinen Ärger?"

Annabelle schüttelte den Kopf, während sie eine ganz dringende Frage loswerden musste. „Denen passiert nichts. Aber mich interessiert, ob du von der Sauerei wusstest, die dein Bruder mit mir durchziehen wollte."
Karin verzog das Gesicht: „Ich wusste, dass du deinen Termin nicht würdest einhalten können. Aber nur, weil dich ein paar üble Jungs auf Trab halten würden. Als ich intervenieren wollte, meinte er nur, dass dir an besagtem Abend nichts

passieren könne. Ich solle mir keine Sorgen machen. Es tut mir wirklich leid, aber das gehört auch zu den Punkten, wofür ich ihn gehasst habe. Mein Motto lautete klar, dass keinem was passieren sollte. Weder den Ermittlern, noch den dreien auf dem Feldberg. Dort sicherte er mir aber nur zu, dass Blank unbeschadet rauskäme und für ihn am Schluss auf den Stuhl sitzen müsste. Für die anderen zwei sei alleine er verantwortlich und ließe sich da auch nicht reinreden."

Sie atmeten alle durch, und Karin ergänzte, an Katrin gerichtet: „Auch bei dir muss ich mich entschuldigen. Dich haben sie ja wohl auch überfallen."

Die nickte, während Bankvorstand Blank auf die Terrasse kam. „Wie geht es jetzt weiter?"
Er hatte wohl von innen gelauscht.
Annabelle und Katrin sahen sich an, wobei der Chef das Reden übernahm. „Bezüglich des Bankskandals gibt es positive Neuigkeiten. Die können Sie aber aus der Presse ziehen. Ich weiß nicht, wie die Kollegen vom Wirtschaftsbereich dort weiter vorgehen werden."
Ihr gingen ein paar Dinge durch den Kopf, doch sie machte zuerst mal mit ihrer persönlichen Einschätzung weiter: „Karin würde sicher freikommen, wenn sie einen guten Anwalt an ihre Seite bekäme. Du hast keinen Mord in Auftrag gegeben, konntest auch gutgläubig davon ausgehen, dass keinem was passieren würde. Die schlimmen Sachen lasten alle auf deinem Bruder. Lediglich, dass du uns nicht gesagt hast, wo dein Mann und die Entführten waren, könnte dir zum Verhängnis werden."

„Das heißt, es wird eine länderübergreifende Ermittlung geben und das Auslieferungsabkommen wird zum Tragen kommen?“

Annabelle stand auf und ging eine Runde um den Tisch. „Es würde massig Steuergelder verschlingen, und keiner hätte am Schluss was davon. Eure Existenz wäre hier unten auch im Eimer, was wiederum keinem helfen würde.“
Etwas nachdenklich fuhr sie fort: „Mir ging es ähnlich wie dir. Ein Leben lang seiner eigenen Existenzlüge hinterher oder davon zu laufen, das ist die größte Strafe, die man bekommen kann.“

Katrin sah etwas schräg zu ihrer Chefin: „Wir müssen das melden. Langsam greifen wir zu oft in die Gesetzgebung ein, wenn ich an die drei Nackten vom Feldberg denke.“
Da begannen alle zu lachen, und Blank sagte: „Sehr gut. Diese Dreckschweine. Die haben das verdient. Die Bevölkerung ist vor denen jetzt sicher, was sie nach einer Verhaftung nicht gewesen wären.“

Katrin schien aber immer noch auf eine Antwort zu warten, und Annabelle meinte: „Lass uns drüber schlafen. Du siehst ja, dass es zu nichts führt. Unser Apparat gibt mir an vielen Stellen mittlerweile zu denken. Alleine, dass wir wahrscheinlich als Dumme dastünden, wenn wir die übergriffigen Jungs angezeigt hätten. Solche Dinge bringen mich um den Verstand und provozieren innerlichen Frust.“

Sie atmete durch und versuchte, ihr Denken zu erklären: „Karin war die Dicke, ohne Freunde. Ihr Bruder wurde als

unschuldiger Mörder verhaftet, was die ganze Familie durcheinanderbrachte. Sie wechselten mehrfach Identität und Wohnort. Später sterben ihre Eltern, und sie stellt kurz vor dem Ziel fest, dass die von ihrem Bruder ermordet wurden, neben dem sie zukünftig ihren Lebensabend verbringen sollte? Über die Hälfte ihres Lebens war sie mit einem Arschloch verheiratet, weil sie ihm als Kind Rache schwor?"
Sie blickte in die Runde: „Und wir sollen sie jetzt anklagen? Ich bitte dich!"
Katrin schüttelte den Kopf: „Nicht einverstanden. Da werde ich mich wohl bis zur Amnesie betrinken müssen, damit ich morgen nichts mehr weiß?"
Sie blieb kurz ernst und versuchte dann mit einem unsicheren Lächeln zuzustimmen, während Annabelle ergänzte: „Es darf aber nichts Schwerwiegenderes auftauchen. Ansonsten stehen wir wieder hier. Verstanden?"
„Ihr seid jederzeit willkommen. Solltet aber unsere alten Kontakte löschen."
Karin reichte ihr die neuen Visitenkarten und lud dann zum Schwimmen in den Pool ein.

Annabelle lehnte jedoch ab: „Das ginge jetzt doch zu weit. Ich kann das Verhalten nicht billigen, sondern nur mit gekniffenen Augen zu übersehen versuchen. Wir werden euch komplett löschen und dieses Gespräch irgendwie vergessen müssen. Wir werden heute Nacht dort drüben campieren und morgen verschwinden. Ein dummer Zufall, solltet ihr irgendwann hier auffliegen, dass wir hier in der Nähe waren."
Sie atmete noch mal durch: „Ich werde euch die Last nicht von der Schulter nehmen. Die Angst, dass man irgendwann

den Schlüssel zu euch findet, müsst ihr ertragen und als zukünftigen Wegbegleiter akzeptieren."
Sie stand auf und verzichtete auf jegliche Art der Verabschiedung, was die neuen Franzosen irritierte, es aber mit akzeptierendem Kopfnicken quittierten. Katrin folgte der Chefin, wurde sich aber nicht klar, was diese Aktion bezwecken sollte. Schweigend liefen sie die Straße vor zum Meer, wo es ein kleines Restaurant mit Blick auf das Wasser gab.

„Was war das für eine Verabschiedung?" Katrin wirkte immer noch irritiert, und Annabelle klärte auf: „Wie du schon festgestellt hast, greifen wir hier ziemlich stark ins Gesetz ein. Wir müssen diese Unterhaltung vergessen und alles abhaken, was wir seit heute Mittag erfahren haben. Diese Unterredung hat nie stattgefunden, und wir werden unser Wissen jetzt mit Rotwein löschen."
Annabelle wirkte bei der Aussage verwirrt, und Katrin meinte: „Okay. Sehe ich auch so. Wir tun aber allen Beteiligten einen Gefallen und ersparen beiden Staaten unnötige Ausgaben. Wegen was genau sind wir noch mal nach Frankreich gefahren? Essen, guter Wein und …? Ich hab's vergessen!" Sie grinsten und stießen mit den Rotweingläsern an, als der Tintenfisch serviert wurde.

Es war bereits 23 Uhr, als die beiden nach einem üppigen Dinner zum Wohnmobil zurückkehrten. Sie hatten sehr viel getrunken, wobei Katrin unbedingt noch mal ins Meer wollte.
Erneut gab es ein Rennen um die Wette und das Wasser fühlte sich jetzt viel wärmer an. Sie tobten und drückten sich gegenseitig mit dem Kopf unters Wasser. Plötzlich blieb

Katrin vor Annabelle stehen. Ihre Augen glitzerten im Dunkeln und sie ging einen ungeplanten Schritt nach vorne. Mit der Nase schnüffelte sie an Annabelles Haaren, die vorsichtig ihre Hände berührte. Sie standen hüfttief im Wasser, als sich plötzlich ihre Lippen berührten. Die Zungen beteiligten sich nun ebenfalls an dem Spiel, während sich die beiden mit offenen Augen ansahen.

Kurz darauf gingen sie schweigend zurück zum Wohnmobil, trockneten sich ab und verschwanden in der hinteren Kabine.
Der Arm von Katrin kam dieses Mal von selbst, und Annabelle hielt ihn fest, wobei der Schlaf beide sofort kassierte.

Epilog

Katrin winkte am Morgen noch mal rüber zu Regine und Pierre, wie die deutschlandweit Gesuchten nun hießen. Annabelle bekam nichts davon mit, ignorierte das Haus der beiden und startete den Wagen.

Sie übernachteten in der Nähe von St. Tropez und genossen einen weiteren Tag zum Träumen. Auch das Dinner und der Wein kamen nicht zu kurz, wobei die beiden Gesuchten gedanklich endlich aus dem Gedächtnis verschwinden durften.
Die nächtliche Badeeinlage wiederholte sich ebenfalls, wobei es über das Knutschen nicht hinausging. Annabelle, die ihre Kollegin zwar im Spaß provozierte, bekam leichte Panik und blockte Katrins vorsichtig eingreifenden Hände gleich wieder ab. Obwohl sie Meisterin auf der sexuellen Spielwiese war, hatte sie nie gelernt, mit Gefühlen umzugehen. Das Schlimmste, was sie sich gerade vorstellen konnte, war, Katrin wegen eines dummen Fehlers zu verlieren.
Am nächsten Morgen stuften beide den Trip als den schönsten Kurzurlaub seit langem ein und versprachen sich, es bald zu wiederholen. Was daraus dann werden würde…?
Sie grinsten sich an und malten, jede für sich, die Zukunft in Gedanken weiter aus.

Wieder zurück, trafen sie sich mit Daniel und Samuel, die noch berichten mussten, wie es mit den drei Jungs gelaufen war.

Sie hatten sich Handwerkerklamotten angezogen und die Tür geöffnet. Da stand einer im Skelettkostüm vor ihnen und fragte, was sie hier wollten.
„Die Spülmaschine reparieren? Uns hat aber niemand was von einem Kostümball erklärt."
Plötzlich seien es drei Skelette gewesen, die wie an Fasching rumgebrüllt hätten. Gelacht und getanzt, wohl davon ausgehend, dass die Handwerker Angst und Panik bekämen. 23 Sekunden hätte es gedauert und sie seien heulend auf dem Boden gesessen. Beine und Hände mit Klebeband fixiert.
„Den Rest kennt ihr ja. Wir haben sie erst am Morgen, nicht dass sie noch auskühlen würden, am Lift fixiert. Ich hoffe, der Sekundenkleber ließ sich entfernen?"

Mit Christoph, dem Beamten aus Donau, gab es noch eine kurze Schlussbesprechung. Er erzählte, wie ihn Scholl um den Finger gewickelt hatte und dann plötzlich darum bat, er müsse bei seinen Großeltern untertauchen. Der Sonderauftrag durfte nicht auffliegen, da er in der Folgewoche noch was Größeres zum Abschluss beitragen müsste, wo sie einen Maulwurf enttarnen würden. Ganz gelogen war das ja nicht, wenn man so die Enttarnung von Scholl interpretierte. Er habe Christophs Handy kassiert, damit man ihn nicht orten konnte, und ihm einen Ersatz mit Prepaid gegeben, mit dem sie sich gegenseitig auf dem Laufenden halten würden.

Das französische Ehepaar genoss das Leben am Meer, musste aber weiter mit der Angst leben, doch noch aufzufliegen. Als die Beamtinnen gegangen waren, sagte Karin zu

ihrem neuen Mann: „Die beiden sind gut. Ich denke jedoch, dass sie uns nicht hochgehen lassen werden. Ich hoffe nur, dass Annabelle nie erfahren wird, dass ich die Bombe gezündet habe. Klaus hatte gar keinen Auslöser im Keller. Hätte Annabelle ihn nicht überlistet, dann hätte es keine Explosion gegeben. Dich hätte ich doch niemals in die Luft gejagt. Das war meine einzige Bedingung am Schluss, dass ich den Zünder bekomme.“
Mit diesem Satz prostete sie ihrem neuen Pierre zu.

Danke

Wie immer, gilt es, sich bei ein paar tollen Menschen zu bedanken. Tanja, Nico, David, wobei ich dieses Mal nicht so unerträglich war, da ich in der Isolation schreiben durfte. Falls doch, kann ich das Taschen- und Haushaltsgeld um ein paar Cent erhöhen.

Meinen beiden Hamburger Weltenbummlern. Danke, dass Ihr meinem Werk den letzten Schliff und etwas Hochdeutsch verpasst habt. Es freut mich immer wieder, wenn ich die Korrekturen sehe. Schön, dass Ihr mit Spaß dabei wart und es bei den nächsten Werken hoffentlich auch bleibt.

Alex, der „Bock" auf die Covergestaltung hatte und meine Vorgaben erfüllte, ohne dass ich wusste, was meine Vorgaben waren?!? Du hast mich nicht zum ersten Mal im Leben positiv überrascht.

GVO, für den letzten „kritischen" Blick ins Buch. Wie einfach man aus der Breg eine Brigach machen kann?! Bin überrascht, was Du alles gefunden hast.

Renate Faigle, die sich durch das Lektorat gekämpft hat und nicht immer mit meiner Kommissarin d´accord ging. Schön, dass sie sich mit den Protagonisten und mir eingelassen hat.

Ein Lob an meine Mutter und an meinen Vater, dass sie diese nicht ganz unkomplizierte Literatur lesen und, zumindest mit einem Augenzwinkern, für gut befinden.

An meinen Bruder: „Du woäsch für wa!" Dank Corona konnte er nun sogar den ersten Teil lesen. „Glückwunsch!"

Lucas, der den ersten Teil mit Spaß (in Isolation) gelesen hat und den Rest der Familie noch animieren wird. An die Mädels, die hoffentlich wieder kräftig Werbung machen.

Meine lieben Tanten, Onkels und Cousins, die das Buch sogar in Frankreich lesen und mir tolle Feedbacks geben. Ich freue mich auch über die schönen Bilder, zu den Orten, an denen ihr es gelesen habt. Jedenfalls wird es um Züri, Hamburg und im Schwabenland verstanden, was ich zu Papier bringe.

Den Kollegen vom Geier-Team, die das Buch gelesen haben und hoffentlich weiter Werbung für mich machen.

Für das Feedback meiner Geschäftspartner, die ebenfalls mit Samantha ermitteln und mächtig Spaß dabei haben. Manch einer hat mich hier tatsächlich überrascht.

Allen Freunden, die mich unterstützt haben, und die mir immer wieder interessante Vermarktungstipps und Werbemittel empfehlen.

Meinen Starverkäufern, die aktiv an Freunde und Verwandte oder auf dem Campingplatz verkaufen. Spontan fallen mir hier zwei Namen ein: Sandra und Andrea.

Morys Hofbuchhandlung in Donaueschingen und den Buchladen in der Alten Post. Hier habe ich zwei ganz tolle Partner gefunden, bei denen sich ein Besuch lohnt. Vor allem, wenn man dabei noch mein Buch kaufen möchte.

Danke auch an alle, die mir Bilder aus der ganzen Welt schicken, wo das Buch aktuell gelesen wird. Auf dem Vulkan, Malediven, Kenia, Malle (statt saufen), Dortmund (BVB), Columbien……

Mal schauen, wo es den 2. Teil überall hin verschlägt. Teilt es auch gerne auf Instagram, Facebook und was ich sonst vielleicht noch gar nicht kenne.

An den Samstags - CoKa. Mit denen ich mich regelmäßig in Trance trinke, wobei mir neue Ideen kommen.

Bei Trance muss ich auch an meine Weingruppe und Musikkollege ThomBü denken, die mit dafür verantwortlich sind, dass die Protagonisten immer und gerne Wein trinken.

Lesekreis-Huppi! Danke für das tolle Feedback.

Danke an die Leser, die mir ein Feedback geben, am liebsten positiv, und auch auf Amazon etc. bewerten. Die Kritiker, die mir Verbesserungsvorschläge geben möchten, dürfen mir auch gerne direkt schreiben. Mich interessiert auch, was euch gefällt und ob es was gibt, das vielleicht stört?

Danke auch an die drei bekanntesten Regional-Zeitungen, für ihre Unterstützung und Tipps, was im zweiten Teil noch besser werden könnte. Und an die vielleicht kleinste Redaktion in Neustadt, deren Seiten es um den ganzen Globus schaffen (falls Andi da nicht zu dick aufgetragen hat).

Spaß hatte ich auch beim Radio-Interview, dass ein alter Kollege (Mopi) für mich einfädeln konnte.

Ein Dank an die Personen, die ich vielleicht gerade vergessen habe, denen aber ein Dankeschön zusteht. Das wird mir irgendwann mit Schrecken einfallen, dass ich euch vergessen habe.

Instagram: robziinsta
Email: buch-rz@web.de

Falls es jemand interessieren sollte: Ich schreibe aktuell am 3. Teil. Hier wird die Seebach-Klause erneut aufleben und von einem Rockerclub in Beschlag genommen.
Es passieren dort Dinge, die selbst abgebrühte Ermittlerinnen schockieren. Stirbt hier tatsächlich jede Woche ein Mensch?
Ein Vergewaltiger, der Joggerinnen überfällt, sorgt ebenfalls für Unruhe und wird für Katrin lebensbedrohlich.

FSC
www.fsc.org
MIX
Papier | Fördert
gute Waldnutzung
FSC® C083411

Druck:
CPI Druckdienstleistungen GmbH
im Auftrag der
Zeitfracht GmbH
Ein Unternehmen der Zeitfracht - Gruppe
Ferdinand-Jühlke-Str. 7
99095 Erfurt